짱아오

藏獒

Published by arrangement with People's Literature Publishing House Co., Ltd. China.
This book has been supported by 中国国家新闻出版广电总局
through "China Classics International Project".

经典中国国际出版工程
China Classics International

짱아오

藏獒

1

양쯔진 장편소설 ─ 이성희 옮김

황소자리

| 일러두기 |

- 소설 속 지명과 인명은 중국 및 티베트 현지인이 사용하는 발음대로 표기했다. 단 우리
에게 익숙한 한자식 발음은 그대로 살렸다.
- 독자 이해를 돕기 위해 옮긴이 주석이 필요할 경우, 짧은 설명은 본문 속 괄호 안에 수
용하고, 긴 설명은 각주를 달아 별도로 처리했다.
- 소설 내용을 정확히 이해하는 데 필요하다고 판단될 경우, 고유명사 및 일반명사에 한
자를 병기했다.

차례

아버지와 짱아오를 그리며

1

모든 것은 아버지와 짱아오에 얽힌 추억에서부터 시작된다.

내가 일곱 실 나던 해, 아비지는 썬징쉬인三江源[1]의 위수 초원玉樹草原에서 어린 짱아오藏獒('티베트의 개'라는 의미의 중국식 발음. '티베탄 마스티프'라는 이름으로도 잘 알려진 견종) 한 마리를 데리고 오셨다. 나와 형에게 주는 선물이었다. 아버지는 짱아오가 티베트인들의 보배요, 무엇이든지 할 수 있는 개이니 잘 키워보라고 하셨다.

그러나 강아지 짱아오는 우리 형제에게 매우 냉정했다. 귀여운 짓은커녕 우릴 보고 꼬리 한 번 흔드는 법이 없었다. 그러니 우리도 녀석을 좋아할 리 없었다. 보름이 지난 후, 우리는 그 녀석을

---

1) 중국 내에서 최대 면적, 최고 해발고도를 자랑하는 칭하이성青海省 남부의 자연보호구역. 황하黃河, 장강長江, 란창강瀾滄江의 발원지로 중화수탑中華水塔이라 불린다.

삽살개와 바꿔버렸다. 아버지는 노발대발 하셨지만 짱아오를 다시 데려오라고 하지는 않으셨다. 그런데 며칠 후 녀석은 혼자 집으로 돌아왔다.

아버지는 입이 귀까지 걸릴 만큼 흐뭇해하며 말씀하셨다. "내 요놈이 돌아올 줄 알고 있었지. 이걸 보고 '충성'이라고 하는 거란다. 알겠니?"

안타까운 일이었지만 꼬리를 흔들지 않는 뻣뻣한 그 녀석에게 우리는 아무래도 정이 가지 않았다. 아버지는 한숨을 쉬며 그 개를 다시 초원으로 돌려보내야만 했다.

그리고 14년이 흘렀다. 그 사이 나는 군에 입대했고, 대학에 다녔으며, 졸업 후 〈칭하이일보青海日報〉의 기자로 입사했다. 기자가 된 내가 처음으로 티베트의 목초지를 탐방할 때였다. 한 티베트인의 돌집을 향해 가고 있는데 검정색 커다란 짱아오 한 마리가 멀리서 나를 향해 달려오는 게 보였다. 내 발로 핑을 빅차머 딜리오는데, 천지가 진동하는 소리가 났다. 그 뒤로 한 끝이 나무말뚝에 묶인 굵은 쇠사슬이 철커덩거리며 끌려오고 있었다. 퉁! 퉁! 퉁! 위아래로 사정없이 흔들리는 나무말뚝은 당장이라도 뽑힐 것만 같았다. 나는 너무 놀라 어찌할 바를 모른 채 그 자리에 얼어붙었다.

하지만 짱아오는 나에게 달려들기 위해 온 것이 아니었다. 달음질치던 개는 내 몇 걸음 앞에서 갑자기 멈춰서더니 땅에 엉덩이를 철썩 붙이고 앉아 나를 뚫어지게 쳐다보았다. 티베트 주민인 딴쩡자旦正嘉 아저씨가 뒤따라오며 말했다. 14년 전 우리 집에 왔었던 그 녀석이 나를 알아본 것이라고.

짱아오에 대해 관심을 갖게 된 것은 그날 이후부터였다. 그 짱아오는 겨우 한 달간 키워준 나를, 14년이 지난 후에도 여전히 주인으로 알아보았다. 짱아오는 단 하루의 주인조차 평생토록 기억한다고 했다. 이쯤 되면 상대가 비록 개일지라도 존경심이 일어날 지경이었다.

검은 사자처럼 위풍당당하던 그 녀석이 죽은 지 얼마 안 돼 나는 싼장위안의 장기 주재기자로 파견되었다. 임기는 6년이었다.

6년의 초원생활 동안, 나는 수많은 짱아오를 만났다. 신기한 것은 아무리 사나운 녀석도 처음 보는 내게 전혀 으르렁거리지 않고, 마치 오랜 친구를 대하듯 했다는 것이다. 개 주인들은 처음에는 모두 몹시 이상히 여겼지만 내 아버지가 누구인지를 알고 나서는 "옳거니!" 무릎을 치며 이야기했다.

"당신 몸에 아버지 냄새가 배어 있기 때문에 이놈들이 날 때부터 당신을 알아보는 겁니다!"

내가 주재기자 생활을 하던 6년 동안, 아버지는 짱아오 한 마리를 데리고 도시에 사셨다. 그리고 나는 초원에서 아버지와 짱아오의 전설을 들으며 살았다. 아버지는 그 전 20년 가까이 초원에서 살며 기자로 활동하셨고, 학교를 세우셨으며, 글을 썼고, 지역 지도자로도 일하셨다.

초원에는 아버지와 짱아오에 관한 수많은 일화들이 선해지고 있었다. 내가 소설 속에서 묘사한 이야기와 정확히 일치하지는 않지만 경이롭고 재미있기는 마찬가지였다. 초원에서 지낸 20년 동안, 아버지는 무슨 일을 하든 짱아오를 꼭 몇 마리씩 함께 기르셨다. 그놈들은 모두 잘생기고 우수한 품종의 어미 개들이었는데, 어미 개가 새끼를 낳으면 아버지는 어김없이 강아지를 짱아오가 필요한 사람, 짱아오를 좋아하는 사람들에게 선물하셨다. 그래서 싼장위안 초원에는 아버지가 알고 있거나 아버지를 알고 있는 짱아오들, 혹은 아버지가 기른 적 있는 짱아오들이 사방에 깔리게 되었다.

한 티베트인 공산당 간부는 내게 이런 일을 털어놓았다. '문화대혁명文化大革命' 시기, 그들 일파는 아버지의 사상을 비판하기 위해 나흘 밤낮 궁리를 거듭했지만 결국 손을 대지 못했다고 한다. 이유는 아버지의 짱아오들이 보복을 할까봐 두려워서였다나?

짱아오와의 인연은 아버지에게도 나에게도 크나큰 행운이었다. 영리하며 위풍당당한 녀석들을 통해 나는 아버지를 알게 되었고, 나아가 나 자신을 알게 되었다. 아버지는 내게 당신의 기질을 물려주셨다. 사실을 말하자면, 나와 아버지는 생김새부터 판에 박은 듯 똑같았다.

싼장위안에서 근무하는 6년 동안, 내 안의 아버지 기질은 지속적으로 힘을 발휘했다. 아버지가 그랬듯이 초원에 철저히 동화된 나는 진짜 티베트 원주민처럼 생활했다. 주위원회州委員會가 있는 제커우쩐結口鎭에는 거의 가지 않았고, 도시 사람들은 촌구석이라고 여기는 자뚸어 초원雜多 草原, 취마라이 초원曲麻萊 草原, 캉빠인康巴人2)들이 사는 낭치엔 초원囊謙 草原에 틀어박혀 지내기 일쑤였다.

때로는 아버지가 사셨던 주인집에서, 때로는 유목민의 천막집과 라마승의 거처에서 머물며 날이 갈수록 희귀해지는 짱아오를 보러 다니고, 그들의 친구가 되었다. 티베트인의 두루마기 차림으로 말을 타고 목축장을 돌아다녔으며, 티베트의 명절과 사원 활동에도 참가했다. 유목민과 어울려 술과 고기를 먹고 방목을 하고 개도 키웠다. 남의 집안일에 미주알고주알 참견하는 것은 물론, 고부갈등과 이웃 싸움까지 중재해주었다.

당시 기자들, 특히 나같이 편벽한 목축지역에 주재하는 기자들의 임무는 매우 가벼웠다. 한두 달에 보도기사 한 편만 써도 기자의 소임으로는 이미 충분했다. 남아도는 게 시간뿐이었던 나는 시간 가는 줄 모르고 하고 싶은 모든 일에 빠져들었다. 그 일들은 보통 이랬다. 집 주인이나 사원의 짱아오를 대동한 채 말을 타고 아주 먼 초원으로 간다. 그러고는 유목민의 장막에서 정신을 잃고 쓰러질 때까지 술을 마신다.

그 당시 내 꿈은 티베트인 아가씨와 결혼해 아버지처럼 짱아오들을 기르고, 겨울에는 겨울집에서 고기를 뜯고 여름에는 여름집에서 방목을 하다가, 가끔씩 짱아오를 데리고 삼림의 설산에 올라 사냥이나 모험을 하는 것이었다. 이 꿈에 너무 심취한 나머지, 나는 기자의 신분마저 잊어버릴 지경이었다.

한번은 취마라이 초원에서 칭커주靑稞酒[3]를 너무 많이 마셔 인사

<hr/>

2) 칭짱고원 남동부에 거주하는 티베트 민족 중 하나로 잘 생기고 용맹한 호한으로 유명하다.

3) 티베트산 청과맥(쌀보리)으로 만든 전통음료로 일상생활이나 명절, 경축일 때 빠지

불성이 되었다. 한밤중에 볼일을 보려고 일어났다가 찬바람을 맞자 먹은 것을 다 토하고 말았다. 이때 야경을 서던 짱아오가 날 따라왔는데 싫은 기색 하나 없이 내가 게운 것들을 깨끗이 핥아먹었다. 결국 취기가 오른 그놈은 온몸이 축 늘어져서 내 옆에 쓰러졌다. 나는 그놈을 꼭 껴안은 채 천막집 곁 풀밭에서 단잠에 빠져들었다. 다음날 새벽 어슴푸레 잠이 깬 나는 짱아오를 더듬으며 비몽사몽 주절거렸다. "이게 누구야? 이 집 주인 따이지뚱주戴吉東珠인가? 근데 몸에 무슨 털이 이렇게 많이 났지?"

이 우스운 일화는 온 초원에 퍼져나갔다. 아가씨들은 나만 보면 깔깔대며 웃었고, 아이들은 날 향해 외쳤다. "아저씨 몸에, 털 났대요. 털 났대요!"

내 소개를 할 때도 다시는 기자라고 하는 법이 없었다. "이 쪽은 짱아오랑 같이 술에 취해 따이지뚱주가 털북숭이가 되었다고 하신 그분입니다." 이게 나를 소개하는 말이 되었다.

유목민들이 나를 집에 초청할 때도 늘상 이렇게 말했다. "갑시다! 가서 우리 집 짱아오하고도 한 잔 해야죠?"

나는 초대를 받으면 거절하는 법이 없었다. 어느 해 여름, 제롱샹結隆鄕의 유목민 가랑佳襄의 집에 초대받았을 때였다. 겨우 일주일 머물렀는데 그 집의 검은 짱아오가 나를 무척이나 따라서 하루라도 내가 보이지 않으면 온 초원을 찾아헤맬 정도였다. '혹시 그 녀석이 아버지가 기르셨던 짱아오가 아닐까?' 종종 짐작을 해본다.

지 않는다. 우리의 막걸리와 아주 비슷한 15~20도가량의 술.

몇 년 후 초원을 떠날 때, 공교롭게도 제롱샹 역에서 출발하게 되었다. 채비를 갖춰 기차에 들어서는 나를 본 그 녀석은 이것이 기나긴 이별이 될 줄을 본능적으로 알아차렸다. 녀석은 순식간에 달려들어 필사적으로 기차를 물어뜯었다. 이빨에선 피가 줄줄 흘러내렸다. 그놈의 머릿속에서 나는 지금 강제로 끌려가는 것이었다. 그 개가 보기에 나를 억지로 떠나게 하는 건 몹쓸 놈의 기차였던 셈이다.

훗날 전해듣기로 그 개는 내가 떠난 후 일주일 동안이나 밥 한 입, 물 한 모금 입에 대지 않은 채 죽은 듯 땅바닥에 엎어져 있었다고 한다. 마치 내가 자신의 모든 정기와 정신과 살아갈 의욕마저 가져가버린 것처럼.

개를 일으킬 방도가 없자 주인은 마지막 방법을 강구했다. 그는 양 한 마리를 죽여 늑대 가죽에서 훑은 털 무더기를 죽은 양의 몸에 묻힌 후 개에게 던지며 호통을 쳤다. "네가 지금 양을 제대로 돌보고 있기는 한 거냐? 양들이 늑대한테 잡아먹혀도 나 몰라라 하고 있으니 내가 널 키워야 할 이유를 모르겠구나! 눈을 뜨고 똑똑히 봐라, 늑대 털이 보이니? 늑대라고! 빨리 일어나서 늑대를 쫓아내거라!"

짱아오는 그제야 큰 충격을 받은 듯 눈을 떴다. 초원의 늑대는 거의 사라진 때였다. 지난 일 년 동안 한 번도 나타난 적이 없었다. 그런데 하필이면 자신이 낙심에 빠져 일어날 힘도 없는 이때에 늑대가 나타나다니. 짱아오는 휘청거리는 몸을 일으켜세웠다. 그리고 밥과 물을 조금 먹은 후, 하늘이 주신 자신의 소임을 다하기 위해 양떼와 소떼를 찾아떠났다.

유감스럽게도 그후 여러 차례 제롱샹을 방문했지만 나를 끔찍이 따르던 그 검은 짱아오와 가랑을 다시는 만나지 못했다. 다른 곳으로 옮겨갔다는 소문만 들었다. 그 초원은 점점 사라지고 있던 터라 양과 소떼가 배불리 먹을 풀이 없었기 때문이다.

2

매우 불행하게도 나는 싼장위안에서의 장기 주재근무를 마친 뒤 삭막한 도시로 돌아와야 했다. 초원과 짱아오를 날마다 그리워하며 나는 기회만 생기면 그곳을 다시 찾았다. 설산과 초원, 준마, 유목민, 짱아오, 그리고 쑤여우차酥油茶[4]. 이것이 내가 꼽는 티베트 지역의 6대 보물이다. 내 영혼은 평생토록 이것들을 떠나지 못할 것이다.

특별히 짱아오를 생각할 때면 종종 이런 의문이 들었다. '나는 아버지 때문에 짱아오를 좋아하게 되었지만, 아버지는 무슨 이유로 그놈들을 좋아하게 되셨을까?' 아버지께 여쭤보니 길게 생각할 필요도 없다는 듯 대답하셨다. "당연히 짱아오가 좋지. 늑대 같지 않으니까."

아버지의 사고체계는 유목민들과 똑같았다. 유목민의 눈에 늑대는 비열하고 부끄러움을 모르는 도둑이요, 약자 앞에서는 강하고 강자 앞에서는 약하며, 배은망덕하고, 남의 등골을 빼서 제 배

---

4) 밀크티milk tea, 티베트인이 하루도 거르지 않고 마시는 음료.

를 채우는 놈들이었다.

짱아오는 늑대와 정반대였다. 충성스럽고 은혜를 갚을 줄 알며, 정의를 위해 서슴없이 나가 싸우고, 두려움을 모르며 용감무쌍하다. 늑대는 평생 자기 이익만을 위해 싸우지만, 짱아오는 일생 타인의 유익을 위해 싸운다. 늑대는 자기 배를 하늘처럼 여겨 제 뱃속을 위해 싸운다. 하지만 짱아오는 옳은 길을 하늘처럼 여겨 충성과 도리와 책임을 위해 싸운다. 늑대와 짱아오는 단 한 점이라도 닮은 구석이 있을 수 없었다.

그래서 아버지는 남 괴롭히기 좋아하고 못살게 구는 사람, 같은 둥지 안에서도 편 갈라 싸우는 사람, 음험하고 교활한 사람을 말할 때 항상 "그놈은 늑대야."라고 하셨다. 《시민도덕 준칙》이라는 작은 책자에서 아버지는 몇 글자 안 되지만 매우 진지한 주를 달아놓으셨다. '짱아오를 닮자.'

아버지는 늘 내게 말씀하셨다. "짱아오의 도움을 받아 평화롭게 살아야지, 늑대 같은 놈들이 호시탐탐 노리는 곳에서 불안하게 살면 안 된다."

아버지 살아생전에는 늑대 예찬이 아직 대중화되지 않았고, 늑대 애호 문화가 유행하지 않았던 것이 그나마 천만다행이다. 그 꼴을 직접 보셨다면 아버지는 얼마나 상심하셨을까?

가슴 아프게도 아버지가 살아계실 때부터 짱아오는 이미 쇠락의 길로 접어들고 있었다. '짱아오 정신'이 아버지 인생의 버팀목이었음에도 불구하고, 연로하신 아버지는 도심의 시멘트 건물 속에

갇혀 머나먼 초원과 짱아오를 그리워만 하는 서글픈 삶을 사셨다. 아버지의 고독한 모습을 볼 때마다 나는 반드시 아버지가 주인공 으로 나오는 짱아오 관련 소설을 써보리라 다짐했었다.

짱아오는 1,000만여 년 전 히말라야의 거대한 고엽견古獵犬이 진 화한 고원의 견종으로, 견공세계에서는 유일하게 '살아 있는 화석' 으로 불린다. 본래 칭짱고원을 횡행하던 야수였으나 6,000여 년 전부터 길들여지기 시작해 인간과 같이 살게 되었다고 한다.

짱아오는 인류의 친구로서 수많은 영광스런 칭호를 얻었다. 옛 사람들은 이 개를 '용구龍狗'라고 불렀다. 건륭乾隆 황제는 이 개를 '구장원狗壯元' 즉 개들의 장원이라 했다. 티베트 사람들은 '썬거(사 자라는 뜻)'라고 부른다. 짱아오 연구자들은 이 개를 '국보' '동방신 견東方神犬' '세계에서 보기 드문 맹견' '세계가 공인한 가장 오래되 고 희귀하며 사나운 대형견' '세계 맹견의 조상'이라고 부른다.

1275년 이탈리아의 탐험가 마르코 폴로는 자신이 본 짱아오를 이렇게 묘사했다. '여태까지 한 번도 본 적이 없는 괴이한 개를 티 베트에서 발견했다. 몸은 나귀만한데, 성질이 사납고 목소리가 우 렁찬 것이 마치 사자같다.'

학계에서는 1240년 칭기즈칸의 유럽정벌 때 함께한 맹견 군단 중 짱아오 3만 마리가 유럽에 남았다고 추측한다. 순수 혈통의 히 말라야산 짱아오는 더 광범위한 지역에서 잡교를 통해 세계 유수 대형 견종들을 탄생시켰다. 그의 혈통으로는 영국의 대형 사역견 마스티프Mastiff, 독일의 경찰견 로트바일러Rottweiler와 그레이트 덴 Great Dane, 프랑스의 세인트 버나드Saint Bernard, 캐나다의 뉴펀들랜

드 독Newfoundland Dog 등이 있다. 그러니까 유럽과 아시아 두 대륙에 존재하는 대다수 대형 맹견들의 조상이 짱아오라는 뜻이다.

아버지는 각지에 흩어져 있던 짱아오에 관한 정보들을 모아 기록해놓으시고는 질리지도 않는지 항상 펼쳐보셨다. 그 노트에는 아버지가 들은 전설들도 수록돼 있었다. 이 전설들을 살펴보면 짱아오는 칭짱고원에서 신적인 지위를 누려왔음을 알 수 있다.

고대 전설에서는 용맹스런 맹수를 '산예後猊'라고 했는데 바로 짱아오를 가리킨다. 그 때문에 짱아오는 '창예蒼猊'라고도 불린다. 또 티베트 민족의 영웅 거사얼格薩爾의 전설 속에서 갑옷을 입고 창을 든 전쟁의 신들은 모두 짱아오이다. 짱아오는 금강구력 호법신金剛具力 護法神[5]의 제일반신第一伴神이요, 거대한 해골귀졸骷髏鬼卒 백범천白梵天[6]의 변체變體이자 여신厲神의 왕 대자재천大自在天[7]과 그의 왕비 오마烏瑪[8] 여신의 호위신虎威神, 세계 여왕 빈디라무班達拉姆[9]와 폭풍의 신인 금강거마金剛去魔를 태우는 신견神犬, 야다라저산雅達拉澤山과 차이모니어산采莫尼俄山의 산신, 통티엔허 초원通天河 草原의 수호신이

---

5) 이름은 뚸지슈딴多吉秀丹. 전쟁의 신 중의 대왕이요, 생명을 관할하는 주신으로 여겨진다.

6) 세 개의 머리와 여섯 개의 팔을 가졌으며 마두금강马头金剛의 반신伴神 중의 하나. 본교笨敎에서는 각종 질병을 일으키는 신이며 신들의 왕으로 여겨진다.

7) 고대 인도 바라문교와 힌두교 주신 중의 하나인 시바Shiva의 음역. 다섯 개의 머리와 세 개의 눈, 네 개의 팔을 가졌으며 세 번째 눈으로는 불을 뿜어 모든 것을 훼멸시킬 수 있다고 일컬어진다. 멸망, 고행, 춤의 신.

8) 대자재천의 아내이며 히말라야산의 딸.

9) 길상천모吉祥天母의 음역. 황색 낙타를 타고 다니며, 100개의 이름과 그에 해당하는 100개의 모습을 가지고 있다고 일컬어진다. 티베트인들은 이 여신이 악과 화를 없애주며 지혜와 행복을 가져다준다고 믿는다.

기도 하다. 또 이랑신二郞神을 도와 제천대성 손오공과 용감하게 싸운 효천견哮天犬(하늘을 포효하는 개) 역시 용감하고 힘센 히말라야의 짱아오였다.

　이런 지식과 전설들을 읽고 또 읽으며 아버지는 커다란 위안을 얻으셨다. 아버지가 위수 초원에서 데려오신 그 짱아오가 늙어 죽은 이후 짱아오에 대한 당신의 사랑을 쏟으실 곳은 이런 이야기들뿐이었다. 나는 신문에서 짱아오의 집산지라든가 번식 장소, 짱아오 선발대회나 전시회에 관한 기사를 발견하면 오려서 아버지께 보내드렸다. 아버지를 조금이라도 기쁘게 해드리고 싶었다. 그러나 이는 도리어 아버지를 슬프게 만들었다. 아버지는 탐탁찮게 말씀하셨다. "그게 어디 짱아오냐? 전부 애완견이지."

　아버지 마음속의 짱아오는 이미 가축이 아니었다. 동물이되 고귀한 품격을 갖추었으며, 유목민의 삶과 정신의 커다란 부분을 차지하고 있었다. 초원의 야수와 가축으로서의 최고 품성뿐 아니라 초원 유목민으로서의 우수한 인격마저 갖춘 영물이었다.

　그러나 짱아오의 이 같은 기질은 인간의 보호와 양육 속에서는 유지될 수 없는 법. 오직 칭짱고원의 매서운 풍토 속에서만 연단되는 것이다. 산소가 50퍼센트 이상 부족한 고원에서 질주할 수 없다면, 영하 40도의 얼어붙은 설산에서 포효할 수 없다면, 20리 밖에 있는 늑대와 표범의 동태를 시시각각 경계할 수 없다면, 유목민 가정의 무거운 생활고를 홀로 짊어지지 않는다면, 짱아오의 민첩함과 속도, 힘과 성품은 급속도로 퇴화될 뿐이다.

아버지는 도회의 개들을 짱아오라 인정할 수 없으셨다. 도시의 한가한 부자들이 짱아오에 열을 올리고 짱아오의 몸값이 올라갈수록 아버지의 고독과 상실감은 깊어갔다.

나는 여러 번 아버지를 위로하며 말했다. 칭짱고원이 존재하는 한, 칭짱고원의 짱아오도 건재할 거라고. 칭짱고원을 잘 보존하고 짱아오 보호구역을 만들면 그 녀석들도 지킬 수 있을 거라고.

그러나 아버지는 쓴웃음을 지으며 말씀하셨다. "그렇게 한다 한들, 이젠 늑대도 별로 없잖니?"

그렇다. 이젠 늑대도 거의 없다. 호랑이도, 표범도, 곰도 거의 다 사라졌다. 천적이 사라지면 짱아오와 그의 천성도 사라지지 않겠는가? 아버지 마음속에 살아 있던 그 짱아오는 이미 다시는 찾을 수 없다는 걸 아버지는 알고 계셨다. 늑대는 사라졌지만 늑대성과 늑대 문화, 늑대 예찬은 넘쳐나게 될 줄 모르셨던 것이 그나마 아버지에게는 다행이었을까?

3

아버지는 그렇게 짱아오를 한없이 그리워하다 돌아가셨다.

나와 형은 짱아오에 대해 정리한 아버지의 노트와 스크랩을 한 장씩 찢어 '천금은 쉽게 얻을 수 있지만 짱아오 한 마리는 구하기 어렵다 千金易得, 一獒難求'라는 여덟 자가 씌어진 표지와 종이돈을 아버지의 유골함 앞에서 태웠다. 내세라는 것이 정말 있다면, 짱아오가 아버지와 함께 해주기를 기원했다.

이듬해 봄 우리의 오랜 친구 딴쩡자 아저씨의 아들 창빠强巴가

우리 집을 찾아왔다. 그는 하다哈達[10]를 손에 받쳐들고 집 안팎을 구석구석 살핀 후에야 아버지가 이미 세상을 떠나셨다는 것을 눈치챘다.

그가 하다를 아버지 영정 앞에 바쳤다. 그리고 커다란 여행가방 속에서 아버지께 드릴 선물을 꺼냈다. 우리 집 식구들을 모두 깜짝 놀랐다. 그 선물은 짱아오 강아지 네 마리였다. 짱아오처럼 충성스럽고 후덕한 이 티베트인은 그 넓은 싼장위안 땅에서, 천신만고 끝에 순종 짱아오 네 마리를 구해온 것이다.

뜻 깊고 행복한 만년을 보내시라고 아버지께 준비한 선물이었는데…… 그토록 바라시던 그 행복을 목전에 두고 아버지는 안타깝게 돌아가신 것이다.

네 마리 강아지는 수컷 둘, 암컷 둘이었다. 둘은 온몸이 검었고, 둘은 등만 검고 다리는 누런색이었다.

창빠가 이런 제안을 했다. "이렇게 하기로 하지. 이 강아지들은 한 쌍은 오빠와 여동생, 다른 한 쌍은 누나와 남동생 사이거든. 초원의 맞사돈 풍습처럼, 여동생을 시집보내고 아내를 얻어오게 하는 거야."

이렇게 말하며 그는 소꿉장난을 하듯 강아지들을 그가 말한 순서에 따라 한 쌍씩 짝지어주었다. 강아지들을 품에 안은 어머니와 우리 형제는 너무 기쁜 나머지 손님 접대조차 잊어버릴 지경이었다.

_____

10) 혹은 카다. 티베트족이나 몽골족이 경의나 축하의 뜻으로 쓰는 흰색, 황색, 남색의 비단 수건

나는 창빠에게 물었다. "이름은 지었어?"

아직 이름이 없었다. 우리는 곧바로 이 강아지들의 이름을 지어주었다. 제일 건강해 보이는 수캉아지는 '깡르썬거岡日森格', 그놈의 여동생은 '나르那日', 가장 작은 암캉아지는 '궈르果日', 자기 누이보다 좀더 튼실해 보이는 남동생은 '뛰지라이바多吉來吧'라고. 모두 아버지가 기르시던 짱아오들의 이름인데, 우리는 네 마리 강아지들에게 그 이름을 그대로 붙여주었다. 그리고 나는 그놈들을 내 소설의 주인공으로 삼았다. 그러니까 아버지와 그 네 마리 짱아오 강아지에 대한 기념이라고 해두자.

어린 짱아오 네 마리를 선물받은 그날은 아버지를 여읜 후 처음으로 우리 가족이 기쁨의 미소를 지은 날이었다. 하지만 아무것도 모르고 기뻐하던 그때, 비극의 씨앗은 이미 잉태되고 있었다.

2주 후 이느 날, 집에 도둑이 들었다. 도둑은 다른 아무것도 건드리지 않은 채, 네 마리 짱아오만 훔쳐 가버렸다.

온 가족이 출동해 필사적으로 강아지를 찾았다. 내 자식을 잃어 실성한 사람마냥 도시의 대로변과 골목길을 샅샅이 누비며 목이 터져라 외쳤다. "깡르썬거! 뛰지라이바! 궈르! 나르!"

우리는 아는 사람들에게 부탁하고 경찰에 신고했으며 신문에 광고를 내고 현상금까지 걸었다. 그야말로 생각할 수 있는 모든 방법을 총동원했다. 그렇게 만 2년이 지난 후, 우리는 아버지와 우리의 사랑스러운 짱아오들을 찾을 길이 너 이상 없다는 것을 인성해야만 했다.

개를 훔치는 사람은 개를 키우지 않는다. 보통 개를 훔치는 건

개장수들이니까. 이 늑대 같은 도둑놈은 제 잇속을 위해 다른 이에게 해를 끼쳐가며 우리의 짱아오를 팔고, 돈을 벌었다.

하지만 자기 돈을 주고 짱아오를 사는 사람이라면 분명 짱아오를 좋아하는 사람이겠지? 우리 강아지들을 못살게 굴지는 않겠지? 최선을 다해서 잘 돌봐주겠지?

그 짱아오 네 마리가 한 주인 아래 같이 있는지 아니면 이미 뿔뿔이 흩어져 각자의 하늘 아래 자신의 사명을 완수해가고 있는지 그건 잘 모르겠다. 조그맣던 녀석들도 이제는 다 커서 엄마 아빠가 되어 있겠지.

이 자리를 빌려 우리 강아지들을 키우시는 분들에게 꼭 전하고 싶은 말이 있다.

그 개들의 이름을 기억해주십시오. '깡르썬거'는 '설산의 사자'라는 뜻이고 '뚸지라이바'는 '선금강善金剛[11]'이란 뜻입니다. '궈르'는 초원의 유목민들이 믿고 따르는 용감한 달의 여신 이름이고 '나르'는 먹구름을 끌고 다니는 '사면흑금호법獅面黑金護法'의 이름입니다. 그리고 궈르는 '위엔딴圓蛋' 나르는 '헤이딴黑蛋'이라고도 하는데 티베트인들이 가장 사랑스런 아이에게 지어주는 대표적인 아명이에요.

꼭 기억해주세요. 그 개들은 고원의 유목민이 하듯 사려 깊게 다뤄주셔야 합니다. 절대로 아무렇게나 짝을 지어서는 안 됩니다. 깡르썬

---

11) 약칭으로 '뚸라이'라고 불리며, 연화생蓮花生 대사의 티베트 행을 저지하려 했던 여러 신령들 중의 하나였으나 후에 연화생에게 항복하여 불교의 호법신으로 귀화했다고 한다.

거와 뛰지라이바, 귀르와 나르는 순종 히말라야산 짱아오하고만 짝을 맺어야 순수한 혈통을 이어나갈 수 있습니다. 그래야만 우람하고 위풍당당한 몸집과 위대한 정신, 고상한 품격까지 유지할 수 있어요. 그렇게 해주신다면 동물의 왕으로서 탁월성은 영원토록 보존될 뿐 아니라 대를 이어 더욱 빛을 발할 겁니다. 그렇게 그들은 우리 인간사의 일부가 될 거예요.

그리고 마지막으로 한 가지만 더 기억해주세요.

그 짱아오들에게는 티베트 유목민에 대한 저희 아버지의 애틋한 사랑이 담겨 있음을, 또 그 아버지를 향한 아들의 하염없는 그리움이 깃들어 있다는 사실을……

양쯔쥔

짱아오 전쟁과 이 소설에 관하여

칭궈아마青果阿媽 초원에서 벌어졌던 '짱아오 전쟁'에 관해 현지의 역사서는 단 몇 줄만을 기록하고 있다.

민국 27년(1938년), 시닝西寧[12] 루어자완羅家灣 비행장에 주둔해 있던 마뿌팡馬步芳[13] 소속의 한인漢人 병사대대가 칭궈아마 서부 초원으로 이주했다. 당시 '개고기 대왕'으로 불리던 대대장이 군 병력을 동원, 시제구 초원의 짱아오를 대량 학살하자 이에 크게 반발한 현지의 두령과 유목민들은 폭동을 일으켰다. 무마허牧馬鶴 부락의 군사사령관이자 강도였던 자마춰嘉瑪措의 지휘 아래 수백 마리의 짱아오들이 용맹스런 전투를 벌였으며 그 결과 한인 병사대대를 시제구 초원에서 몰아낼 수 있었다.

그러나 초원의 유목민들에게 '짱아오 전쟁'은 영웅의 찬가인 동시에 생사를 건 비가였다. 죽음의 침통함은 초원을 둘러싼 설산처럼 차갑게 티베트인과 짱아오의 뇌리 속에 파고들었다. 한인 병사대대가 물러갔다고 해서 '짱아오 전쟁'이 끝난 것은 아니었다. 어쩌면 전쟁은 그렇게 시작된 셈이다. 유목민의 반항을 털끝만치도 용납하지 않았던 마뿌팡은 기병대를 파견해 소위 '반란' 진압에 나섰고 시제구 초원은 전쟁의 참화로 아수라장이 되었다.

시제구 초원을 피바다로 만든 것은 마뿌팡의 기병대만이 아니었다. 예부터

---

12) 칭하이성青海省의 성도省都
13) 민국 시기 국민당 소속의 칭하이성青海省 군사 세력, 공산군에 패전하면서 닝샤寧夏, 신장新疆으로 가는 길을 열어주었다

적대관계에 있었던 샹아마上阿馬 초원의 기마사냥꾼들도 여기에 한몫 했다. 이들은 마뿌팡 기병대의 선동과 사탕발림에 넘어가 시제구와 오래된 분쟁지역인 초원의 변경을 침범해왔다.

초원의 해묵은 경계선 분쟁과 부락 간 갈등은 순식간에 피비린내 나는 칼부림으로 비화되었다. 수많은 사람들의 목이 베어지고, 수많은 짱아오들의 가죽이 벗겨졌다. 피비린내 나는 봄비를 맞은 시제구 초원에서는 여기저기 핏빛 목초가 자라났다. 이제 그 풀들은 더 이상 푸르지 않았다. 사시사철 몰아치는 비바람과 눈보라로도 깨끗하게 씻어낼 수 없었다. 그 풀들은 뿌리까지, 아니 세포와 유전자 하나하나까지 선혈과 원한으로 물들었기 때문이다.

소설 《짱아오》는 '짱아오 전쟁' 직후 칭궈아마 초원 내 부락 간 갈등이 최고조에 이르던 시기를 배경으로 한다. 작가의 아버지이자 소설 속 주인공인 젊은 기자가 이 초원의 주재기자로 부임하는 날, 원수 마을의 아이들 일곱 명이 그를 따라 시제구 초원으로 들어왔다. 그리고 황금색 사자머리 짱아오 한 마리도 아이들과 함께 금단의 구역을 침범해버렸다. 피로 물든 초원의 역사를 알지 못하는 아버지와 일곱 아이들, 그리고 예사롭지 않은 수짱아오 깡르썬거가 등장하면서 초원은 한 치 앞을 알 수 없는 격랑 속으로 휘말리게 된다.

1장

칭궈아마 서부,
시제구 초원으로

1

랑도협狼道峽를 지나자 칭궈아마 서부 초원이 눈에 들어왔다. 아버지를 호송하던 두 군인은 말고삐를 당겨 걸음을 멈추었다.

"기자 동지. 저희들은 여기까지만 데려다드릴 수밖에 없습니다. 칭궈아마 서부 초원에 사는 유목민과 두령은 외부인들에게 아주 친절하기 때문에 위험한 일은 없을 겁니다. 태양이 지는 쪽으로 세 시진時辰(한 시진은 두 시간) 정도 가시면 사원 하나와 돌집들이 나올 겁니다. 거기가 바로 동지가 가려고 하는 시제구西結古입니다."

군인들은 이렇게 작별을 고했다.

되돌아가는 군인들의 뒷모습을 물끄러미 바라보는 순간 피로가 엄습했다. 말 등에서 미끄러지듯 내려온 아버지는 잘 익은 대추색 말을 끌고 걸음을 재촉했지만 몇 걸음 못 가 풀밭에 털썩 누워버렸다.

아버지는 어젯밤 늦게까지 따미多彌 초원의 유목민에게 티베트어를 배우고 새벽같이 길을 떠난 터였다. 피로가 몰려오자 아버지는 풀밭에 누워 한잠 청하고 가기로 했다. 허기를 느낀 아버지는 몸에 차고 있던 비상식량 주머니 안에서 땅콩 한 줌을 꺼내 까먹기 시작했다. 누워 있는 아버지 주위는 금세 노란 땅콩껍질로 어지럽혀졌다. 한 줌을 다 먹고도 여전히 배가 고파 두 줌째 집어들었지만 채 다 먹기도 전에 깊은 잠에 곯아떨어졌다.

잠에서 깨어났을 때, 아버지는 자신이 매우 위험한 상황에 노출되어 있음을 직감했다. 주위를 둘러싼 검은 그림자가 느껴졌다. 말의 그림자는 아니었다. 말보다 작은 물체였다. '늑대인가?' 그는 황급히 일어나 앉았다. '늑대는 아닌데…, 그럼 사자?' 아니, 사자도 아니었다. 개였다. 황금빛 갈기를 곧추세운 짱아오 한 마리가 불꽃같은 눈초리로 그를 주시하고 있었다.

개의 주인은 아이들이었다. 아이들은 호기심으로 가득 찬 두 눈을 반짝이고 있었다. 아버지로서는 이렇게 큰 짱아오를, 이렇게 가까이서 보는 게 난생 처음이었다.

자신도 모르게 뒤로 움찔 물러서며 아버지가 물었다. "너희는 어디서 왔니? 뭘 하려는 거지?"

자기들끼리 눈길을 주고받던 아이들 중 이마가 훤한 사내애가 서툰 한어로 대답했다. "샹아마 초원요."

"샹아마 초원? 시제구에서 왔으면 좋으련만."

아버지가 보니 아이들 손에는 모두 땅콩 껍질이 들려 있었다. 그들 중 둘은 땅콩 껍질을 조금씩 씹고 있는 중이었다. 풀밭에 뒹굴던 땅콩껍질은 어느 새 하나도 남김없이 사라져 있었다.

"껍질은 버리렴. 그건 먹는 게 아니야." 아버지는 이렇게 말하며 주머니에서 땅콩을 한움큼 꺼내 아이들에게 건네주었다.

아이들은 앞다투어 손을 내밀었다. 주머니 속의 땅콩은 아이들에게 똑같이 분배되고 겨우 두 알만 남았다.

아버지는 한 알을 짱아오 앞에 떨어뜨려 주며 달래듯 말했다. "제발 난 물지 말아줄래?"

그러고는 나머지 한 알을 '와삭' 깨물어 아이들에게 땅콩 까먹는 시범을 보여주었다. 아이들은 아버지를 따라 땅콩을 '와삭' 깨물어 맛있게 먹었다.

하지만 커다란 몸집의 황금빛 짱아오는 여전히 의심이 가시지 않은 듯 땅콩 냄새만 맡고 있었다. 먹고 싶긴 한데 섣불리 달려들기를 주저하는 분위기였다. 이마가 흰한 아이는 짱아오 앞에 놓인 땅콩을 잽싸게 낚아채 자기 입에 집어넣으려 했다.

그러자 얼굴에 칼자국이 난 한 아이가 땅콩을 빼앗으며 말했다. "안 돼. 깡르썬거 거야!"

아이는 땅콩 껍질을 까 손바닥으로 받쳐 개의 입 앞에 대주었다. 깡르썬거는 감동한 눈빛으로 아이를 잠시 쳐다보더니 혀를 쑥 내밀어 땅콩 알을 날름 집어삼켰다.

아버지는 아이들에게 물었다. "너희들, 이게 뭔지 아니?"

이마가 흰한 아이가 한어로 대답했다. "천국의 과일요." 그리고 티베트 말로도 다시 한 번 반복했다. 몇몇 아이들도 동의한다는 듯 고개를 끄덕였다.

아버지는 이름을 알려주었다. "천국의 과일…? 그렇게도 말할 수 있겠지. 이건 다른 말로 땅콩이라고 한단다."

이마가 훤한 아이가 되물었다. "땅콩?"

아버지는 자리를 털고 일어나 하늘을 살펴본 후 말에 올랐다. 아이들에게, 그리고 외경심마저 느끼게 하는 그 황금빛 짱아오에게 손을 흔들어준 뒤 채찍을 휘둘러 앞으로 달려갔다.

얼마나 갔을까? 한참을 달렸는데 뒤쪽에서 이상한 소리가 들렸다. 뒤를 돌아보니 아이들과 수사자같은 짱아오가 그의 뒤를 따라오고 있는 게 아닌가?

아버지는 말을 멈추고는 눈빛으로 아이들에게 물었다. '너희들, 왜 날 좇아오는 거니?'

아이들 역시 발걸음을 멈추고 서서 눈빛으로 아버지에게 물었다. '아저씨, 왜 안 가시는 거예요?'

아버지가 앞으로 달리자 아이들도 아버지를 좇아왔다. 호기심 많은 독수리는 창공을 선회하며 푸르른 여름날 초원의 지평선 위에서 벌어지는 이 광경을 주시하고 있었다. 말을 타고 앞서 달리는 한족 남자와 그 뒤를 따르는 남루한 옷차림의 티베트 아이 일곱 명, 그리고 위풍당당한 황금빛 짱아오 한 마리. 맨발의 아이들은 보드라운 초원을 타박거리며 신나게 달리고 있었다.

아버지는 지금도 자신과 일곱 명의 티베트 아이들, 그리고 짱아오를 이어준 것이 땅콩이었다고 생각하신다. 그 땅콩은 아버지가 시닝西寧을 떠날 때 김 선생님이 챙겨주신 것이었다.

김 선생님은 신문사 기자부 주임으로, 딸이 허난河南의 고향 집에서 땅콩을 한 보따리 들고 오자 아버지에게 땅콩을 몽땅 다 가져가라고 성화였다. "이건 자넬 주려고 특별히 가져온 거야. 고향 친구끼리 너무 체면 따지지 말자고."

하지만 땅콩을 전부 다 가져올 수는 없었다. 아버지는 일부만 비상식량 주머니에 담아온 후, 여행길에 틈틈이 까먹었다. 칭궈아마 초원에 도착했을 때, 땅콩은 아주 조금 남은 상태였다. 그런데 초원의 아이들과 '깡르썬거'라는 이름의 황금빛 짱아오가 아버지의 마지막 땅콩을 먹게 된 것이다. 그리고 그들은 아버지를 따라 그렇게 시제구까지 함께 왔다.

시제구는 칭궈아마 서부 초원의 중심지였다. 사원과 돌집들은 이곳이 시제구의 중심이라는 표지였다. 중심이 아닌 곳과 초원은 어디든 떠돌아다닐 수 있는 천막집뿐이었다. 사원과 돌집 부근에는 높이 쌓아올린 마니석瑪呢石[14] 무더기와 경간經杆[15]들, 겹겹이 쌓은 경석經石들이 곳곳에 널려 있었다. 경문을 적은 오색의 타르쵸風馬旗[16]와 불상이 그려진 거다經幡[17]도 펄럭거렸다.

아버지가 시제구에 도착했을 때는 이미 저녁 무렵이었다. 석양은 긴 그림자를 드리우고, 기울어진 산세를 따라 세워진 시제구사寺와 돌집들은 높낮이가 들쭉날쭉 기우뚱해 보였다. 야트막한 산자락에는 삼림과 초원이 맞닿아 있었고 검은 소가죽 천막과 하얀 헝겊 천막도 드문드문 보였다. 육자진언六字 眞言[18]이 씌어진 오색

---

14) 디메드 불교의 육자진언이나 불상을 새겨 신앙심을 표시한 돌무더기.
15) 하다(카다)나 타르쵸를 묶어놓는 높은 기둥.
16) 펑마치風馬旗, 오색 천에 기도문이나 불교경전을 찍어 줄에 꿰어놓은 것.
17) 경번經幡, 불교 경전으로 만든 기.

타르쵸는 레이스처럼 천막집의 사방을 장식하고 있었다. 모락모락 솟아오르는 밥 짓는 연기는 바람이 불 때마다 구름과 함께 뒤섞였다. 낮게 드리운 구름은 나무가 빽빽한 산등성이에 가까스로 걸려 있었다.

구름 너머 저 멀리에서 개 짖는 소리가 들려왔다. 많은 개들이 이쪽으로 다가오는 소리였다. 풀들이 파도처럼 일렁이는 산자락 아래에서는 "쏴쏴쏴." 소리가 났다. 이윽고 낮게 깔린 구름 사이를 뚫고 튀어나오는 개들의 그림자가 보였다.

"앗!" 아버지는 황급히 말고삐를 잡아당겼다. 한꺼번에 이렇게 많은 개를 본 것은 처음이었다. 그 중에는 엄청나게 큰 개들도 보였는데 흡사 호랑이나 표범, 사자, 곰과 같은 맹수의 느낌이었다.

아버지는 나중에야 그 개들이 짱아오라는 사실을 알았다. 몇백 마리는 족히 될 각양각색의 개들 중 3분의 1 이상은 용맹스런 짱아오였다.

당시 초원의 대다수 짱아오들은 순수 혈통을 자랑했다. 용맹과 지혜로 이름 높은 히말라야산 짱아오들이 순수 혈통을 지킬 수 있었던 이유는 두 가지다.

첫 번째, 짱아오의 발정기가 가을인 반면 다른 티베트 개들의 발정기는 겨울이나 여름이었다. 일반 암캐들은 발정기에 있는 짱아오를 만나면 꽁무니를 뺀다고 했다. 보통 개들은 짱아오의 무게

---

18) 산스크리트어로 'Om mani padme hum'이라고 하며 "아! 연꽃 속의 보석이여."라는 뜻이다. 티베트 불교 교리에 따르면 이 주문을 외우면 윤회를 벗어나 극락에 갈 수 있다고 한다.

를 감당할 수 없기 때문이다. 암양이 황소의 무게를 견뎌낼 수 없는 것과 같은 이치다.

두 번째, 짱아오의 고독하고 오만한 천성 때문이었다. 이들은 다른 개와는 좀처럼 친밀한 접촉을 갖지 않았다. 짱아오는 일반 개들과 동지나 이웃으로 지낼 수 있지만 결코 연인은 되지 않았다. 고독한 수놈 짱아오가 원하는 상대는 자기보다 더 고독한 암짱아오였다. 한 번 짝을 지은 짱아오들은 상대가 죽을 때까지 짝을 바꾸지 않았다.

짝을 잃은 극소수 수컷들은 발정을 참지 못해 욕구를 배출할 일반 암캐를 찾기는 하지만, 앞서 이야기했듯이 암캐는 짱아오의 거대한 몸집만 봐도 무서워 줄행랑을 쳐버린다. 미처 도망치지 못한 암캐가 짱아오 아래 깔리더라도 자연스럽고 정상적인 교미는 거의 불가능하다.

그러나 짝을 잃은 수컷들 중에는 바다라도 태워버릴 것 같은 강렬한 발정기 욕망에 시달리면서도 결코 자신의 품격을 낮추지 않는 짱아오들이 있다. 이들이야말로 모든 견공의 존엄이며 고귀함의 상징인 짱아오 중에서도 단연 돋보이는 왕자王者라 할 수 있다. 적어도 행동과 품격으로는 틀림없는 으뜸이다.

여하튼 처음 보는 개들의 위용에 겁이 덜컥 난 아버지는 급히 말머리를 돌려 도망치기 시작했다.

그 순간 맨발에 웃통마저 벗어젖힌 한 아이가 나타나 아버지의 대추색 말을 잡아챘다. 놀란 말이 뒤로 펄쩍 뛰어오르는 바람에 아버지는 하마터면 말 등에서 떨어질 뻔했다. 아이는 잽싸게 몸을 날려 말을 진정시켰다. 그의 크고 긴 호령 소리가 들리자 미친 듯이 달려오던 개들은 갑자기 다섯 발자국 뒤로 물러났다.

개들은 정신없이 짖어댔지만 더 이상 다가오지는 않았다. 아버지가 말에서 내렸다. 아이는 아버지의 말을 끌고 앞장서서 걸었다. 개들은 멀지도 가깝지도 않은 거리에서 그 뒤를 쫓아왔다. 적의에 불타는 개들의 눈빛은 여전히 아버지의 등에 머물렀다. 등뒤에서 느껴지는 위협감으로 등골이 오싹했다.

아이는 아버지를 이끌고 흰 벽에 검은 물소 똥을 바른 어느 돌집으로 향했다. 2층집인데 아래층은 탁 트인 마구간이고, 위층은 사람이 사는 듯했다. 아이는 눈을 치켜뜨며 손을 들어 위층을 가리켰다.

아버지는 아이의 어깨를 두드려 감사를 표했다. 하지만 아이는 겅중겅중 달아나며 두려운 낯빛으로 아버지를 올려다보았다.

행여 개들이 물지나 않을까 흘끔거리고 있던 아버지가 의아해서 물었다. "무슨 일이 있니?"

아이가 대답했다. "복수의 신. 내 어깨에 복수의 신이 있어."

뜬금없는 아이의 대답에 어리둥절해진 아버지가 고개를 가로저으며 말 등에서 짐을 내렸다. 안장과 마구를 벗겨주고 산등성이로 가서 풀을 뜯게 했다. 자신은 짐을 들고 돌계단을 지나 돌방 입구에 도착해서 잠시 걸음을 멈추었다.

아버지가 문을 막 두드리려는데 아이의 날카로운 비명이 들렸다. 고개를 돌려보니 저 멀리 흉하게 일그러진 아이의 얼굴이 보였다. 석양빛이 드리운 얼굴 그림자 윤곽마다 미움과 분노가 선명하게 서려 있었다. 특히 두 눈동자는 분노로 이글거렸다. 이렇게 맹렬한 분노로 타오르는 아이의 눈을 본 적이 없었다.

가까운 풀밭에는 아버지를 따라 시제구까지 온 일곱 아이와 수사자 같은 깡르썬거가 한 줄로 쪼르르 서 있었다. 아버지는 설산의 사자라는 이름의 '깡르썬거' 역시 젊고 힘센 수컷 짱아오임을 금세 알아보았다.

아버지는 어눌한 티베트 말로 웃통 벗은 아이에게 말했다. "왜 그러니? 저 아이들은 샹아마에서 온 애들이야."

그러나 아이는 무섭게 눈을 부라리더니 티베트어로 미친 듯이 소리치기 시작했다. "샹아마의 원수들, 샹아마의 원수들! 아오떠지, 아오떠지!"

그 외침에 개들이 맹렬히 짖어대며 앞다투어 달려나왔다.

샹아마에서 온 일곱 명 아이들은 걸음아 날 살려라, 줄행랑을 쳤다. 도망치면서도 "마하커라뻔썬바오玛哈喝喇奮森保, 마하커라뻔썬바오!"라고 외치는 것은 잊지 않았다.

깡르썬거는 아이들을 호위하듯 앞으로 달려나오더니 눈 깜짝할 사이에 시제구의 개들과 한 덩어리가 되어 싸우기 시작했다.

아버지의 두 눈이 휘둥그레졌다. 개들 세계에도 이렇게 격렬한 싸움이 존재하다니! 개들이 사람과 마찬가지로 다른 종족은 거들떠도 안 본 채 자기 종족만을 공격하는 건 처음 보는 광경이었다. 개들은 뿔뿔이 흩어지는 샹아마 아이들은 쫓지 않고 그들을 막아선 깡르썬거 하나만 집중 공격하고 있었다.

자신의 불리함을 잘 아는 듯, 깡르썬거는 속전속결 전술을 펼쳤다. 신속한 판단력으로 공격 목표를 정한 후 펄쩍 뛰어올라 온몸으로 상대를 짓이겼다. 그리고 숨 돌릴 겨를도 없이 다음 목표를 향해 뛰어들었다. 거대한 체구를 이용한 빠른 공격은 마치 산이 무너져내리는 것 같은 파괴력을 지니고 있었다. 그의 목표가 된 개마다 여지없이 땅에 메다꽂혔다.

그러나 시제구의 개들은 마치 그러기를 바라기라도 했다는 듯, 싸우고 있는 깡르썬거의 뒤쪽에서 엉덩이와 허리, 옆구리로 달려들었다. 깡르썬거의 몸은 물어뜯긴 상처에서 흘러나온 피로 낭자했다. 사실 깡르썬거가 쓰러뜨린 개들은 모두 몸집이 작은 티베트의 보통 개들이었다.

호랑이나 표범, 사자와 곰처럼 몸집이 거대한 짱아오들은 싸움판 바깥쪽에서 입을 굳게 다물고 있었다. 그들은 관전자였다. 이런 개떼의 패싸움에는 전혀 관심 없다는 듯 냉정한 장군처럼 서 있을 뿐이었다. '침입자에게는 죽어서도 묻힐 땅조차 없어. 우리가 굳이 나설 필요가 없지.'

그들의 오만한 침묵은 계속되었다. 작은 개들과의 싸움은 깡르썬거에게는 치욕이었다. 더욱 치욕적인 것은 상대방을 제압했더라도 자신은 점점 피투성이가 되고 있다는 사실이었다. 티베트의 일반 개들은 수적 우세를 무기 삼아 그를 점점 지치게 만들고 있었다.

많은 피를 흘린 깡르썬거는 전술을 바꾸었다. 적들은 그가 일대일로 싸울 때 엉덩이를 물어뜯어 동굴처럼 깊은 송곳니 자국을 남겼다. 수치심이 그의 혈관에서 역류했다. 그는 이성을 잃은 듯 예상 외의 결정을 내렸다. 덤벼드는 조무래기 개들을 제쳐두고 몸집 큰 개들에게 돌진한 것이다.

깡르썬거는 그들이 개들 세계에서는 물론 인간들도 자랑스러워 하는, 자신과 동일한 히말라야산 짱아오라는 것을 알고 있었다. 그 도도한 짱아오들이야말로 시제구 개들의 우두머리다. 목숨을 걸고 결전할 상대는 바로 그들이다. 잡다한 졸개들은 깡르썬거의 상대가 아니었다.

깡르썬거는 자신에게 그들을 물어죽일 능력이 있음을 믿었다. 하지만 그러다 자신이 물려죽기 십상인 것도 잘 알았다. 어찌됐든 그의 간절한 소원은 내가 죽든 네가 죽든, 대등한 신분과 힘과 명예를 가진 짱아오끼리 명예로운 한판 승부를 벌여보는 것이었다.

시제구의 짱아오들은 깡르썬거가 정면승부를 걸어올 줄은 미처 예상치 못했다. 게다가 첫 일격에 위풍당당혜 보이는 시자미러 금빛 짱아오까지 넘어뜨릴 줄이야! 그들은 놀라움으로 술렁였고, 순식간에 그 자리에서 흩어졌다. 이는 도전자를 맞이하는 결전의 전주곡이었다.

그러나 어느 하나 앞으로 나서는 놈은 없었다. 사자머리 금빛 짱아오가 몸을 날려 달려드는 걸 보았지만 여전히 오만한 냉정을 지키고 있었다. 두 마리 짱아오는 함께 뒤얽혀 치고받았다. 이쪽에서 한 입을 물면 저쪽에서도 이빨을 번득이며 공격해왔다. 커다란 머리를 마주대고 좌우로 뒤틀며 물고 물리는 공방진을 벌였다. 그러나 힘의 균형은 허물어졌고 승부는 금세 판가름났다. 사자머리 금빛 짱아오가 땅에 거꾸러졌다. 깡르썬거의 이빨에 목이 반 이상

관통당한 것이다. 깡르썬거의 이빨 사이에서 붉은 피가 솟구쳤다. 이건 강자를 알아보지 못한 대가였다. 하지만 그리 큰 대가는 아니었다. 깡르썬거는 상대가 죽을 때까지 탐욕스럽게 물고 늘어지는 개가 아니었기 때문이다. 사자머리는 피가 흐르는 목을 좌우로 움직이며 금세 다시 일어섰다. 분노에 차 이빨을 번득이며 반격을 시도하려 했지만 깡르썬거는 이미 가장 가까이에 있는 또 다른 녀석에게 도전장을 내민 후였다.

이 개는 날카로운 눈매에 매우 험악한 인상을 지닌, 연륜 있는 회색 짱아오였다. 그놈이 깡르썬거 가장 가까운 곳에 섰던 이유는 따로 있었다. 사자머리의 실패를 일찌감치 예견하고는 승자의 녹록치 않을 도전을 기다린 것이다. 깡르썬거가 사자머리를 쓰러뜨렸을 때 그는 당장이라도 달려들어 물 것처럼 집적거렸다. 그러나 막상 깡르썬거가 달려들자 그놈은 교묘하게 몸을 피했다.

겨뤄보기도 전에 몸을 빼는 것은 화끈한 정면승부를 좋아하는 짱아오의 세계에서는 흔치 않은 행동이었다. 이는 오직 늑대나 표범 같은 맹수와 수차례 대결을 펼쳐본 짱아오만이 구사할 수 있는 전술이었다. 싸움을 슬슬 피해서 상대방의 화를 돋우는 것이다. 상대가 극한 분노로 이성을 잃으면 공격의 기회는 저절로 생긴다.

노련한 회색 짱아오는 깡르썬거의 공격을 계속 외면하며 화를 돋우었다. 노기를 더해가는 깡르썬거의 매서운 공격이 연달아 무위로 돌아갔다. 깡르썬거의 입에서는 짱아오의 결투에서 금기로 여기는 높은 신음 소리가 새어나왔다. 회색 짱아오가 목적을 달성할 순간이 눈앞에 이른 것이다. 이런 식으로 몇 번만 더 한다면 깡르썬거의 세찬 기세는 순식간에 꺾일 것이다. 피 끓는 젊은 수컷에게 있어 이는 공격 속도와 공격력이 절반 이상 격감되는 것을 의미한다.

그러나 이 노련한 회색 고수도 깡르썬거를 과소평가하고 있었다. 조급한 마음에 잠시 평정을 잃고 과격한 행동을 보이기는 했지만 깡르썬거는 이미 상대방의 의중을 헤아리고 있었다.

깡르썬거는 상대방이 도망을 치는 노선을 관찰했다. 이 적수에게는 시간차 공격이 먹힐 것임을 그는 탁월한 본능으로 간파해냈다. 계산한 시간차를 두고 상대에게 달려들었다. 첫 번엔 성공하지 못했지만 그 외에도 속임수 동작이 필요하다는 걸 잘 알았다. 속임수에 넘어가면 상대는 도망치고 싶어도 도망칠 수 없게 된다. 그때 급소를 한 번 물어뜯으면 게임은 종료되고 노련한 고수의 자존심도 함께 무너질 것이다.

회색 짱아오가 공격을 피해 땅으로 몸을 '풀썩' 수그리는 순간, 척추를 짓누르는 엄청난 무게가 느껴졌다. 이와 동시에 뒷목을 데인 듯 뜨거운 통증이 몰려왔다. 깡르썬거의 날카로운 이빨이 그의 목덜미를 사정없이 찢었다. 고개를 돌려 물어보려 했지만 깡르썬거는 목구멍 깊숙한 곳에서 나는 묵직한 소리로 으르렁거리며 경고했다.

경고를 들은 그는 바로 고개를 떨구고 "우우." 짖기 시작했다. 그건 울음이었다. 치량하면서도 비통에 찬 곡성이었다. 죽음이 두려워서가 아니었다. '시제구 짱아오의 자존심을 지키지 못할 정도로 내가 너무 늙어버렸구나.' 하는 비애의 울음이었다. 몸부림치며 일어나 끝까지 죽기살기로 결투를 벌일 수 있다면 차라리 좋으련만, 현재 그가 할 수 있는 일은 물리치지 못한 적을 동료에게 공손히 인계하는 것뿐이었다. 이제 젊은 후배들이 이 침입자를 물리치고 의기양양해 하는 모습을 가슴 아프게 쳐다볼 수밖에.

늙은 짱아오가 처량하게 울기 시작하자 깡르썬거는 흐느끼는 그의 등 위에서 펄쩍 뛰어내렸다. 곧바로 몸을 돌려 살금살금 다가와 엉덩이를 물려 하던 조무래기 개 두 마리를 들이받았다. 이제 짱아오 무리를 상대로 한 전투가 기다리고 있었다. 가슴 속에서 끓어오르는 호기는 뜨거운 콧김이 되어 사방으로 흩날렸다. 점점 더 강한 상대에게 도전해가는 그의 모습에는 결코 속박당하지 않는 강인함과 당당함이 서려 있었다.

이쯤 되면 짱아오 세계의 오래된 규칙대로 대왕이 등장해야 했다. 칭짱고원의 깊숙한 초원 지대. 특히 칭궈아마 초원이라면 영지를 지키는 짱아오 무리 중에 대왕이 존재하게 마련이었다.

대왕은 반드시 수컷이며 매우 강하고 사나워야 한다. 또한 영지를 보호하는 일에서 인간과 개 모두가 공인할 만한 큰 공을 세워야 한다. 예를 들면 황원 늑대나 설랑雪狼, 표범, 혹은 눈표범이라든지 티베트 불곰, 야생 야크yak[19] 등을 처치해낸 공적 같은 것. 어쩌면 여우를 잡듯 사람을 물어죽인 공적이 필요할 수도 있다. 그러니까

---

[19] 티베트어로 드룽, 야생소라고 하며, 체형은 집소와 비슷하지만 크기는 훨씬 크다. 중국의 국가 일급 보호동물. 가죽은 천막이나 모포로 사용되며, 똥은 연료로도 사용된다.

영지를 함부로 침범하는 원수들을 처단한 공적은 필수다.

짱아오가 왕위를 결정할 때 다른 동물과 다른 점은, 격렬한 결정전을 통해 단번에 정해지지 않는다는 사실이다. 대왕은 짱아오 공동체가 선택한다. 누가 가장 용감하고 지혜로운 짱아오인지는 오랫동안 소임과 전쟁을 함께한 그들이 가장 잘 안다. 거기에다 사람까지 그를 인정할 경우, 무리는 그를 대왕으로 인정하고 신하의 예를 갖춘다.

짱아오 세계에서 생사를 건 왕위 결정전을 벌이는 때는 오직 하나뿐이다. 사람의 평가와 짱아오들의 평가가 엇갈릴 때다. 사람에게서 지목받은 개는 인간의 선택이 옳았다는 것을 반드시 증명해야만 한다. 짱아오들의 인정을 받은 개 역시 동족의 선택이 옳음을 증명해야 한다. 두 후보 중 한 쪽이 완전히 굴복할 때까지 싸움은 끊임없이 계속된다.

개중에는 죽어도 패배를 인정하지 않겠다는 완강한 놈도 있지만, 결국 더 완강한 왕자에게 물려죽는다. 여기서 패하는 놈은 대개 인간이 선택한 쪽이다. 그러니까 짱아오의 판단이 더 공정하고 진실한 셈이다.

지금, 시제구 초원의 짱아오에게 새로운 대왕이 막 탄생하려 하고 있었다. 왕위 결정전이 치러진다면 이 싸움은 용호상박龍虎相搏의 중량급 결투가 될 것이 분명했다.

짱아오들, 티베트 개들, 자기가 죽을지 살지조차 모른 채 흥분하고 있는 강아지들까지 순식간에 찬물을 끼얹은 듯 조용해졌다. 기다리는 것이다. 밥 짓는 연기와 구름, 저녁 어스름과 석양마저 움직임을 멈춘 채 기다리고 있었다. 비뚜름한 시제구사와 곳곳의 돌집들은 더 비뚜름해지고, 굽어보는 그림자는 더 길고 더 멀어졌다.

깡르썬거는 고개를 치켜들어 짱아오 무리를 휘익, 둘러보았다. 그의 시선은 미소를 띤 채 자신을 바라보는 호랑이머리 순백색 짱아오에게 멈추었다. 그가 시제구 개들의 대왕이었다. 그는 중앙에 있지 않았다. 앞선 결투들과 자신은 전혀 무관하다는 듯, 구석 한 켠만 지키고 있었다. 그러나 그가 대왕이라는 사실은 한눈에 알아볼 수 있었다. 좌중을 둘러보는 그의 조용한 모습에서 당당한 위용과 자태, 대왕의 기질이 묵직하게 전해졌다. 한 쪽 눈에서는 왕자의 자신감과 호탕함이, 다른 쪽 눈에서는 투사의 위엄과 살기가 요동쳤다. 당당하고 여유로운 그의 행동에서는 침입자에 대한 멸시가 우러나왔다.

깡르썬거는 내심 감탄하지 않을 수 없었다.

'정말 멋있는 대왕이다.'

존엄한 두개골은 미동도 하지 않았지만 순백색 털들은 그의 위대함을 열렬히 증명하는 듯 바람에 흩날렸다. 더 놀라운 것은 굳게 다문 두꺼운 입술 사이로 주체할 수 없이 비어져나온 길고 날카로운 송곳니였다. 송곳니는 주둥이 양쪽에 세 개씩, 모두 여섯 날이 나 있었다. 보통 짱아오의 송곳니는 네 날에다 길이도 훨씬 짧았다.

그 여섯 날의 길고 날카로운 송곳니는 상대해봐야 이길 수 없다는 경고장 같았다. 큰 입과 펑퍼짐한 코는 그가 전형적인 히말라야산 순종 짱아오임을 말해주었다. 사람과 동물로 하여금 한눈에

외경심이 우러나게 만드는 그의 모습은 침범할 수 없는 생명의 신성한 의식 자체였다.

호랑이머리 순백색 짱아오가 일어났다. 시제구 초원의 대왕이 드디어 일어선 것이다.

그를 뚫어져라 바라보던 깡르썬거의 눈동자도 깜빡거렸다. 황금빛 갈기는 흥분으로 바르르 떨렸다.

맹견 중 맹견들의 결투가 이제 막 시작되려는 찰나였다. 아니, 이것은 결투라기보다 심판이었다. 짱아오와 티베트 개들의 눈에 이 싸움은 여지없는 심판이요, 징벌이었다. 직분에 충실하기 위해, 명예를 수호하기 위해, 시제구 초원의 짱아오 대왕은 세상 무서운 줄 모르는 이 용감한 침입자를 반드시 처벌해야 했다. 침입자가 대왕의 심판에 반항한다면, 그것은 살아서 돌아가고 싶지 않다는 뜻이었다.

대왕은 무리를 빠져나와 깡르썬거 바로 앞까지 다가왔다. 목구멍에서 들리는 그르렁거리는 소리는 이렇게 경고하고 있었다.

'지금이라도 늦지 않았다. 살고 싶다면 빨리 도망쳐라. 시제구 초원은 너를 환영하지 않는다.'

깡르썬거는 이 경고를 알아들었지만 받아들이려 하지 않았다. 오히려 앞발을 비스듬히 들어 있는 힘껏 걷어찰 준비를 했다. 몸까지 뒤로 젖힌 채 더 도전적인 자세를 취했다.

대왕은 실눈을 뜬 채 웃고 있었다. 그를 향해 어유롭게 꼬리끼지 흔들었다. '젊은이, 가게나! 이렇게 건장하고 준수한 자네를 죽이다니! 차마 못할 짓이네.'

깡르썬거는 이 말엔 반응도 하지 않은 채 비죽이는 갈기를 일렁이며 돌격할 자세를 취했다.

그런데 그때, 어떤 소리가 들려왔다. 사람의 목소리였다. 웃통을 벗고 맨발로 다니는 그 아이의 음성이었다. 아이는 조바심이 나서 기다릴 수 없었다. '우리 개들이 저놈을 빨리 물어죽이고, 나랑 같이 샹아마 아이들을 몰아내러 가야 되는데!'

아이가 고함을 치기 시작했다. "나르, 나르!"

아이는 호랑이머리 순백색 쨍아오가 대왕이란 건 알았지만, 대왕일수록 경솔한 공격은 하지 않는다는 것은 몰랐다. 대왕에게는 거드름을 피우며 입맛을 다실 시간이 필요했다. 하지만 일단 공격을 감행하면 한 입에 치명상을 입히고 일격에 상대를 격퇴시킬 수 있었다. 아이는 시제구 초원의 대왕이 당당한 젊은 침입자에게 손 하나 까딱하지 못하는 모습이 의아하고 실망스러울 뿐이었다.

성질을 참지 못하고 아이는 고함을 쳤다. "나르, 나르!"

나르라고 불리는 쨍아오가 무리 속에서 총알같이 튀어나왔다. 전신이 검은 사자머리의 암놈으로, 새끼강아지 때부터 같은 배의 언니와 함께 아이의 손에서 자랐다. 자신을 기른 사람이라면 누구라도 주인이었다. 나르는 아이가 부르는 소리를 듣자마자 달려나왔다. 그러나 달려나온 후에야 아이가 원하는 것이 무엇인지 알았다. 나르는 잠시 머뭇거렸지만 아이의 손짓에 따라 대왕과 침입자의 대결장으로 돌진했다. 아이의 목표는 깡르썬거였다.

젊은 피의 깡르썬거는 떨리는 마음으로 용사들의 전쟁을 준비하고 있었다. 그러나 시제구의 대왕에게 도전하는 이 대담한 결전이 시작되기도 전에 시시한 결말을 맞게 될 줄은 상상도 못했다. 멍하니 서 있던 그는 송아지만한 검은 짱아오 나르에게 세차게 들이받혀 두세 차례나 땅에 뒹군 것이다. 깡르썬거는 왜 자신이 죽어라고 노려본 대왕이 아니라 전혀 건드리지도 않은 암컷이 달려드는지 이해되지 않았다. 쓰러졌던 자리에서 박차고 일어나 방금 전자신이 넘어뜨렸던 그 회색 짱아오처럼 상대의 공격을 피했다.

아이는 또 소리치기 시작했다. "궈르, 궈르!"

궈르가 나타났다. 궈르는 나르와 한 배에서 태어난 언니 개로, 역시 송아지만한 크기에 사자머리를 한 암컷 짱아오였다.

깡르썬거는 궈르가 어디서 달려오는지조차 제대로 보지 못했다. 얼굴 한번 제대로 보지 못한 채 궈르에게 정면으로 들이받혔다. 나르는 이 기회를 놓치지 않고 가쁜 숨을 내쉬며 다시 달려들었다.

들이받힌 깡르썬거는 또다시 땅을 뒹굴었다. 하지만 이번에는 쉽사리 일어날 수 없었다. 송아지만한 암짱아오 두 마리가 몸 위를 짓눌렀기 때문이다. 재빨리 일어나 굵고 튼튼한 네 다리로 서야했는데, 그럴 수가 없었다.

날카로운 이빨로 물어뜯기 공격을 한다면 이들에게서 벗어나는 것은 식은죽 먹기였다. 그러나 깡르썬거는 그렇게 하지 않았다. '신사는 숙녀와 싸우지 않는다.'라는 말은 인간사회에서 연약한 남성들의 변명거리일 뿐이지만 히말라야산 짱아오의 세계에서는 불변의 진리였다.

짱아오의 세계에서 수컷은 암컷에게 절대 덤비지 않는다. 게다가 이렇게 아름다운 암컷들에게야! 암짱아오의 공격을 받은 수컷에게는 오로지 이해와 양보만이 있을 뿐이다. 깡르썬거는 조상대대로 내려오는 이 진리를 지키다가 도리어 생명의 위기에 빠져들었다.

그는 조금 혼란스러워졌다. '여기 시제구의 개들은 대체 어떤 놈들이지? 왜들 이러는 거야?'

이들은 꼭 다른 세계에서 온 것만 같았다. 다른 짱아오 사회에서라면 절대 타협할 수 없는 진리가 이들에게는 통하지 않았다.

그는 이 모든 게 인간이 끼친 악영향 때문임을 알지 못했다. 인간이 끼어들기만 하면 동물세계의 아름답고 정당한 규칙들은 모두 변질되었다. 깡르썬거는 자신이 그토록 복종하고 사랑해온 인간이(지금 이 순간 인간의 대표란 바로 웃통을 벗은 아이였다) 지금 자신을 더 큰 위험으로 끌어들이고 있다는 것은 더욱 알지 못했다.

웃통 벗은 아이가 팔뚝을 휘두르며 소리쳤다. "아오떠지, 아오떠지"

모든 개들이 깡르썬거를 향해 달려들라는 선동이었다. 짱아오들마저 초조하게 펄쩍거리며 한 마리의 개를 향해 몰려들었다.

오직 대왕만 꿈쩍도 하지 않았다. 오히려 깡르썬거를 미친 듯물어뜯고 있는 나르와 궈르를 향해 불만스러운 듯 짖어댔다.

짱아오들은 대왕의 언짢은 기색을 보고서야 비로소 잠잠해졌다. 그들은 시제구 초원의 영지견領地犬이었다. 그러므로 그들의 대왕 외에 다른 어떤 인간의 명령도 들을 필요가 없었다.

그러나 짱아오의 졸개인 티베트 개들에게는 이런 개념이 통하지 않았다. "아오떠지, 아오떠지"라는 외침이 들리기만 하면 이유 없는 군중심리로 분노했다. 그 개들은 땅바닥에 쓰러진 깡르썬거를 둘러싼 채 포위망을 점점 좁혀 들어갔다.

한순간, 티베트 개들이 너나 할 것 없이 뛰어들었다. 짱아오 대왕의 외침에 나르와 궈르가 뒤로 물러나자 거의 모든 티베트 개들이 한꺼번에 달려든 것이다. 티베트 개들은 깡르썬거 위로 겹겹이 올라탔다. 그들 모두 날카로운 제 이빨로 밑에 깔린 침입자를 사정없이 물어뜯어 놓아야만 속이 시원할 듯했다.

깡르썬거에게는 일어날 힘조차 남아 있지 않았다. 나르와 궈르에게 중상을 입은 후, 티베트 개들에게까지 사정없이 물리자 죽음의 사자가 곁에 온 듯 느껴졌다. 죽음의 사자는 쉬지 않고 그를 불렀다. 온몸의 상처가 그물처럼 너덜거렸다. 만신창이였다.

주위는 어느새 고요해졌다. 격한 흥분으로 시끄럽던 티베트 개들도 더 이상 짖지 않았다.

'이렇게 조용해지다니!'

언덕 뒤 먼 곳에 숨어서 이쪽을 훔쳐보던 샹아마의 일곱 아이들에게 이건 분명 불길한 징조였다. 아이들은 살금살금 기어와 머리를 빼꼼히 내밀고 주위를 두리번거렸다. 깡르썬거를 구해낼 방도를 찾아야만 했다.

그런데 웃통 벗은 아이는 마치 등 뒤에도 눈이 달린 듯했다. 원수가 왔음을 직감한 아이가 순식간에 뒤를 돌아 독수리 같은 눈으로 쏘아보며 고함쳤다. "이 샹아마의 원수들, 샹아마의 원수들!"

개들은 다시 흥분했다. 짱아오를 포함한 모든 시제구의 영지견들이 일곱 아이를 향해 맹렬한 기세로 달음질쳤다.

샹아마의 일곱 아이들은 뒤돌아 냅다 뛰며 한 목소리로 외쳤다. "마하커라뻔썬바오, 마하커라뻔썬바오!"

짐을 들고 돌집 문앞에서 상황을 관망하던 아버지는 한 가지 이상한 점을 발견했다. 아이들이 이 말을 외치기만 하면 개떼들의 속도가 현저히 느려진다는 점이었다. 심지어 어떤 큰 개들(짱아오와 대왕을 포함한)은 아예 추적을 포기한 채 꼬리를 살랑이며 제자리에서 어슬렁거렸다.

웃통 벗은 아이도 이상하기는 마찬가지였다. 아이는 앞으로 달려나오며 다시 외쳤다. "아오떠지, 아오떠지!"

이제는 아버지도 이것이 개들을 부추기는 소리임을 알았다. 샹아마 아이들이 붙잡힐까봐 마음이 다급해진 아버지는 웃통 벗은 아이에게 큰 소리로 외쳤다. "지금 뭘 하는 거니! 그 애들은 내가 데려온 애들이야!"

말이 채 끝나기도 전, 아버지가 서 있던 돌집의 현관문이 벌컥 열리더니 손 하나가 아버지를 문 안으로 와락 끌어당겼다.

2

돌집 안에는 남녀 10여 명이 앉아 있었다. 군인과 부락민들이었다. 그들은 모두 시제구 공작위원회工作委員會의 일원으로 회의를 하던 중이었다.

아버지를 끌고 들어온 군인이 매서운 말투로 물었다. "당신 뭐 하는 사람이야? 여기가 어딘 줄 알고 함부로 고함이야?"

아버지는 황급히 품속의 소개서를 꺼내 건네주었다. 군인은 편지를 보지도 않고 안경잡이에게 넘겼다.

안경잡이가 편지를 꼼꼼히 읽어보더니 말했다. "바이 주임白主任, 이 사람, 기잔데요."

바이 주임이란 아버지를 끌고 들어온 군인이었다. "기자? 기자도 우리 말을 들어야지! 저 애들, 당신이 데려온 애들이오?" 아버지가 고개를 끄덕이자 바이 주임이 다시 물었다. "당신, 우리 규칙을 알고 있소?"

"무슨 규칙인데요?" 아버지가 되물었다.

"앉으시오. 당신도 우리 회의에 참가하시오."

아버지는 자기 짐 위에 걸터앉았다.

바이 주임이 알려준 사실은 이러했다. 칭궈아마 초원의 32개의 크고작은 부락들은 시제구西結口, 둥제구東結口, 샹아마上阿媽, 샤아마下阿媽, 따미多彌 등 5개의 작은 초원에 흩어져 있다. 그런데 시제구의 부락과 샹아마의 부락은 조상대대로 원수지간이라 만나기만 하면 죽일 듯이 으르렁댄다는 것이었다. 이런 정황도 모르고 아버지가 샹아마 아이들을 시제구로 데려온데다가 그들을 쫓아내는 일에 간섭까지 한 것이었다.

"그 아이들은 겨우 일곱 명입니다. 게다가 지금 아주 위험한 상황이라고요."

아버지의 말에 바이 주임이 대답했다. "여기 사람들도 그 애들을 쫓아내려는 것일 뿐, 정말 싸울 생각은 없소. 그리고 초원의 싸움은 일대일이 원칙이니까 애들이라고 해도 자기보호 능력만 있으면 별 탈은 없을 거요."

"그럼 개들은 어떻게 하죠? 개들은 일대일 원칙 같은 건 모르잖아요? 그 많은 개들이 아이들을 쫓아오는데 어떻게 앉아서 구경만 하고 있어요?"

바이 주임은 개 이야기는 들은 척도 않은 채 아버지를 야단치기 시작했다. "당신은 이걸 알아야 하오. '부락 간 원한관계에는 절대 개입하지 않는다.' 이 규칙을 반드시 지켜야 할 거요. 우리가 시제구 두령들과 유목민의 환영을 받는 근본적인 이유는 샹아마 초원에 고립정책을 펴기 때문이오. 예전에 샹아마 초원의 부락 두령들은 전부 국민당 편이었지. 마뿌팡이 샹아마에 기병단을 주둔시켰을 때도 기병단장의 첩이 바로 두령의 여동생이었는걸.”

아버지는 생각했다. ‘개입하지 않는다면서 왜 한 쪽을 고립시키는 거야?’

그러나 질문을 하기도 전에 생각의 흐름이 끊겨버렸다. 나이차奶茶[20] 향내가 진동했다. 방 한가운데 진흙 화덕 위에서 나이차가 데워지고 있었다.

한 아가씨가 차 한 잔을 따라 아버지에게 건네주었다. 푸른 윗도리에 푸른 바지를 입은 모습이 학생처럼 앳돼 보였다. 얼굴도 예쁘고 목소리도 낭랑했다. “드세요. 오시느라 수고하셨을 텐데.”

아버지는 나이차를 단숨에 들이키고는 자리에서 일어나 불안한 심정으로 창밖을 주시했다.

아이들의 모습은 이미 보이지 않았다. 쫓기는 쪽이나 쫓는 쪽 모두 이미 멀리까지 가버렸다. 광란의 유혈극을 막 끝낸 각양각색 영지견 수백 마리는 현장을 떠나는 중이었다. 흩어지는 개들 뒤로 황금빛 털뭉치가 바람에 흩날렸다. 붉은 노을이 내리는 푸른 초원에서 황금빛 털이 유난히 도드라졌다.

“분명히 물려죽었을 거야. 가서 확인해봐야겠어.” 아버지는 말도 끝마치지 않고 곧장 밖으로 뛰쳐나갔다.

언덕에 올라보니 온통 피투성이였다. 특히 깡르썽거 주변의 풀

---

20) 밀크티milk tea, 쑤여우차酥油茶. 티베트인들의 음료로 찻물에 쑤여우酥油와 식염食鹽을 첨가한 후 잘 흔들어 만든다. 쑤여우차를 대접받은 손님은 한 번에 마시지 않고 조금씩 마시면 주인이 첨잔添盞해주는 것이 예의이다.

들은 진득한 피가 눌어붙은 채 짓이겨져 있었다. 방금 전 눈앞에서 벌어졌던 싸움이 다시 떠올랐다. 사자처럼 건장하던 깡르썬거가 시제구의 개들에게 산 채로 물려죽는 장면이 떠오르자 아버지는 자신도 모르게 온몸이 부들부들 떨렸다.

쭈그리고 앉아 이제는 더 이상 탐스럽지 않은 황금빛 털을 쓰다듬어보았다. 어느새 손에 피가 잔뜩 묻어나왔다. 아버지는 피가 묻지 않은 털을 찾아 손을 닦고 막 그곳을 떠나려 했다. 그런데 그 순간, 깡르썬거의 앞발 하나가 경련을 일으키듯 부르르 떨렸다. 그리고 다시 한 번, 떨림이 전해졌다.

아버지는 깜짝 놀랐다. '아직 죽지 않았나?'

하늘빛이 어스름해지고 곧 해가 질 터였다.

회의를 마친 안경잡이가 동산으로 아버지를 찾아와 말을 건넸다. "바이 주임이 말하기를, 당신이 이곳에 막 도착해 규칙을 잘 모르니까 자기하고 같이 사는 게 좋겠다고 하던데요."

시제구 공작위원회의 사람들은 모두 유목민의 천막집에서 살고 있었다. 바이 주임과 비서 업무를 담당하고 있는 안경잡이만 흰 벽에 검은 소똥을 바른 돌집에서 거주했다. 돌집은 예루허野驢河 부락의 두령 쉬랑왕뛔이索朗旺堆가 지어줬는데, 거주할 수 있을 뿐 아니라 회의도 열 수 있었다. 공작위원회의 본부인 셈이었다.

"좋지요. 그렇지만 이 개는 어떻게 할 거죠?" 아버지가 물었다.

"무슨 방도가 있나요?"

"이것도 생명인데, 이 녀석을 살리고 싶어요."

"그렇게는 안 될 거예요. 그 개는 샹아마의 개라고요. 규칙을 어기는 일이예요."

아버지는 돌집으로 돌아왔다. 안경잡이는 한쪽 구석에 있던 나무그릇을 양탄자 중앙으로 옮겨왔다. 그릇 안에는 칭커靑顆(티베트산 쌀보리)를 볶은 가루가 있었다. 거기에 나이차奶茶를 넣고 비빈 뒤 쑤여우酥油[21]를 뿌리면 금세 참파(티베트인의 주식)가 완성되었다. 이게 저녁밥이었다.

바이 주임은 짬을 이용해 초원의 규칙들을 설명해주었다. 유목민의 천막집에서는 불단佛壇을 등지고 앉아서는 안 된다, 사람의 뒤통수에서는 악취가 나기 때문이다. 불단을 향해 다리를 쭉 뻗고 앉는다든지 재채기를 한다든지 상스러운 소리를 해서는 안 된다, 부처님도 예의바르고 깨끗한 것을 좋아하신다. 마니석 무더기의 왼쪽으로 걸어가서는 안 된다, 그곳은 땅의 신과 칭커의 신이 다니는 통행로기 때문이다. 물고기를 잡거나 물고기를 먹어서는 안 된다, 수장水葬[22]을 하면 물고기가 사람 영혼의 사자死者 역할을 하기 때문이다. 그래서 물고기는 천장天葬[23]을 담당하는 독수리에 다음

---

21) 야크yak나 양의 젖을 바짝 졸여서 만든 일종의 티베트식 버터로, 젖 중의 기름과 수분을 분리하면 위에 담황색의 지방이 한층 생기는데 이걸 식히면 영양이 아주 높은 쑤여우가 된다.

22) 고아, 과부, 거지 등 신분이 낮은 사람이 사용하는 장례로, 시체의 사지를 절단한 후 흐르는 강에 던져버리거나 절단하지 않고 하얀 천에 감싼 후 강에 던져버린다. 생전에 사찰에 금전적인 보시報施를 하지 못했기 때문에 죽은 후라도 물고기 밥이 되어 보시하려는 장례법이다.

23) 티베트어로 토쭌, 조장鳥葬을 일컬음. 티베트에서 가장 보편적인 장례법이며 도끼나 칼로 시체를 토막내어 독수리가 살점을 물어가도록 한다. 티베트인들은 윤회사

가는 지위를 갖는다. 기름에 볶은 음식을 먹어서는 안 된다, 그건 신이 주신 음식에 대한 모독이다. 그날 죽인 짐승의 고기는 먹어서는 안 된다, 그 짐승의 혼이 아직 승천하지 못한 상태기 때문이다. 새나 뱀이나 신의 가축[24]을 잡아서도 안 된다, 전생의 내 가족일 수도 있다. 남자의 어깨를 두들겨서는 안 된다, 어깨에는 전쟁의 신이나 복수의 신이 산다. 천막집에서는 옷을 말려선 안 된다, 그 위에는 상서로운 공행모空行母[25]가 날고 있기 때문이다. 문가에 김이 모락모락 올라오는 소똥이 보이면 안으로 들어가선 안 된다, 그건 집안에 환자가 있다는 신호다. 방바닥에 있는 화로를 넘어가서는 안 된다, 부뚜막 신이 노할 것이다. 가축우리 안에서 대소변을 보아서는 안 된다, 역병 주머니를 짊어진 마귀는 바로 이런 더러운 오물을 통해 독을 뿜는다. 유목민이 쑤여우酥油를 젓는데 함부로 도와줘서는 안 된다, 쑤여우의 신은 낯선 사람을 싫어한다. 유목민의 개나 떠돌이 개를 때려서는 안 된다, 개는 사람의 그림자기 때문이다. 심지어 천막집 안에서 방귀도 뀌어서는 안 된다, 보장호법保帳護法(천막집을 지키는 호법신)은 구린내를 맡으면 집을 떠나 버린다 등등……

이런 이야기들을 죽 늘어놓은 그가 덧붙였다. "자네 앞으로 꼭

상을 깊이 믿기 때문에 죽은 후 자기의 시신을 신성한 독수리가 먹어치우면 바로 승천하거나 부귀한 집안에 잉태되어 다시 태어난다고 생각한다.

24) 산신에게 드리는 제사용으로 길러지는 짐승 및 방생된 양이나 소.

25) 밀교密教에서는 하늘과 사람 사이에 있는 지혜와 자비의 여신으로 알려져 있다. 하늘을 나는 능력을 가지고 있으므로 공행모라 부른다.

주의하게. 샹아마 초원의 사람과는 절대로 어떤 관계도 맺어서는
안 되네."

아버지는 고개를 끄덕이며 대답했지만 머릿속에서는 깡르썬거
생각이 떠나지 않았다.

여장을 풀고 자기 전, 아버지는 말을 찾는다는 구실을 대고 다
시 동산으로 갔다. 그리고 핏자국이 밴 깡르썬거를 만져보았다.
깡르썬거도 누군가가 자신을 만지는 걸 느끼는 듯했다. 몸이 한
번, 두 번, 움직였다. 그리고 이번에는 귀가 움직였다. 구해달라는
신호처럼 계속해서.

아버지는 땅에 꿇어앉아 깡르썬거를 들어올리려 했다. 그러나
아무리 용을 써도 들 수가 없었다.

아버지는 곧장 돌집으로 뛰어와 안경잡이를 불렀다. "그 개를
실어오려고 하는데, 좀 도와주세요. 죽었어요. 가죽이 엄청나게 두
껍고 커서 유용할 거예요."

안경잡이는 주저하는 낯빛으로 바이 주임을 쳐다보았다. 바이
주임도 망설여지는 듯 낮은 목소리로 중얼거렸다. "샹아마의 개이
긴 하지만 가죽을 벗기는 건 상관없겠지."

아버지는 돌집 앞 풀구덩이 속에서 아직도 풀을 뜯고 있는 대추
색 말을 찾아냈다. 마구를 씌워 언덕으로 끌고 갔다. 안경잡이와
힘을 합해 깡르썬거를 말 위에 실었다.

안경잡이는 소곤거리며 물었다. "어떻게 바이 주임을 속일 생각
을 했어요?"

아버지는 대꾸했다. "못할 것도 없죠."

돌집 아래 마구간에서 깡르썬거를 끌어내리며 아버지가 물었다. "시제구 공위(공작위원회의 약칭)에 의사는 없나요?"

　"있어요. 산 아래 천막집에."

　"좀 데려올 수 있어요?"

　"바이 주임이 알면 나부터 혼낼 텐데요. 그리고 난 개가 무서워요. 날이 저물었으니 유목민의 개들이 뛰어나와 물 거예요."

　아버지는 잠시 망설였다. 그리고 깡르썬거를 물끄러미 내려다보면서 안경잡이에게 말했다. "그럼 댁은 돌아가요. 바이 주임이 혹시 물으면 난 개 가죽을 벗기는 중이라고 말해줘요."

　아버지는 결심한 듯 산 아래를 향해 내려갔다. 사실 개가 무섭기는 아버지도 마찬가지였다. 특히 사자 같은 깡르썬거까지 물려 죽는 것을 보니, 시제구의 개들이 얼마나 두려운 존재인지 실감할 수 있었다.

　그렇지만 아버지는 가기로 결심했다. 동정심이 두려움을 이긴 것이다. 짱아오의 신비한 매력이 아버지의 선량한 천성을 일깨운 것인지도 모른다. 아버지는 사냥꾼이 된 듯했다. 두려울수록 더 앞으로 나아가고 싶었다.

　멀리 있는 천막집 앞에서 개가 짖기 시작했다. 한 마리가 아니었다. 너댓 마리는 되어 보였다.

　아버지는 멈춰서서 고함쳤다. "의사 선생님! 의사 선생님!"

　개들이 다 이쪽을 향해 달려왔다. 검은 그림자가 마치 유령같았다. 그 그림자는 반원 모양으로 아버지를 둘러싸며 앞길을 막아섰다. 심장이 두방망이질쳤다. 이럴 때 앞으로 가면 개가 달려든다.

뒤로 가도 달려들기는 마찬가지다. 가장 좋은 방법은 그 자리에 꼼짝 않고 있는 것이다.

하지만 아버지는 의사를 찾으러 앞으로 가야만 했다. '여기서 꼼짝도 못하다니 어쩌자는 말인가?' 두려움이 몰려와 죽을 것만 같았다. "얘들아, 날 물지 마라. 제발, 물지 마라. 난 도둑이 아니야. 좋은 사람이라고."

이렇게 중얼거리며 아버지는 앞으로 조금씩 발걸음을 옮겼다. 어찌된 일인지 개들은 달려들지 않았다. 오히려 별일 없다는 듯 뒤로 물러서는 것이 아닌가? 아버지는 조금 의아해졌다. '설마 이놈들이 내 말을 알아들은 건가?'

그때 갑자기 등 뒤에서 소리가 들렸다. 너무 놀라 온몸에서 식은땀이 비질거렸다. 고개를 핵 돌려보니 검은 개의 그림자가 두 발로 선 채 아버지를 잡으러 오고 있었다.

"으아악!" 앞도 보지 않고 길 건너로 도망치려는데 어디선가 킬킬거리는 웃음소리가 들렸다. 알고보니 그건 개 그림자가 아니었다.

한 아이의 그림자였다. 바로 낮에 샹아마에서 온 아이들에게 분노의 눈길을 보내던 그 아이었다.

밤은 벌써 가을날처럼 쌀쌀한데 아이는 여전히 맨발에 웃통을 벗은 차림이었다. 허리에 묶어놓은 옷가지들은 평생 입을 일이 없어 보였다. 아이는 키득거리며 앞으로 걸어갔다. 하지만 몇 걸음 안 가 뒤쪽의 아버지를 흘끔거렸다. 아버지는 얼른 그 뒤를 쫓아갔다.

유령 같은 개의 그림자가 갑자기 사라졌다. 아이는 아버지를 검은색 소가죽 천막으로 데려가더니 문앞에 이르자 아버지 혼자 들어가도록 했다. 하지만 그 안에도 개가 있을 것만 같아 들어가지 못한 채 우두커니 서 있었다.

아이는 천막의 발을 걷고 안으로 성큼 들어서며 조그만 목소리로 누군가를 불렀다. "메이뒤라무梅朶拉姆! 메이뒤라무!"

조금 지나 메이뒤라무라는 의사가 약상자를 손에 들고 나타났다. 웬걸, 그 의사는 낮에 아버지에게 나이차를 따라주었던 아가씨였다.

아버지가 물었다. "소독약 있나요?"

"왜 그러시죠?"

"상처가 아주 깊어요. 온몸이 피투성이예요."

"어디에 상처가 있어요? 저한테 보여주세요."

"제가 아니라 깡르썬거 말입니다."

"깡르썬거가 누군데요?"

"개예요."

두 사람은 돌집 아래층 마구간에 도착했다.

메이뒤라무는 약상자에서 손전등을 꺼내어 아버지에게 비추도록 한 뒤 깡르썬거의 상처를 자세히 살펴보았다. "너무 늦었어요. 상처가 너무 깊어요. 몸에 있는 피를 거의 다 흘렸는데요."

아버지는 말했다. "하지만 아직 죽지 않았는걸요."

메이뒤라무는 알콜을 꺼내 깡르썬거의 몸에 바르고 소염제 가루를 뿌렸다. 그리고 상처가 제일 심한 목과 오른쪽 늑골, 엉덩이를 붕대로 싸매주었다.

"이건 치료라기보단 그냥 위로 차원에서 해드리는 거예요. 지금 소독약을 발랐는데, 마음이 놓이지 않으면 한 번 더 발라주시든가요. 그리고……." 그녀는 말을 채 끝맺지 않은 채 소독약 한 병을 건네주었다.

아버지는 궁금했다. "그리고, 어떻게 해야 하죠?"

"그리고 산에 메고 가서 독수리한테 먹이세요."

메이둬라무와 아버지는 앞서거니 뒤서거니 마구간을 나섰다. 갑자기 얼굴이 익은 두 사람이 그들 앞을 막아섰다. 바이 주임과 안경잡이였다. 그와 거의 동시에 멀지 않은 곳에서 오랫동안 이곳을 지켜보던 어슴푸레한 그림자도 보였다. 달빛 아래 보이는 그림자는 맨발에 웃통을 벗은 그 아이였다. 얼굴의 그늘마다 깡르썬거에 대한 미움이 묻어 있었다.

아버지의 고집은 할머니 뱃속에서부터 타고났나보다. 가끔 스스로도 자기 고집에 놀랄 때가 있었단다.

'내가 도대체 왜 이러는 거지?' 바이 주임이 엄하게 꾸짖을수록 아버지에게는 더 큰 반발심만 생겼다.

바이 주임이 목소리를 높였다. "우리의 임무가 뭔지나 아시오? 민심 파악, 정책 선전, 상부와의 연계, 민심 쟁취, 최단시간 내에 기반을 확보하도록 최선을 다하는 것이오. 당신의 이런 행동 때문에 우리 공작위원회는 시제구 초원에서 설 자리를 잃어버리게 됐소. 당신, 내일 당장 내 앞에서 사라지시오. 이곳에 당신 같은 사람은 필요 없으니까!"

아버지는 물러서지 않았다. "나는 기자예요. 당신들한테 이래라 저래라 명령받을 필요가 없는 사람이라고요. 내일까지 기다릴 것 없이 지금 당장 가겠습니다! 이제부터 내가 뭘 하든 시제구 공위하고는 아무런 관계도 없습니다!"

그리고 곧 2층에 올라가 집 안에 놓아둔 짐을 끌어안고 나왔다. 바이 주임은 화가 머리끝까지 올라 입술까지 바르르 떨었다.

"좋아! 좋다고. 그럼 우리도 그렇게 보고하지. 당신한테도 이래라 저래라 할 사람이 생기도록 말야!" 말을 끝내자마자 바이 주임은 돌집의 문을 쾅 닫고 들어가버렸다.

메이둬라무는 겁에 질린 목소리로 소곤거렸다. "사람이 어떻게 그럴 수 있어요? 바이 주임 이야기도 맞는 말이라고요. 개 한 마리 때문에 우리 공작이 영향을 받아선 안 되잖아요. 빨리 들어가서 잘못했다고 사과하세요."

아버지는 "흥!" 콧방귀를 뀌고는 입을 꾹 다물었다. 사실 자기도 바이 주임에게 괜히 대들었다는 후회가 들었다. 하지만 일이 이렇게 된 이상 하늘 아래 아무것도 두렵지 않다는 듯 행동하는 게 상책이었다. 메이둬라무는 고개를 절레절레 흔들었다.

떠나려는 그녀에게 안경잡이가 말했다. "내가 바래다줄게. 앞으로는 밤에 나다니지 말라고."

메이둬라무가 대답했다. "의사가 환자를 보러 와야죠."

안경잡이가 반문했다. "밤에 혼자 돌아다니다 개한테 물리기라도 하면 어쩌려고 그래? 그리고 당신이 사람 의사지, 개 의사야?"

그날 밤 아버지는 마구간에서 하룻밤을 지내기로 했다. 서서 잠을 자는 말과 정신을 잃고 깨어나지 않는 깡르썬거 사이에 자기 짐을 깔고 드러누웠다. 하지만 도저히 잠이 오지 않았다.

머릿속이 복잡해서 터질 지경이었다. 가장 염려 되는 사람은 바이 주임이 아니라 웃통을 벗은 아이였다.

그 아이는 깡르썬거를 가만 놔두지 않을 게 분명했다. '그럼 깡르썬거는 죽을 텐데.' 내일 시제구를 떠날 때 데려가는 수밖에 없었다. '하지만 이 큰 개를, 그것도 다 죽어가는 개를 어떻게 혼자서 데리고 간담? 아, 안 되겠어. 개까지 신경 쓰지 말자. 나는 내 길이나 가는 거야.' 하지만 또 이런 생각도 들었다. '깡르썬거를 내버려 둘 거면 내일 바로 시제구를 떠날 필요가 없잖아. 바이 주임하고도 이렇게 핏대를 세워가며 싸울 필요 없고.'

날이 밝을 무렵에야 아버지는 잠들 수 있었다. 죽은 듯 깊은 잠에 빠져들었다.

2장

순백색 호랑이머리
짱아오 대왕

3

새벽녘, 둔까頓嘎라는 노 라마승이 띠아오팡산碉房山(돌집산이라는
뜻) 정상에 있는 라마사원의 문을 나섰다. 어깨에는 소와 양의 말
린 염통과 폐를 담은 자루가 메여 있었다. 굽이굽이 오솔길을 내려
가 공작위원회 본부인 소똥 돌집 앞에서 그는 잠시 숨을 골랐다.
마구간 안을 힐끔 들여다보니 웅크려 누운 채 세상 모르고 잠든
한족 남자와 붕대를 칭칭 싸맨 짱아오가 보였다. 그는 다시 산 아
래 예루허野驢河를 휘 굽어보고 조용히 길을 떠났다.

예루허의 드넓은 물가와 산 아래 천막집 앞에서 아침밥을 짓는
연기가 모락모락 피어올랐다. 소떼와 양떼도 일찍 일어나 있었다.
초원은 그들의 울음소리로 가득했다.

유목민의 개들은 두 부류로 나뉘었다. 한 부류는 양치기 개였
다. 하룻밤을 잘 쉰 이 개들은 짐승떼를 따라 목초지로 떠날 준비
를 하고 있었다. 짐승들 앞뒤로 신나게 뛰어다니며 최대한 빨리 정
해진 초장으로 인도하는 것이 그들의 사명이다.

다른 한 부류는 집지기 개였다. 밤새 한 숨도 못 자고 짐승을 지킨 그 개들은 이제 천막집 문가에 누워 있었다. 낮 동안 그들에게 주어진 임무는 집 지키기와 잠자기였다.

그런가 하면 조약돌과 맨드라미가 어우러진 강가 모래 둔덕에는 또 다른 부류의 개들이 자리잡고 있었다. 몇백 마리는 족히 될 영지견들이 노 라마승이 오기만을 학수고대하고 있었다.

주변 풍경과 일상은 여전했다. 모든 것은 어제와 다를 바가 없었다. 하지만 노 라마승은 왠지 마음이 불안했다.

불안은 영지견 때문이었다. 영지견은 일종의 떠돌이개다. 다만 자기 영지 안을 떠돌 뿐이다. 하지만 끊임없이 몰려드는 영지견들이 칭궈아마 서부 초원 전체를 자기 영지로 여긴다면 문제는 커진다. 외부의 개들은 이곳에 함부로 발을 들여놓을 생각을 말아야 하기 때문이다.

그러니까 이곳의 개들 중 양치기 개는 짐승떼를 지키고, 집지기 개는 집을 지키며, 영지견들은 전체 시제구 초원을 지킨다고 할 수 있다. 영지견들은 평생 동안 자기의 초원을 떠나지 않는다. 굶어 죽거나 야생의 개가 되거나 혹 누구나 혐오하는 똥개가 되는 한이 있더라도. 영지를 벗어나는 순간 다른 곳의 영지견들에게 물려죽을 게 뻔하다. 이 사실은 아무리 강한 개라도 마찬가지다.

하지만 영지견은 들개와 엄연히 달랐다. 들개에게는 먹이를 주는 사람이 없지만, 사냥을 하지 않더라도 영지견에게는 일정한 시간 일정한 장소에서 기다리면 먹이를 주는 사람이 나타났다. 영지견에게 먹이를 주는 행위는 표면적으로 신앙심과 인정에서 비롯

된다. 그러나 그 속셈은 인간에 대한 개들의 의존성을 강화하려는 데 있었다. 영지견은 그 누구의 소유도 아니었지만 개들을 이용하려는 인간의 의지는 점점 더 명확해지고 있었다. 영지견에게 먹이를 주는 사람은 유목민과 라마승이었다. 둔까는 시제구 사원에서 영지견들에게 먹이는 주는 일을 맡은 노 라마승이다.

둔까는 예루허의 모래 둔덕에 도착했다. 허리춤의 칼을 빼들고는 돌판을 도마 삼아 소와 양의 내장을 잘게 썰어서 개들에게 조금씩 던져주었다.

그때 강물을 첨벙거리며 강변을 따라 뛰어오는 한 아이가 보였다. 웃통 벗은 아이였다.

나쁜 소식을 들을 마음의 준비도 하기도 전에 아이가 외쳤다. "큰일 났다!" 아이가 큰 소리로 나르를 불렀다. "나르, 나르!"

송아지만한 검은색 짱아오가 뛰어왔다. 아이는 손에 들고 있던 양 꼬리를 넌져주었다. 나르는 펄쩍 뛰어올라 한 입에 받아물었다. 마파람에 게 눈 감추듯 허겁지겁 먹이를 먹으면서도 눈길만은 아이에게서 떼지 못했다. 옛주인이 자기를 찾은 게 먹이를 주기 위해서만은 아니라는 사실을 알고 있었기 때문이다.

'분명 무슨 일이 있는 거야!' 과거처럼 깊은 초원에서 같이 사냥을 하자거나 자기가 찾지 못한 물건을 대신 찾아오라는 등등. '아니면 싸움? 어제처럼 오늘도?' 대왕 앞에서 침입자를 들이받고 사정없이 물어뜯으라는 명령일지도 모른다. 무엇이 되었든 주인의 일은 항상 내 일보다 훨씬 더 중요하다. 나르는 털도 발라내지 못한 양 꼬리를 제대로 씹지도 못한 채 꿀꺽 삼켜버렸다. 아이를 찾아보니 열심히 달리는 중이었다.

조금 달리던 아이는 뒤돌아 손짓하며 외쳤다. "나르, 나르!"

검고 거대한 나르는 굵고 강한 네 다리로 대지를 '쿵쿵' 울리며 아이를 따라갔다. 돌집 사이 좁은 골목길로 사라지는 아이와 개를 불안하게 바라보던 둔까는 황급히 사원으로 돌아왔다.

노 라마승 둔까는 쌍신불雙身佛 야뿌요무雅布尤姆[26]의 불당에서 시제구사西結古寺의 주지 단쩡활불丹增活佛[27]을 만나 어젯밤 꿈 이야기를 했다. 사자같이 아름답고 위엄 있는 황금빛 수컷 짱아오 한 마리가 나타나 구해달라고 요청하는 꿈이었다. 황금빛 짱아오는 자신이 전생에 아니마칭 설산阿尼瑪卿 雪山[28]의 사자獅子로서 설산 모든 수도승의 보호자였다고 했다. 또 오늘 새벽, 소똥 돌집의 마구간에서 낯선 한족 남자와 치명적 상처를 입은 사자머리 황금빛 짱아오 한 마리를 본 것까지 이야기했다. 예루허 강변에서 웃통 벗은 아이가 나르를 데리고 간 일도 심상치 않았다.

단쩡활불이 물었다. "자네 꿈에 나타난 설산의 사자가 바로 그 짱아오라는 겐가?"

노 라마승이 대답했다. "그럼요. 그럼요. 그 개는 지금 생명이

---

26) 티베트어로 야뿌는 아버지, 요무는 어머니. 그래서 부모불父母佛 혹은 쌍신불雙身佛 이라고도 한다.

27) 린포체. 티베트 불교나 몽고 불교에서는 수행이 일정 경지에 이르러 자신의 의지에 따라 환생할 수 있다고 여기는 사람을 '활불活佛'이라고 한다.

28) 칭하이성 티베트족 자치구 안에 위치하며 쿤룬산맥의 꼬리부분에 해당한다. 주봉은 마칭강르瑪卿岡日로 해발 6282미터. 티베트어로 '활불 좌전의 최고 시종'이란 뜻이며 티베트인의 신산神山으로 여겨진다.

위태롭습니다. 어떻게 해야 구할 수 있을까요?"

단쩡활불은 이 문제의 중대성을 알아차리고는 급히 다른 활불들을 불렀다. 그들은 철봉라마鐵棒喇嘛를 보내 전생에 아니마칭 설산의 사자였던 사자머리 짱아오와 외지에서 온 한인漢人을 보호하기로 결정했다.

철봉라마는 시제구사 호법금강護法金剛의 환생으로 초원의 법과 사원의 의지를 집행했다. 칭궈아마 초원에서 오직 그들만이 신의 뜻에 따라 모든 생령을 마음대로 징벌할 권한을 가졌다. 물론 다른 이도 징벌은 할 수 있겠지만 신성한 징벌은 아니다. 신성하지 않은 징벌은 하늘의 뜻이 아니고, 따라서 복수를 피할 수 없게 된다.

아버지는 우레같이 짖어대는 개 소리에 잠에서 깼다. 벌떡 일어나서 보니 송아지만한 검은색 짱아오 나르가 옆에 누운 깡르썬거를 향해 달려오고 있었다. 아버지는 냅다 이불을 던져 달려드는 나르의 얼굴에 씌워버렸다. 미처 피하지 못하고 이불을 덮어쓴 나르는 멈춰선 채 이불을 떨어버리기 위해 한 자락을 물고 용을 썼다. 이 틈에 아버지는 반대편 자락을 붙잡고 줄다리기 하듯 나르를 마구간에서 끌어냈다.

이 순간 나르는 깨달았다. 적은 죽어가는 깡르썬거 하나가 아니라는 사실을. 깡르썬거의 주인인 이 낯선 한인도 자신의 또 다른 적이었다. 나르는 입을 벌려 있는 힘을 다해 짖어대기 시작했다. 하지만 아버지를 향해서가 아니었다. 띠아오팡산 앞을 흐르는 예루허를 향해서였다.

훗날 아버지는 말씀하셨다. "나르는 쌍아오들의 언어로 짖었다."라고.

그때 나르는 분명 깡르썬거에 대해서 말했을 것이다. 또 아버지와 대추색 말에 대해서도 알렸을 것이다. 먼 곳에 있는 영지견들은 그 소리를 단박에 알아들었다. 나르에게 응답이라도 하듯 개들은 "멍, 멍, 멍." 짖어대며 미친 듯이 달려왔다. 예루허 강가에서 이곳까지 눈 깜짝할 사이에 도착한 것이다.

아버지는 속으로 외마디 비명을 질렀다. '이젠 죽었구나!'

깡르썬거는 여전히 미약한 호흡을 이어가고 있었다. 아버지는 깡르썬거를 이불로 덮어놓은 뒤 마구간 구석에서 자기처럼 떨고 있는 대추색 말을 끌어내 잽싸게 도망가려고 했다.

하지만 이미 늦었다. 구름떼처럼 몰려든 영지견들이 마구간 앞을 가로막고 있었다. 나르의 동복同腹 언니 궈르, 어제 깡르썬거에게 패한 회색 쌍아오도 달려와 있었다.

그들의 첫 목표는 사람이 아니라 말이었다. 쌍아오들은 너무나 영리했다. 사람을 공격하려면 먼저 말을 노려야 한다는 이치를 잘 알고 있었다. 말은 피를 흘리기 시작하면 사람의 말을 듣지 않는다. 말이 통제불능 상태가 되면 사람도 도망갈 길을 잃는 셈이다.

대추색 말이 몸을 홱 돌리더니 엉덩이를 쳐들고 뒷발질을 해댔다. 말발굽은 나르의 왼쪽 눈에 명중했다. 몸집이 커다란 나르도 비명을 지르며 땅바닥에 나가떨어졌다. 하지만 오뚝이처럼 다시 일어나 열 배는 더 맹렬한 기세로 달려들었다. 날카로운 송곳니가 말의 엉덩이에 '쿡' 하고 박히자 말은 큰 소리로 울부짖으며 발길질을 해댔다.

아버지는 놀라운 광경을 목격했다. 거친 말발굽에 나르는 배를 몇 번이나 걷어차였지만 절대 말을 놓치지 않고 있었다. 나르는 사력을 다해 뒤돌아선 말의 방향을 돌려놓았다. 말의 앞가슴과 배가 노출되자 궈르와 회색 짱아오가 동시에 달려들었다. 두 짱아오에게 급소를 물린 말은 '쿵' 소리와 함께 쓰러졌다. 나르가 달려들어 말의 마지막 숨통을 끊었다.

아버지는 비명을 지르며 벽 쪽으로 급히 달려갔다. 벽에 기대서 있으면 적어도 앞뒤로 물려죽을 위험은 없을 것 같았다. 온몸이 부들부들 떨렸다. 자신 앞에 있는 개떼들을 절망스런 눈초리로 바라보았다. 어떤 놈들은 짖지 않았고, 다른 놈들은 쉬지 않고 짖어댔다. 짖지 않는 놈들은 조용히 앞으로 걸어오고, 쉬지 않고 짖어대는 놈들은 옆에서 기세를 올리는 형국이었다.

그와 개들 사이에는 이불을 덮은 깡르썬거가 있었다. 개들은 아직 깡르썬거를 발견하지 못한 것 같았다. 말을 물어죽인 나르는 깡르썬거에 대해서는 아예 잊어버린 듯했다. 이제 그 개는 아버지라는 단 하나의 목표를 향해 진군하고 있었다.

식은땀이 비 오듯 흘러내렸다. 눈앞이 캄캄했다. '죽는다면 어떻게 죽게 될까? 혹시 살게 된다면 어떻게?' 알 수가 없었다.

그때 아버지는 평생 후회할 한 가지 잘못을 저질렀다. 배신.

그는 영지견들의 살기등등한 공격 앞에서 지금까지 줄곧 보호해온 깡르썬거를 비열하게 배신해버렸다. 상처투성이 나르와 다른 몇 마리 짱아오가 피 묻은 입을 벌리며 다가올 때 아버지는 깡르썬거를 덮고 있던 이불을 확 걷어내버렸다.

별안간 자신들의 눈앞에 나타난 깡르썬거의 모습에 개들은 혼란스러운 듯했다. 그러나 나르는 달랐다. 왼쪽 눈과 배에 피가 가득 고였는데도 아버지 손에 들린 이불을 향해 달려들었다. 방금 전 그의 눈을 가린 이불이었다.

나르에게는 깡르썬거보다도 이 이불이 더 미웠다. '서걱서걱' 소리와 함께 이불은 갈기갈기 찢겼다. 나르는 생각했다. '이불에겐 복수했어. 이제는 저놈이랑 저놈 주인과 싸워야겠다.'

나르는 동료 짱아오들을 향해 씩씩거리며 거친 숨을 몰아쉬었다. 아버지는 나중에야 그 거친 숨의 뜻을 이해했다. 그건 다른 짱아오들에게 내리는 명령이었다. '너희 몇은 저놈을 해치워라. 나는 저 사람을 맡는다.'

하지만 다른 짱아오들은 아직 주저하고 있었다. 그들의 기억 속에서 깡르썬거는 어제 이미 영지견들에게 물려죽었다. 지금 눈앞에 보이는 건 그의 시체일 뿐이지 않은가? 제대로 된 짱아오라면 같은 짱아오의 시체를 해치는 일 따위는 절대 하지 않는다.

나르는 머뭇거리는 동료들에게 짜증을 한 번 내고는 훌쩍 몸을 날렸다.

나르의 목표는 아버지의 숨통이었다. 아버지가 재빨리 몸을 피한 덕에 날카로운 이빨은 '퍽' 소리와 함께 어깻죽지에 박혔다. 고통스런 비명이 터져나왔다. 비명 소리는 길게 이어졌다. 넓적다리를 물리고 가슴까지 물렸다. 이제 남은 것은 죽음뿐이었다.

아버지는 훗날 말씀하셨다. 기적이 일어나지 않았다면, 그날 당신은 그 검은 짱아오에게 물려 황천길을 갔을 것이라고.

그 기적이란 갑자기 나르가 맥을 못 추며 비틀거리기 시작한 것이다. 그의 왼쪽 눈과 배에서는 쉼 없이 피가 흘러내렸다. 일정량 이상 피를 흘린 탓에 천지가 빙글거리는 느낌이 들었던 걸까. 나르는 아버지의 가슴팍에서 맥없이 굴러떨어졌다. 잠시 몸을 버둥거리던 나르는 땅에 쓰러져버렸다.

그리고 또 다른 기적이 일어났다. 깡르썬거가 깨어난 것이다. 지금껏 정신을 잃은 채 널브러져 있던 깡르썬거는 아버지에게 닥친 절체절명의 순간에 갑자기 몸을 뒤틀기 시작했다. 한 번, 두 번, 세 번. 그러고는 눈을 떴다. 심지어 힘겹게 고개를 들어보이기까지 했다.

깡르썬거를 둘러싼 짱아오들이 분노로 짖기 시작했다. 나르의 뒤를 바짝 쫓으며 아버지를 향해 달려들 기세였던 궈르와 회색 짱아오는 갑자기 목표를 바꿔 깡르썬거에게로 향했다. 그들의 의식 속에서 동족은 사람보다 더 긴급하게 처단할 대상이었다.

깡르썬거에게는 위험천만한 순간이었지만 아버지에게는 몇 초의 시간을 벌어준 셈이었다. 한 사람과 한 개의 생명이 달린 이 몇 초간, 아버지는 두 마리 사나운 짱아오의 공격을 피할 수 있었다. 하지만 깡르썬거는 또다시 무참한 공격을 감수해야만 했다.

이때 바이 주임과 안경잡이, 메이둬라무가 나타났다. 그들은 영지견들에 가로막혀 돌집 문턱 돌계단 위에 서 있었다. 바이 주임은 권총을 들어 개들을 위협하려고 했지만 총을 쏘지는 못했다. 개들에게 총을 쏴서는 안 된다는 사실을 잘 알기 때문이었다. 까딱 잘못해서 죽이기라도 한다면 그 여파는 감당할 수 없을 터였다.

개들은 포효하고 있었다. 세 사람의 행동거지로 보아 아버지를 구하러 가는 게 틀림없다고 판단한 개들은 돌계단 위로 뛰어올라 뒤로 물러나라고 으르렁거렸다. 세 사람은 급히 돌집 안으로 후퇴했다. 문앞에는 아예 짱아오 두 마리가 지켜선 채 큰 머리로 문짝을 '쿵쿵' 들이받았다. 사람들은 나와서 참견하지 말라는 경고였다.

아버지는 한 번 더 절망했다. 그런데 한 50보쯤 떨어진 곳에 몸에 다갈색 푸루(氆氇)[29]를 휘감은 라마승들이 나타났다.

그들은 마구간 쪽으로 달려오며 다급한 목소리로 외쳤다. "누구 없소? 사람 살려요!"

체구가 건장한 라마승 세 명은 개들 사이로 뛰어오며 쉬지 않고 외쳤다. 손에 든 철봉으로는 마구간으로 가는 길을 열었다. 길을 비키지 않으려는 놈들, 아버지를 물어뜯으려는 놈들, 그리고 아직도 깡르썽거를 공격중인 궈르와 회색 짱아오…, 이 녀석들은 전부 라마승들이 휘두르는 철봉에 머리가 어질할 정도로 얻어맞았다.

몸도 가누기 어려울 지경으로 얻어맞은 개들은 잠시 어찌해야 좋을지 분간이 서지 않는 듯했다. 그러나 짱아오 사전에 후퇴란 없는 법. 전투 중 어려움을 만났다고 물러나도 된다는 생각 따윈 배운 적도, 해본 적도 없었다. 그들은 철봉라마들을 향해 미친 듯

---

[29] 야크yak 털로 짠 다갈색(혹은 검은색)의 모포. 티베트에서는 웃옷, 깔개, 텐트 대용이 된다.

이 짖고 물어뜯었다. '도대체 왜 이러는 겁니까? 우리는 영지를 침범한 이 개와 사람을 징벌해야 해요. 우리는 영지견이라고요. 영지를 지키라는 사명은 시제구 사람들이 우리에게 준 신성한 의무예요. 줄 때는 언제고 이제는 다시 뺏어가려고 하는 겁니까?'

원망에 찬 짱아오들의 물음에 철봉라마들은 대답을 해줄 수 없었다. 대답을 찾는 것은 사람보다 더 영민한 짱아오의 몫이었다.

지금까지 한구석에서 과묵하게 사태만 지켜보던 짱아오의 대왕 호랑이머리 순백색 짱아오가 짖기 시작했다. 그 소리는 매우 낮고 침착했으며 거칠고 느렸다.

거기에 모인 짱아오들과 티베트 개들은 하나도 빠짐없이 그 소리를 들었고, 무슨 뜻인지 알아차렸다. 즉 철봉라마의 뜻을 절대적으로 존중하라는 요청이었다. 일단 철봉라마가 보호를 선언한 대상이라면 영지를 침범한 외지의 개든 그 주인이든, 모두 징벌 대상에서 제외되어야 한다.

제일 먼저 궈르와 회색 늙은 짱아오가 꼬리를 내리고 고개를 숙인 채 묵묵히 마구간을 떠났다. 이어서 마구간에 있던 다른 짱아오들도 떠나갔다.

대왕은 고개를 꼿꼿이 치켜들고, 큰 걸음으로 예루허로 향했다. 짱아오들은 대오를 맞추듯 대왕의 뒤를 따랐다. 조무래기 티베트 개들은 여전히 용서할 수 없다는 듯 울부짖었지만, 그뿐이었다. 티베트 개들은 울며불며 짱아오들을 따라 천천히 그곳을 떠났다.

푸루를 걸친 철봉라마들은 마구간 앞에 서서 개들의 뒷모습을 물끄러미 바라보았다. 마구간 안에는 아직 살아 있는 아버지와 죽은 대추색 말, 그리고 짱아오 두 마리가 쓰러져 있었다. 한 마리는 또다시 정신을 잃은 깡르썬거였고, 다른 한 마리는 피를 너무 많이 흘려 맥을 못 추는 검은 짱아오 나르였다.

아버지는 그제야 긴 한숨을 내쉬며 바닥에 스르르 주저앉았다.

어느 새인가 웃통 벗은 아이가 들어와 있었다. "나르, 나르!"

아이는 나르를 부르며 달려들었다. 그리고 자기 혓바닥으로 나르의 왼쪽 눈과 배에 흐르는 피를 핥아주었다. 마치 자기 혀로 짱아오를 소독해주듯이. 아이가 핥아주기만 해도 상처가 금방 아물 수 있을 것 같았다. 나르는 힘겹게 꼬리를 흔들어보였다. 옛주인에 대한 감사의 표시였다.

아버지의 상태도 심각했다. 어깨와 가슴, 허벅지 등 나르에게 물린 육신이 너덜거렸다. 깊은 상처에서는 피가 솟구쳐나왔다. 깡르썬거의 상태는 눈뜨고 볼 수 없을 정도로 처참했다. 어제 물린 곳을 또다시 물린 탓에 생사마저 불분명했다.

나르는 힘겨운 숨을 몰아쉬었다. 일어날 수도 없는데다, 말에 차인 왼쪽 눈에서는 아직도 피가 흘렀다. 그럼에도 분노에 찬 오른쪽 눈으로 아버지와 깡르썬거를 번갈아 쏘아보고 있었다.

장사 같은 철봉라마가 아버지를 들쳐메었다. 좀더 힘센 철봉라마는 나르를 들었다. 그리고 천하장사 같은 철봉라마가 깡르썬거를 메었다. 셋은 줄을 맞춰 오솔길을 걸어 띠아오팡산 정상의 시제구사로 향했다.

웃통 벗은 아이도 그 뒤를 따랐다. 깡르썬거가 미워서든 나르가 걱정이 되어서든, 아이에게는 철봉라마를 따라 시제구사로 가야만 할 이유가 있었다. 사원에 도착했을 무렵, 아이는 갑자기 멈춰섰다. 실눈을 뜨고 예루허 건너편 초원을 굽어보던 아이가 갑자기 기분 나쁜 비명을 질러댔다. 철봉라마들도 깜짝 놀라 뒤를 돌아보았다. 아이의 얼굴은 심한 분노에 사로잡혀 있었고, 눈동자에는 야크 똥 불이 타들어가듯 분노의 불길이 이글거렸다.

예루허 맞은편 초원에 작은 점 일곱 개가 나타난 것이다. 웃통 벗은 아이는 그것이 무엇인지 한눈에 알아차렸다. 아버지를 따라 시제구까지 왔던 샹아마의 일곱 아이들이었다.

아이는 산자락을 달려 내려가며 고래고래 소리를 질렀다. "샹아마의 원수들, 샹아마의 원수들!"

언제 알았는지 개 짖는 소리도 따라 들렸다.

아버지는 철봉라마의 등에 업혀 있었지만 현재 어떤 일이 벌어지고 있을지 충분히 짐작이 갔다. '극도로 흥분한 개들은 아이들의 뒤를 쫓겠지. 웃통 벗은 아이는 장군 같고 개들은 적진을 파고드는 선봉대 같겠지.' 생각만 해도 한숨이 절로 나왔다. 정말 후회막급이었다. '내가 왜 저 아이들한테 땅콩을 나누어주었을까?'

초원에는 땅콩이 나지 않는다. 초원의 아이들은 생전 처음 땅콩을 먹어봤고, 그 고소함은 둘이 먹다 하나가 죽어도 모를 맛이었을 것이다. 아이들은 아버지를 따라, 그 고소한 천국의 과일을 따라 시제구까지 왔다. 결과는 대재앙이었다. 아이 일곱이 어떻게 그리 많은 개들을 당해낼 재간이 있겠는가?

아버지는 자신을 메고 가는 철봉라마의 귓가에 대고 애원했다. "사원에서 오신 라마 스님들, 스님들은 선행을 하는 분들이시죠?

스님들이 저 아이들을 꼭 구해주셔야 합니다."

철봉라마는 한어를 할 수 있었다. "샹아마의 원수들을 알고 있나? 저 아이들은 당신을 찾으러 왔나?"

아버지가 대답했다. "아니요. 저 아이들은 분명 깡르썬거를 찾아온 걸 겁니다. 깡르썬거는 그 아이들의 개거든요."

철봉라마는 더 이상 아무 말도 하지 않았다. 그저 아버지를 멘채 적갈색과 흰색 담이 높이 치솟은 사원의 통로로 들어섰다.

한편 웃통 벗은 아이는 영지견들을 몰고 예루허를 건너 아이들을 쫓았다. 샹아마 아이들은 다시 삼십육계 줄행랑 작전을 펼쳤다. 그 애들은 이제 도망의 명수가 된 것 같았다. 일단 달리기 시작하면 시제구 사람들 손에는 절대 잡히지 않았다.

아이들은 달리면서 외쳤다. "마하커라뻔션바오! 마하커라뻔션바오!"

무슨 신비한 주문 같았다. 이 주문을 외치기만 하면 쫓아가던 개들의 속도가 느려지고, 짖는 소리마저 힘이 빠져 작아졌다. 이 주문은 마치 개들을 놀리는 소리처럼 들렸다. '용용 죽겠지? 빨리 따라와 봐, 빨리 따라와 봐!'

4

시제구사의 승방僧房 구들장 위에서 아버지는 또다시 상처가 찢겨나가는 듯한 고통의 비명을 질렀다. 이번엔 개의 공격 때문이 아니라 독한 약 때문이었다.

시제구사의 티베트 의원이 라마승 가위튀가佐宇陀는 둥근 북처럼 생긴 표범가죽 부대에서 하얀색, 검은색, 파란색 가루약을 꺼내 각각 아버지의 어깨와 가슴, 허벅지에 뿌렸다. 그러고는 풀죽 같은 약을 상처에 발라주었다.

가루가 상처가 닿는 순간 아버지는 너무 아파 기절할 뻔했다. 하지만 상처를 다 싸매고 나니 한결 좋아지는 느낌이었다. 피도 멎고 아픔도 가라앉자 그제야 온몸이 땀에 흠뻑 젖은 것이 느껴졌다. 타는 듯한 갈증이 찾아왔다.

"물 있나요? 물 좀 주세요."

의원 가위튀는 티베트인이지만 아버지의 말을 알아들었다. 가워터가 아버지를 지키고 서 있던, 한어를 아는 그 철봉라마에게 몇 마디 주문을 했다. 잠시 후 철봉라마는 시커먼 약초탕 한 사발을 들고 들어왔다. 가위퉤가 마시는 시늉을 하자 아버지는 무엇인지도 모르고 덥석 받아마셨다. 순간 쓰디쓴 약맛이 목구멍까지 밀려와 눈물이 찔끔거렸다.

승방의 한쪽 바닥에는 이미 정신을 잃은 깡르썬거와 정신을 잃어가는 나르가 뉘어 있었다. 가위퉤는 먼저 어제 메이둬라무가 깡르썬거에게 묶어준 붕대를 풀고 오래된 상처와 새로운 상처에 서로 다른 색깔의 가루약을 뿌렸다. 풀죽 같은 약도 다시 한 번 온몸에 발라주었다. 귀는 돌돌 말아서 힘껏 눌러놓았다. 그리고 나르를 치료하기 시작했다.

그때 메이둬라무에게 받았던 소독약이 생각난 아버지는 얼른 몸을 뒤적여 가위퉤에게 건네주었다. 가위퉤는 한참을 이리 보고 저리 보고 냄새도 맡아보더니 구들장에 던져버렸다.

소독약을 주우며 아버지가 물었다. "이거 좋은 약이에요. 왜 안 쓰세요?"

가위퉤는 고개를 가로젓더니 아버지 손에서 약을 빼앗아 아예 벽 한구석에 팽개쳐버렸다. 그리고 철봉라마에게 티베트 말로 몇 마디를 지껄였다.

철봉라마가 아버지에게 말했다. "반대다, 반대. 우리 약하고 너희 약은 정반대다."

정신을 잃어가던 나르는 약을 바르기 시작하자 갑자기 두 눈을 번쩍 떴다. 온몸은 부르르 떨리고, 고통을 참을 수 없는지 울며 몸부림쳤다. 곁에 있던 철봉라마가 나르를 힘껏 잡아줘야 했다. 약을 다 바르고 났을 때는 나르가 이미 정신을 잃은 후였다.

가위튀는 철봉라마에게 나르의 입을 벌리게 했다. 아버지가 남긴 약초탕을 나르에게 마저 먹인 후, 직접 나가 뜨거운 약초탕을 반 그릇 담아와 깡르썬거의 입에 들이부었다. 그는 조용히 앉아 아버지와 아직도 가쁜 숨을 몰아쉬고 있는 깡르썬거를 바라보았다. 이 사람과 이 개가 아직 살아 있는 것은 천만다행이었다.

문밖에서 뚜벅뚜벅 발소리가 들렸다. 바이 주임과 안경잡이, 메이뒤라무가 온 것이다. 파리한 얼굴에 엄숙한 표정을 한 스님이 그들을 데리고 왔다. 가위튀와 철봉라마는 스님을 보자 공손히 허리를 굽혔다.

바이 주임이 물었다. "다친 건 좀 어떤가? 내가 얼마나 놀랐는지 아나?"

아버지는 냉담히게 대꾸했다. "아직 죽진 않은 기 같네요. 물린 데도 이젠 안 아프고요."

바이 주임이 말했다. "시제구사의 라마 스님들께 감사드리게. 그분들이 자네를 구했어." 또 얼굴이 파리한 스님을 가리키며 말을 이었다. "자네 이 스님은 뵌 적 없지? 이 분이 바로 시제구사의 주지, 단쩡활불님이시라네."

아버지는 얼른 두 손을 모아 합장을 한 후 앉은자리에서 허리를 들썩이며 절하는 시늉을 했다. 단쩡활불은 앞으로 성큼 나서며 손을 내밀어 민지를 쓸 듯 아버지의 징수리를 부드럽게 쓰다듬있다. 이게 바로 초원의 축복인 활불의 '정수리 쓰다듬기'였다. 감격한 아버지는 다시 한 번 몸을 굽혀 인사했다.

단쩡활불은 깡르썬거에게 다가가더니 쪼그리고 앉아 약 바른 털을 가볍게 쓰다듬었다.

가위튀는 불안한 듯 말했다. "아마 살지 못할 것 같습니다. 혼이 막 떠나고 있습니다."

단쩡활불은 일어나서 그를 꾸짖었다. "그럴 리가 있겠소? 그가 꿈에 나타나지 않았소? 꿈속에서 죽을 거란 이야기는 안 했지 않습니까? 우리에게 구해달라 청했으니 이건 분명 우리가 그를 구할 수 있다는 뜻이오. 그는 아니마칭 설산사자의 환생이오. 과거 설산의 수도승들을 보호했으니 이제는 우리를 보호해줄 것이오. 죽을 리가 없지요. 이렇게 깊은 상처를 입었는데, 죽으려면 벌써 죽었어야지. 잘 보살펴주시오. 속세의 병자를 고쳐주면 13급의 공덕을 쌓을 수 있고, 신계의 병자를 고쳐주면 36급의 공덕을 쌓을 수 있다 했잖소. 스님은 수많은 수도승들을 보호한 설산 호법의 화신을 치료했으니 49급의 공덕을 쌓은 거외다. 이 설산사자의 화신을 시제구 초원으로 모시고 온 분 또한 상서로운 분이오. 여러분은 이 분을 융숭하게 대접하시오. 이 분의 상처를 내 상처처럼 여기고 지극정성으로 간호해야 합니다."

가위튀와 철봉라마는 연신 머리를 조아리며 "네, 네." 대답했다.

칭궈아마 초원에 오기 전, 시닝西寧에서 티베트어 학습반에 다닌 적이 있는 안경잡이는 단쩡활불의 말을 거의 다 알아들을 수 있었다. 그는 그 자리에서 들은 말을 바이 주임과 메이둬라무에게 통역해주었다.

바이 주임은 크게 기뻐하며 아버지를 향해 엄지손가락을 치켜들고 말했다. "잘했어. 잘했어. 정말 잘했어. 우리가 시제구 주민들의 신임을 얻는 데에 자네가 큰 공을 세웠으니 내 상부에 꼭 보고해주지." 또 메이둬라무와 안경잡이를 가리키며 덧붙였다. "두 사람도 기자 동지의 살신성인, 멸사봉공 정신을 잘 배우도록 하라고. 음, 단쩡활불께서 기자 동지를 상서로운 사람이라고 했지? '상서롭다'는 게 티베트어로 '짜시扎西'니까 그야말로 짜시뗼레扎西德勒[30]로군, 짜시뗼레."

철봉라마도 진지한 표정으로 아버지에게 말했다. "너는 한짜시漢扎西(한인 중의 짜시), 나는 짱짜시藏扎西(티베트인 중의 짜시), 우리는 둘 다 짜시다."

알고 봤더니 그 철봉라마의 이름이 짜시였다. 단쩡활불이 아버지를 상서롭다고 평했으니 명예로운 호칭이 수여된 셈이었다. 원하든 원하지 않든 아버지는 그 이후 '한짜시'로 불렸다.

모두는 잠시 이야기를 나눈 후 집으로 돌아갔다. 메이둬라무만 돌아가지 않고 남았다.

그녀는 작은 소리로 이야기를 건넸다. "이 사람들이 어떤 약을 발랐는지 좀 볼게요."

"나는 벌써 붕대를 감았어요. 보려면 개를 보세요. 개도 나랑 똑같은 약을 발랐으니까요."

메이둬라무는 놀라 외쳤다. "아니, 그게 말이 돼요? 사람이 개도 아닌데."

---

30) 티베트인들이 축복을 비는 인사말 '축복합니다.' 라는 뜻이다.

말을 하면서 그녀는 깡르썬거 앞에 앉아 한참을 들여다보았다. 하지만 무슨 약인지 도통 알 수가 없었다. 고개를 갸우뚱하던 그녀가 한쪽 구석에 굴러다니는 소독약병을 발견했다.

그녀는 얼른 약병을 주우며 아버지를 원망했다. "저한테도 귀한 약을 특별히 드린 건데, 어떻게 이렇게 버릴 수 있어요?"

아버지는 철봉라마의 말투를 흉내내며 말했다. "반대다, 반대. 우리 약하고 너희 약은 정반대다."

메이둬라무는 소독약을 다시 약상자에 넣으며 말했다. "이곳 사람들 약이 효과가 있길 바랄 뿐이에요. 지금 제일 걱정스러운 건 2차감염이 아니라 광견병이라고요."

아버지는 물었다. "광견병에 걸리면 어떻게 되는데요?"

메이둬라무의 크고 아름다운 눈이 더 커졌다. 그녀는 두려움이 가득한 얼굴로 말했다. "그럼 미쳐버리는 거예요. 네 발로 걸어다니고, 개를 보면 짖고, 사람을 보면 물고요. 물도 마시지 않고, 근육이 위축되다가 결국 전신이 마비되어 죽어요."

"그렇게 무서운 병이에요? 그럼 내가 미친개가 되는 거네?" 아버지는 눈을 부릅뜨고 이빨을 드러내더니 그녀를 향해 "멍! 멍!" 크게 짖었다.

깜짝 놀란 메이둬라무는 "엄마야!" 소리를 지르며 뒤도 안 돌아보고 도망쳤다.

승방 안은 고요해졌다. 아버지는 몸을 똑바로 펴고 좀 자고 싶었다. 철봉라마 짱짜시가 들어왔다. 잘 섞은 참파 한 그릇과 쑤여우차酥油茶 한 잔을 가져다가 작고 낮은 탁자 위에 놓았다. 아버지는 고개를 흔들며 먹고 싶지 않다는 표시를 했다.

그러나 짱짜시는 말했다. "꼭 먹어야 해. 참파는 단정활불께서 독경을 해준 거니까 먹으면 새 살이 빨리 돋을 거야."

말을 마친 그는 아버지를 잡아 일으키더니 참파와 쑤여우차를 다 마실 때까지 옆에 지켜 서 있었다.

이게 아버지가 상처 입은 짱아오 두 마리와 함께 시제구사에 신세지게 된 내력이다.

나르는 그날 오후에 깨어났다. 깨어나자마자 한 짝뿐인 성한 눈으로 깡르썬거를 쏘아보기도 하고 이빨을 드러내기도 하며 위협에 열중했다. 그러나 상대가 전혀 반응이 없자 이번엔 아버지를 상대로 '검은 눈동자와 하얀 이빨의 위협'을 시작했다.

구들에 드러누워 있던 아버지는 나르가 깨어난 것을 보자 절뚝이는 발을 이끌고 나르에게 다가갔다. 나르는 벌떡 일어나 적을 경계하려 했다. 그러나 왼쪽 눈과 배의 상처 때문에 일어설 수가 없었다. 어쩔 수 없이 나르는 끓어오르는 분을 삭이며 아버지가 다가오는 걸 지켜보고만 있었다.

나르에게는 아버지가 천천히 걸어오는 것 자체가 일종의 수작 같았다. '왜 단번에 달려오지 않고 저렇게 느릿느릿 걸어오는 거지?' 나르는 큰 머리를 힘겹게 들고 오른쪽 눈으로 아버지의 손을 주시했다. '손에 채찍을 들었나? 이니면 방망이? 칼? 창을 든 건 아닌가?' 이런 자들이 사용하는 무기라면 나르도 잘 알고 있었다. 그런데 상대방의 손에는 아무것도 들려 있지 않았다. 의혹은 더 커

졌다. '왜 맨손으로 오는 거야? 저놈의 손은 아무런 무기 없이도 가공할 위력을 발휘할 수 있는 건가?'

아버지는 곁에 앉아 나르를 오도카니 보고만 있었다. 갑자기 머릿속에서 현재 나르와 관련한 생각들이 떠올랐다. '이렇게 빨리 이 개 곁에 오다니. 뭘 하려는 거였지? 이 개가 영원히 깨어나지 않길 원한 건 아니었을까? 하지만 이미 깨어났으니 어떻게 한다? 이놈은 결단코 나쁜 개임에 틀림없어. 나를 잔인하게 물어뜯었잖아. 깡르썬거의 적이기도 하고. 그래, 이놈을 죽여버리는 게 가장 좋은 방법이야.'

이런 생각을 하며 아버지는 자신의 두 손을 바라보았다. 손에는 아무 상처도 없었다. 자신의 두 손은 말이나 소나 하다못해 개와 싸워 이길 힘도 없지만, 아무런 저항도 못하는 이 개를 목 졸라 죽이는 데엔 하등의 문제도 없었다.

나르는 아버지가 무슨 생각을 하는지 알고 있다는 듯, 아버지의 손을 향해 으르렁거렸다.

아버지는 손을 움직여보았다. 그리고 어금니를 꽉 깨물었다. 바로 행동에 들어가야 할 것 같았다. 그러나 돌연 힘이 빠지고 용기가 사라졌다. 자신에게 나르를 미워하는 감정이 전혀 없다는 걸 알았기 때문이다. 아버지는 천성적으로 동물을, 특히 개를 좋아했다. 그러기에 사람들에게 복수하듯 개한테까지 하고 싶지는 않았다. 아버지는 꽉 깨물었던 어금니를 다시 풀고, 손을 비비며 제자리에 앉았다.

나르도 아버지의 생각 변화를 당장 알아차렸다. 치켜들었던 머리가 길게 뻗은 앞다리 위로 무거운 소리를 내며 떨어졌다. 나르는 피곤한 듯 거친 숨을 헐떡이며 몸을 숙였다.

나르를 물끄러미 내려다보던 아버지에게 예상치 못한 일이 일어났다. 나르에 대한 따뜻한 애정이 샘솟은 것이다. 자신도 모르게 나르의 탐스러운 갈기를 향해 손을 뻗었다.

하지만 나르는 다시금 큰 머리를 힘겹게 움직이며 아버지의 손을 물어뜯으려 했다. 손을 놓치자 나르는 아버지의 옷을 물었다. 아버지는 신경 쓰지 않았다. 손에만 온 신경을 집중했다. 갈기 사이로 손을 넣어 부드럽게 움직였다. 부드러운 손길은 천천히 긁는 것으로 바뀌었다. 아버지는 나르의 목덜미를 위아래로 부드럽게 긁어주었다.

간질간질한 느낌이 들었다. 그 느낌은 바로 편안함이었다. 목의 편안함은 솟아나는 샘물처럼 나르의 전신으로 퍼져갔다. 마음 깊은 곳까지 편안함이 전해졌다. 그 평안이 마음 깊은 곳에 이르자 곧 다른 감정으로 이어졌다. 호감이었다.

짱아오는 상대에게 쉽게 호감을 느끼는 동물이다. 이들에게 호랑이나 사자처럼 포악하고 사나운 면이 있음에도 불구하고, 일찍이 인류에게 길들여지고 인간을 위해 봉사하는 개가 된 데는 다 이유가 있었다. 이들에게는 호랑이나 사자에게는 없는, 감정을 받아들이고 표현하는 교감능력이 발달했다. 짱아오의 여러 특징 중 특히 이 능력 덕에 그들은 사람을 따르기 좋아하는 것이다.

자신도 모르는 사이, 나르의 큰 머리는 더 이상 힘겹게 움직이지 않았다. 아버지의 옷을 물어뜯지도 않았다.

마음이 따뜻해졌다. 극심한 고통에 시달리다가 인간의 따뜻한 사랑을 느끼니 갑자기 이런 생각이 들었다. '이 사람은 어쩌면, 내가 경계하고 미워해야 할 원수가 아닐지도 몰라. 적어도 지금, 나를 해치고 내게 복수하려는 대신 도리어 나를 기쁘게 해주고 있지 않은가 말이야.'

나르는 아버지의 손이 자기 몸에 닿는 게 싫었다. 하지만 그의 손길에서 전해지는 편안함, 그리고 상대가 자신을 기쁘게 해주려고 한다는 것만은 부정할 수 없었다. 낯선 적이 나를 기쁘게 하려고 노력하는 것이야말로 상대를 제압했다는 증명이 아니고 무엇이겠는가? 나르는 편안히 늘어뜨린 앞발에 머리를 기댄 채 그 부드러운 손길을 조용히 즐겼다.

나르의 성한 눈과 다친 눈에 담긴 눈빛은 점점 더 복잡미묘해졌다. '당신의 손길을 참아주고는 있지만 받아들인다는 뜻은 아니야. 물지는 않지만, 좋아한다는 뜻은 아니라고.' 그는 시제구 초원의 영지견이었다. 시제구의 영지견은 시제구의 땅과 시제구 사람에게만 충성할 따름이다. '그런데 넌, 너는 대체 누구란 말이냐?'

노 라마승 둔까가 들어왔다. 나르는 그에게 꼬리를 흔들어보였다. 둔까는 나르가 깨어났을 뿐 아니라 아버지의 손길 아래 말썽 없이 가만히 있는 것을 보고는 무척이나 기뻐했다. 기쁜 나머지 허리를 깊이 숙여 아버지에게 절까지 했다.

둔까는 그 길로 밖에 나가 길고 잘게 잘라놓은 말린 소의 폐를 들고 오더니 아버지에게 주며 먹는 시늉을 했다. 아버지가 한 가닥을 골라 자기 입속에 쑤셔넣었다. 둔까는 황급히 손을 저으며 나르를 가리켰다. 그제야 아버지는 말린 소 폐가 개 먹이라는 걸 알았다. 한 가닥씩 집어 나르의 입에 넣어주었다. 먹는 모습이 조금 힘겨워 보였지만 나르는 게걸스럽게 열심히 받아먹었다.

둔까는 밖으로 나왔다. 시제구사에서 영지견에게 음식 나눠주는 일을 맡고 있는 그는 개들을 자기 아이처럼 사랑했다. 그는 나르와 아버지를 남겨놓고 기쁜 마음으로 승방을 떠났다. 그리고 사원 구석구석을 찾아다니며 자신의 생각을 부산스럽게 전파했다.

"시제구사에 머물게 된 한짜시는 아주 용감하고 선량하고 짱아오를 좋아하고, 또 원수까지 사랑하는 사람이야. 이런 사람이 설산사자의 화신을 모시고 칭궈아마 서부 초원에 왔으니 분명 좋은 일이 있을 게야." 그는 흥분해서 덧붙였다. "게다가 한짜시는 말린 소 폐까지 먹으려고 했어. 초원 사람들은 소나 양의 폐는 절대 먹지 않는데 말야. 소와 양의 폐는 개 먹이루밖에 쓰지 않는데, 한짜시가 소 폐를 먹고 싶어했다는 건 그가 전생에 개였다는 이야기지 뭐겠어? 아주 크고 훌륭한 개, 영성靈性을 가진, 사자처럼 위엄 있는 짱아오였을 거야. 소 폐나 양 폐를 먹은 짱아오에게는 강인한 뼈와 건장한 체격, 충성심이 생겨나잖아? 주인에게 절대 충성하는 이 마음이야말로 짱아오에게 있어 가장 보배로운 특성이지. 지금 한짜시는 검은 짱아오 나르의 곁에 앉아 말린 소 폐를 자상하게 먹여주고 있어. 이건 한짜시가 나르와 친구가 되고 싶고, 주인이 되고 싶다는 이야기 아닌가? 영지견을 좋아하는 사람, 자신을 문 개까지도 변함없이 사랑하는 사람이라면 분명 공덕이 높은 사람일 거야."

둔까에게서 시작된 생각이 열 사람 백 사람, 전체 시제구사로 퍼지자 시제구사는 경사를 맞은 듯 떠들썩했다.

철봉라마 짱짜시는 이야기를 다 듣고 나서 이런 촌평을 남겼다. "티베트 사람이 좋아하는 걸 똑같이 좋아하는 걸 보니 그 사람도 우리와 한마음일세, 그려."

그는 말을 마치자마자 사원을 나가 산 아래 천막집을 돌며 탁발을 해왔다.

이날 저녁, 철봉라마 짱짜시는 탁발해온 고기를 아버지에게 권했다. "이건 야크의 어깻살, 이건 면양의 가슴살, 이건 산양의 뒷다릿살이야. 먹어봐. 왜 안 먹어? 초원에서는 내가 먹는 부위대로 몸이 좋아진다고 생각해. 어깨, 가슴, 허벅지에 상처를 입었으니까 날마다 이걸 먹어야 해. 7일 동안 계속 먹으면 새로 자라는 근육은 원래 근육보다 더 튼튼해진다."

아버지는 감동했다. 개에게 친절할수록 사원의 라마승들이 자신에게 더 잘 대해준다는 것도 눈치챘다.

아버지는 서둘러 말했다. "내가 먹는 부위대로 몸이 좋아진다면, 나르는 소의 눈하고 양의 배를 먹어야 하겠네요? 온몸이 상처투성이인 깡르썬거가 깨어나면 소 한 마리나 양 한 마리 정도는 통째로 먹어치워야 하는 거 아닌가요?"

짱짜시도 기쁘게 맞장구쳤다. "그럼, 그럼. 그렇고 말고. 하지만 사람은 한 번 죽으면 끝이지만 짱아오는 일곱 개의 목숨을 가지고 있다고. 그래서 사람보다 더 오래, 잘살 수 있어. 소 눈을 먹지 않아도 새 눈이 나오고, 소를 통째로 먹지 않아도 새 몸이 생길 거야."

아버지는 짱짜시가 가져온 음식들을 반만 먹고 나머지는 나르에게 먹였다. 나르의 눈빛에는 아직도 의심이 가득했다. '도대체 뭘 하려는 거야? 나한테 물렸는데도 고기를 주고 싶어? 시제구 초원의 사람도 아니면서 나한테 이렇게 잘해주는 이유가 뭐야?'

이건 사람이나 먹는 음식이며 라마승이 애써 탁발해온 것인데, 아버지가 그 중 절반을 남겨 자신에게 줬다는 걸 나르도 알고 있었다. 사람에게 사랑과 존중을 받는 영광, 사람과 함께 한다는 자랑스러움이 뿌듯하게 올라왔다. 자주 먹을 수 없는 별미를 나르는 입맛을 다셔가며 맛있게 먹었다. 맛 좋고, 간간하고, 부드럽고, 상큼하기까지 한 것이 아버지가 목을 긁어주던 그 편안한 느낌과 똑같았다.

나르는 꼬리를 움직여보고 싶었다. 꼬리 밑둥에 한껏 힘을 주고 흔들어보려 했다. 하지만 흔들 수 없었다. 꼬리가 마음처럼 움직여주지 않자 아버지에 대한 깊은 의혹이 다시 고개를 쳐들었다. '당신은 도대체 누구지? 사자머리 짱아오를 데리고 시제구 초원에 온 이유가 뭐냐고?'

이렇게 닷새 동안 아버지와 나르는 단쩡활불이 독경을 해준 참빠와 철봉라마 짱짜시가 탁발해온 고기를 날마다 먹을 수 있었다. 야크의 어깨살, 면양의 가슴살, 산양의 다릿살. 하루는 사원 건립 이래 최초로, 득빌이 그들을 위해 잡은 신신한 소의 어깻살과 양의 가슴살, 다릿살을 대접받기도 했다. 평생 잊을 수 없는 기막힌 맛이었다.

날마다 기름진 음식을 먹고 약도 하루에 한 번씩 갈자 아버지와 나르의 상태는 몰라보게 호전되었다. 아버지는 이제 사원 이곳저곳을 걸어다닐 수 있었고, 나르 역시 일어나 몇 걸음을 뗄 수 있을 정도가 되었다.

걸을 수 있게 된 후 아버지는 자주 승방을 나와 사원 구석구석을 기웃거렸다. 벽처럼 바깥 경치를 막아선 마니석 무더기를 오른쪽으로 돌아 사원의 대경당大經堂, 밀종정密宗殿, 호법신전護法神殿, 쌍신불雙身佛 야뿌요무전雅布尤姆殿, 그리고 다른 법당들을 신기한 듯 둘러보았다.

라마승들은 아버지를 친절한 미소로 맞아주었고 아버지는 고개 숙여 합장으로 답례했다. 어쩌다 좁은 길에서 마주치기라도 하면 라마승들은 몸을 옆으로 비켜 반드시 아버지가 먼저 지나가도록 양보했다. 허나 아버지는 그들의 풍속이 이해되지 않았다. 그래서 라마승들이 양보를 하면 할수록 상대방부터 지나가라고 더 기를 쓰고 양보했다. 예의가 바르다고 흉잡힐 일은 없는 법. 라마승들은 아버지를 아주 예의바른 사람이라고 생각했다.

특기할 만한 건, 아버지가 보이는 불상마다 가리지 않고 절을 했다는 것이다. 밀교密敎(비밀불교)의 대일여래大日如來[31], 연화생蓮花生[32], 흉폭한 신 곤납야가坤納耶迦 대자재천大自在天[33]뿐 아니라 현교顯

---

31) 비로자나불, 진언밀교眞言密敎의 본존本尊. 우주의 실상을 구체적인 실상으로 나타내 보이는 이지理智의 본체이다.
32) 파드마삼바바 혹은 구루림포체로 불리며 티베트 불교 닝마파Nyingmapa,寧瑪派의 개조. 연꽃에서 태어난 자라 하여 연화생이라 함.

敎(현로불교)의 삼세불三世佛[34]과 팔대보살八代菩薩, 본교笨敎[35]의 조사祖師 신라오미워체辛饒米沃且[36]는 물론 전쟁의 신인 웨이얼마威爾瑪, 토지신인 십이딴마十二丹瑪 여신에게도 절했다.

다른 한인들은 절대 티베트의 부처들에게 절하는 법이 없었다. 라마승들은 아버지가 대다수의 일반 한인과는 확실히 다르다고 생각하게 되었다. 이 사람에겐 쉽게 다가갈 수 있을 것 같았다. 사실 부처와 신 앞에서 겸손하고 경건한 사람이라면 모두 쉽게 다가갈 수 있는 법이다.

어느 날 오전, 아버지는 호법신전의 돌계단 앞에서 철봉라마 짱짜시에게 육자진언 읽는 법을 배우고 있었다. '옴 마니 밧메 훔Om mani padme hum'의 '훔'자를 제대로 읽었다고 생각한 그 순간 어디선가 개 짖는 소리가 심상치 않게 들려왔다. 사원에는 다른 개들도 많이 있지만, 소리만으로도 아비지는 그게 나르인 줄 알아차렸다.

가슴이 철렁 내려앉았다. 얼른 소리 나는 곳을 향해 달렸다. 달리고 또 달렸다. 사실 달리는 게 아니라 절뚝거리며 걷는 거였지만 마음만은 있는 힘을 다해 달리고 있었다.

마니석 무더기에 여기저기 부딪혀가며 승방에 도착해보니 방 안

---

33) 대자재천大自在天의 아들로 코끼리의 머리와 사람의 몸을 가졌으며 성격이 매우 포악하다 함.

34) 현세불인 석가모니불, 과거불인 연등불燃燈佛 또는 가라보살迦羅菩薩, 미래불인 미륵보살 등, 삼세三世를 통하여 불법으로 교화하는 부처를 가리킴.

35) 본교Bon 敎. 티베트의 토착 종교로서 AD 8세기에 티베트에 전래된 불교와 융합해 티베트 불교의 형성에 많은 영향을 끼쳤다.

36) 셴랍 미우체Shenrab miwoche, 본교의 교주. BC 1세기경 히말라야의 티베트 고원에서 태곳적부터 자생한 샤머니즘을 본교라는 다신교적 원시종교로 발전시킴.

의 상황은 예측한 대로였다. 깡르썬거가 깨어나 있었다. 무려 5일 동안이나 계속된 혼수상태에서 깨어난 것이다.

방금 그 소리는 갑자기 정신을 차린 깡르썬거를 향해 짖어댄 나르의 것이었다. '이 친구, 죽지 않았단 말인가? 어떻게 다시 살아났어?'

나르는 눈을 뜬 깡르썬거의 옆에서 분노에 차 짖고 있었다. 하지만 짖어댈 뿐, 날카로운 이빨로 힘없는 깡르썬거를 공격하지는 않았다. 어차피 그들은 같은 조상을 둔 한 핏줄 아닌가? 또 그동안 바로 옆자리에서 누워 함께 사경을 헤맨 사이가 아닌가?

게다가 나르는 자신이 그토록 미워하며 이 지경으로 물어뜯어놓은 이 녀석, 바보같이 우리 영지를 침범한 이 침입자가 실은 아주 잘생긴 청년임을 알게 되었다. 반면 나르는 외모만으로도 상대를 홀릴 만큼 아름답고 생기발랄한 아가씨였다.

뒤따라오던 짱짜시는 깡르썬거의 번쩍번쩍 빛나는 눈동자를 보자 기쁨의 탄성을 지르며 밖으로 나갔다.

짱짜시는 시제구사의 주지 단쩡활불과 티베트 의원 가위뛰, 노라마승 둔까를 불렀다.

가위뛰는 단쩡활불에게 허리를 굽히며 말했다. "신성한 부처시여, 당신의 말씀이 맞았습니다. 그는 아니마칭 설산사자의 환생임이 분명합니다. 위대한 산신이 그를 보호하시니 절대 죽을 수 없던 겁니다."

단쩡활불도 덕담으로 맞받았다. "스님은 설산사자의 화신을 구했으니 49급의 공덕이 이미 보살의 수인手印에 기록되었을 겁니다. 당신을 축복합니다. 가위튀 스님."

가위튀는 황급히 대답했다. "아닙니다, 활불. 이건 저의 공덕이 아니라 시제구사의 공덕입니다. 축복을 받는다면 제가 아니라 빛나는 우리 시제구사가 받아야 합니다."

가위튀는 몸을 굽혀 깡르썬거의 상처와 눈을 자세히 진찰하더니 벌떡 일어나 말했다. "피를 다 흘려버렸으니 이제 가장 좋은 피를 보충해야 할 때입니다. 그렇지 않으면 정신을 잃을 수 있어요."

짱짜시가 물었다. "무슨 피가 가장 좋은 피죠? 제가 나가서 얼른 구해오겠습니다."

가위튀가 대답했다. "제일 좋은 피는 소피나 양피가 아니라 짱아오와 사람의 피입니다. 밖에 나가 찾을 필요는 없으니, 빨리 깨끗한 나무대야 하나 가져오세요."

그러나 가위튀가 자신의 피를 받아 개를 구하려는 줄을 아버지는 꿈에도 상상하지 못했다. 가위튀는 둥근 북처럼 생긴 표범가죽 약부대에서 엄지손가락 크기만한 금색 보석병을 꺼냈다. 자기 팔목에 약을 떨어뜨려 소독을 한 후 참새깃털같이 생긴 6촌† [37] 길이 수술용 칼로 왼 손목의 정맥을 절개했다. 깨끗한 나무대야에 피가 콸콸 쏟아졌다.

거의 반 대야 정도 피를 받았을 때, 단쩡활불은 가위튀의 왼 손목을 낚아챘다. 그리고 대신 자신의 팔뚝을 내밀었다.

---

37) 1촌은 한 자尺의 10분의 1. 즉 약 3.33센티미터에 해당한다.

가위튀는 말했다. "활불, 당신의 피는 신성한 피입니다. 이 피는 단 한 방울만 있어도 설산사자를 다시 일으킬 수 있을 겁니다."

그 말을 하며 가위터는 보석병 안의 소독약으로 단쩡활불의 손목을 소독하고 칼로 가볍게 그었다. 피가 솟구쳤다. 선홍색 피가 승방 전체를 붉게 밝히는 것 같았다.

이어서 짱짜시의 차례였다. 노 라마승 둔까도 빠질 수 없었다.

마지막으로 아버지가 소매를 걷고 가위튀 앞에 팔뚝을 들이밀었다.

가위튀는 도리질을 쳤다. "안 됩니다. 안 돼요. 당신은 환자예요. 피도 많이 흘렸고요. 오히려 피가 필요한 분입니다."

짱짜시는 이렇게 통역해주었다. "약왕라마께서 말하길 한짜시 너는 그만둬라. 설산사자께서 그의 밝은 눈으로 알려주셨다. 사자에게는 네 피가 필요 없으시단다."

아버지도 질 수 없었다. "왜요? 티베트 사람은 한인과 피도 다르단 말입니까?"

짱짜시가 아버지의 말을 티베트 말로 옮겼다. 그러자 단쩡활불이 나섰다. "사람과 사람 사이에 마음만 같다면 피는 다르지 않지요. 차이가 있다면 사악한 사람과 선량한 사람의 피가 다를 뿐." 가위튀에게는 이렇게 말했다. "자네는 이 선량한 사람의 소원을 들어주게. 그의 피는 조금만 넣어도 되네. 한 방울이나 한 사발이나 선한 마음은 마찬가지니까."

아버지의 피도 나무대야에 흘러 들어갔다. 대야에는 티베트 라마승 네 사람과 속세 한인의 피가 함께 섞였다. 이제 깡르썬거의 목마른 목에 흘려 넣어주기만 하면 되었다.

깡르썬거는 왜 자신에게 사람의 피를 먹이려는지 또 그 피가 얼마나 중요한 것인지 잘 알았다. 사람들이 자신을 위해 피를 모으는 장면에 감격해 꼬리라도 흔들고 싶었다. 그러나 힘이 남아 있지 않았다. 그저 눈을 똑똑히 뜬 채 그들의 깊은 사랑을 바라보는 것밖에는 달리 할 게 없었다.

눈물이 나왔다. 몸 안에 남아 있던 모든 액체가 다 눈물이 된 것처럼, 깡르썬거는 눈물을 뚝뚝, 쉬지 않고 흘렸다. 그의 눈물은 사람들을 감동시켰다. 아버지의 눈도 촉촉이 젖어들었다.

옆에 서서 이 광경을 지켜보기만 하던 나르는 깡르썬거의 눈물과 아버지의 눈물을 보고는 조용히 제자리에 누웠다. 설명할 수 없는 어떤 강렬한 힘이 나르를 자극했다. 그 강력한 힘 때문인지 나르의 꼬리가 자신의 생각과 의지를 벗어나 움직이기 시작했다. 나르의 꼬리가, 천천히 위로 들려졌다. 그리고 흔들렸다. 살랑살랑…, 마치 그의 꼬리는 전체 짱아오 세계의 감격을 표현하는 것 같았다.

나르는 고개를 돌려 성한 눈으로 꼬리를 바라보며 스스로도 놀랍다는 듯한 표정을 지었다. '내 꼬리가 왜 이러는 거야?' 그리고 생각했다. '영지견의 원칙이란 무엇일까?'

짱아오는 침입자에 대해서 반드시 신성한 분노와 위협의 태도를 유지해야 힌디.

'그런데 내 꼬리가 왜 이렇게 흔쾌히 항복을 표현하는 걸까?'

나르는 불현듯 서글퍼졌다. 꼬리는 감정을 표현하는 도구로서 짱아오의 속내를 그대로 반영한다는 것을 누구보다 자신이 잘 알고 있었다. 나르의 마음이 변한 것이다. 더 이상은 강철같이 냉정한 복수심을 가질 수 없었다.

깡르썬거에게 피를 마시게 하고 약을 갈아주었다. 가위튀가 상처 부위에 따라 각각 다른 가루약을 전신에 뿌릴 때 칼로 찢는 듯한 고통이 느껴졌지만 깡르썬거는 묵묵히 참아냈다.

두 시진 후 아버지는 깡르썬거에게 티베트의 보탕寶湯을 먹여주었다. 이 보탕은 깨끗한 설산의 성수를 온천가의 돌멩이와 깊은 산속의 티베트 홍화藏紅花과 함께 달여낸 소 곰탕이었다. 나르는 소 곰탕에 곁들여 짱짜시가 가져온 소의 눈알과 양 갈빗살까지 먹을 수 있었다.

5

　메이둬라무와 안경잡이가 왔다. 요 며칠 동안 그 둘은 바이 주임을 대신해 날마다 아버지의 병문안을 왔다. 메이둬라무의 본명이 짱동메이張冬梅라는 사실도 아버지는 알게 되었다. 티베트 말로 꽃이 '메이둬梅朵'였기 때문에 집주인 니미尼玛 할이비지는 그녀의 이름을 메이둬라무梅朵拉姆로 바꾸자고 강력하게 주장했다고 한다. 티베트 말로 '꽃 같은 선녀' 라는 뜻이다.

　안경잡이는 후에 그 이야기를 듣고 말했다. "메이둬라무? 듣기 좋은데? 뜻도 좋고. '짱동메이'보다 훨씬 낫잖아. '겨울 매화冬梅' 얼마나 고독하고 처량해?"

　메이둬라무는 대꾸했다. "저는 겨울 매화를 아주 좋아해요. 북풍한설도 두려워하지 않고 눈보라와 맞서는 꽃이잖아요. 하지만 초원 사람들이 '메이둬라무'라고 부르는 게 좋다니까, 부르지 말라고는 못하겠네요. 이름이 두 개인 것도 꽤 괜찮을 것 같은데요?"

　안경잡이가 설명했다. "이게 다 다 티베트 현지인들과 하나가 되려는 노력이지. 나도 새 이름을 하나 만들었어. 중국어하고 티베트어가 결합된 이름으로, 리니마李尼瑪. 어때?"

메이둬라무가 말했다. "니마尼瑪가 '태양'이란 건 저도 알아요. 우리 주인집 할아버지 이름이 바로 '니마'거든요."

리니마가 맞장구쳤다. "맞아. 니마. 아주 좋은 이름이지. 태양은 영원히 기울지 않거든."

아버지는 리니마와 메이둬라무가 서로 호감을 갖고 있다는 것도 눈치챘다. 남녀 간에 품게 되는 그런 종류의 호감 말이다. 그 둘은 자석처럼 서로를 끌어당기고 있었다. 시제구 공작위원회 중 여자로는 메이둬라무가 가장 예뻤고, 남자로는 리니마가 가장 잘생긴데다 배운 것도 많았다. 한 쌍의 재자가인은 보기에도 하늘이 내린 천생연분 같았다.

아버지가 요양하는 승방에 병문안을 온 메이둬라무는 깜짝 놀랐다. "저 개가 살아났어요? 기어코 살아났다고요? 세상에. 저는 오늘이나 내일쯤 독수리한테 먹이게 산에 메고 가야겠다고 생각했는데."

리니마가 그녀에게 농담을 했다. "보아하니 메이둬라무도 티베트 의술을 좀 배워야겠는걸. 티베트 의술이 얼마나 고명해?"

아버지는 바닥에 앉아 한 손으로는 나르를, 다른 한 손으로는 깡르썬거를 쓰다듬으며 말했다. "라마승들이 그러는데 이놈은 전생에 아니마칭 설산의 사자신獅子神이었다네요. 설산에서 수행하는 수도승들을 보호했고, 그래서 죽지 않는다고요. 부처님이 보호하시기 때문에 영원히 불사불멸이라고 해요."

이 말을 하는 아버지는 꼭 천진난만한 아이 같았다.

메이둬라무의 반응은 더 천진했다. "원래 그런 개였군요!"

하지만 리니마는 못 미더운 듯 말했다. "난 미신 같은데."

두 남녀는 아버지의 곁에 앉아 대화를 나누며 나르와 깡르썬거를 번갈아 얼렀다. 송아지만한 짱아오 두 마리가 얌전히 앉아 있었다. 그들은 이 아름다운 아가씨와 안경을 낀 청년이 아버지의 좋은 친구라는 것을 알고 있었다. 그들의 눈에 아버지는 이미 더없이 친밀한 피붙이가 되어 있었다.

아버지와 한동안 이야기를 나눈 리니마와 메이둬라무는 서로 눈빛을 주고받더니 자리에서 일어났다.

아버지는 그들을 배웅하며 말했다. "빨리 가봐요. 할 일도 많을 텐데. 나는 잘 지내고 있으니까 날마다 찾아올 필요는 없어요."

사실 리니마와 메이둬라무는 공작위원회로 돌아갈 생각은 없었다. 들로 가고 싶었다. 시제구사에 있는 아버지를 문안하고 돌아가는 길에 그들은 매번 띠아오팡산 자락에 있는 들을 찾았다. 눈 덮인 산봉우리는 하늘 높이 솟고, 초원은 가없이 넓었다. 강물은 바닥이 다 비치도록 투명한데다 인적이라고는 찾아볼 수 없었다. 광활한 녹색 초원에 사람이라고는 단 둘뿐이었다. 둘은 처음에 이런저런 대화를 나누었지만 나중에는 아무 말도 필요치 않았다.

리니마가 메이둬라무를 잡았다. 손을 잡고, 얼굴과 입술을 만지고, 몸까지……. 그가 그녀를 끌어안고 초원의 풀밭에 쓰러지려는 순간, 그녀의 온몸에 소름이 끼쳐왔다.

그녀는 있는 힘을 다해 그를 밀쳐내고는 얼굴을 붉히며 말했다. "이러지 말아요, 우리 아직 이런 사이 아니잖아요."

리니마는 매우 아쉬워했다. "들판도 이렇게 조용하고, 누가 우리 본다고 그래?"

메이뒈라무가 자기도 모르게 리니마를 밀쳐내기는 했지만, 아버지를 문병왔던 그 기간 동안 둘이 급속도로 가까워졌다는 사실만은 부인할 필요가 없었다. 아마도 이게 첫사랑이리라.

그 들판의 티베트 솔개와 독수리, 티베트 영양(치루)과 티베트 야생 당나귀(키앙), 알핀 사향노루, 백순록(샤)이 그들 첫사랑의 증인이 되었다. 이 동물들은 리니마와 메이뒈라무와 아주 가까운 곳에 있었지만 사람을 조금도 무서워하는 것 같지 않았다. 숨지 않을 뿐 아니라 신기한 듯 다가와 바라보기까지 했다. 마치 어른 앞의 아이처럼 천진난만하게 그들을 지켜보았다.

리니마가 주변 풍경을 보며 말했다. "정말 아름답다. 꼭 동화 속 이야기 같아."

이 동화 속 이야기에는 영지견 예닐곱 마리도 출연한다. 영지견 중에서도 짱아오들, 정확히 말해 짱아오 대왕인 호랑이머리 순백색 짱아오와 그와 아주 친밀한 검은색 궈르, 노련한 회색 짱아오가 일정한 거리를 둔 채 그들을 따르고 있었다.

리니마가 말했다. "귀찮아 죽겠네. 저 녀석들은 왜 우릴 쫓아오는 거지?"

메이뒈라무가 대꾸했다. "저 개들이 당신 냄새만 맡고도 나쁜 사람인 줄을 알아본 거죠. 분명히 나를 괴롭히는지 아닌지 지켜보려고 쫓아오는 걸 거예요."

"그래, 내가 괴롭힌다. 어쩔래? 어쩔래?" 리니마는 이렇게 말하며 그녀를 다시 한 번 안았다.

짱아오들은 고개를 돌려 가버렸다. 짱아오들도 그와 그녀 사이에서 벌어지는 이런 종류의 '괴롭힘'까지 훔쳐보기는 부끄러웠나보다.

메이둬라무가 말했다. "냐요, 냐. 이러지 말라니까요. 개도 부끄러워서 가버리잖아요."

사람의 예감은 항상 동물보다 민감도가 떨어진다. 특히 초원의 토박이들이 짱아오를 대할 때면, 그 의중을 헤아리기 어려운 느낌이 든다고 한다. 짱아오 대왕이 측근 몇을 이끌고 이들을 따라온 이유는 따로 있었다. 우주 탐측 레이더보다도 민감하고 정확한 짱아오들의 예지능 때문이었다. 레이더는 현재 벌어지는 일만을 탐측하지만 짱아오의 예지능은 시공을 초월한다.

이 한 쌍의 남녀가 광야에 나타날 때부터, 그들이 손을 잡고 입맞추는 것을 볼 때부터, 개들 특히 짱아오 대왕은 일말의 오차도 없이 정확하게 느낄 수 있었다. 어떤 위험이 마치 아름다운 오로라처럼 남녀의 머리 위에 걸려 하시라도 덮어씌울 태세였다. 그러나 언제 위험을 덮어쓰게 될지, 그 정확한 시기에 대해서는 짱아오도 알 수 없었기 때문에 계속 따라온 것이다. 사람들은 보지도 만지지도 못하지만, 자신들은 똑똑히 볼 수 있고 감지할 수 있는 그 어떤 것을 짱아오들은 멀리서 감시하고 있었다.

그렇다. 그들은 위험을 쫓는 것일 뿐, 사람을 쫓고 있는 게 아니었다. 그들은 영지견, 그중에서도 짱아오이기 때문에 누구의 비위를 맞출 필요도 없었다.

하지만 영지견들에게는 그 어느 누구에게 닥친 위험이라도 제거해주어야 할 의무가 있었다. 부자든 가난한 사람이든, 티베트인이든 한인이든, 시제구에 사는 사람 모두는 그들이 책임져야 할 대상이었다. 발생한 위험을 즉각 해결해내지 못한다면 그것은 짱아오의 치욕이 된다. 짱아오들은 치욕 속에서는 절대로 살 수가 없다. 그들이 가장 민감하게 반응하고 또 가장 중요하게 여기는 것은 충성과 희생이며, 모든 동물을 월등히 앞선다는 명예, 그리고 인류의 생명과 재산을 보호하는 용기였다.

영지견들이 두 남녀의 뒤를 따른 지 이미 며칠이 지났다. 짱아오 대왕은 동료를 이끌고 갑자기 리니마와 메이둬라무 곁으로 다가왔다. 그들의 예지능이 더 가까워진 위험을 알려왔기 때문이다. 그러나 정작 시시각각 다가오는 위험에 노출된 리니마와 메이둬라무는 영지견들의 추적에서 벗어날 궁리만 하고 있었다.

리니마가 투덜댔다. "미치겠네. 저놈들은 다른 들짐승하고 영 다른 것 같아. 꼭 아는 사람이 지켜보는 느낌이라니까."

메이둬라무가 웃었다. "그럼 좋죠, 뭐. 당신도 좀 점잖게 행동할 수 있고."

"우리 여기 말고 딴 데로 가자. 개들이 못 따라오게."

그는 그녀의 손을 잡고 뛰기 시작했다. 그렇게 짱아오들이 보이지 않을 때까지 뛰고 또 뛰었다.

그러나 리니마는 바로 이곳에서 자신의 진정한 사랑을 증명할 시련을 만나게 될 줄은 꿈에도 몰랐다. 그와 메이둬라무의 앞에 짱아오보다 더 귀찮은 존재가 나타났다. 그들 둘 다 알고 있는 웃통 벗은 아이였다.

리니마는 아까와 마찬가지로 메이둬라무의 손부터 얼굴과 입술, 그리고 몸에까지 애정공세를 퍼붓고 있었다. 그녀를 안고 다시 한 번 초원의 풀무더기로 쓰러지려는 찰나, 아이가 비명을 꽥 지르더니 관목 수풀 사이에서 튀어나왔다. 남녀는 모두 혼비백산하여 후다닥 멀찍이 떨어져 섰다.

메이둬라무가 깜짝 놀라 물었다. "너 어떻게 여기에 혼자 있는 거니?"

웃통 벗은 아이는 청보라색 큰 가방을 이마에 이고 있었다. 아이는 이상하다는 눈빛으로 그들을 쳐다보며 맨발로 앞에 있는 풀뿌리를 차댔다. 메이둬라무는 직업적인 본능으로 아이를 걱정했다.

그녀가 아이에게 가까이 다가가 물었다. "왜 그러니? 아프지 않아? 나랑 같이 집에 가자. 내가 치료해줄게."

지금은 구급상자가 없었다. 아버지 병문안을 올 때는 약상자가 필요 없었기 때문에 가져오지 않은 것이다. 고명한 티베트의 라마승 의사 앞에서는 자신이 양의洋醫라는 사실이 부끄럽기 짝이 없었다. 그 앞에서만은 한인 의사의 표지인 약상자를 어깨에 달랑거리며 왔다갔다 하고 싶지 않았다.

웃통 벗은 아이는 그 자리에서 꿈쩍도 하지 않았다.

메이둬라무는 아이의 손을 잡으며 다시 물었다. "도대체 왜 그러니? 누가 널 때렸니? 아니면 뛰다가 넘어졌니?"

아이는 그녀가 뭘 묻고 있는지 알아들은 듯 티베트 말로 대답했다. "샹아마의 원수들, 샹아마의 원수들."

곤혹스러워하는 메이뒤라무 곁으로 리니마가 다가와 알려줬다. "그 애 이마에 있는 큰 가방이 샹아마의 원수들 거라는데."

메이뒤라무가 물었다. "샹아마의 원수들? 한짜시가 데리고 온 그 아이들 말하는 거니? 왜? 걔네들이 널 때렸니?"

웃통 벗은 아이는 눈을 깜빡이며 메이뒤라무의 눈동자를 의심스레 바라보았다. 허리에서 약 2미터 길이의 소털로 꼰 우뒤烏朵 물매를 풀었다. 그리고 타원형의 돌멩이를 줍더니 '우뒤'의 털주머니 속에 집어넣었다. 엄지손가락은 밧줄 한 쪽의 고리에 걸고, 밧줄의 가느다란 다른 한 쪽을 손에 꼭 쥐고 팔을 빙빙 휘둘렀다. 손에 잡았던 밧줄의 한 끝을 놓자 '횡' 하는 소리와 함께 돌이 날아가 100여 미터 떨어진 곳에 '펑' 하고 떨어졌다.

메이뒤라무는 이해가 되지 않는다는 얼굴로 물었다. "걔네들이 이걸로 널 때렸다고? 정말 조심해야겠다. 돌에 잘못 맞으면 죽을 수도 있어. 앞으로는 초원에서 혼자 놀지 말고 친구들이랑 같이 놀아, 알았지?"

웃통 벗은 아이는 비범한 이해력으로 그녀의 말을 다 알아들은 듯했다. 크고 검은 눈동자를 깜빡이며 고개를 끄덕이더니 뛰어가 버렸다. 아이는 더 황량하고 더 먼 초원으로 그렇게 사라졌다.

짱아오 대왕은 이미 두 남녀가 그들 앞을 어슬렁거리는 걸 싫어한다는 사실을 알아차렸다. 그래서 이번에는 지혜롭게 숨기로 했다. 숨는다고 해서 추적을 포기한다는 뜻은 결코 아니다. 그와 정반대로, 더 가까이서 지켜본다는 뜻이다.

남녀로부터 50보가량 떨어진 풀숲에 숨어 조용히 기다리고 있었다. 매복을 한 것이다. 그들은 위험이 곧 발생할 길목에서 매복을 하며 기다렸다.

위험은 아주 가까이에 다가와 있었다. 불과 몇 초의 시간밖에 남아 있지 않았다.

위험은 표범으로부터 시작되었다. 수놈 하나와 암놈 두 마리가 짝을 지은 공격이었다. 이런 구성으로 인간을 공격하는 것은 이것이 포식을 목적으로 한 사냥이 아님을 말해준다. 암표범이 사냥꾼에게 새끼를 잃은 후, 두 다리로 걷는 짐승이라면 모두 제 새끼를 해친 원수라고 여기고 있을 가능성이 농후했다.

이런 놈들은 사납고 잔인하다. 그들의 유일한 선택은 쉬지 않고 더 잔혹한 보복을 하는 것뿐이다. 보복을 위해서라면 몇 날 며칠 먹지도 자지도 않고 끈질기게 목표를 추적할 수 있다. 그리고 더 끈질긴 집념으로 극도의 배고픔까지 참을 수 있다. 배고픔이야말로 진정 그들을 미쳐 날뛰게 하는 동력이기 때문이다. 미쳐 날뛸 때면 표범은 평소보다 100배는 더 잔혹해질 수 있다. 그런 광기 어린 잔혹함이 없다면, 인간을 공격할 때 주저하게 될 것이 분명하다. 표범의 조상들이라고 인간을 미워하는 유전자를 후손에게 특별히 물려주지는 않았을 것 아닌가?

수놈 하나와 암놈 둘, 세 마리의 표범은 거의 동시에 솟구쳐올랐다. 소리는 전혀 내지 않았다. 이들이 이 속도와 힘으로 계속 나갔더라면, 리니마와 메이뒤라무는 어떤 놈에게 숨통이 끊겼는지 알지도 못한 채, 쥐도 새도 모르게 물려죽었을 것이다.

리니마와 메이뒤라무는 뒤쪽에서 찬바람이 불어오는 것 같은 한기를 느꼈다. 하지만 초원은 사방에서 바람이 불고 있으니, 뒤쪽에서 찬바람이 느껴진다고 해서 그리 이상할 것도 없었다. 단지 좀더 세차게 느껴졌을 뿐이다. 바람이 제아무리 세어봤자 사람의 숨통을 끊을 것도 아닌데, 뭐가 그리 무서우랴.

무서운 것으로 따지면 오히려 앞쪽이 훨씬 더 무서웠다! 앞쪽 풀숲에서 느닷없이 짱아오들이 펄쩍 튀어나온 것이었다. 요 며칠 간 줄곧 자신들의 뒤를 밟은 그놈들이었다. 호랑이머리 순백색 짱아오를 선두로, 그들은 맹렬하게 질주해왔다.

숨이 멎을 것만 같았다. 불현듯 생각이 스쳤다. '이놈들이 며칠 동안 우리를 쫓아다니더니 드디어 일을 벌이려나보다.'

그들의 체력과 기백은 야수의 체력과 기백이요, 성질도 야수였다. 번득이는 날카로운 이빨과 커다랗게 벌린 입을 보면, 사람 먹어치우는 것쯤은 식은 죽 먹기일 것 같았다. 다리가 후들거렸다.

리니마는 "으악!" 소리를 지르며 엉덩방아를 찧었다. 메이뒤라무는 쿵쾅거리는 가슴을 두 손으로 누르며 진정시키려 애썼지만 오히려 두려움에 눈물까지 흘러내렸다. 그녀의 심장은 말하고 있었다. '이제 끝이구나. 나는 오늘 여기서 이렇게 죽는다.'

무법자 짱아오 예닐곱 마리가 동시에 뛰어들었다. 하지만 정확히 말하자면 그들이 아니라 그들 뒤쪽을 향해서였다.

몸 뒤쪽에서 동물들이 포효하는 소리가 들렸다. 짱아오와 또 다른 동물의 소리였다.

뭔가 이상한 예감이 들어 얼른 뒤를 돌아본 메이둬라무는 눈앞에 펼쳐진 광경을 보며 큰 소리로 비명을 질렀다. 건장한 표범 세 마리가 보였다. 짱아오들은 인간을 습격하려고 몰래 접근한 그 표범 셋을 막아서고 있었다. 짱아오 대왕은 이미 표범의 우두머리와 뒤엉켜 싸우는 중이었다. 격노한 짱아오들도 다른 표범들에게 달려들었다.

눈 깜짝할 사이에 주변은 피로 얼룩졌다. 짱아오 대왕의 순백색 몸에, 표범의 아름다운 털과 가죽에 붉은 피가 물들었다. 그게 누구의 피인지 알 수도 없고, 누가 이길지 점칠 수도 없었다. 대등한 실력의 권투 챔피언 결정전처럼, 관전이 익숙지 않은 사람으로서는 누가 더 많은 유효타를 날렸는지 알아맞히기가 매우 어려웠다.

이런 경우, 심판이 승자의 손을 들어줘야만 관중은 비로소 상대를 껴안고 공격을 아끼던 그 선수가 진정한 챔피언임을 알 수 있게 된다. 짱아오의 대왕이 바로 그런 챔피언이었다. 그는 이곳저곳을 산발적으로 공격하는 대신, 한 입에 상대의 어깨를 물어뜯었다. 물린 적의 어깨는 선혈이 낭자했다.

이 한 번의 공격 이후 대왕은 맹렬한 공격을 자제했다. 다만 방어에 힘쓰며 여유를 가지고 싸웠다. 상대방을 제압해 자신의 급소를 공격하지 못하게 하는 데 역점을 두었다. 그러다 성질이 포악한 표범이 이리저리 날뛰며 허점을 보일 때 두 번째 공격을 감행했다. 날카로운 이빨이 놈의 목덜미를 향했다.

그러나 이번엔 단지 물어뜯는 것이 아니라 숨통을 끊는 게 목적이었다. 놈의 목에 있는 가장 굵은 혈관이 끊어졌다. 피가 분수처럼 뿜어져 자신의 얼굴에 튀어오르자 재빨리 다른 곳으로 물러섰다. 표범은 끈질기게 달려들었다. 이때는 사생결단을 각오하고 표범을 맞아야 했다. 대왕은 불시에 몸을 돌려, 뛰어드는 표범의 관성을 이용해 그의 부드러운 뱃살을 송곳니로 공격했다. 그리고 다시 펄쩍 뛰어올라 그 자리를 지키고 서 있었다.

짱아오 대왕은 자신이 이미 표범을 무찔렀다는 것을 알았다. 이럴 때는 지속적인 공격으로 빠른 시간 안에 표범을 처치할 수도 있고 혹은 천천히 죽어가도록 내버려둘 수도 있다.

대왕은 후자를 선택했다. 건장하고 아름다운 표범이 죽어가는 것은 그로서도 안타까운 일이었기에, 조금이라도 더 그를 살려두고 싶었던 것이다.

순백의 대왕이 보기에 초원에서 표범의 지위는 다른 야수들보다 월등히 뛰어났다. 이렇게 아름다운 모피를 가진 야수는 비록 적일지라도 고귀하며 존경받을 만했다. 짱아오들, 특히 이 순백의 대왕은 표범과 눈표범에게서 여러 가지 싸움기술을 배웠다. 예를 들어 곡선을 그리며 빠른 속도로 달리기, 시간을 계산하여 재빠르게 달려들기, 후방을 공격하는 척하며 기다리다가 상대가 고개를 돌리면 목덜미 물기 등등.

대왕은 아무 일도 없다는 듯 자리를 피해버렸다. 그리고 창자가 흘러나오고 피투성이가 된 채 초장에 서글피 엎어져 다시는 일어나지 못하는 표범을 조용히 지켜보았다.

짱아오 대왕은 망자를 추모하듯 죽어가는 표범을 바라보았다. 그리고 고개를 들어 또 다른 결투 상황을 확인했다. 결투는 벌써 오래 전에 끝나 있었다. 나머지 표범 두 마리도 죽었음을 확인한 대왕은 만족스러운 듯 동료들을 향해 짖었다. 검은 짱아오 궈르와 회색 늙은 짱아오, 다른 몇 마리 짱아오는 대왕의 곁으로 다가와 그를 둘러쌌다. 그들은 서로의 부상 정도를 살펴보며 상처에서 흘러나온 피를 핥아주었다.

짱아오들은 표범의 입에서 구출해낸 두 남녀 쪽은 보지도 않은 채 총총히 자리를 떴다. 위험 상황은 이미 해결되었으니 이제 남녀의 일은 관여할 바가 아니었다. 짱아오들은 한 번도 사람들이 은혜를 기억하고 감사해야 한다고 생각한 적이 없었다. 오히려 자신이 사람들의 은혜를 기억하고 보답할 수 있기만을 바랐다.

이것이 바로 짱아오였다. 은혜를 입고도 갚지 않는 것은 짱아오가 아니다. 은혜를 베풀고 보답받기를 바라는 것 역시 짱아오가 아니다. 짱아오는 직무를 자신의 생명보다 더 소중히 여기는 맹수였다. 자신의 생명보다 사명을 먼저 생각하고, 얻기를 바라기보다 주는 것만을 생각한다. 은혜받기를 원치 않지만 충성을 포기하지도 않는다.

그들은 참으로 고상한 짐승이었다. 사람과 모든 동물을 통틀어 어떤 흠결도 찾을 수 없는 가장 이상적인 사례였다. 그래서 유목민들은 악한을 형용할 때는 '늑대처럼 흉악하다'고, 선인을 형용할 때는 '짱아오처럼 선량하다'고 말한다.

리니마는 일어나서 사건 현장을 왔다갔다 하며 죽은 표범들을 자세히 살펴보았다. 그리고 조그만 목소리로 뇌까렸다. "이렇게 좋은 표범 가죽을 여기다 버리고 가야 하다니, 아까워 죽겠네."

떠나가는 짱아오들을 망연히 바라보던 메이둬라무는 별안간 눈물을 뚝뚝 흘리며 말했다. "정말 멋있어. 남자들이 저 개만 같으면 좋겠다."

그녀가 가리킨 것은 호랑이머리 순백색 짱아오였다. 그녀는 그가 시제구 짱아오의 대왕인 줄은 전혀 알지 못했다. 그러나 그 위엄과 용맹이 호랑이나 사자보다 나으면 나았지 결코 뒤떨어지지 않는다는 것만은 확신했다. 참으로 늠름하고 당당한, 영웅 같은 모습이었다. 그 풍모는 그녀가 꿈에도 그리던 용감하고 늠름한 남성상에 꼭 들어맞았다.

표범이나 다른 야수들을 만날까봐 겁이 난 리니마와 메이둬라무는 예루허를 따라 잰걸음을 재촉했다. 그들이 시제구에 막 도착했을 무렵, 웃통 벗은 아이를 다시 한 번 만났다. 아이는 멀지 않은 높은 곳에 위치한 관목숲에 서서 허리에 맨 가죽가방을 질질 끌며 푸른 하늘을 뒤로 한 채 굳은 표정으로 그들을 바라보고 있었다. 조금 전과 다른 거라면 수많은 영지견이 그를 둘러싸고 있다는 사실이었다.

리니마와 메이둬라무는 개들을 한눈에 알아보았다. 조금 전 그들을 구한 호랑이머리 순백색 짱아오와 다른 대여섯 마리 짱아오들 역시 아무 일도 없었다는 듯 그들 무리에 합류해 있었다.

메이둬라무는 그 모습을 잠시 바라보다가 아이를 향해 손을 흔들기 시작했다. 웃통 벗은 아이가 관목수풀을 지나 뛰어왔다. 수백 마리의 각양각색 영지견들 역시 그 뒤를 따라 달려왔다. 장난기가 발동한 강아지 몇 마리가 리니마는 상대도 하지 않고 메이둬라무의 다리 근처로만 파고들었다. 녀석들은 자기와 놀아줄 대상이 누군지 본능적으로 아는 것 같았다. 메이둬라무는 허리를 굽혀 강아지들과 장난을 치다가 우연히 웃통 벗은 아이의 맨발에 흐르는 피를 발견했다.

그녀는 기겁을 하며 물었다. "너 왜 맨발로 다니니? 관목수풀은 가시투성이야. 상처라도 나면 나쁜 병균이 들어간다고. 너 꼭 장화를 신어야 해. 알겠지?"

이렇게 말하며 그녀는 손으로 자기 무릎을 자르는 시늉을 했다. 웃통 벗은 아이는 그녀가 자신에게 관심을 갖고 있음을 단박에 알았다. 장화 이야기를 하는 대목에서는 굳게 긴장해 있던 얼굴에 천진한 미소까지 피어났다.

왼발에 흐르는 피를 오른발로 쓱쓱 닦더니 아이는 갑자기 몸을 돌려 영지견 무리를 향해 손을 흔들며 큰 소리로 명령했다. "아오떠지, 아오떠지."

영지견들은 금세 이성을 잃었다. 들풀이 흐드러진 곳을 향해 미친 듯이 달리며 개들은 사납게 짖어댔다. 사람의 말로 이야기하자면, '하늘이 울리고 땅이 흔들릴 소리'였다. 저공비행을 하던 솔개가 하늘 높이 날아올랐다. 가까이 있던 백순록이 먼저 도망을 쳤고, 그들이 뛰자 강 건너편 티베트 영양과 티베트 당나귀도 안절부절 못했다. 동물들은 백순록을 따라 있는 힘을 다해 원을 그리며 달리고 또 달렸다.

사실, 영지견이 무서워서 그러는 건 아니었다. 영지견들은 단 한 번도 그들을 해친 적이 없었다. 단지 그들에게는 뛰어야 할 이유가 필요했을 뿐이다. 왜? 그놈들은 본래 뛰는 걸 좋아하는 동물들이니까!

그들이 뛰기 시작하자 그들을 넘보며 도처에 숨어 있던 황원 늑대와 티베트 불곰과 표범과 눈표범 역시 더 이상 숨어 있을 수 없었다. 같이 달려야 했다. 맹수들이 달리면 개들에게 노출되는 건 시간문제였다. 초원에서 영지견 특히 짱아오들이 무리지어 상대할 수 있는 동물들은 황원 늑대와 늑대보다 더 흉포한 티베트 불곰, 표범, 눈표범 정도였다.

"아오떠지, 아오떠지."

웃통 벗은 아이는 개들 무리 뒤편에서 죽을힘을 다해 소리치며 달리고 있었다. 아이는 개들이 황원 늑대 몇 마리와 표범 몇 마리 아니면 혼자 얼쩡거리기 좋아하는 티베트 불곰을 공격하기를 바랐다. 일단 공격이 시작되기만 하면 짱아오들은 놈들을 물어죽일 때까지 절대 싸움을 멈추지 않는다.

들짐승들을 물어죽이는 건 아이에게 아주 이로운 일이었다. 그러면 늑대 가죽이나 표범 가죽 혹은 곰 가죽을 얻을 수 있으니까. 가죽은 칭궈아마 초원 중부나 랑도협 근방의 따미 초원에 가지고 갈 수 있었다. 따미 초원에서는 정기적으로 장도 서고 장화도 팔았다. 온갖 종류의 장화들이 다 있었다. 장화는 가죽을 팔아 살 수도 있고 아니면 물물교환으로 직접 살 수도 있었다.

짐승 가죽 한 장으로 장화 한 켤레를 살 수 있다면 얼마나 좋을까? 아름다운 선녀 메이둬라무가 "꼭 장화를 신어야 해."라고 한 말이 귓가에 쟁쟁했다.

"아오떠지, 아오떠지."

영지견들이 아직도 미친 듯이 달리고 있는데 아이는 목이 쉬도록 개들을 몰아댔다. 기다리던 황원 늑대가 나타났다. '쉭쉭쉭' 소리를 내며 풀숲을 가로질러 갔다. 고대하던 티베트 불곰도 나타났다. 그놈들은 풀무더기 속에 선 채 앞장서 습격해오는 짱아오들과 선봉장에 되어 달려오는 짱아오 대왕을 멍하니 바라보더니 곧 몸을 돌려 꾸물꾸물 달아나기 시작했다. 기대하던 표범과 눈표범은 나타나지 않았다. 짱아오들만이 그 이유를 알고 있었다.

적어도 10여 일이나 보름 정도는 띠아오팡산에서 굽어보이는 이 초원에 표범들이 출몰하지 않을 것이다. 표범들은 죽은 친구들의 냄새를 이미 맡았을 것이다. 그리고 지금쯤 전부 친구들의 상을 치르러 갔을 터이다.

"아오떠지, 아오떠지!" 갑자기 아이의 고함 소리가 이상하리만치 약해졌다.

앞에서 달리던 짱아오는 눈앞의 황원 늑대와 티베트 불곰을 보고도 공격에 돌입하지 않았다. 달리던 속도를 늦추고, 하나둘씩 발걸음을 멈춰섰다. 무리의 의지를 무력화시키는 어떠한 신비한 음성에 따라 그들은 언덕에서 발걸음을 멈추어야 했다.

"마하커라뻔썬바오, 마하커라뻔썬바오!"

샹아마이 아이들이 또ㅣ타났다.

웃통 벗은 아이는 멈춰서서 분노에 찬 얼굴로 아이들을 쏘아보았다. 그리고 젖먹던 힘을 다해, 목까지 한껏 늘이며 외쳤다. "아오떠지, 아오떠지!"

그러나 이 쪽은 혼자인지라 일곱 아이들의 목소리를 당해낼 수가 없었다. 샹아마의 원수떼기들이 목소리를 합해 주문을 외면 영지견들에게는 "마하커라뻔썬바오."라는 소리만 들릴 뿐이었다.

주문을 들으면 개들은 반드시 복종해야 했다. 천하무적일 정도로 용맹한 짱아오까지 왜 이런 귀신 씨나락 까먹는 소리에 복종하는 것인지 정확한 이유는 아무도 몰랐다. 영지견들은 여기저기서 짖어대기는 했지만 앞으로 달려나가는 놈은 하나도 없었다. 짱아오 대왕조차 도망가는 티베트 불곰을 바라보며 제자리를 왔다갔다 맴돌기만 할 뿐이었다.

웃통 벗은 아이의 이목구비 뚜렷한 얼굴에 또다시 분노의 빛이 서렸다. 샹아마의 일곱 아이들이 미웠다. 샹아마의 아이들이 외치는 이상한 주문을 듣기만 하면 발걸음을 멈추는 영지견들도 미웠다. 분노에 사로잡힌 아이는 자신의 감정을 제어할 수가 없었다. 원수들을 향해 무조건 내달렸다. 아이의 머릿속에 '이보 전진을 위한 일보 후퇴'란 말 따위는 떠오를 틈이 없었다.

그러나 샹아마의 아이들은 웃통 벗은 아이가 가까이 다가오는 것을 원하지 않았다. 일단 마주치게 되면 일대일 대결을 피할 수 없었기 때문이었다. 몸싸움, 주먹질, 혹은 칼부림까지도 불사해야 했다. 다치거나 죽는 사람이 내가 아니란 보장이 없었다.

아이들은 다치고 싶지 않았다. 죽고 싶은 생각은 더더욱 없었다. 그렇다고 칭궈아마 초원의 규칙을 어기고 다대일의 싸움을 벌이고 싶지도 않았다. 다대일 대결은 티베트 개들의 방식이지 티베트 사람의 방식이 아니었다. 짱아오의 방식은 더욱 아니었다. 그들은 모두 허리춤에서 '우둬'라는 물매를 꺼내 휭휭 돌리기 시작했다.

돌맹이는 휙 하고 날아가 웃통 벗은 아이의 발치를 맞고 초원으로 '통, 통, 통.' 굴러떨어졌다. 웃통 벗은 아이는 순간 멈칫하며 그 자리에 멈춰섰다. 고개를 돌려 멀리 떨어져 있는 선녀 메이둬라무를 찾았다.

메이둬라무는 때마침 아이를 향해 손을 흔들며 소리치고 있었다. "돌아와! 애, 돌아와!"

웃통 벗은 아이는 태어날 때부터 그녀의 말을 알아들을 수 있었던 것만 같았다. 아이가 모르는 한어로 말하는데도, 아이는 매번 그녀가 말하는 대로 행동했다. 아이는 또다시 몸을 돌려 메이둬라무의 앞까지 되돌아왔다. 샹아마의 아이들도 더 이상 '우둬' 물매 돌을 날려보내지 않았다.

"마하커라뻔썬바오."라는 고함이 산발적으로 들리는 가운데 짱아오 대왕의 통솔을 받는 영지견 무리도 신속하게 아이 곁으로 돌아왔다.

메이둬라무가 말했다. "아까 얼마나 위험했는지 아니? 돌맹이에는 눈이 안 달렸어, 조심해야지. 아까 널 부르다가 생각났는데 내가 아직 네 이름도 모르더라고. 애, 넌 이름이 뭐니?"

웃통 벗은 아이는 눈만 깜빡거릴 뿐 아무 대답도 없었다.

그녀가 다시 재촉했다. "이름 말이야. 그러니까 니마, 짜시, 메이둬라무 같은 이, 름."

아이는 이제야 확실히 알아들었는지 큰 소리로 또박또박 대답했다. "추쭈秋珠."

메이둬라무가 웃으며 물었다. "추쭈? 가을 추? 진주 주? 와! 정말 예쁜 이름이네."

"예쁘긴 뭐가 예뻐, 추쭈는 강아지라는 뜻인데." 리니마가 이렇게 중얼거리며 눈앞에서 장난을 치고 있는 강아지 두 마리를 가리켰다. 아이도 고개를 끄덕였다. 리니마가 말을 이었다. "이 아이 부모님은 분명 엄청나게 가난했을 거야. 그래서 아무거나 먹여도 아무 탈 없이 잘 자라서, 염라대왕전의 저승사자들이 아이의 혼을 데려가지 말라고 그런 이름을 지어준 거라고. 강아지가 얼마나 잘 커? 이 세상에서 개들 목숨이 제일 끈질기다고. 아니면 엄마 아빠는 찢어지게 가난한 유랑민인데 개들 팔자가 사람 팔자보다 훨씬 더 나은 것 같아 자기들보다 좀더 희망적으로 살라고 이런 이름을 지어줬는지도 모르지. '강아지'라고. 아무튼 이름을 들으니 이 아인 가난뱅이 유목민의 아이인 게 분명해."

메이둬라무가 말했다. "강아지란 이름도 나쁠 건 없죠. 초원의 개들은 전부 영웅호걸이던데요. 추쭈도 영웅호걸이고. 혼자서도 얼마나 용감하게 잘 싸워요."

리니마가 다시 끼어들었다. "그러면 빠어巴俄라고 하면 되겠네. 빠어, 이제부터 넌 빠어다 애야."

아이도 '빠어'가 영웅이란 건 알고 있었다. 그렇지만 이 좋은 말도 제 이름으로는 싫었는지, 다시 고집스레 대답했다. "추쭈."

메이둬라무는 아이의 머리를 쓰다듬으며 물었다. "그럼 두 가지 이름을 합치면 어때? 빠어추쭈, '강아지 영웅'이란 뜻이잖아."

그제야 아이는 미소 띤 얼굴로 메이둬라무를 바라보며 고개를 끄덕였다.

메이둬라무가 아이의 이름을 불렀다. "빠어추쭈!"

아이도 우렁찬 소리로 대답했다. "응!"

빠어추쭈는 재빨리 그곳을 떠났다. 메이둬라무가 자기 발의 또 다른 상처를 발견했기 때문이다. 발을 풀숲에 감추려고 해봤지만 감춰지지 않자 아이는 얼른 떠나버린 것이다. 초원의 깊은 곳, 침모초針茅草가 무성하게 자란 높은 언덕 위에 올라선 아이는 방금 전 샹아마 아이들이 우둬 물매 돌을 날렸던 그 방향을 향해 고래고래 소리치기 시작했다.

메이둬라무가 리니마에게 질문을 했다. "저 아이가 지금 뭐라고 하는 거예요?"

"어, 그러니까……." 리니마가 한참 동안 귀를 기울여 듣더니 말뜻을 이야기해주었다. "이렇게 말하는 것 같은데? 샹아마의 원수들아, 잘 들어라. 나는 강아지 영웅 빠어추쭈다. 지금 당장 시제구 초원을 떠날 것을 명한다. 당장 떠나지 않으면 오늘저녁 너희 샹아마의 늑대 똥 자식들은 우리 시제구 초원의 일곱 영웅호걸 손에 살아남지 못할 것이다. 두고 봐라. 결사의 일전을 벌일 때가 다가오고 있다."

메이둬라무가 미소를 지으며 말했다. "그 애, 영웅이라고 불러줬더니 자기가 정말 영웅인 줄 알고 있네요. 애를 그냥 보내시는 안 되겠어요. 싸우면 무슨 일이 일어날지 아무도 장담할 수 없는데, 행여 다치든지 죽든지 하면 어떻게 해요?"

그러나 이미 때는 늦었다. 빠어추쭈는 고래고래 소리를 지르며 높은 언덕을 미끄러져 내려가 띠아오팡산으로 향했다. 짱아오 대왕은 이미 빠어추쭈의 뜻을 알고 있다는 듯, 앞장서서 영지견들을 이끌었다. 영지견들은 하나도 빠짐없이 대왕을 따랐다. 예루허와 초원은 순식간에 개들의 달리는 소리로 가득했다. "첨벙, 첨벙, 첨벙." "솨, 솨, 솨."

메이둬라무는 목이 터져라 빠어추쭈를 불렀지만 아이에겐 들리지 않았다.

6

리니마와 메이둬라무가 시제구로 돌아왔을 때는 이미 황혼녘이 었다. 바이 주임은 소똥 돌집 앞 언덕에서 그들을 기다리고 있었 다. 그는 한짜시가 잘 지내고 있는지, 왜 이렇게 늦게 돌아온 건지 물었다. 리니마는 한짜시는 잘 지내고 있으며 찡르씬거도 이미 깨 어났다고 보고했다. 그리고 한짜시와 깡르썬거, 이제 발걸음을 옮 길 수 있게 된 나르와 함께 하다 보니 시간이 훌쩍 지나가버렸다고 둘러댔다.

바이 주임이 말했다. "암, 그렇게 해야지. 한짜시의 방법은 이미 입증되었네. 티베트인들한테는 개가 보배니까, 개들한테 친절히 하면 주민들도 자네들을 우호적으로 대할 걸세."

메이둬라무도 동의했다. "그건 저도 이미 알고 있어요. 저도 지 금 주인아저씨 댁 개하고 사이가 아주 좋은걸요."

바이 주임이 말을 이었다. "그럼 됐군 그래. 듣자하니 샹아마 초 원하고 일부 다른 지방에서는 지금까지도 공작위원회의 남녀 동지가 함께 사원에 출입하는 걸 라마승들이 엄금하고 있다더군. 하지만 우리 지역에서는 그 개, 이름이, 깡, 깡… 깡르썽거? 그놈에 대한 사랑을 통해서 이미 무난하게 이 난관을 돌파했네. 한짜시가 사원에서 신세를 지게 된 건 물론이고 여 동지마저 아무런 문제없이 이 사원에 출입할 수 있게 되었잖나? 이건 우리가 앞서 벌였던 민심 파악, 상층과의 연계, 민심 쟁취, 사업발판 마련이라는 공작 임무를 성공적으로 수행했다는 증걸세. 물론 이 정도 결과로 우쭐해서는 안 되겠지. 민중 속으로 더 깊숙이 침투해야 해. 앞으로 사원에 가면 한짜시도 문병하고, 깡르썽거하고 검둥이 짱아오 나르도 사람 대하듯 잘 돌봐줄 뿐 아니라 그 라마승들하고도 접촉을 시도해보라고. 그 사람들 환심을 사야 해. 필요하다면 불상에 절도 하고 말이야. 우리가 자기네들 신앙을 존중하고 있다는 걸 느끼면 감정적으로는 한 가족이 된 거나 마찬가지지. 그리고 또 한 가지 동지들을 칭찬하고 싶은 게 있는데, 시제구 초원에 온 뒤로 많은 동지들이 너도나도 티베트식 이름을 지었다는 걸세. 예를 들어 자네는 리니마, 자네는 메이둬라무, 이건 정말 좋은 방법이야. 이름이 바뀌니까 티베트 사람들이 자네들을 자기 사람 취급하지 않나? 나도 오늘 오후에 예루허 부락의 두령 쒀랑왕뛔이의 천막집에 갔다가 단쩡활불을 만났는데, 만난 김에 내 이름을 하나 지어달라고 부탁했지. 단쩡활불하고 쒀랑왕뛔이 두령이 싱글벙글 어쩔 줄 몰라하면서 차를 따라주랴 술을 따라주랴 하는데, 내가 말했지. '지금은 술을 안 마시겠습니다. 이름을 지어주시면, 그때 마시겠습니다.' 그랬더니 단쩡활불이 재깍 이름을 지어주더라고. 내 성까지 포함해서 만든 이름인데 너무너무 마음에 든다네! '바이마우진白瑪烏金'이라고. 헌데, 바이마우진이 누군지는 아나? 바로 연화생蓮花生이라고. 자네들 연화생은 알고 있나? 모르겠군. 라마교 밀종密宗의 조사祖師가 바로 연화생이지. 나한테 이렇게 존경받는 인물의 이름을 지어주다니, 이건 분명 티베트인들이 우리를 진심으로 대하고 있다는 증거지."

메이둬라무가 맞장구를 쳤다. "단쩡활불이 지어준 이름 때문에 바이 주임님 흥분되셔서 취하셨나봐요."

바이 주임 바이마우진이 반문했다. "자네가 어찌 그리 잘 아나?"

메이둬라무와 리니마가 동시에 대답했다. "술 냄새가 나는걸요!"

이렇게 몇 마디를 나눈 뒤 리니마는 바이 주임을 따라 돌집으로 돌아갔다. 메이둬라무도 자기가 거처하는 천막으로 바삐 향했다. 마침 초장에 나갔던 가축떼가 돌아오는 시간이었다. 하루 종일 초원에서 부지런히 사명을 감당하던 목양견은 이미 가축떼를 따라 돌아와 있었다. 집에 남아 집을 지키던 집지기 개들까지 도합 다섯 마리 짱아오들이 천막집 문앞 공터에 조르라니 서 있었다.

공터에는 그 외에도 강아지 세 마리가 있었는데, 멀리서 한족 아가씨 메이둬라무를 발견하고는 일곱 살 난 작은주인님 뤄뿌諾布와 함께 그녀를 향해 달려왔다.

메이둬라무도 활짝 웃으며 아이와 강아지들의 이름을 불렀다. "뤄뿌! 까까嘠嘠! 거쌍格桑! 푸 무普姆!"

그녀는 허리를 굽혀 강아지 한 마리를 안더니 곧 뤄뿌의 머리를 끌어안았다. 다른 강아지 두 마리도 그녀의 다리와 바지를 물고

끌며 장난쳤다. 그녀는 품에 안은 강아지를 내려놓고 다른 강아지를 안았다. 나중에는 결국 세 마리를 전부 다 끌어안아야 했다. 그 중 체격이 큰 놈은 히말라야산 짱아오로 생후 2개월밖에 되지 않았는데 벌써 5~6킬로그램은 나갔다.

메에둬라무는 이 강아지들을 품에 가득 끌어안고 힘겹게 걸음을 옮겼다. 큰 개들도 그녀가 강아지를 이렇게 좋아하는 걸 보자 그녀를 향해 꼬리를 흔들어주었다.

이 강아지들의 어미는 뒷다리를 조금 저는 집지기 개인데, 지금은 땅바닥에 엎드려 흐뭇하게 이 광경을 지켜보고 있었다. 절름발이 어미개의 남편은 하얀색 양치기 개로, 까바오썬거嘎保森格라고 불렸다. 하루 동안 메이둬라무를 보지 못한 까바오썬거도 그녀에게 다가와 손을 핥았다. 이게 무슨 의미인지 그녀는 잘 알았다.

"너 배고프구나? 조금만 기다려. 금방 밥 갖다줄게." 그녀는 얼른 강아지를 내려놓고 천막집으로 들어섰다.

천막집 안에는 니마 할아버지가 막 개밥을 만들고 계셨다. 양가죽 주머니에서 잘 다진 소 폐와 소 뒷다릿살을 꺼내 고기국물을 반 대접 정도 담은 큰 나무그릇에 함께 담았다. 또 한구석에 놓인 나무상자에서 볶은 칭커가루를 조금 퍼서 섞어주셨다. 메이둬라무는 개밥그릇 옆에 앉아 니마 할아버지가 쥐고 있던 나무국자로 개밥을 힘껏 저어주었다. 일곱 살 난 뤄뿌도 다른 개밥그릇을 가지고 문 밖에 와 있었다.

한짜시가 깡르썬거를 보호했다는 이유로 시제구사 라마승들의 사랑과 존경을 받게 된 이후, 메이둬라무도 날마다 주인집의 개밥을 주는 당번을 자처했다. 그녀가 개밥을 주기 시작한 후 니마 할아버지 일가족은 매우 기뻐하며 항상 웃는 얼굴로 그녀를 맞았다.

메이뒤라무가 모르는 사이에 천막집 불단 앞에는 쑤여우등酥油燈과 정화수 그릇이 하나씩 더 놓였다. 그건 한족 아가씨 메이뒤라무가 부처에게 드리는 공양이란 표시였다. 니마 할아버지 일가에게 그녀는 이미 한 가족이었다.

개밥을 몇 번 주고 난 뒤 메이뒤라무가 새로 알게 된 사실은 짱아오라고 불리는 개는 결코 예사 개가 아니라는 것이었다. 짱아오들은 말만 못할 뿐 무엇이든 다 알고 있는 듯했다. 정말 희한한 건 사람보다 더 사람 말을 잘 알아듣는다는 거였다. 보통 티베트 사람은 한인漢人의 말을 알아듣지 못하고 한인은 티베트 사람의 말을 알아듣지 못하는데 짱아오는 신기했다. 중국어와 티베트어를 모두 다 알아들었다. 티베트어로 "가서 뤄뿌 좀 불러와."라고 하면 곧바로 뤄뿌를 부르러 갔다. 중국어로 똑같은 명령을 해도 역시 뤄뿌를 불러왔다.

그놈들은 귀와 머리로 말을 알아듣는 게 아니라 마음과 마음의 감응을 통해 알아듣는 것 같았다. 그러니까 사람의 목소리를 듣는 게 아니라 사람의 마음과 생각을 읽고 있는 듯했다.

메이뒤라무는 짱아오가 밥 먹는 모습을 지켜보며 양들을 먹이고 돌아온 니마 할아버지의 아들 빤주에班覺와 대화를 시도했다. "추쭈秋珠? 추쭈?"

빤주에는 추쭈에 대해서 알고 싶다는 뜻인 줄을 알아채고 손짓

발짓으로 이야기를 시작했다. 추쭈는 부모 잃은 고아인데, 아버지
는 12년 전에 있었던 짱아오 전쟁에서 샹아마 초원의 사람에게 맞
아죽었다. 아빠가 돌아가신 후 엄마는 아이 아빠의 형제에게 재가
를 했고, 아이는 숙부를 아주 존경했다. 숙부가 항상 아버지의 원
수를 갚겠다고 별렀기 때문이다. 그러나 복수하러 갔던 숙부마저
샹아마 초원 사람에게 맞아죽고 말았다.

숙부가 죽은 후 성격마저 음울해진 그의 엄마는 사람들이 다 무
서워하는, 귀신 쫓는 송귀인送鬼人 다츠達赤에게 시집을 갔다. 여인
은 아이가 커서 아버지의 원수를 갚겠다고 나서면, 결국 죽음을
면치 못하게 될 것임을 잘 알았다. 아이가 죽는 걸 원치 않았던 엄
마는 송귀인 다츠를 찾았고 그에게 복수의 소망을 걸었다.

여인을 만나 사랑이 무엇인지 비로소 알게 된 다츠는 여인의 앞
에서, 팔수흉신八讐凶神(흉악한 복수의 여덟 신들) 중 반다라무班達拉姆,
대흑천신大黑天神[38], 백범천신白梵天神과 염라적閻羅敵[39]의 이름을 걸고
모진 맹세를 했다. 만일 여인의 전 남편들의 복수를 하지 못한다
면 이생 이후, 억겁의 윤회 속에서 아귀餓鬼, 역귀疫鬼, 병앙귀病殃鬼
로만 환생할 것이며 스퉈린주尸陀林主[40]의 무자비한 학대를 받으며

---

38) 대흑大黑은 범어 Mahakala(마하커라)의 역어. 삼보(三寶)를 사랑하고 오중五衆을 수호
하며 음식을 베푼다는 신. 처음은 불법을 수호하는 전투신이었으나, 후에 주방신
이 됨.
39) 티베트 밀종密宗에서 말하는 염라대왕, 문수보살文殊菩薩의 분노 형상, 스퉈린주尸陀
林主라 한다.
40) 염라적, 묘장주墓葬土라고도 불리며, 공행모 혹은 승낙본존勝樂本尊의 호법신이다.
하지만 주로 티베트 천장장天葬場의 보호신 직무를 맡고 있다.

화형火刑과 빙형氷刑의 고통 속에서 살아가겠노라는 맹세였다. 그러나 유감스럽게도 여인은 남편의 복수를 보지 못한 채, 다츠에게 시집간 지 2년 만에 병으로 눈을 감고 말았다.

여인이 죽고 얼마 후, 다츠는 시제구를 떠나 남쪽 당샹黨項 대설산의 샨루山麓 들판으로 갔다. 엄마에게 송귀인 다츠의 귀기鬼氣가 옮아 죽었다고 생각한 추쭈는 그와 함께 가기를 거부했다. 아이는 다츠를 아빠로 인정하지도 않았다.

속이 아주 많이 상했던 다츠는 떠나기 전 추쭈에게 이렇게 말했다고 한다. "너도 평생 이렇게 오갈 데 없는 떠돌이로 살 수는 없잖니? 그러니 나랑 같이 가자. 가서 시제구 초원의 돈 많은 송귀인의 후계자가 되는 거야. 나한테 아빠라고 한 번만 부르면 소 한 마리를 줄게. 열 번을 부르면 열 마리를 주고, 백 번을 부르면 소떼를 다 줄게."

하지만 추쭈는 입도 벙긋하지 않았다. 그리고 대답했다. "나에게는 아빠가 없어요. 우리 아빠는 죽었어요."

그 후로 추쭈는 홀로 시제구 사방을 떠돌아다니게 되었다. 유목민들은 사랑하는 가족 셋을 저 세상으로 떠나보낸 이 불쌍한 아이에게 자주 먹을 것을 나눠주었다. 추쭈는 심성이 아주 착한 아이였다. 먹을 것을 얻으면 자신은 반만 먹고, 나머지 반은 항상 영지견들에게 나눠주었다.

메이뒤라무는 고개를 끄덕이며 이야기를 듣고 있었다. 사실 대부분은 알아들을 수가 없었다. 하지만 다 알아들어야 할 필요도 없었다. 그녀는 지금 추쭈가 어디에 있는지에만 온 신경이 쏠려 있었다. 어디로 가야 오늘저녁에 벌어질 시제구 초원 '일곱 영웅 호한'들과 샹아마 초원 '일곱 늑대 똥 자식'의 결사전을 막을 수 있을까만 골몰하고 있었다.

메이둬라무 갑자기 물었다. "영지견이요? 영지견 말씀인가요? 혹시 영지견들이 있는 곳을 찾아보면 추쭈를 찾을 수 있다고 하신 건가요?"

빠주에의 얼굴에 곤혹스러운 빛이 서렸다. 메이둬라무의 말을 알아들은 건지 확신할 수 없었다. 메이둬라무는 다급하게 소리쳤다. "추쭈, 추쭈요. 어디로 가면 추쭈를 찾을 수 있어요?"

밥그릇에 얼굴을 파묻고 밥만 먹던 짱아오 성견 다섯 마리와 강아지 세 마리 모두 고개를 들어 메이둬라무를 바라보았다.

메이둬라무는 계속해서 물었다. "어디에 가야 추쭈를 찾을 수 있죠?"

이번엔 빠주에가 아니라 짱아오에게 한 말이었다. 다섯 마리 짱아오들은 서로를 바라보았다. 흰색 양치기 개 까바오썬거가 먼저 몸을 돌려 달려가기 시작했다. 이어 검은색 사제썬거薩傑森格와 총바오썬거瓊保森格도 까바오썬거를 따라 달려갔다. 쓰마오斯毛라는 또 다른 짱아오도 그들을 따라가고 싶었으나 집지기 개라는 자신의 사명이 발걸음을 가로막았다. 저녁부터 밤새도록 가축을 지키며 순찰할 임무가 생각나자 걸음을 멈추고 "멍멍" 짖어대는 걸로 만족했다.

강아지들은 신이 났다. 아버지와 삼촌들의 생각을 알았다는 듯 촐랑대며 나무그릇과 절름발이 엄마를 둘러싸고 빙빙 돌았다. 그러다 어느 새 또 장난을 치기 시작했다.

빤주에는 메이둬라무를 향해 손을 흔들며 말했다. "가요, 어서 따라 가봐요. 그 녀석들이 추쮸가 어디 있는지 알고 있어요."

메이둬라무는 알아들을 수 있었다. 개들을 따라 달리며 희고 검은 세 마리 쨩아오들의 이름을 차례로 불렀다. "까바오썬거! 사제썬거! 충바오썬거! 기다려!"

그녀는 나중에야 그 이름들의 뜻을 알았다. 까바오썬거는 백사자白獅子, 사제썬거는 신사자新獅子, 충바오썬거는 독수리사자라는 뜻이었다.

메이둬라무를 보낸 빤주에는 천막집으로 돌아와 차 한 잔을 들었다. 니마 할아버지가 아들에게 일렀다. "날이 벌써 저물었다. 뒤따라 가보는 게 좋겠구나."

부뚜막에서 저녁밥을 준비하던 빤주에이 아내 라쩐拉珍도 거들었다. "그래요. 가서 데려오세요. 이제 저녁밥 먹을 때인걸요."

그러나 빤주에는 말했다. "아버지, 띠아오팡산에 언제 사람 잡아먹는 들짐승들이 출몰한 적 있습니까? 그리고 우리 집의 양치기 개 세 마리가 같이 갔는데요. 라쩐, 당신도 알아둘 게 있어. 그 사람은 중요한 일을 하기 위해 고향을 떠나 이곳 천리타향까지 온 한인이야. 그런 사람을 내가 무슨 수로 불러온단 말이야? 행여 무슨 일이 일어날까 괜한 걱정할 필요 없다고. 메이둬라무가 돌아오면 그때 바로 뜨끈뜨끈한 쑤여우차하고 밥을 내오면 되지."

이때 천막방 밖에서 절름발이 엄마 개와 그의 자매인 집지기 개 쓰마오가 짖어댔다. 짖는 소리가 나지막한 것이 꼭 무슨 말을 하는 것 같았다. 어조는 부드러웠지만 어떤 경고를 담은 듯했다. 귀를 기울여 들어보던 빤주에는 위험신호가 아니라는 것을 알고 대수롭게 여기지 않았다. 그러나 그 짖음이 비록 강력한 경고는 아니지만 아무 위험도 없다는 뜻이 아니었음은 알아차리지 못했다.

개들은 어른이 아이들을 앞에 놓고 '저녁에는 밖에 나가지 말아라. 혹여 나쁜 사람이라도 만나면 어떻게 하니?'라고 이야기하듯 의미심장한 주의를 주었다. 이는 가족 간의 사랑에서 비롯된 것이다. 즉 마음속의 걱정과 오랜 경험에서 우러나오는 관심의 표현이었다. 그들이 걱정하는 건 빤주에의 일곱 살 난 아들 뤄뿌였다.

뤄뿌는 이미 이곳에 없었다. 예쁜 메이둬라무 누나를 따라 저 어둠 속으로 사라져버린 것이다.

뤄뿌는 원래 천막집 문앞에 서 있었다. 그런데 엄마가 "이제 저녁 밥 먹을 때인걸요."라고 하시자 마음속으로 '엄마 아빠, 제가 가서 누나를 불러올게요.'라고 말하고는 곧 사라졌다. 하지만 띠아오팡산의 굽이굽이 오솔길에 들어서서 산 위에서 울리는 개의 울음소리를 듣자 '누나를 불러오겠다.'는 생각은 까맣게 잊어버렸다.

이날 저녁 시제구사의 승방에 있던 아버지는 늘 하던 대로 일찌 감치 잠자리에 들었다. 날이 저물자 구들 위에 누워 잠을 청했지만 영 잠이 오지 않았다. 머릿속이 여러 가지 생각들로 복잡했다. '명색이 기자로 파견된 내가 칭궈아마 초원에 오자마자 부상자가 되어버렸구나. 한 군데도 제대로 취재도 못한 채. 신문사는 급할 게 없다고 하지만 나까지 이렇게 한가하게 시간을 낭비할 수는 없지.

내일은 무슨 일이 있어도 사원을 떠나야겠다. 초원에도 가고 두령의 부락에도 가고 유목민의 천막집에도 가서 취재를 하는 거야'

사원 스님들의 신임을 얻은데다 철봉라마 짱짜시에게 티베트어도 꽤 배웠고 초원의 종교와 신앙에 대해서도 이해하게 되었으니 앞으로 업무도 잘할 수 있으리라고 아버지는 생각했다.

그때, 땅이 울리는 소리가 들려왔다.

쑤여우酥油 등을 켠 그는 놀라 외치지 않을 수 없었다. "나르!"

어제까지만 해도 일어나 겨우 몇 걸음밖에 떼지 못했던 검은 짱아오 나르가 이제는 방 안 어디든 자유롭게 걷고 있었다. 나르는 아버지가 일어나자 고개를 돌려 다치지 않은 오른쪽 눈으로 바라보았다. 나르는 가까이 다가오더니 주둥이로 아버지의 발을 문질러댔다. 그리고 문으로 가 머리로 계속 문짝을 밀어댔다.

아버지는 구들에서 내려와 나르의 갈기털을 쓰다듬으며 물었다. "뭘 하려고 그래? 나가고 싶어서 그러니?"

나르는 나지막하게 "컹컹." 짖었다. 그렇다는 대답인 셈이다. 아버지는 문을 열어주었다.

나르는 조심스레 문간을 넘어서더니 문가 계단에 서서 "멍, 멍, 멍." 짖기 시작했다. 배에 힘을 줄 수 없기 때문에 목소리가 크지는 않았다. 하지만 부근에 있는 개들이 모두 그 소리를 듣고 따라서 짖기 시작했다. 그놈들이 짖자 시제구 사원의 개들 전부가 짖어댔다. 일종의 인사 혹은 협상, 어쩌면 암호 같기도 했다.

인사가 끝나자 사방은 고요해졌다. 나르는 고개를 돌려 아버지를 한 번 쳐다보더니 다시 몇 걸음을 걸어 칠흑 같은 밤의 마니석 무더기 아래에 피곤한 모습으로 엎드렸다.

아버지가 가까이 다가가 물었다. "왜 그러니? 왜 여기에 있으려고 그래?"

아버지는 나르에 대해 아직 모르는 점이 있었다. 나르는 영지견이다. 그들은 걸을 힘만 있다면 집 안에는 절대로 발을 들여놓지 않는다. 이것은 본능이며 직무에 대한 충성심의 발로였다. 초원의 영지견과 짱아오들은 모두 거센 비바람과 소동과 소란에 익숙한 야성의 동물이었다.

승방에 돌아와보니 깡르썬거가 고개를 들어 일어나려 안간힘을 쓰고 있었다. 일어나고 싶은 마음 간절하지만 힘이 없는 모양이었다.

아버지는 그 옆에 앉아 물었다. "넌 뭘 하려고 그러는데?"

깡르썬거는 눈동자를 깜빡이며 강아지처럼 낑낑거렸고, 고개는 위로 쭉 뻗어올렸다. 그 모습을 자세히 살펴보던 아버지는 깡르썬거가 자신을 부축해주기 바란다고 생각했다. 아버지는 절룩거리며 다가가 뒤에서 깡르썬거를 껴안고는 있는 힘을 다해 위로 들어올렸다. 몸이 들렸다. 점점 위로, 위로 들렸다. 마침내 네 다리가 땅을 딛고 일어섰다. 하지만 아버지가 시험 삼아 손을 떼자 몸이 기우뚱하더니 곧 '꽈당' 하고 땅에 쓰러졌다.

아버지가 말했다. "안 되겠다. 얌전히 누워서 몸조리나 잘 하자. 일어나려면 아직 좀더 쉬어야겠어."

그러나 깡르썬거는 말을 듣지 않았다. 고개를 여전히 꼿꼿이 세우고 반드시 도와줄 거라는 믿음과 독촉과 격려가 가득한 눈빛으로 아버지를 쳐다보았다. 그 눈빛 앞에서는 아버지도 도리가 없었다. 다시 한 번 놈을 껴안고 들어올렸다. 있는 힘껏. 마침내 녀석은 네 다리로 섰다. 하지만 아버지는 다시 손을 놓을 수가 없었다. 확신이 들 때까지는 계속해서 붙잡아주어야 했다.

깡르썬거는 앞 다리를 들고 굽혔다 폈다 시험해보더니 또 다른 앞발도 시험해보았다. 이어서 순서대로 뒷다리도 시험해봤다. '별문제 없잖아? 뼈도 부러지지 않았고.' 이제 확신이 섰다는 듯이 녀석은 앞발을 조금씩 빗겨 내디뎠다. 그리고 뒷발도 조금씩 빗겨 디뎌보았다.

아버지는 깡르썬거가 혼자 힘으로 서고 싶어한다는 걸 금세 알아차렸다. "너 괜찮겠니?"

미덥잖게 물으면서도 천천히 한 손을 떼었다. 그리고 천천히 다른 한 손도 떼었다. 깡르썬거는 홀로 서 있었다. 여전히 서 있었다. 서 있다는 건 다시 쓰러지지 않았다는 것이고, 다시 쓰러지지 않았다는 것은 걸을 수 있다는 뜻이다.

이제 용감하게 첫 걸음을 내디딜 차례였다. 깡르썬거는 영원히 잊을 수 없을 것이다. 그 첫 걸음은 아버지가 도와주었기에 가능한 것이었다. 아버지를 바라보는 그의 눈은 감사와 감격으로 촉촉이 젖어들었다.

아버지는 다시 한 번 놈을 끌어안은 후 천천히 앞을 향해 밀어주었다. 한 발. 아주 작은 걸음이었다. 또 다른 발을 내밀었다. 역시 아주 작은 걸음이었다. 서툰 걸음마가 계속되었다. 중요한 건 깡르썬거가 스스로 걸었다는 사실이다.

아버지는 가만히 손을 떼었다. 다시는 안거나 밀어주지 않았다. 깡르썬거는 걸었다. 그렇게 큰 몸이 천천히 움직이고 있었다.

"그래, 바로 그렇게 하는 거야. 계속 앞으로 전진!" 이렇게 말하며 아버지는 얼른 뒤로 물러나 구들에 털퍼덕 주저앉았다. 의지하던 아버지가 떠났다는 걸 의식하자마자 깡르썬거의 몸은 심하게 흔들렸다. 금방이라도 쓰러져버릴 것 같았다. 아버지는 외치기 시작했다. "포기하지 말아라! 설산사자! 끝까지 버텨!"

깡르썬거는 아버지의 말에 힘을 얻었다. 사력을 다해 다리를 곧추세우고 흔들리는 몸의 중심을 잡았다. 넘어지지 않았다. 결국 넘어지지 않았다. 몇 초가 지나고 몇 분이 지났지만 여전히 넘어지지 않았다. 여전히 의연한 모습으로 서 있었다.

다시 넘어지지 않은 깡르썬거는 계속 서 있었다. 가끔씩 걷기도 했지만 대부분의 시간은 서 있었다. 조용히 침묵한 채, 한밤중까지.

아버지가 비몽사몽간에 잠이 들었을 때 깡르썬거가 갑자기 짖기 시작했다. "크엉, 크엉, 크엉."

꼭 아이의 울음소리 같았다. 울며 그렇게 문 옆 벽에 기대서 있었다.

바로 그때, 아버지는 문 밖의 검은 짱아오 나르가 짖는 소리를 들었다. 소리는 여전히 작았지만 다른 개들은 알아들을 수 있었다. 또다시 사원 안의 모든 개들이 짖어대기 시작했다.

아버지는 문밖으로 고개를 빼꼼 내밀고 칠흑 같은 어둠을 향해 조용조용 외쳤다. "나르, 나르."

나르는 고개를 돌려 "멍! 멍!" 대답했다.

"왜 짖었어? 스님들이 시끄러워서 못 주무실 텐데, 조용히 해야지. 스님들은 내일도 독경을 하셔야 한다고."

시제구사에서 지내는 며칠 동안, 한밤중에 이렇게 많은 개의 합창 소리를 들은 건 처음이었다. 나르는 말을 듣지 않고 고집스럽게 짖어댔다. 하지만 짖을수록 목소리는 더 잠겨들고 힘은 빠졌다. 아버지는 구들로 돌아왔지만 더 이상 잠이 오지 않아 멍하니 앉아 있어야 했다.

서서히 나르의 소리가 잦아들었다. 다른 개들 역시 힘이 들었는지 짖는 소리가 점점 약해졌다. 부드러운 밤바람을 타고 괴상야릇한 주문 같은 낮은 목소리가 아련하게 들려왔다. "마하커라뻰썬바오, 마하커라뻰썬바오."

꺼질 듯 꺼질 듯 가물거리는 쑤여우등 불빛 속에서 아버지는 자신과 깡르썬거의 그림자가 동시에 흔들리는 것을 보았다.

"키잉, 키잉, 키잉." 울음소리가 들렸다. 여전히 문가 벽에 기대서 있는 깡르썬거의 울음소리가 "마하커라뻰썬바오."라는 그 외침을 불렀다.

아버지는 그제야 생각이 났다. 시제구에 도착하던 그날, 샹아마의 일곱 아이들이 걸음아 날 살려라 도망치면서 외치던 말이 바로 이거였다. "마하커라뻰썬바오, 마하커라뻰썬바오."

왜 이렇게 마음이 두근거리는지, 이유를 알 수는 없었지만 아버지는 구들에서 펄쩍 뛰어내려 창문 밖을 살폈다. 작은 그림자들이 마니석 무더기를 지나 승방을 향해 줄줄이 몰려오고 있었다.

메이둬라무는 양치기 개 세 마리를 따라 니마 할아버지의 이웃 꿍뿌工布의 천막집 앞을 지났고 굽이굽이 오솔길을 따라 산등성이의 돌집들도 지났다. 그녀와 개들은 돌집 여섯 칸을 지나며 한 칸씩 멈춰서서 크게 외쳐댔다. "빠어추쭈! 빠어추쭈!"

이 외침을 들은 양치기 개들은 아이를 반드시 찾아야 한다는 그녀의 굳은 결심을 읽었다. 개들은 그녀를 이끌고 또 다른 산길을 타고 초원으로 내려갔다.

이 길을 달려가는 메이둬라무 마음에도 짚이는 게 있었다. 빠어추쭈는 이미 다른 여섯 아이를 모아 자신까지 일곱 명의 시제구 아이들로 스스로의 맹세를 지키려는 거였다. '시제구의 일곱 영웅 호한들이 샹아마의 일곱 늑대 똥 자식들을 처단한다.' 일대일의 결사전이 곧 시작되든가 아니면 이미 시작되었는지도 모른다.

그녀는 짱아오에게 의견을 물었다. "까바오썬거, 사제썬거, 총바오썬거. 너희들, 어떻게 하면 좋겠니?"

커다란 양치기 개 세 마리의 대답은 어서 가던 길을 계속 가자는 것이었다. 메이둬라무가 돌아가자고 하지 않는 이상 그들은 끝까지 아이를 찾을 각오가 되어 있었다.

커다란 양치기 개들의 뒤를 따르느라 숨이 차오른 메이둬라무는 달리는 내내 "좀 기다려줘, 같이 가." 말해야 했다.

마침내 그들이 멈춰섰다. 개들이 인도한 장소는 낮에 샹아마의 아이들이 빠어추쭈를 향해 우뒈 물매돌을 날린 곳이었다.

메이둬라무는 자기도 모르게 흠칫 떨었다. 갑자기 공포가 몰려왔다. 후회스럽기까지 했다. '내가 뭘 하자고 이 오밤중에 여기까

지 온 거지?'

낮에 있었던 일들이 떠올랐다. 사납기 그지없는 표범 세 마리에게 습격을 당하지 않았던가? 호랑이머리 순백색 짱아오 대왕이 이끄는 짱아오들이 목숨 걸고 싸워주지 않았다면 자신과 리니마는 벌써 저 세상 사람이 되었을 것이다.

의지할 대상을 찾듯 그녀는 곁에 선 양치기 개들을 쓰다듬으며 말했다. "우리 돌아가자. 응?"

하지만 커다란 양치기 개 세 마리는 강가에 서서 건너편을 향해 목청껏 짖어댔다. 이곳에는 빠어추쭈가 없는 게 분명했다.

빠어추쭈는 이미 예루허 쪽으로 갔다. 빠어추쭈와 함께 있는 여섯 아이들, 그리고 한 무리의 영지견이 강을 건넌 건 그들이 쫓는 목표가 강을 건넜기 때문이었다. 그러나 그들은 다시 돌아올 게 뻔했다. 빠어추쭈가 쫓는 목표들이 어디로 갔는지를 바람이 알려줬기 때문이었다.

샹아마의 아이들은 멀리 가지 못했다. 강을 건너갔다가 다시 똑같은 강을 건너 이쪽으로 왔다. 그러니까 샹아마의 아이들은 가던 길을 돌려 시제구의 띠아오팡산으로 향한 것이다.

양치기 개 세 마리는 맞은편을 향해 짖으면서도 메이둬라무의 눈치를 살폈다. 메이둬라무가 또다시 재촉을 했기 때문이다.

"우리가 돌아가자, 빠어추쭈는 그만 찾고. 응?" 하지만 개들이 고집스레 자리를 지키자 그녀는 다시 재촉했다 "그럼 빨리 찾지. 빨리 찾고 돌아가는 거야. 여긴 굉장히 위험한 곳이라고."

그녀는 허리를 굽혀 어둠속에 일렁이는 강물을 손으로 가늠해보았다. 과연 강을 건널 용기가 있는지, 건널 힘은 있는지 확신이 서지 않았다. 예루허의 강물은 대개 발목까지밖에 차오르지 않기 때문에 걸어서 건널 수 있다. '하지만 이곳은? 여기 강물은 다른 데보다 훨씬 깊은걸. 아니면 난 개 한 마리랑 같이 이쪽에 남고, 나머지 두 마리만 건너가서 빠어추쭈를 찾으라면 어떨까? 개는 나보다 힘이 세니까 분명 건널 수 있을 거야. 영리한 짱아오들이라면 내가 빠어추쭈를 찾는 이유도 정확하게 전달해줄 수 있겠지? 빠어추쭈도 니마 할아버지 댁 개들을 보면 분명 내가 자기를 찾는다는 걸 알아챌 거야. 그럼 금방 돌아오겠지?.'

그녀는 손을 흔들며 말했다. "사제썬거, 총바오썬거, 너희들만 건너갈래? 나하고 까바오썬거는 이쪽에서 기다릴게."

사제썬거와 총바오썬거는 동의하지 않았다. 강을 건너지 않는 것은 물론, 오히려 그녀의 뒤를 호위하며 시커먼 초원을 경계의 눈빛으로 바라보았다. 그녀는 몸을 굽혀 개들을 떠밀어보았지만 어림없었다.

그녀는 화가 나서 말했다. "너희들, 왜 내 말을 안 듣는 거야?"

하지만 개들은 대답 대신 사납게 짖어댔다. 양치기 개 세 마리가 모두 똑같은 방향을 향해 짖어댔다. 그 소리는 짱아오들이 사용하는 가장 위협적이고 거칠고 우렁찬 소리였다. 초원의 밤이 통째로 흔들리고 있었다.

을씨년스러운 늑대 울음소리가 허공을 가르며 울려퍼졌다. 순간 큰 돌덩어리에 머리를 얻어맞은 느낌이었다. 머리가 뻐근하고 정신이 아뜩했다. '올 게 왔구나. 낮에는 표범, 저녁에는 늑대. 늑

대가 뭐지? 늑대는 사람을 먹는 동물이잖아. 표범보다 더 피에 굶주린 게 늑대인데.'

시제구 초원에 온 후로 이미 여러 번 늑대 울음소리를 들었다. 잠 못 이루는 깊은 밤, 천막 방에 누워 멀리서 들리는 구슬픈 늑대 울음소리를 듣고 있노라면 까닭 모를 감동이 느껴지기도 했다.

하지만 깊은 밤 인적 없는 초원에서 홀로 늑대 울음소리를 들어본 적은 단 한 번도 없었다. 지금 이런 곳에서 늑대 울음소리를 듣자니 감동은커녕 온몸에 소름이 끼쳤다.

메이둬라무는 덜덜 떨며 그 자리에 주저앉았다. 너무 무서워서 앞도 쳐다보지 못하고 가장 사랑하고 신뢰하는 양치기 개 까바오썬거만 꼭 끌어안았다. 그러나 백사자같이 늠름한 까바오썬거는 이 순간 그녀의 이런 행동을 좋아하지 않았다. 그녀의 품을 뿌리치며 앞으로 몇 걸음 나갔다. 늑대 울음은 계속되었다.

삽자가 까바오썬거가 뛰기 시작했다. 메이둬라무를 중심으로 한 바퀴 원을 그리며 달리더니 쏜살같이 앞으로 몸을 날렸다. 그 뒤를 이어 신사자 사제썬거, 독수리사자 총바오썬거도 앞으로 돌격해 '쏴, 쏴' 소리와 함께 금세 사라졌다. 무슨 일이 벌어졌는지 알아차렸을 때, 그녀의 눈앞에는 압도하는 듯한 초원의 어둠과 공포스러운 적막만이 펼쳐져 있었다.

'개들은? 양치기 개들은? 나를 인도하고 보호해주었던 짱아오들은 어디로 간 거지?' 그녀는 개들을 부르기 시작했다. "까바오썬거! 사제썬꺼! 총바오썬거!'

초원이 떠나가라 몇 번을 외치고 나서야 모든 게 헛수고라는 것을 깨달았다. 바람이 얼굴을 향해 불어오고 있었다. 바람이 그녀의 외침을 전부 뒤편 예루허로 몰고 가버린 것이다.

메이둬라무는 어찌할 바를 몰랐다. 개 짖는 소리가 나는 방향으로 걸어가지만 꼭 길 잃은 사람이 어둠속에서 별빛을 의지해 조심스레 걸음을 내딛듯 그렇게 더듬거리고 있었다. 하지만 더 끔찍한 사실은 그녀의 앞에 있는 것이 결코 희망이 아니라 영혼까지 얼어붙게 만드는 공포라는 점이었다.

양치기 개들의 소리가 더 이상 들리지 않자 얼음 같은 공포가 스멀거리며 찾아왔다. 게다가 도깨비불처럼 파르스름한 불빛이 어른거리고 있었다. 그 불빛은 그녀를 향해 점점 다가왔다. 처음에는 두 개였는데 나중에는 네 개, 그리고 여섯 개, 여덟 개, 열두 개가 되었다.

메이둬라무는 깜깜한 밤중에 늑대를 만난 적이 없었다. 초원의 어둠이 자욱한 가운데 도깨비불처럼 파르스름한 광선을 발하는 늑대의 눈도 본 적이 없었다. 하지만 본능적으로 알았다. '늑대다. 게다가 한 마리가 아니야. 적어도 여섯 마리는 되겠는데!'

비명이 터져나왔다. "사람 살려요!"

3장

검은 짱아오 나르, 사랑과 우정의 갈림길에서

7

그날 저녁, 커다란 양치기 개들과 함께 있는 여자를 가장 먼저 발견한 건 어른 늑대 다섯과 새끼 늑대 셋이었다. 이들은 어미늑대를 우두머리로 하는 늑대 가족이었다. 늑대들로서는 매우 이상했다. '지금 이 시간에 유목민도 아닌 여자하고 양치기 개 세 마리가 초원에 나타나다니? 뭘 하는 거지?

이 늑대 가족은 식욕을 만족시키기 위해서가 아니라 단지 호기심에 이끌려 멀리서부터 그들을 뒤쫓고 있었다. 대략 한 시진쯤 쫓아온 후에야 호기심 어린 탐색을 그쳤다. 어찌 됐든 그들은 호기심보다는 배고픔의 본능에 충실한 맹수들이었다.

늑대는 여자가 자신들에게 대항할 힘이 없다는 것을 잘 알고 있었다. 하지만 히말라야산 순종 짱아오인 양치기 개들이 달려든다면 그들 가족 전부로도 결코 상대를 이길 수 없었다. 늑대 무리는 여자와 양치기 개들은 깨끗이 단념하기로 하고 작별인사 같은 몇 차례의 울부짖음 뒤 자기들의 길을 떠나려 했다.

그런데 바로 이때, 의외의 물체가 눈에 들어왔다. 여자와 양치기 개들을 멀리서 뒤따르는 사람이 하나 더 있었다. 아이였다. 아이라면 누워서 떡 먹기 아닌가? 누워서 먹는 게 제격일 이 아이는 이미 수놈이 이끄는 다른 늑대 가족의 목표물이 된 참이었다.

두 늑대 가족은 서로 잘 아는 처지였다. 그들은 먹이가 부족한 겨울에는 큰 늑대 무리에 합류해 함께 활동하지만 여름이 되면 가족 단위로 흩어져 따로 움직였다. 하지만 이것이 꼭 절대적인 규칙은 아니었다. 상황에 따라 그들은 손을 잡기도 했다. 오늘 밤이 바로 그런 경우였다.

두 늑대 가족은 누가 먼저랄 것도 없이 한 곳으로 모여들었다. 잠시 손발을 맞춰본 후 각 가족은 우두머리를 따라 각자의 위치로 흩어졌다. 아이를 쫓던 수놈 늑대 무리는 어른 늑대 네 마리와 새끼 두 마리로 구성된 가족이었다. 이들은 아이를 빙 둘러싼 뒤 측면에서부터 아이의 앞쪽으로 전진해갔다. 여자와 양치기 개들을 쫓던 어미늑대 가족은 조용히 아이를 포위했다.

아이는 바로 빤주에의 일곱 살 난 아들 뤄뿌였다. 뤄뿌는 자신이 사내대장부라면 초원의 무시무시한 어둠도 짱아오처럼 용감하게 이겨내고, 메이뒈라무 누나를 보호할 수 있어야 한다고 굳게 믿었다. 그는 조용히 누나를 따라왔다. 집에서 띠아오팡산까지, 띠아오팡산에서 다시 이곳까지. 이곳은 아빠와 함께 와본 목초지로 늑대들이 자주 출몰하는 곳이었다.

아이는 이미 늑대들을 발견했다. 늑대들의 눈동자는 반짝이는 별들처럼 쭈르르 늘어서 있었다. 그 눈동자가 이미 자신을 발견했다는 것까지 아이는 알았다. 발걸음을 뗄 수가 없었다. 머릿속이 텅 빈 것 같아 어떻게 해야 할지 알 수가 없었다.

어미늑대 가족은 뤄뿌에게 즉각 달려들지 않았다. 두 늑대 가족은 이미 아이만 잡아먹지 말고 여자까지 잡아먹어야 한다는 결론을 내렸기 때문이었다. 아이만 잡아먹었다간 배가 차지 않아 서로 싸울 게 분명했다.

그들의 계략은 이랬다. 어미늑대 가족이 아이를 이용해 양치기 개 세 마리를 유인한다. 개들이 도착하면 울음소리로 수놈 늑대 가족에게 여자를 덮치라는 신호를 보낸다. 여자는 분명 고함을 칠 것이고, 양치기 개 세 마리는 다시 돌아갈 것이다. 하지만 개들이 돌아왔을 때 여자는 이미 시체가 되어 있다. 어미늑대 가족은 이 틈을 이용해 재빨리 아이를 공격한다. 양치기 개들은 분명 다시 돌아올 것이다. 하지만 아무리 빨리 와봐야 아이의 시체밖에 보지 못할 것이고 조금 더 지체한다면 핏자국 외에 아무것도 찾지 못할 것이다.

이러한 계획 아래 어미늑대 가족의 여덟 마리 늑대들은 주위를 살피며 양치기 개들이 오기만을 기다리고 있었다.

초원에서 황원 늑대를 위협할 수 있는 동물은 짱아오뿐이다. 짱아오들은 사납고 용맹스럽다는 장점을 가지고 있었다. 그래서 늑대와 일대일로 맞붙게 될 경우, 가장 흉악한 우두머리 늑대조차 평범한 짱아오의 적수가 되지 못한다. 게다가 짱아오들은 싸움에 임하면 죽음도 불사하는 동물이었다. 상대가 늑대떼라 하더라도 후퇴나 도망이란 있을 수 없었다.

반면 황원 늑대의 장점은 단체 작전에 있어서 가공할 만한 응집력과 공격력을 발휘한다는 것이었다. 짱아오와 싸울 때 늑대는 무리가 한 마리 혹은 몇 마리 짱아오를 상대하는 다대일 전술을 사용한다. 주목할 만한 것은 늑대들은 교활하고 음흉할 뿐 아니라 자신을 보호하는 지혜에 있어서는 짱아오가 따라올 수 없는 수준이라는 것이다.

예를 들어 지금, 늑대들이 아이를 이용해 양치기 개 세 마리를 유인하자 짱아오들은 모든 것을 뒤로 하고 바람처럼 달려들었다. 어미늑대 가족은 짱아오를 피해 달아나면서 울부짖음으로 수놈 늑대 가족에게 빨리 여자를 공격하라는 신호를 보냈다.

양치기 개 세 마리는 먼 곳에서 바람에 실려오는 늑대 냄새와 작은주인님 뤄뿌의 냄새를 맡았다. 두 냄새는 뒤섞여 있었다. 이것은 늑대와 뤄뿌가 아주 가까운 위치에 있다는 이야기였다.

곧 위험한 상황이 발생할 것이다. 개들은 있는 힘껏 짖어대며 늑대떼를 쫓아냈다. 작은주인님이 아무 탈 없다는 것을 발견하고는 늑대떼를 추격하기 시작했다.

어른 늑대 다섯 마리와 새끼 늑대 세 마리로 구성된 어미늑대 가족은 빠른 속도로 철수했다. 철수하면서도 짱아오의 공격에 대비해 대형을 바꿨다. 처음 대형은 새끼 늑대가 앞에 서고 어른들이 후방을 엄호하는 형태였는데 이제는 어른 늑대 한 마리가 길을 인도하고 새끼는 중간에, 나머지 어른 늑대 네 마리가 후방 엄호를 담당했다.

앞에서 철수를 지휘하는 늑대는 이 가족의 우두머리인 어미였다. 어미늑대는 선봉에서 철수 속도를 조절했다. 속도가 너무 빨라서 먹잇감과의 거리가 멀어지거나 급격한 체력 소모를 불러일으켜서는 안 되었다. 그렇다고 속도가 너무 느려서 양치기 개들에게 붙잡혔다가는 일대일 육탄전이 불가피했다.

늑대들의 제일 원칙은 항상 분명했다. '사냥의 목적은 먹이를 얻는 것이지 절대 싸움이 아니다. 먹이를 얻으려는 것은 내 목숨을 위해서다.'

'내 목숨을 위해서'가 근본 목적이기 때문에, 늑대는 굳이 싸우지 않아도 될 상황에서는 최대한 싸움을 피한다. 특히 짱아오를 상대할 때 그들의 태도는 매우 실리적이며 현실적이다. 먹잇감에 대한 끈질긴 집착과 탐욕으로 인한 경거망동을 절대 금물로 여겼다.

그러나 짱아오는 늑대와 정반대이다. 짱아오가 살아가는 목적은 먹이를 포함해 그 어떤 실리적인 목적도 초월한다. 늑대떼나 혹은 낯선 사람들, 야수들과 싸움을 벌이는 이유는 절대 배가 고파서가 아니다. 심지어 자신의 생존과 식욕과 전혀 관계가 없을지라도 인간들(더 정확하게 말하면 주인)에 대한 충성심과 의리 때문에, 천막집과 영지의 안전을 위해 싸웠다.

그들은 마치 한 국가의 군대 같았다. 그러니까 짱아오에게는 승리 그 자체가 유일한 목적이었다.

양치기 개들이 필사적인 추격전을 벌인 결과 어미늑대 가족과의 거리는 점점 좁혀졌다. 어미늑대 가족의 대형이 또 한 차례 변했다. 또 다른 암놈 늑대가 길잡이 역을 맡고 우두머리 어미늑대는 새끼 늑대들의 뒤에 바짝 붙었다. 새끼 늑대 세 마리의 어미로서 현재 그녀의 가장 큰 임무는 새끼 늑대를 보호하면서 빨리 달리도록 독려하는 것이었다. 우두머리 어미늑대의 뒤에서는 수놈 늑대 셋이 따르며 후방을 지켰다. 그들은 가로로 일렬을 이뤄 달리며 공격해오는 짱아오를 언제든지 물어죽일 준비를 갖췄다. 모든 늑대들의 이동 속도는 눈에 띄게 빨라졌다.

그러나 거리는 점점 좁혀졌다. 백사자 까바오썬거는 강하고 탄력 있는 다리로 바람처럼 질주했다. 오른 날개의 신사자 사제썬거는 자욱한 밤의 기운처럼 소리 없이 신속한 전진을 감행했으며, 왼 날개의 독수리사자 충바오썬거는 진짜 수놈 독수리가 비상하듯이 달렸다.

어미늑대 가족은 새끼 늑대들 때문에 좁혀지는 거리 차를 그대로 보고 있을 수밖에 없었다. 하지만 짱아오들에게는 이것이 자신들을 전혀 두려워하지 않는다는 일종의 도발로 여겨졌다. 양치기 개 세 마리는 화가 정수리까지 치솟았다.

날카로운 이빨이 곧 늑대 꼬리를 낚아챌 찰나였다. 후방을 책임지는 늑대 세 마리가 갑자기 몸을 돌려 추격자들을 한 쪽으로 유인했다. 점점 더 빨리, 점점 더 빨리 달렸다. 암컷 늑대들과 새끼 늑대들은 이렇게 잠시 동안 위험을 피할 수 있었다.

황원 늑대의 계획대로 마침내 여자의 비명이 들려왔다. "사람 살려요!"

양치기 개들은 순간 뒤통수를 얻어맞은 것 같았다. 추격 속도가 느려졌다. 늑대들의 속도도 느려졌다. 황원 늑대들은 여자의 비명을 들으면 양치기 개들이 분명 아이를 내버려둔 채 여자를 구하러 황급히 되돌아가리라 여겼다. 그러면 아이는 자연스럽게 늑대들의 손아귀에 떨어지게 된다.

도망치던 늑대들은 고개를 돌려 양치기 개를 힐끔거리며 그들이 추격을 포기하기만을 기다렸다.

그런데 웬걸? 늑대들의 '동에 번쩍 서에 번쩍 유인작전'은 예상 치 못한 장애물에 부딪혔다. 양치기 개들이 있는 힘을 다해 늑대들 을 쫓기 시작한 것이다.

늑대들은 내심 놀랐다. '짱아오들이 우리보다 더 교활한 작전을 쓰다니?' 게다가 자신들을 추격하는 세 마리 짱아오 중 한 마리가 매우 뛰어난 놈이라는 건 계산에 없던 일이었다. 그 개는 바로 백 사자 까바오썬거였다.

까바오썬거는 젊고 용감한 수놈 짱아오로 영민한 후각과 청각 을 지녔을 뿐 아니라 아주 총명했다. 그에게는 전장의 형세를 정 확하게 짚어내는 판단력과 적시에 적의 음모를 파할 수 있는 지혜 가 번득였다. 게다가 대뇌에 축적된 온갖 경험과 지식들, 조상으 로부터 유전된 기억들 덕에 탁월한 사고능력까지 갖추었다.

동료들 가운데 자신이 군계일학 같은 존재임을 깨닫게 될 때마 다 그는 자신도 알 수 없는 야성적 본능에 이끌려 강한 자기과시 욕과 야심에 사로잡힌 짱아오로 변하곤 했다. 늑대를 추격하는 오 늘뿐만 아니라 들짐승들과의 싸움은 어느 때라도 그에게 있어 자 신을 과시할 절호의 기회였다. 리더십을 갖춘 짱아오는 절대로 이 런 기회를 놓치지 않는다.

까바오썬거는 스스로에게 말했다. '나는 반드시 적을 무찌를 것이다. 반드시 한 입에 끝장내버릴 것이다. 그렇지 않다면 전신을 뒤덮은 이 하얀 체모까지도 볼 면목이 없을 것이다.'

그는 온몸이 하얀 털로 뒤덮인 수놈 짱아오였다. 백모의 짱아오는 이미 몇 대째 시제구 초원의 짱아오 왕위를 이어왔다. 이것은 신령의 인도함이었다. 신령들은 백색 짱아오를 특별히 사랑해왔고 그도 예외가 아니었다.

그렇다면 나도 한 번 도전해볼 수 있으리라. 지금은 아니더라도 미래의 대왕으로.

그는 꿈을 꾸었다. 아니 이제 막연한 꿈만은 아니었다. 그건 기대를 품은 소망이 되었다. 언젠가는 짱아오의 대왕, 호랑이머리 순백색 짱아오의 용기와 지혜를 꺾을 날이 올 것이다. 까바오썬거는 자유로운 영지견이 되어 시제구 초원 사방을 호령하는 새 왕으로 등극할 그 아침을 간절히 소망했다.

야심만만한 백사자 까바오썬거가 앞으로 치고 나갔다. 큰 머리로 힘차게 한 번 들이받자 추격받던 건장한 수놈 늑대가 땅으로 굴렀다. 늑대가 일어나 도망칠 틈을 주지 않고 까바오썬거는 그 몸통 위에 올라 유린을 시작했다. 늑대가 송곳니를 드러내고 물려고 시도했지만 그를 맞은 건 까바오썬거의 날카로운 송곳니였다.

야수의 송곳니가 서로 부딪치는 찰나, "빠깍" 이 부러지는 소리가 났다. 늑대의 강한 송곳니에서 난 소리였다.

송곳니가 부러진 늑대란 총 없는 군사나 마찬가지였다. 용맹스런 까바오썬거는 그의 목덜미를 한 입에 물어뜯어 끝장을 냈다.

초원에서는 황원 늑대의 목덜미에 늑대를 보호하는 신 와차瓦恰가 산다는 이야기가 전해진다. 황원 늑대의 목덜미에 물린 자국이 하나 생길 때마다 늑대의 신 와차도 머리카락 한 올이 빠진다고 한다. 머리카락이 하나도 남지 않으면 와차는 죽어버린다고 하는데, 그때 비로소 초원에 늑대의 씨가 마를 날이 올 것이다.

초원 사람들은 늑대의 혼이 뒷덜미를 통해 몸에서 빠져나간다고 믿었다. 그리고 혼이 떠나면 늑대에게 있던 액운이 짱아오나 짱아오의 주인에게 옮겨져 화를 입힌다는 것이다. 그렇지만 뒷덜미를 물고 놓지 않으면 늑대의 혼은 빠져나갈 구멍을 찾지 못한 채 몸 안에서 숨이 막혀 죽게 되고, 액운도 영원히 늑대의 몸 안에 가두어진다고 한다.

그래서 초원의 짱아오들은 황원 늑대와 싸울 때면 늑대가 숨을 거둘 때까지 항상 뒷덜미를 끈질기게 물고 기다렸다. 황원 늑대의 뒷목은 혈맥이 집중된 급소이다.

지금 백사자 까바오썬거는 한 입에 수놈 늑대의 뒷목을 움켜 물었다. 늑대는 손써볼 겨를도 없이 죽음을 기다려야만 했다.

적수의 죽음은 싸움의 종결을 의미한다. 짱아오는 싸움이 끝나면 그것으로 끝이지 절대 상대를 먹지 않았다. 그 아무리 유혹적인 미식美食이라 할지라도.

까바오썬거는 죽은 늑대를 남겨놓고 나는 듯이 달려갔다. 신사자 사제썬거를 따라잡고 그 앞을 달리는 다른 수늑대 한 마리까지 따라잡았다. 그러나 자신이 직접 손을 쓰지는 않았다. 그가 수늑대와 어깨를 나란히 달리다가 상반신을 쑥 내밀어 길을 막았다.

입을 크게 벌려 공격하는 척하자 늑대는 금세 옆으로 몸을 피했다. 달리는 속도도 자연히 느려졌다.

바로 그때, 뒤따라오던 신사자 사제썬거가 쏜살같이 달려들어 늑대의 뒷덜미를 물어뜯었다. 까바오썬거는 급히 발걸음을 멈추더니 기쁨을 이길 수 없다는 듯 한바탕 승리의 울음을 울어젖혔다. 사제썬거 역시 늑대의 목덜미에 이빨을 틀어박은 채 그 피의 따뜻함을 즐기면서 때를 놓치지 않고 까바오썬거에게 꼬리를 흔들어 감사 표시를 했다.

까바오썬거는 "컹컹" 짖었다. '천만에.'라는 뜻이었다. 그리고 다시 앞을 향해 달려나갔다.

까바오썬거는 리더십을 가진 짱아오라면 스스로 용맹하게 싸울 뿐 아니라 동료를 도와 개인의 능력을 단체의 영광으로 만드는 자질도 갖춰야 한다는 것을 잘 알고 있었다.

제아무리 능력이 뛰어나다 해도, 동료가 줄기차게 쫓아온 사냥감을 그 앞에서 가로채버린다면 질투와 미움의 대상이 될 뿐이다. 강한 자존심과 지기 싫어하는 마음은 모든 짱아오의 천성이요, 생존권이요, 초원의 왕좌를 지키게 해주는 자산이기 때문이다. 동료의 권리를 침해하는 것은 곧 자신의 위상을 손상시키는 것과 다름없다. 상대가 나를 이길 수는 없다 해도, 절대 나를 따르지도 않을 것이기 때문이다.

그러므로 무리의 왕자를 꿈꾸는 짱아오라면 아무리 강한 능력을 갖추더라도 결코 자신의 추종자들을 포기하지 않는다.

까바오썬거 안에 흐르는, 조상대대로 전해져온 고대의 순수한 피가 선지자처럼 경건하게 조언을 했다. '추종자란 지도자의 기반이며, 추종자 양성은 지도자로서 빼놓을 수 없는 과제이다. 짱아오의 왕좌는 절반은 자신의 능력으로, 나머지 절반은 짱아오 무리와 때로는 조무래기 티베트 개들의 추대를 통해 얻는 것이다.'

마지막 수늑대의 앞까지 전력질주한 백사자 까바오썬거는 늑대의 진로를 막아 달리는 방향을 바꾸도록 유도했다. 늑대의 뒤쪽에서 포기하지 않고 바짝 쫓던 독수리사자 총바오썬거는 '휙' 소리와 함께 날아와 어깨로 부딪혀 늑대를 넘어뜨리더니 한 입에 뒷덜미를 움켜 물었다.

눈 깜짝할 새에 세 마리 늑대가 양치기 짱아오에게 물려죽었다.

위험을 피한 두 마리 암늑대와 새끼 늑대 세 마리는 수늑대들의 비명횡사를 보지는 못했다. 그러나 수늑대들이(그중에는 어미늑대의 남편과 새끼 늑대들의 아버지도 있었다) 이미 세상을 떠났을 것이라는 점은 짐작하고 있었다.

그들은 높은 풀언덕에 서서 목놓아 처량한 울음을 울어댔다. 아주 오랫동안. 특히 우두머리격인 어미늑대의 처량한 울음 속에는 판단 착오로 인한 후회와 의문이 가득했다. '왜 양치기 개들은 여자의 비명 소리를 듣고도 구하러 가지 않은 걸까? 설마 외지에서 온 사람이라고, 주인이 아니라고 아는 척할 필요가 없다는 건가?'

그러나 어미늑대는 이 모든 일이 어떻게 돌아간 것인지 곧 알게 되었다. 앞서 여자를 포위하던 황원 늑대들은 어미늑대의 처량한 울음소리를 듣고 이곳까지 찾아왔다. 어른 네 마리와 새끼 두 마리로 이뤄진 이 수놈 늑대 가족은 제때 도망을 쳤기 때문에 사상자는 없었다.

그들이 비탄에 빠진 어미늑대 가족에게 털어놓은 이야기는 이러했다. 그들은 여자에게 겁을 줘 비명을 지르게 한 뒤 곧바로 물어죽이려 했다. 그러나 바로 그때, 영지견 무리들이 나타났다. 빠어추쭈라고 불리는 아이와 그의 여섯 친구들이 비명 소리를 듣고 예루허에서부터 몰고 온 개들이었다.

수놈 늑대 가족은 겨우 여섯 마리뿐인데 수백 마리나 되는 영지견들을 무슨 수로 당해낸다는 말인가? 그래서 영지견들이 강을 건너기도 전에 늑대들은 냅다 줄행랑을 놓았다. 안 그랬다가는 어떤 비극이 생길지 알 수 없는 노릇이었다. 영지견들의 북새통 속에서 늑대 가족의 목숨이 사라지는 건 시간문제였을 것이다.

유감스럽게도 어미늑대 가족은 갑자기 나타난 영지견들의 소식에 대해 듣지도, 냄새조차 맡지도 못한 까닭에 사전 계획대로 양치기 개들 유인작전을 계속했다.

반면 양치기 개들, 특히 백사자 까바오썬거는 예루허 강변에서 일어난 변화를 민감하게 알아채고 있었다. 그들의 후각은 황원 늑대보다 훨씬 민감했다. 영지견의 냄새뿐 아니라 빠어추쭈와 여섯 친구들의 냄새까지도 포착해냈다.

백사자 까바오썬거는 곧바로 두 동료들에게 이 사실을 알렸다. '영지견들의 냄새가 감지되었다. 짱아오의 대왕 호랑이머리는 천하무적이니 메이둬라무의 일은 더 이상 걱정할 필요 없다.'

깊은 밤, 초원에서 어미늑대 가족 생존자와 수놈 늑대 가족은 일제히 울부짖었다. 죽어간 수늑대 세 마리에 대한 미안함과 슬픔을 목놓아 부르짖었다. 멀리 떨어져 있는 늑대떼까지 이 소리를 듣고 파도타기를 하듯 이곳저곳에서 같은 울부짖음으로 화답했다.

초원 곳곳에 처량한 곡성이 울려퍼졌다. 늑대의 신 와차는 바람이 되어 '웅, 웅,' 울어대고 있었다.

한인 아가씨 메이둬라무는 목숨을 구했다. 그러나 오늘 하루만 벌써 두 차례나 죽음의 문턱을 경험한 그녀는 몸과 마음이 약해질 대로 약해졌다. 영지견들과 빠어추쭈, 그의 여섯 친구를 보는 순간 그녀는 두 다리에 맥이 스르르 풀리며 그대로 땅에 쓰러져버렸다. 그리고 얼굴을 두 손으로 가린 채 소리 없이 흐느끼기 시작했다.

빠어추쭈는 끝까지 곁에 서서 그녀를 지켰다. 그는 아름다운 선녀 메이둬라무가 자신 때문에 이곳에 왔다는 사실을 알고 있었다. 자신 때문에 하마터면 늑대에게 잡아먹힐 뻔한 것이다.

말할 수 없이 감동적인 일이었다. 고마워서 온몸이 부들부들 떨릴 정도였다. 그러나 한편으로는 죄책감도 들었다. 바위에 머리라도 들이받고 싶은 심정이었다. 하지만 얼굴에는 아무런 표정도 떠오르지 않았기 때문에 꼭 아무것도 모르는 바보처럼 보였다.

한참이 지난 후, 메이둬라무가 일어나 말했다. "가자." 그러더니 갑자기 쌀쌀맞은 목소리로 소리를 꽥 질렀다. "너 왜 아직도 장화를 안 신었니? 다리가 전부 긁혀서 피가 나잖아. 병균에 감염이라도 되면 어떻게 하려고 그래? 파상풍이라도 걸리면 좋겠어?"

깜짝 놀란 빠어추쭈는 아무 말도 못 한 채 머뭇거리더니 뒤를 돌아 뛰어갔다. 죽어라 달리면서 또다시 티베트 말로 "샹아마의 원수들, 샹아마의 원수들." 외쳐댈 뿐이었다.

　그의 여섯 친구와 영지견 무리도 우르르 그를 좇아갔다.

　얼마 못 가 그들은 뤄뿌와 뤄뿌를 밀착하며 보호하고 있는 세 마리 양치기 개들을 발견했다. 그들은 잠시 멈추었다. 개들은 개들끼리, 사람은 사람끼리 이야기를 나눴다.

　백사자 까바오썬거는 짱아오 대왕 호랑이머리 순백색 짱아오를 본 순간 그 위엄에 압도되었다. 꼬리를 빳빳이 치켜들고 왕에게 다가가 겸손한 마음으로 존귀한 순백색 털의 냄새를 맡았다. 대왕은 혓바닥을 내밀어 그를 한 번 핥아줌으로써 그에 대한 자신의 뜨거운 사랑을 표시했다.

　그러나 신사자 사제썬거와 독수리사자 총바오썬거에게는 눈인사만 전했다.

　'오랫동안 못 봤구나. 잘 지내고 있느냐?' 왕의 안부를 전해들은 사제썬거와 총바오썬거는 가까이 다가가 왕의 다섯 걸음 앞에서 멈춰선 채 경외심을 담아 인사를 했다. 코로는 '쿵쿵'거리며 땅의 풀들에 콧김을 내뿜었다. 짱아오 대왕도 정중한 콧김인사로 답례했다. 그리고 고개를 돌려 까바오썬거의 입을 바라보았다. 그의 눈은 품위 있게, 그러나 찬탄의 빛으로 껌뻑거렸다.

　백사자 까바오썬거는 자신의 입가에 늑대의 피가 남아 있다는 것을 잘 알았다. 영광의 표시였다. 비록 이런 표시가 산전수전 다 겪은 짱아오에게는 냉수 한 모금 마시듯 평범한 것이겠지만 그래도 그는 짱아오 대왕 앞에서 당당하게 과시했다. 대왕도 그의 속마음을 간파했지만 자신과 똑같이 성결한 순백색 체모를 가진 이 짱아오가 비범한 용기와 출중한 총명과 지혜를 지닌, 이 세상에 반드시 필요한 존재라는 사실까지 잘 알고 있었다.

그래서 한껏 그의 기를 살려주었다. 입가에 늑대 피를 남겨서 자기 자랑이나 하려는 경거망동을 철저한 외면으로 무시해버리지 않았다. 짱아오 대왕은 재능이 뛰어난 동료들을 본능적으로 좋아했다. 마치 한 나라의 대왕이 용감하고 기개 넘치는 장군들을 사랑하듯이. 겉으로는 겸손한 척하지만 뼛속까지 스며든 까바오썬거의 은근한 오만과 자부심을 진작 알아차렸음에도 대왕은 그의 발칙함을 대범하게 용서했다.

'한 가지 특출한 재능이 있지만 아직 미성숙한 짱아오들은 대개 이렇게 행동하게 마련이지. 게다가 백사자 까바오썬거는 한 가지만 뛰어난 게 아니라 다재다능한 짱아오가 아닌가?'

대왕이 이렇게 관대할 수 있었던 것은 스스로에 대해 자신이 있었기 때문이었다. 그에게는 자신감이 흘러넘쳤다. 자신의 용기와 지혜에 어떤 짱아오도 대적할 수 없다고 굳게 믿었다.

반면 회색 늙은 짱아오는 대왕에게 주의를 주었다. '까바오썬거 역시 온몸이 백색인 짱아오입니다. 입가에 일부러 늑대 피를 남겨놓은 저 모습을 보세요. 정말 안하무인인 자입니다.'

짱아오 대왕은 미소만 지을 뿐이었다. 그는 이렇게 말하는 듯했다. '까바오썬거가 백색인 게 어쨌단 말이냐? 나에게는 예감이 있다. 그는 절대 나의 왕위를 넘볼 수 없다.'

짱아오 대왕은 먼저 그곳을 떠났다. 영지견들과 양치기 개 세 마리도 그를 따랐다. 그들은 샹아마의 일곱 아이들이 이미 띠아오팡산에 도착했고 시제구의 띠아오팡산은 오늘 밤 매우 수치스럽게도 샹아마의 원수들에게 침범당했다는 사실을 있는 그대로 인정해야 했다. 분통이 터져 이를 갈며, 빠어추쭈가 대장이 된 시제구의 일곱 아이들을 이끌고 어둠이 짙게 깔린 예루허 강물을 첨벙첨벙 밟아나갔다.

메이둬라무는 빠어추쭈를 따라가며 진지한 목소리로 타일렀다. "너 싸우러 가면 안 돼. 너나 걔네나 전부 가난한 유목민의 아이들이잖아. 서로 싸우면 쓰겠니? 게다가 네 이름이 빠어추쭈이기는 하지만 넌 아직 진짜 빠어(영웅)가 아니라고. 그 아이들더러 시제구 초원을 떠나라 마라 명령할 권리가 너한테 있니? 초원은 우리 모두의 것이야. 너 혼자만의 것이 아니라고."

빠어추쭈의 눈동자가 번쩍였다. 그녀가 하는 말뜻을 다 알아듣지는 못하지만 자기 속을 어떻게 표현해야 할지 몰라 그저 뱃속으로만 삼키고 있었다. '아빠는 샹아마 사람들한테 죽었어요. 복수를 하겠다던 작은아빠도 샹아마 사람들한테 죽었어요. 엄마는 송귀인 다츠한테 재가하셨지만 송귀인은 불길한 사람이에요. 불길한 사람은 원수를 갚을 수 없다고요. 이제 저 말고는 복수를 할 수 있는 사람이 아무도 남지 않았어요. 저는 꼭 복수를 할 거예요. 복수를 하지 않으면 사람들은 나를 남자도 아니라고 할 걸요? 두령은 날 버리고, 유목민들은 날 비웃고, 아가씨들은 날 무시할 거예요. 초원의 규칙은 원래 그런 거라고요.'

자신의 선녀 메이둬라무를 남겨둔 채 빠어추쭈는 뛰어갔다. 뒤를 돌아보던 메이둬라무는 뤄뿌와 양치기 개들이 어느 사이에 빠어추쭈와 함께 가고 있는 걸 발견했다. 자신도 모르게 몸서리가 쳐졌다. 그녀는 뤄뿌와 양치기 개들의 이름을 번갈아 부르며 잰걸음으로 그들을 쫓아갔다.

그렇게 계속 걸어가던 그녀는 갑자기 이상한 느낌에 사로잡혔다. 지금 어둠속의 띠아오팡산을 오르고 있는 게 분명한데도 산은 순간 무너지는 것 같았다.

여기저기 어지러운 개들의 그림자와 소란스러운 울음소리가 산을 뒤덮었다.

알 수 없는 두려움 속에서 그녀는 다급하게 외치기 시작했다. "뤄뿌, 어디 있니? 까바오썬거, 사제썬거, 총바오썬거, 너희들 다 어디 있는 거니?"

8

깡르썬거는 계속 "우~ 우~ 우~." 울었다. 울면서 문 쪽을 향해 힘겨운 걸음을 옮겼다. 아버지는 곁으로 다가가 그를 어루만지며 손잡이를 돌려 문을 열어주었다.

문앞에는 예상한 대로 캄캄한 밤을 배경으로 일곱 개의 작은 윤곽들이 나타났다. 아버지를 따라 시제구로 온 샹아마의 일곱 아이들이었다.

아이들은 깡르썬거가 문앞에 서 있는 것을 보자 다른 것은 생각할 겨를도 없이 너도나도 앞다투어 뛰어와 깡르썬거와 얼싸 안았다. 깡르썬거는 울음을 그치지 못했다. 슬픔의 울음이요, 감격의 울음이었다.

아버지가 깜짝 놀라 물었다. "너희들 아직 시제구를 안 떠났니? 깡르썬거가 여기 있는 줄은 어떻게 알았어?"

이마가 훤한 아이가 "헤헤." 웃었다.

한 아이가 웃자 일곱 아이가 전부 따라 웃었다. "헤헤, 헤헤."

얼굴에 칼자국이 있는 아이는 깡르썬거의 머리를 쓰다듬으며 손짓으로 무엇인가를 이야기했다.

이마가 훤한 아이가 얼른 손을 내밀며 말했다. "천국의 과일."

아버지가 대답했다. "너희들 나를 따라 시제구까지 온 이유가 내가 준 천국의 과일 몇 개 때문인 줄 다 안다. 그건 천국의 과일이 아니야. 땅콩이라고, 땅에서 자라는 거야. 우리 고향에서는 아무데나 땅만 파면 나와. 먹고 싶으면 맘껏 먹을 수 있지. 하지만 여기서는 주고 싶어도 줄 수가 없단다. 내가 가져온 땅콩은 벌써 다 먹어버렸어. 그나저나 너희들 빨리 여길 떠나는 게 좋겠다. 여긴 너희들이 있을 데가 못 되는 것 같아."

이마가 훤한 아이가 아버지의 말을 다른 아이들에게 통역해주었다. 칼자국이 있는 아이는 일어나 손으로 깡르썬거를 가리켰다. 큰 이마도 고개를 끄덕이며 아버지에게 어색한 한어로 말했다. "우리 깡르썬거랑 같이 갈 거요."

아버지가 다시 말했다. "깡르썬거는 다친 게 아직 다 안 나았어. 지금은 갈 수 없다."

칼자국은 아버지가 무슨 말을 하는지 알아차리고는 티베트어로 대답했다. "그럼 우리도 못 가요."

큰 이마도 고개를 끄덕였다. 모든 아이들, 심지어 깡르썬거마저 고개를 끄덕였다.

아버지는 말했다. "너희는 일곱 명밖에 안 돼. 게다가 전부 다 아이들이잖니? 너희들 여기 사람들하고 개들이 무섭지도 않아? 빨리 가렴. 빨리 너희 샹아마 초원으로 돌아가."

큰 이마가 말했다. "우린 샹아마 초원으로 안 간다요. 절대로 못 간다요. 이 한평생, 두평생, 세평생 절대 안 돌아가요."

아버지는 놀라서 물었다. "왜? 샹아마 초원이 싫단 말이냐?"

큰 이마는 칼자국에게 몇 마디를 이른 뒤 이렇게 이야기했다. "샹아마 초원엔 해골귀신이 아주아주 많다요. 심장을 먹는 귀신도 아주아주 많다요. 혼을 훔치는 처녀귀신도 아주아주 많다요."

아버지가 다시 물었다. "샹아마로 가지 않으면 너희들 어디로 가려고?"

칼자국이 또 한 번 아버지의 말뜻을 알아차리고 티베트어로 대답했다. "깡진춰지岡金措吉, 깡진춰지."

큰 이마가 덧붙였다. "아미타 강르額彌陀岡日요."

"아미타 강르가 뭔데?"

"바다 한가운데서 자라는 큰 설산 말이다요. 무량산無量山."

"무량산은 어디에 있는데?"

아버지의 물음에 큰 이마는 고개를 도리질하더니 깊은 밤에 뒤덮인 먼먼 곳을 지그시 바라보았다. 다른 아이들도 그곳을 지그시 바라보았다. 그 먼먼 곳은 산이었다. 한도 끝도 없는 대설산大雪山, 사시사철 흰눈에 덮인 망망한 대설산이었다.

아버지는 물었다. "너희들 거기 가서 뭘 할 건데?"

대답하는 아이는 아무도 없었다.

문가로 나온 검은 짱아오 나르는 고개를 돌려 붓기가 채 가라앉지 않은 눈으로 샹아마의 일곱 아이들을 쳐다보았다. 깡르썬거의 꼬마 주인들이었다. 하지만 깡르썬거가 보는 앞에서는 나르도 더 이상 그들에게 어쩔 도리가 없었다. 게다가 그들은 "마하커라뻔썬바오!"를 외치며 이곳에 오지 않았는가?

마하커라뻔썬바오.

태곳적 조상들의 현묘한 비밀에서 유래한 듯한 이 주문은 인류가 제일 처음 짱아오를 사육하며 훈련할 때 사용하던 암호 같았다. 이건 영성을 가진 짱아오들조차 전혀 예상치 못했던 최면제였다. 그 소리만 들었다 하면 날고뛰던 그들의 야성도 슬그머니 종적을 감춰버렸다.

나르는 문간에 엎드려 있었다. 눈과 배가 아직도 아프기 때문에 얼른 눈을 감고 자고 싶었다. 하지만 어디까지나 직무에 충실한 그 천성 때문에 도저히 편히 잠들 수가 없었다. 아래턱을 앞발에 받치고 묵묵히 앞쪽을 경계하고 있었다.

불안과 초조가 몰려왔다. 귀를 바짝 세우고, 낮은 소리로 몇 번 짖어댔다. 발달된 후각과 청각이 알려주었다. '위험이 다가온다.'

지금 가장 염려스러운 것은 깡르썬거가 아직 맘대로 움직일 수 없는데다가 자신에게 밥도 주고 치료도 같이 받는 한짜시 역시 자기 보호능력이 없고, 샹아마의 일곱 아이들까지 하필 이때 여기 온 것이었다. 샹아마 아이들이 "마하커라뻔썬바오!" 신비한 주문으로 영지견들의 공격을 저지할 수는 있겠지만 복수하러 오는 시제구의 아이들에게는 주문이 통할 리 없지 않은가?

'아이들이 싸우면 나는 어떻게 해야 하지? 깡르썬거 편에 서서 샹아마 아이들을 보호해야 하나? 그건 절대 안 될 말이지. 그러려면 시제구 초원 사람들하고 개를 공격해야 하는데 그건 목에 칼이 들어온다 해도 못할 일이야. 그럼 그 반대는 어때? 시제구 아이들 편에 서서 샹아마 애들을 공격하면? 그것도 안 되는데……. 그 아이들은 '마하커라뻰썬바오' 주문을 전파한 깡르썬거의 주인이잖아? 아! 깡르썬거처럼 매력적인 수짱아오가 또 있을까? 젊고 멋있고 위풍당당한 저 모습이란! 정말이지 자유분방한 암짱아오라면 누구나 사랑을 느낄 만한 대상이야.'

나르는 문가를 떠나 앞으로 나아갔다. 승방 앞을 벽처럼 막아선 마니석 무더기를 지나 어둠을 향해 낮은 목소리로 짖어댔다.

나르는 이미 그들을 발견했다. 아침저녁으로 만나는 영지견들, 영지견들의 꼬드김으로 오고 있는 사원의 개들과 양치기 개들, 그들이 발소리를 죽여가며 다가오고 있었다. 그들은 목표에 점점 가까워지고 있었다.

이런 때는 소리를 낼 필요가 없다. 모든 습격에는 소리가 필요 없는 법이다.

시제구사는 쥐죽은 듯 고요해졌다. 시제구 초원마저 적막에 휩싸였다. 오직 검은 짱아오 나르의 음성만이 부드럽게 메아리치고 있었다. 그것은 일종의 인사요 화해의 음성이었다.

'너희들 어떻게 전부 다 여기 왔니? 무슨 일이 있니?' 그녀는 유유히 꼬리를 흔들었다. 정신을 집중해 마음을 가라앉히고 아무 일 없다는 듯 자연스럽게 행동하기 위해 최선을 다했다.

개들은 이상했다. '어라? 이 목소리는 검은 짱아오 나르 아니야? 여기는 분명 낯선 사람과 낯선 개의 숨결이 가득한 곳인데 나

르의 목소리가 어떻게 아무렇지도 않은 것처럼 느껴지지?'

그들은 짱아오 대왕의 명령 아래 그녀 앞 스무 발자국 위치에서 멈추어섰다. 개들은 나르의 안부인사에 답이라도 하듯 꼬리를 흔들며 나르의 해명을 기다렸다.

나르는 떨어지지 않는 걸음을 천천히 떼어 앞으로 나갔다. 그녀와 짱아오 대왕 사이는 비교적 친밀했고(이것은 동료로서의 친밀함이지 남녀로서의 친밀함이 아니다), 영지견들 사이에서 자신의 명성도 있으니 자신의 해명이 아주 먹히지 않을 이야기는 아니라고 믿었다. 그 해명이란, 영지견들에게 아물어가는 자신의 상처를 보여주고 자신의 냄새와 뒤섞인 한짜시와 깡르썬거의 냄새를 맡게 하는 것이었다. 그녀와 한짜시, 깡르썬거가 이미 자신과 친밀한 친구가 되었다는 것을 보여주고 싶었다. 또 샹아마 아이들은 깡르썬거의 주인이니까, 깡르썬거와 친구가 되었다면 그 주인과도 친해야 하는 건 당연하지 않느냐고 말하고 싶었다.

수많은 영지견들은 나르의 뜻을 알아차렸다. 나르가 그리 선택했다면 자신들도 받아들여야 한다는 것을 어렴풋이 깨달았다. '그렇다면 불구대천의 원수처럼 싸울 필요는 없잖아? 돌아가자. 돌아가. 예루허 강가로 돌아가 잠이나 자자.'

동복 언니 궈르는 다가와 연민의 마음으로 나르의 상처를 핥아주었다. 그리고 '돌아가자! 돌아가자!' 외쳤다.

그런데 사원의 개들과 양치기 개 세 마리만은 나르의 말에 동조하지 않았다. 그들은 나르의 명성을 인정하지 않을 뿐 아니라 단체보다 연인을 더 중시하는 듯한 그녀의 사적인 감정에도 찬동하지 않았다.

정적을 깨뜨리는 개 울음소리가 들렸다. 나르에 대한 야유요 비난이었다.

나르도 "우~ 우~ 우." 대답했다. 그 뜻은 이러했다. '시제구 초원의 체면을 봐서라도 한 번만 내 말을 들어줘.'

영지견과 사원의 개들, 양치기 개들은 서로 돌아가며 한 마디씩 짖어댔다. 대왕의 최종결정을 요청하는 목소리였다. 지금 같은 상황에서 결정권은 대왕에게 있다. 그들은 대왕의 결정을 전적으로 따를 것이었다.

대왕은 나르에게서 시선을 떼지 않고 있었다. 나르는 대왕 앞에 나와 애걸했다. 대왕은 그녀의 체취를 맡아보고 몸의 상처를 살펴보았으며 상처 입은 눈동자도 핥아주었다. 그의 온몸을 뒤덮은 순백의 털들이 격한 흥분으로 '후드드' 떨렸다. 즉 '가지 않겠다'는 뜻이었다. 적어도 당장은 가지 않을 것이다. 인간들 때문이었다. 인간이야말로 이번 행동의 최종결정권을 쥐고 있기 때문이었다.

짱아오들이 주인 앞에서 선택할 수 있는 것은 진퇴가 아니라 순종이었다. 가장 사나운 짱아오는 대개 인간에 맹종하는 충복들이다.

나르는 대왕의 뜻을 깨닫고는 상심하여 그를 떠났다. 그리고 영지견들 사이를 헤집고 다니며 애달프게 하소연했다. '내 몸에서 나는 냄새를 맡아봐. 한짜시하고 깡르썬거의 냄새라고. 우린 벌써 좋은 친구가 되었어. 그들을 용서해주면 안 되겠니? 샹아마의 아이들도 깡르썬거의 주인이야. 그 아이들도 제발 용서해주렴.'

하지만 개들이 그 말을 들을 리 만무했다. 그녀를 동정하던 영지견들마저 바로 생각을 바꾸었다. 빠어추쭈와 그 친구들이 도착했기 때문이었다.

아이들은 한 목소리로 외쳤다. "아오떠지, 아오떠지."

이 외침을 시작으로 개들이 일제히 분기했다.

아이들은 또다시 외쳤다. "샹아마의 원수들, 샹아마의 원수들."

개 짖는 소리가 폭발했다. 제방을 무너뜨리고 흉용해오는 물결처럼 승방을 향해 몰아쳐갔다.

개들을 바라보는 나르는 온몸이 떨려왔다. 급히 그들을 쫓아 뛰기 시작했다. 너무나 놀라운 사실이었다. '내가 뛸 수 있다니! 그것도 이렇게 빨리!' 상처도 아직 낫지 않았고 왼 눈과 배가 아파와 뛸 때 이를 악물며 숨을 들이켜야 했다. 하지만 어찌되었든 네 발은 자유자재로 움직여주었다. 승방 문앞까지 줄달음친 그녀는 돌계단을 막아선 채 캄캄한 하늘을 향해 안타까이 짖어댔다.

아버지는 한 발 늦었다. 문을 채 닫기도 전, 강렬한 과시욕을 가진 야심만만한 백사자 까바오썬거가 먼저 승방으로 뛰어 들어왔다. 이어서 신사자 사제썬거와 독수리사자 충바오썬거, 회색 늙은 짱아오와 귀르 등 사나운 영지견 몇 마리도 뒤따라 들어왔다.

샹아마의 일곱 아이들은 돌연 외치기 시작했다. "마하커라뻔썬바오, 마하커라뻔썬바오!"

백사자 까바오썬거가 먼저 멈칫했다. 깡르썬거의 앞에 서서 그를 보호하는 칼자국 아이에게 부딪힐 뻔했음에도 물지는 못했다. 그 이상한 주문 때문이었다. 정말 신기하게도 꼭 아득한 옛주인의 아련한 외침을 듣고 있는 것 같은 느낌이 들었다. 그러나 앞에 있는 이 아이는 분명 알지 못하고, 모습도 냄새도 낯설기만 한데 어떻게 기억 속 깊은 곳에 자리잡은 아득한 옛주인의 목소리를 낼 수 있을까? 앞에 선 칼자국과 엇비슷한 키의 까바오썬거는 아이들을 가로막은 채 "컹컹." 답답한 외침만 계속할 뿐이었다. 잔혹한 학살 직전의 공포와 위협은 이미 사라져버렸다.

까바오썬거는 맥없이 짖으며 이렇게 물었다. '너희들은 누구냐? 설마 너희들이 내 원래 주인이란 건 아니겠지? 내 전생의 주인, 내 아버지와 어머니의 주인, 할아버지와 할머니의 주인 말이다.'

하지만 그에게 돌아오는 대답은 역시 "마하커라뺀썬바오."였다.

승방으로 달려온 모든 짱아오들은 패기를 잃은 채 자꾸자꾸 뒷걸음질쳤다. 이 기회를 놓치지 않고 아버지는 문가로 달려가 나르를 안고 승방 안으로 들어왔다. 적의 친구도 적일 수밖에 없다. 나르는 이미 깡르썬거의 친구가 되었기 때문에 영지견들의 적이 될 수밖에 없고 그들의 공격을 피할 수 없었다.

나르는 몸부림을 쳤다. 아버지의 보호를 받고 싶지 않다는 듯, 이 비상사태 앞에서 자신은 더욱 중립을 지키고 싶다는 듯 하늘을 향해 공정한 판결을 구하는 울음을 울었다.

"나르, 나르."

개들이 짖지 않자 사람이 소리치기 시작했다. 빠어추쭈의 목소리는 나르의 귀가 번쩍 뜨이게 했다.

나르는 막아서는 아버지의 억센 팔을 물리치고 밖으로 뛰쳐나갔다. 어둠속의 빠어추쭈는 나르를 품안 가득 껴안고 혀를 내밀어 눈을 핥아주었다. 땅에 엎드려 배도 핥아주었다. 오랜 이산가족 상봉 장면처럼 나르의 꼬리도 힘차게 흔들렸다. 끊어질 듯 격렬하게 흔들렸다.

아버지는 걱정스레 외쳤다. "나르, 나르, 나르 빨리 들어와."

그러나 아버지 앞에 나타난 것은 검은 짱아오 나르가 아니라 진자주색 푸루를 걸친 철봉라마 짱짜시였다. 짱짜시는 한 손에는 횃불을, 다른 한 손에는 철봉鐵棒을 들고 방에 들어서자마자 샹아마의 아이들을 문간으로 끌고 갔다. 그리고 건장한 자신의 몸으로 아버지와 깡르썬거를 막아서며 담담하게 말했다.

"이제 도망갈 구멍은 없으니까 역시 나가는 게 좋겠다. 일대일 싸움은 피할 수 없다. 반드시 있는 힘껏 싸워야 돼. 각자의 운명은 자기 손 안에 있다는 것을 명심하도록!"

샹아마의 아이들이 뛰어나갔다. 짱짜시도 그들의 뒤를 따라 바로 뛰어나갔다. 승방 밖 계단과 마니석 무더기 사이 빈 공터는 개들과 사람들의 그림자로 빽빽했다. 시제구사에 있는 열댓 명의 철봉라마와 소식을 듣고 급히 달려온 10여 명의 유목민도 횃불을 들고 개떼와 아이들 사이에 우뚝 서 있었다. 뤄뿌까지 합해 전부 여덟이 된 시제구의 아이들은 분노로 가득 차 샹아마의 아이들을 기다리고 있었다.

개들은 무섭게 짖기 시작했다. 하지만 달려들지는 않았다. 개들도 이제는 아는 것 같았다. 샹아마의 아이들에게 달려들기만 하면 밀교의 주문 같은 "마하커라뻔썬바오" 앞에 여지없이 가로막힌다는 것을.

마치 아버지더러 들으라는 듯, 철봉라마 짱짜시가 한어로 크게 외쳤다. "우리 규칙대로 한다! 아이들은 아이들끼리, 그러니까 칠 대칠이다. 어른하고 개들은 치지 않는다. 만일 샹아마 아이들이 지면 한 쪽 손만 남기고 시제구 초원에서 몰아낸다. 하지만 이기면 각 사람당 양 한 마리씩 줄 테니 바로 시제구를 떠나거라."

말이 끝나기 무섭게 몇몇 라마승과 유목민들이 손을 들었다. 철봉은 윙윙거리며 울리고, 햇불은 탁탁 소리를 내며 타올랐다.

아버지는 문 밖으로 나가 햇불에 비친 시제구의 아이들을 바라보았다. 한 사람 한 사람이 모두 타오르는 불덩이 같았다. 얼굴은 눈을 무섭게 치켜뜬 금강역사 같았다.

그리고 불빛 속에 우뚝 솟아 보이는 어른은 철봉라마와 유목민이 다가 아니었다. 메이둬라무도 있었다.

"메이둬라무, 이 한밤중에 여기까지 오다니, 도대체 어떻게 된 거야?" 아버지는 메이둬라무의 이름을 불렀다.

하지만 듣지 못한 듯했다. 그녀는 누군가를 부르고 있었다. 빠어추쭈였다. 이 싸움을 말리기 위해 그녀는 빠어추쭈를 불러 자기 옆에 두려고 했다. 하지만 빠어추쭈도 그 소리를 듣지 못했다. 그렇게 아름다운 선녀의 목소리마저 들리지 않았다. 메이둬라무는 이제 뤄뿌를 불렀다. 뤄뿌를 부르고 까바오썬거, 사제썬거, 총바오썬거를 차례로 불렀다.

뤄뿌가 왔다. 뒤이어 신사자 사제껀꺼와 독수리사자 총바오썬 거도 따라왔다. 마지막으로 백사자 까바오썬거가 왔다. 꾸물거리며 계속 뒤돌아 사방을 둘러보는 것이 영 내키지 않는 눈치였다. 그렇지만 메이둬라무의 말을 따라야 한다는 것만은 분명했다. 그녀를 따라 이곳에 왔기 때문이었다. 또한 비록 손님이지만 할아버지 가족이 그녀를 얼마나 존중하고 있는지는 까바오썬거도 잘 알았다. 그녀는 분명 자신의 주인이었다. 더군다나 뤄뿌까지 있는데야 두말할 나위도 없다. 집에서 자라온 짱아오로서 까바오썬거는 일의 경중輕重을 따질 줄 알았다. 뤄뿌와 메이둬라무의 곁에서 그들을 안전하게 보호하는 것이야말로 최고로 중요한 사명이었다.

메이둬라무는 뤄뿌를 끌어당기며 말했다. "우리 가자. 집으로 돌아가자. 빨리 돌아가지 않으면 할아버지랑 아빠, 엄마가 무척 걱정하실 거야. 빠어추쭈의 일은 신경 쓸 필요 없어."

말은 이렇게 했지만 메이둬라무도 바로 자리를 뜰 수 없었다. 깡르썬거가 꼬리를 흔들며 승방에서 나와 자기 주인인 샹아마외 아이들 곁에 서는 것이 보였기 때문이다. 개들은 더 거칠게 짖어대며 깡르썬거에게 몰려가 금방이라도 덮칠 것만 같았다.

칼자국이 있는 아이가 급히 일어나 깡르썬거를 감싸며 큰 소리로 외쳤다. "마하커라뻔썬바오!"

개들은 뒤로 물러났다. 깡르썬거는 칼자국이 있는 아이 뒤편에서 튀어나와 늠름한 모습으로 아이와 빠어추쭈 사이를 막아섰다.

빠어추쭈는 자신의 곁에 있는 검은 짱아오 나르를 앞으로 떠밀며 외쳤다. "나르, 나르, 가라!"

빠어추쭈가 생각하기에도 성한 개가 상처 입은 깡르썬거를 공격한다는 건 명백하게 불공평했다. 가장 공평하고 합리적인 방법은 똑같이 부상당한 나르가 나가 싸우는 것이었다. 그러나 그는 나르가 이미 그 명령에 순종할 수 없는 상태라는 걸 몰랐다. 깡르썬거와 연관된 문제에서라면 나르는 이미 시제구 초원의 반역자가 되어 있었다.

나르는 빠어추쭈를 쳐다보며 몸을 뒤로 사렸다. 빠어추쭈는 이상하다는 듯 나르를 한 번 훑어보더니 옆으로 밀쳐냈다. 그러고는 외마디 소리와 함께 일어나 앞에 있는 칼자국에게 돌진했다.

시제구 아이들이 우르르 몰려왔다. 꼭 사전에 미리 계획된 씨름한마당처럼 시제구 아이들 일곱과 샹아마 아이들 일곱은 조상의 규례를 따라 일대일로 맞붙었다.

개들은 뇌조雷鳥처럼 부산스럽게 짖어댔지만 앞으로 달려들어 주인을 돕는 놈은 하나도 없었다. 깡르썬거도 고개를 들고 '크르렁'거렸지만 주인을 돕지는 않았다. 일종의 묵계默契였다. 주인들이 일대일로 싸우며 공격신호를 내리지 않는 이상, 개들은 이렇게 소리로 응원할 수밖에 없다. 그리고 규칙을 지키는 주인이라면 절대 개의 힘을 빌려 상대방을 제압할 리가 없었다. 그런 승리는 영광이 아니라 치욕일 뿐이기에.

승부가 제일 먼저 결정된 판은 빠어추쭈와 칼자국의 씨름이었다. 칼자국이 넘어졌다. 승리한 빠어추쭈는 기쁨에 겨워 두 손을 번쩍 들고 외쳤다. "나르, 나르, 나와!"

나르가 이 순간 얼른 깡르썬거에게 달려들어 한 방에 넘어뜨린 후 물어죽이면 속이 시원할 것 같았다. 검은 짱아오 나르는 몸을 뒤로 기울이는 것이 곧 앞으로 뛰어나올 자세였다.

아버지가 급히 깡르썬거의 앞으로 뛰어가 꿇어앉아 그 목을 감싸안더니 긴장한 눈빛으로 나르를 바라보며 외쳤다. "나르! 이런 식으로 신의를 배반하면 안 된다!"

영민한 나르는 순간 꼬리를 설레설레 저어보다가 몸을 옆으로 돌려 바로 뒷걸음질쳤다.

빠어추쭈는 이제 무슨 일이 일어났는지 알 것 같았다. '나르는 이미 두 마음이 되었어.'

하지만 이 사실이 분명하면 분명할수록 더욱더 나르의 마음을 되돌리고 싶고, 더욱더 깡르썬거를 물어죽이게 하고 싶었다. 그는 나르의 강아지 시절 주인이었다. 나르에게 있어 자신의 명령이야말로 가장 영향력 있는 명령이 아닌가?

"나르, 나르, 어서 나와!" 빠어추쭈의 고함은 더욱 거세졌다.

나르는 다시 한 번 앞으로 달려나갈 기세였다.

싸움을 하던 아이들이 차례로 땅에 뒹굴었다. 땅에 뒹군 여섯 아이 중 세 명은 샹아마의 아이고, 세 명은 시제구의 아이였다. 그건 씨름 결과 3대4로 샹아마 아이들이 시제구 아이들에게 졌다는 얘기였다.

철봉라마 짱짜시는 아버지와 메이둬라무를 번갈아 힐끗 쳐다보았다. 그리고 한어로 크게 외쳤다. "졌다. 졌어. 샹아마 편이 졌다. 우선 가둬두었다가 내일 끌어내서 손을 하나씩 자르고 시제구 초원에서 쫓아낸다."

말을 마치자마자 그는 유목민 몇 명을 불러 샹아마의 아이들을 끌고 가도록 했다.

아버지는 깡르썬거를 끌어안았던 팔을 풀며 마니석 무더기 근처까지 쫓아가 따졌다. "당신들, 뭘 하려는 겁니까? 정말 아이들 손을 자르려고요? 제발 부탁입니다. 아이들은 그냥 놔주세요. 저 때문에 시제구에 온 애들이라고요."

짱짜시는 못 알아듣는 척, 허리를 굽혀 아이 하나를 번쩍 둘러메고, 옆구리에는 또 다른 아이를 끼고 휘적휘적 가버렸다.

깡르썬거도 쫓아왔다. "크릉, 크릉."

깡르썬거는 계속 짖으며 칼자국이 있는 아이를 잡아챈 유목민을 막기 위해 뛰어오르려 했다. 그러나 순간 몸의 균형을 잃고 휘청이더니 '쿵' 소리와 함께 쓰러져버렸다.

빠어추쭈는 깡르썬거가 쓰러진 쪽을 향해 나르를 힘껏 떠밀며 외쳤다. "나르, 나르, 가라!"

검은 짱아오 나르가 뛰어갔다. 그러나 깡르썬거를 공격하러 간 것은 아니었다. 그녀는 깡르썬거의 곁에 엎드렸다. 그리고 가슴 아프게 깡르썬거의 얼굴을 핥아주었다. 아무것도 돌아보지 않고 자신의 모든 사랑을 다해 상처 입은 깡르썬거를 위로해주고 싶었다.

이 모습을 본 빠어추쭈는 화가 나 욕을 해댔다. 아이는 한달음에 달려가 나르의 귀를 잡고 한쪽으로 끌어냈다. 그리고 구석에 있는 깡르썬거를 가리키며 다시 개들을 향해 외쳤다.

"아오떠지, 아오떠지. 물어죽여! 물어죽여!"

개들은 금세 두 파로 나뉘었다. 한 파는 쏜살같이 달려나간 부류로 영지견 중에서 쓸데없이 여기저기 끼어들기 좋아하는 티베트 개들과 사원의 개들 일부였다. 또 다른 한 파는 제자리를 지킨 부류로 영지견 중 위엄 있고 오만함이 넘치는 짱아오였다. 그들이 제자리를 지킨 이유는 짱아오 대왕 호랑이머리가 꿈쩍하지 않고 있었기 때문이었다. 짱아오 대왕은 아주 냉정하고도 초연한 태도로 앞에서 벌어지는 모든 상황을 관찰하는 중이었다.

그는 곁에 있는 회색 늙은 짱아오와 검은색 짱아오 궈르에게 말했다. '저 친구는 우리한테서 멀어진 것 같군. 좀더 기다려봐야 할 것 같다. 저 친구가 도대체 어떻게 하는지, 도대체 얼마나 멀어졌는지 보도록 하지.' 대왕이 말하는 '저 친구'란 바로 검은 짱아오 나르였다.

나르는 그동안 생사고락을 함께 해온 영지견들을 향해 사납게 짖어댔다. 빠어추쭈의 얼굴에는 노기가 가득했다. 반역자를 징벌할 때의 그 미움과 분노로 있는 힘을 다해 나르를 걷어찼다. 나르는 고통으로 흐느껴 울며 절망해 주저앉았다.

아버지는 빠어추쭈를 향해 호통쳤다. "이놈, 너 미쳤냐?"

갑자기 검은 짱아오 나르가 일어섰다. "우~ 우~." 자신이 낼 수 있는 가장 큰 목소리로 개들 전체를 향해 애걸했다. '제발, 깡르썬거한테는 아무 짓도 하지 말아줘.'

가로질러 달려가던 개들이 갑자기 멈춰섰다. 개 울음소리마저 뚝 그쳤다.

하지만 빠어추쭈는 냉정하기 그지없는 목소리로 외쳤다. "아오떠지, 아오떠지. 물어죽여! 물어죽여버려!"

아버지는 나중에야 알았다. '아오떠지'란 '맹견금강猛犬金剛'이란 뜻으로 시제구 사람들이 티베트 개들의 잔인한 본성을 일깨울 때 사용하는 말이었다. 영지견이든 집지기 개든 혹 양치기 개나 사원의 개, 다른 어떤 개든지 이 음성을 들으면 '빨리 달려가 죽기살기 싸움을 하라는 명령이구나.' 하고 알아차렸다.

개들은 다시 한 번 소란스러워졌다. 개 짖는 소리가 다시 여기저기서 들렸다. 불빛 속에서 벽처럼 막아선 마니석 무더기의 검은 그림자는 하늘 끝까지 닿아 있었다.

검은 짱아오 나르는 애걸하는 눈빛으로 빠어추쭈를 바라보며 깡르썬거에게 다가가 그를 보호하려고 했지만 오히려 빠어추쭈에게 콧잔등을 걷어차였다. 발길질은 아프지 않았지만 주인의 뜻을 어겨서는 안 된다는 강한 의지가 담겨 있었다. 나르는 절망하여 비통한 울음을 쏟아내더니 미친 듯이 앞으로 돌진했다.

나르의 목표는 마니석 무더기였다. 마니석 무더기는 아주 높고 단단했다. 매우 육중하게, 무언가 깨지는 듯한 소리가 '쿠쿵쿵.' 울리더니 피와 살이 튀었다. 나르를 주시하던 사람과 개들은 핏빛 불빛 아래 나르가 "쿵." 하고 쓰러졌을 때에서야 비로소 무슨 일이 벌어졌는지 깨달았다.

주인의 명령에 복종할 신성한 의무와 사랑이란 감정에 굴복하고 싶은 본성 사이에서 갈등하던 나르는 세 번째 길을 선택한 것이다. 마니석을 들이받고 자살하는 길이었다.

짱아오 대왕은 큰 소리로 외쳤다. 나르의 동복 언니 궈르 역시 큰 소리로 외쳤다. 회색 늙은 짱아오와 가까이에 있는 짱아오들도 큰 소리로 외쳐댔다. 그러나 그들의 생각은 조금씩 달랐다.

짱아오 대왕은 가슴이 아리는 깊은 고통 속에서 비분강개한 음성으로 외쳤다. '저 친구는 정말 우리를 멀리멀리 떠났구나. 검은 짱아오 나르, 네가 어떻게 그럴 수가? 아름답기 그지없는 나르, 청춘이 약동하는 나르, 이런 식으로 우리를 멀리멀리 떠나버리다니. 그건 안 된다!'

그의 언니 궈르는 슬픔과 고통으로 죽을 것만 같았다. '내 여동생이 죽었어. 내 여동생이 죽었다고.'

다른 짱아오들은 놀라움과 애석함으로 외쳤다. '어떻게 죽을 수가 있지? 어떻게 이렇게 자살을 할 수가 있단 말이지?'

비통의 외침이 가라앉자 차가운 침묵만이 흘렀다. 짱아오 대왕 호랑이머리는 나르에게 다가가 냄새를 맡은 후 묵묵히 다시 돌아와 어두운 짱아오 무리 속으로 사라졌다.

나르에게 갔다 돌아오는 동안, 짱아오 대왕은 평생 동안 결코 포기하지 않을 한 가지 결심을 했다. '깡르썬거를 쫓아내든지, 물어죽인다. 반드시!' 외지에서 온 사자머리 수짱아오의 젊고 건장한 매력 때문에 검은 짱아오 나르는 이렇게 죽고 만 것이다.

그는 나르에 대해 호감을 느꼈던 지난날들을 기억했다. 충분히 남녀 간의 친밀함과 사랑으로 발전할 수도 있었던, 그런 류의 호감이었다. 대왕을 대할 때면 참으로 수줍어하던 사랑스러운 나르였다. 그들은 다만 짝을 이루기까지 발전하지 못했을 뿐이다.

그들이 연인관계가 되지 못했던 데는 나름대로 이유가 있다. 나르는 대왕이 궈르에게도 호감을 갖고 있다는 것을 알았다. 짱아오 대왕 호랑이머리가 볼 때 검은 짱아오 궈르 역시 청춘이 약동하는 아름다운 암캐였다. 대왕으로서 그는 동생 나르와 언니 궈르에게 동시에 끌렸다. 두 자매 사이에서 결정을 내릴 수가 없었다. 그렇게 어물거리는 사이 동생 나르가 죽어버렸다. 깡르썬거를 보호하기 위해, 아니 그를 보호하지 못해서, 검은 짱아오 나르는 이렇게 슬프고도 장렬하게 자기 목숨을 끊었다. '죽일놈의 사자머리 수놈, 금방 다 빠져버릴 황금털을 두른 녀석, 내 너를 요절내지 않으면 짱아오의 대왕이 아니다.'

가슴 가득한 비통과 질투와 분노를 안고 대왕은 조용히 앞으로 나갔다. 대왕의 걸음은 깡르썬거에게 향했다. 지금 당장 실천에 옮겨야 했다. '녀석을 쫓아내든지 아니면 물어죽이겠다.'

눈처럼 하얀 그림자가 움직였다. 이제 곧 깡르썬거 곁에 도착할 터였다. 그때 옆에 늘어서 있는 크고작은 개들의 모습 속에서 흰 그림자 하나가 불쑥 튀어나와 그의 앞을 막아섰다.

대왕은 멈춰서서 상대가 길을 비켜주길 기다렸다. 실수로 대왕의 앞길을 방해했을 거라고만 여겼기에 성을 낼 필요도 없고 다만 잠시 기다리기만 하면 될 것이었다. 그러나 상대는 길을 비키려는 뜻이 전혀 없었다. 그는 백사자 까바오썬거였다.

까바오썬거는 이렇듯 대담한 행동을 통해 왕에 대한 참을 수 없는 불경不敬을 분명히 드러냈다. 그의 딱딱한 태도는 이렇게 말하는 듯했다. '짱아오 중에서 어떻게 이런 반역자가 생길 수 있단 말인가? 당신은 대왕으로서 어떻게 시제구의 변절자를 측근에 놔둘 수 있단 말인가?'

이러한 태도에 익숙할 리 없는 짱아오 대왕은 까바오썬거를 향해 크게 포효했다. 모두의 예상을 깨고 까바오썬거 역시 대왕에게 포효로 맞섰다.

짱아오 대왕은 놀랐다. 그리고 분노했다. 그렇지 않아도 분노로 불타던 그에게 기름을 끼얹은 격이었다. 화가 머리끝까지 차올라 아무것도 눈에 보이지 않았다. 대왕은 까바오썬거에게 달려들었다. 까바오썬거는 어깨로 막으며 왕의 힘을 가늠해보았다. 그리고 대왕이 재차 달려들자 신속하게 몸을 피했다.

까바오썬거 역시 사리를 분별할 줄 아는 수짱아오였다. 지금은 대왕에게 정식으로 도전할 때가 아님을 잘 알았다. 아직은 참아야 했다. 젊고 건강한 신체와 더 젊고 건강한 머릿속에 더 많은 힘과 지혜를 축적해야 했다. 한동안 재능을 숨긴 채 적당한 기회를 기다려야 했다. 기회는 기다릴 줄 아는 자에게만 찾아오는 법. 그는 실수를 인정하는 척하며 꼬리를 치켜들고 좌우로 흔들었다. 때마침 다급하게 부르는 메이둬라무의 목소리가 들려왔으므로 급히 그녀에게 달려갔다.

짱아오 대왕 호랑이머리는 까바오썬거의 행동이 미심쩍었다. 그가 시야에서 사라질 때까지 분노와 의심의 눈초리로 뒷모습을 바라보았다.

다시 정신을 차려 깡르썬거를 찾았을 때 깡르썬거는 이미 보이지 않았다. 대왕은 안타까움으로 고개를 흔들며 그의 냄새를 따라 종적을 추적했다. 다시 한 번 구슬피 울부짖으며.

아버지는 민첩하게 행동했다. 개들과 시제구이 일곱 아이들이 나르를 주목하고, 짱아오 대왕 호랑이머리가 까바오썬거와 신경전을 벌이는 동안 깡르썬거를 부축해 승방 안으로 들어왔다. 이를 알아차린 대왕이 영지견들을 이끌고 벌떼처럼 공격해왔을 때는 이미 승방의 문이 굳게 잠긴 후였다.

아버지가 또 한 번 자신의 목숨을 구했다는 사실을 잘 아는 깡르썬거는 "우~ 우~." 짖으며 아래턱으로 아버지의 다리를 비볐다. 그리고 감격의 눈물을 흘렸다. 아버지는 깡르썬거를 위로하고만 있을 겨를이 없었다. 창문 밖을 연신 내다보며 나르가 어떻게 되었는지 확인했다. 마니석 돌무더기 앞에는 아이들 몇 명과 횃불을 든 유목민 몇이 둘러서 있었다.

빠어추쭈는 땅에 엎드려 구슬프게 부르고 있었다. "나르, 나르."

메이둬라무는 일곱 살 뤄뿌를 손에 잡고, 양치기 개 세 마리와 함께 띠아오팡산의 오솔길을 따라 총총히 하산했다. 그들은 시제구 공작위원회 본부인 소똥 돌집의 문앞에 도착했다. 문을 두드려 바이 주임 바이마우진과 리니마를 불렀다. 샹아마의 아이들이 싸움에서 패한 사실과 시제구 초원 사람들이 이미 애들을 붙잡아둔 사실, 내일 아이들의 손을 잘라 시제구 초원에서 쫓아낼 계획을 알렸다.

그녀는 다급한 목소리로 말했다. "빨리요, 바이 주임. 공작위원회가 반드시 나서야 한다고요. 안 그러면 샹아마의 아이들은 한쪽 손을 잃게 돼요. 사람이 손 없이 어떻게 살아요? 바이 주임님."

바이 주임이 대답했다. "그럼, 그럼. 손이 없는 애들이 어떻게 나중에 커서 자립적인 유목민이 되겠나? 그래도 이 일은 간단치가 않아. 우리가 나서서 간섭한다고 해서 일곱 아이들의 손이 안전하리라는 보장이 있을까? 내가 더 걱정스러운 건 우리가 나선다는 건 곧 우리가 샹아마의 아이들을 동정한다는 이야기가 된다는 거지. 그 애들 동정받을 만한 애들이 맞나? 물론 동정이야 받을 만하지. 거지같이 더럽고 너덜거리는 그 애들 옷차림만 봐도 한눈에 가난뱅이 유목민의 자식이란 걸 알 수 있으니까. 그렇지만 문제는 시제구 초원 부락하고 샹아마 초원 부락이 불구대천의 원수라는 거야. 우리가 잘잘못을 분명하게 따지지 않고 애매한 입장을 취하게 되면, 전체 칭궈아마 초원에서 샹아마 초원 부락을 고립시키는 우리 정책에 큰 영향을 주게 된다고. 상부에서 하는 이야기를 들은 적이 있는데 샹아마 부락 두령은 무지하게 나쁜 놈이라고 하더군. 옛날에 마뿌팡한테 빌붙어서 금이다, 은이다, 하인이다, 첩이다, 다 줬다는 거야. 또 마뿌팡 기병단을 도와서 시제구 초원의 티베트인과 짱아오를 죽였고. 이런 괴기는 절대 용서될 수 없는 일일세. 우리 공작위원회의 중요한 임무는 민심 파악, 상부와의 연계, 민심 쟁취, 사업기반 확보로서 지금까지는 별 문제없이 임무를 수행해왔네. 그런데 만일 이 일 때문에 시제구의 두령하고 유목민의 반감을 사게 된다면 우리가 한 수고는 말짱 허당 아닌가?"

메이둬라무는 발을 구르며 애원했다. "하지만 애들이 위험한데 보고만 있을 수 없잖아요?"

바이 주임이 발끈했다. "누가 보고만 있는데? 만전을 기할 수 있는 확실한 계획을 세워야 한다는 거지. 사태 악화는 단언코 막아야 하지만 무모하게 행동해서는 안 된다는 말일세." 이어 바이 주임은 나지막한 목소리로 이야기했다. "이 일은 내가 알아서 처리하지. 메이둬라무, 빨리 가서 자야지. 밤이 이렇게 늦었는데." 그리고 옆에 있는 리니마에게 덧붙였다. "자네가 좀 데려다주지. 또 이곳저곳 나다니지 않도록 말이야. 여자가 밤에 혼자 다니는 건 위험해."

천막집으로 돌아가는 길 내내 메이둬라무는 고개를 숙인 채 말이 없었다. 뤄뿌는 걷다가 지쳤는지 백사자 까바오썬거의 등 위에 업혔다. 까바오썬거는 뤄뿌를 태우고 느리지도 빠르지도 않은 걸음으로 메이둬라무의 뒤를 따랐다. 신사자 사제썬거와 독수리사자 훙바오썬거는 조심스레 주위를 살피며 때때로 컹컹 짖어댔다.

리니마는 더 이상 못 참겠다는 듯 입을 열었다. "앞으로는 이렇게 하지 마."

메이둬라무가 쏘아붙였다. "이런 게 어떤 건데요?"

"아무 데나 참견하지 말고, 쓸데없는 걱정도 너무 많이 하지 말고. 너는 의사니까 환자나 잘 치료하면 돼."

"이건 내가 해야 할 일이라고요. 사람이 불구자가 되려는데 명색이 의사라면서, 나 몰라라 할 수만은 없잖아요?"

"네가 뭘 할 수 있다고 그래? 시제구 초원하고 샹아마 초원의 갈등은 역사가 깊다고. 너무 깊어서 이제는 누가 맞고 그르다고 할 수도 없을 정도야. 그거 알아? 부락 간의 전쟁은 초원생활에서 기본적인 요소야. 초원의 역사는 부락 간 전쟁 역사라고. 싸움이 없으면 부락도 없고 초원도 없어. 손 자르기? 그것 말고도 발 자르기, 귀 베기, 코 베기, 산채로 가죽 벗기기, 머리 자르기…, 이런 일은 셀 수도 없이 많았다고. 옛날에는 별것도 아닌 일이었어."

"하지만 지금은 과거가 아닌걸요! 지금은 지금이에요. 나는 과거에는 여기에 없었고, 지금 여기 이곳에 있다고요."

리니마는 놀란 듯 그녀를 바라보며 말했다. "사람들이 너를 메이둬라무('꽃 같은 선녀' 라는 뜻)라고 하던데, 너 정말 꽃같이 잘나신 선녀님이 강림하신 것 같구나?"

"사람을 그렇게 비웃는 게 아니에요. 돌아가요. 데려다줄 필요 없어요!"

리니마는 니마 할아버지의 천막집이 멀지 않은 것을 보고는 발걸음을 멈춰섰다. 그녀가 집으로 돌아가는 것을 확인한 후에야 그는 본부로 돌아갔다.

메이둬라무는 니마 할아버지 집이 보이자 발걸음을 재촉했다. 천막집 앞에서 까바오썬거에 올라탄 채 곤히 잠든 뤄뿌를 두 팔로 살며시 안아 막 천막 안으로 들어가려고 했다. 그때 부근에서 한 사람이 급히 다가오는 소리가 들렸다.

"너희들 돌아왔구나! 시제구사에도 가서 찾았는데 사원에서는 너희들이 벌써 떠났다고 하더구나." 니마 할아버지의 아들 빤주에였다. 양치기 개 세 마리는 주인을 향해 반갑게 달려들었다.

빤주에는 몸을 천막 안으로 쑥 집어넣더니 양가죽 주머니를 하나 꺼냈다. 그 안에 있던 말린 고기[41]들을 개 밥그릇에 담아주며 양치기 개들에게 말했다. "먹어라, 어서 먹어. 한밤중까지 고생 많

---

41) 풍건육風乾肉. 야크나 양은 티베트인의 주식이며, 대부분 도살 후 바로 생식生食을 하고 다 먹지 못했을 경우에는 그늘지고 서늘한 곳에 걸어서 말려 식사 때나 여행용 식량으로 삼는다.

이 했다. 어서 먹고 자렴, 내일 해 뜨자마자 또 가축떼를 몰고 목초지로 가야하니까."

빤주에의 아내 라쩐도 인기척을 듣고는 얼른 일어나 메이둬라무와 뤄뿌에게 줄 쑤여우차와 뜨끈한 밥을 준비했다.

메이둬라무는 자기 옆자리의 털가죽 이불 위에 뤄뿌를 누이며 말했다. "괜찮아요. 그냥 주무세요. 조금 있다가 아침밥도 지으셔야 하잖아요."

라쩐은 메이둬라무의 말을 듣지 않았다. 그녀가 말을 듣는 대상은 오직 남편뿐이었다. 남편이 말하지 않았던가? "메이둬라무가 돌아오면 그때 뜨끈뜨끈한 쑤여우차랑 밥을 차려주라고."

커다란 양치기 개 세 마리는 말린 고기를 후다닥 먹어치운 후 문간에 엎드려 잠이 들었다. 그들은 주인보다도 더 잘 알고 있었다. '힘을 비축해놓아야 해. 날이 밝고 양떼와 소떼를 따라 들짐승들이 출몰하는 초원에 나가면 한시도 졸 틈이 없다고.'

9

벽처럼 가로막아선 마니석 무더기 앞에서 빠어추쭈의 울음소리가 들려왔다. 이 울음소리는 사람들에게 이런 사실을 알려주었다. '검은 짱아오 나르는 죽었어요.'

나르는 땅에 누워 털끝하나 움직이지 않았다. 부딪힌 머리에는 큰 상처가 나고 코는 부러져 있었다. 다친 왼쪽 눈이 다시 찢어져 땅은 피투성이가 되었다. 보는 사람마다 눈물지으며 탄식했다.

한 유목민은 나르를 애도한 뒤 호된 목소리로 빠어추쭈를 꾸짖었다. "왜 계속 울고 있니? 나르를 더 해치고 싶니? 네가 자꾸 울면 나르의 영혼은 네 울음소리 주위를 맴돌다가 하늘로 올라가지 못하고 환생도 할 수 없게 된다고!"

빠어추쭈는 울음을 멈추었다. 한참을 그렇게 멍하니 서 있다가 뒤쪽에 인기척이 나서 돌아보니 유목민들은 이미 다 돌아가고 없었다. 거기에는 밤이 새도록 자기와 함께 했던 여섯 아이들만 있었다. 아이들도 영지견과 사원의 개들을 이끌고 그곳을 떠날 채비를 하고 있었다.

자신도 이제 떠나야 한다는 것을 아이는 알고 있었다. 그들과 함께 가야만 했다. 이곳에는 안정이 필요하다. 살아 있는 사람과 살아 있는 개의 기운은 이곳에서 말끔히 몰아내야만 한다. 그래야 검은 짱아오 나르의 영혼이 한시라도 빨리 속세의 속박에서 벗어나 바라밀경 독경 소리와 함께 뽕나무 연기를 타고 저 하늘 높이 날아갈 수 있다.

사원 안의 뽕나무 연기, 대경당 안의 쑤여우등, 호법신전 안의 불꽃탑은 모두 밤새도록 꺼지지 않는 것들이다. 야경을 서는 라마승의 독경 소리도 끊기지 않는 것 중의 하나다. 금강령金剛鈴[42]의 맑은 소리는 깨끗한 계곡물 소리 같았다. 바람에 사원 꼭대기의 보당寶幢[43]과 법륜法輪[44]은 '웅웅' 울려댔다. 조용히 나부끼는 경번經幡은 마치 불경의 글귀들이 한도 끝도 없이 도열해 있는 것 같았다. 그 길을 따라 걸으면 발걸음도 사뿐사뿐 하늘로 올라 부처의 귀속으로까지 들어갈 듯했다.

---

42) 종鍾의 형태에 번뇌를 없애준다는 상징적인 의미를 갖고 있는 금강저金剛杵의 형태가 합쳐져서 만들어진 불교의 의식법구. 불교의식 때 소리를 내어 여러 불·보살들을 기쁘게 해주고 어리석은 중생의 불성佛性을 깨닫게 하여 성불成佛의 길로 이끌어주는 데 궁극적인 목적이 있다.

43) 당幢은 긴 막대기에 여러 가지 비단을 단 것으로 왕을 따르는 호위병이나 장군이 병졸을 통솔할 때 사용했던 군기軍旗의 일종이었다. 불교에서는 부처가 법왕으로서 모든 번뇌의 마군魔軍을 파괴한다고 하는 상징적 의미로 사용된다.

44) 불법(다르마)의 수레바퀴. 8개의 살은 팔정도八正道를, 중심은 계율을 뜻한다. 고대 인도의 전차戰車와 같은 것으로 세계를 통솔한다는 전륜성왕轉輪聖王이 즐겨 사용하는 보기寶器이다.

밤보다도 더 시커먼 마니석 무더기의 그림자 아래, 검은 짱아오 나르는 조용히 누워 있었다. 그녀는 죽었다. 사람들은 티베트 의원 가위뛰를 불러 치료하려 들지도 않았다. 그게 바로 나르가 죽었다는 확실한 증거였다.

그러나 아버지는 나르가 아직도 살아 있다고 믿었다. 그는 이곳의 규칙에 대해서는 잘 몰랐다. 그저 사람들이 나르를 사원 밖으로 메어다가 땅에 파묻지도 않고 독수리에게 먹이지도 않는 것으로 미루어 아직 죽지 않은 것이라고 생각했다.

아버지는 혼자 중얼거렸다. "사람들 정말 너무 하는군. 이렇게 심하게 다친 개를 놔두고 한순간에 사라져버려? 특히 웃통 벗은 빠어추쭈라는 그놈, 그놈은 나르를 이용해서 싸움만 할 줄 알았지, 그저 '나르, 나르, 나가라', '아오떠지! 아오떠지!' 하는 고함만 칠 줄 알았지, 나르가 쓰러지니까 살펴보지도 않고 아예 죽은 셈을 치는군. 양심이 시커면 장수 같은 놈. 싸울 수 없는 군사라고 죽은 사람 취급하다니. 나르가 어쩌다가 다치게 된 건데? 다 자기 때문에 그렇게 된 거 아니야?"

아버지는 문을 열고 조용히 다가가 나르의 곁에 앉은 채 몸을 자세히 살펴보았다.

하지만 아버지는 아무것도 보지 못했다. 밤은 검었고, 나르의 털도 검었다. 핏자국 역시 검었다. 그는 다만 마음을 통해 나르가 매우 심각한 상태이며, 당장 응급처치가 필요하다는 정도만 알아볼 수 있었다.

그렇지만 어떻게 응급처치를 한다? 아버지는 의사가 아니었다. 약도 없고 의술도 몰랐다. 다만 입과 입을 맞대고 호흡을 하는 게 응급처치라는 것만은 알고 있었다. 아버지는 몸을 쭉 펴고 땅에 드러누워 자기 입을 나르의 입에다 맞댄 채 있는 힘껏 숨을 들이마시고, 또 세차게 숨을 내쉬었다. 이렇게 해서 무슨 효과가 있을지는 장담할 수 없었다. 어쨌든 아버지 생각에는 효과가 있을 것만 같았다. 나르가 금방이라도 일어날 것 같았다.

　입과 입을 맞대고 인공호흡을 시도한지 20여 분이 지났다. 아버지는 일어나 승방으로 돌아가 쑤여우등을 받쳐들고 왔다. 나르의 몸 어디에 새로운 상처가 생겼는지, 피가 얼마나 흐르고 있는지 알고 싶었다. 피가 흐르고 있다면 먼저 상처를 싸매고 다시 티베트 의원 가위튀를 부르러 가야 했다.

　쑤여우등을 땅에 놓자 피가 보였다. 눈에서 피가 흐르고 있었다. 고여 있던 피가 불빛을 비추자 줄줄 흐르기 시작했다.

　"세상에나, 꼭 깊은 산속 옹달샘처럼 전부 밖으로 나와버렸네." 라고 말하며 아버지는 얼른 상처를 싸맸다. 당장 붕대가 없어 자기 옷을 찢어서 싸매야 했다. 앞섶과 한쪽 팔을 뜯어서 나르의 상처를 단단히 싸매주었다.

　다 싸맨 후 아버지는 바닥에 앉아 우두커니 생각에 잠겼다. '나르는 정말 대단한 개야. 빠어추쭈가 깡르썬거를 물어뜯으라고 하니까 끝까지 버티다가 결국 '날더러 깡르썬거를 물라고 하면 내가 죽는 꼴을 보여주마.'라고 한 거 아니야? 그래서 용감하게 마니석 무더기를 들이받았지. 마니석 무더기는 또 뭐람? 복을 빌면 평안을 준다는 게 마니석 아닌가? 아무리 단단한 돌로 쌓았어도 세상에 은혜를 끼쳐야지, 나르를 죽일 작정이었어? 짱짜시가 말하기를, 짱아오는 일곱 개의 목숨을 가지고 있다고 했는데…. 그러니까 일곱 번은 죽어야 진짜 죽는 셈이란 말야. 지금 몇 번째 죽은 거야? 많이 쳐도 두 번이다. 나르는 죽지 않을 거야. 부딪혀서 다쳤을 뿐이라고. 다친 것뿐이라면 걱정할 필요가 뭐 있어? 사람이나 개나 먹는 부위대로 보신이 된다고 했으니, 머리를 다쳤으면 내일 짱짜시한테 양 머리나 소 머리를 탁발해달라고 하지 뭐. 그것들을 먹으면 머릿속의 뭐든지 다 새로 자랄 거야. 게다가 사원에는 티베트 의원 가위튀가 있잖아. 가위튀는 티베트의 화타華佗니까 분명 고명한 의술이 있을 거야.'

아버지가 여러 가지 상념에 빠져 있을 때 시커먼 어둠속에서 자신을 지켜보는 눈동자가 느껴졌다. 눈동자의 주인은 바로 영지견들의 먹이 주는 일을 담당하는 노 라마승 둔까였다.

둔까는 사실 벌써부터 와 있었다. 영혼이 막 육신을 떠나려는 나르를 두 눈을 뜨고 보자니 너무나 가슴이 아파 마니석 무더기 뒤에 숨어 흘끔거리고 있던 것이다. 하지만 나르의 영혼이 하늘로 승천하는 건 보지 못하고 아버지의 응급처치만 처음부터 끝까지 다 보고 만 것이다.

이 광경을 지켜보는 그의 얼굴에 감동의 눈물이 비 오듯 흘러내렸다. 하지만 아버지가 지금 여기에 있어서는 안 된다고 여겼기에 살그머니 마니석 무더기 뒤쪽에서 나와 작은 소리로 뭔가를 소곤거렸다. 또 손짓 발짓으로 뭔가를 열심히 이야기했다. 그 뜻은 '빨리 이곳을 떠나라. 영혼이 승천하려면 조용해야 한다. 다시는 나르한테 입 맞추거나 숨을 불어넣지 말아라. 그러면 나르의 영혼을 들이마시게 된다. 나르의 영혼을 마시면 당신도 다음 생에서 검은 짱아오로 태어난다.' 대강 이런 것이었다.

그의 말을 완전히 다 알아들었다면 아버지는 성격상 분명 이렇게 말했을 것이다. '검은 짱아오로 태어나는 게 뭐가 나쁜데요? 짱아오는 용감하고, 싸움도 잘 하고, 죽음도 두려워하지 않고, 충성스럽고, 신의가 있고, 의리를 생명처럼 여기잖아요. 짱아오는 개들 중의 의사義士요, 동물 중의 군자라고요.'

불행히도 아버지는 그의 말을 다 알아듣지 못했다. 빨리 여기서 떠나라는 말만 겨우 알아들었을 뿐이다.

아버지는 마지못해 일어서며 말했다. "알았어요. 금방 가겠습니다. 그 대신 좀 도와주세요. 나르를 승방까지 옮겨가려고요. 여기서 밤이슬을 맞으면 상처에 안 좋을 거예요."

말을 하면서 아버지는 나르의 머리를 들어올렸다. 노 라마승 둔까는 놀라 비명을 지르며 아버지의 손을 꽉 붙들었다. 놀라기는 아버지도 마찬가지였다. 둔까의 비명을 채 이해하기도 전에 두 번째 비명 소리가 울렸다. 이 비명은 첫 번째 비명보다 더 크고 경이에 가득 찬 소리였다.

둔까가 나르의 신음 소리를 들었던 것이다.

검은 짱아오 나르는 신음하고 있었다. 소리는 아주 작았다. 마치 공기의 흐름처럼 느끼기도 힘든 정도였다. 그러나 노 라마승 둔까는 민감하게 포착해냈다.

그는 뛸 듯 기뻐하며 말했다. "나르가 살았네!"

말을 마치자마자 그는 아버지의 면전에 털썩 무릎을 꿇고 이마를 땅에 '쿵쿵쿵' 부딪히며 절을 했다. "주에아한짜시覺阿漢扎西, 주에아한짜시." 뜻인즉슨 '한짜시는 보살이다.' 라는 칭찬이었다.

그가 생각하기에, 나르는 이미 죽은 목숨이었는데 아버지가 살려낸 것이다. 아버지는 며칠 전에도 전생에 아니마칭 설산의 사자였던 깡르썬거를 살려냈고 이제는 검은 짱아오 나르를 살려냈다. 부처의 환생이 아니라면 어떻게 죽은 생명을 부활시키는 기적을 행할 수 있겠는가?

하지만 라마승 둔까가 무슨 생각을 하고 있는지 아버지는 알 리가 만무했다. 그래서 사방을 두리번거리며 물었다. "지금 누구한테 절을 하시죠?"

그리고 자기도 얼른 둔까 옆에 꿇어앉아 이마를 '쿵쿵쿵' 찧으며 절을 하기 시작했다. 둔까가 저 앞 어둠속에서 자기는 보지 못하는 신령이나 귀신을 본 게 틀림없다고 생각했다. 그러니까 이렇게 공손하고 긴장한 태도로 절을 하겠지, 여겼다. 그러나 둔까는 무릎을 아버지 쪽으로 돌려 다시 아버지를 향해 절을 했다. 그제야 뭔가 알 듯했다.

아버지는 얼른 그를 일으키며 다시 물었다. "왜 이러세요? 네? 제가 뭘 어쨌는데요?"

그날 해가 막 떠오를 무렵, 아버지와 노 라마승 둔끼는 검은 짱아오 나르를 들어 승방으로 옮겼다.

아버지는 나르 곁에 앉아 둔까에게 말했다. "얼른 가서 티베트 의원 가위텨를 좀 불러다 주시겠어요?"

둔까는 아버지의 한어 중에서 '가위텨'라는 티베트 어를 알아듣고는 얼른 뛰쳐나갔다.

그때 아버지를 주시하고 있던 깡르썬거가 다가왔다. 그리고 이빨로 아버지의 옷을 끌어당기며 문가로 갔다. 아버지가 전혀 자기를 따라올 생각이 없다는 걸 알아채자 다시 돌아가 아버지의 머리카락을 잡아끌었다.

머리가 아파오자 아버지는 고함을 쳤다. "왜 날 물려고 그래?"

깡르썬거는 꼬리를 흔들며 다시 문가로 갔다.

뭔가 마음에 집힌 아버지는 언짢은 말투로 대꾸했다. "네가 뭘 걱정하는지 알겠다. 나가서 같이 샹아마의 아이들을 찾자는 거지? 시제구 사람들이 손을 자르지 못하게 막으려고, 그렇지? 하지만 우리가 어디에 가서 애들을 찾는단 말이냐? 찾는다고 해도 무슨 방도가 있니? 시제구 사람들이 우리 말을 들을 것 같아?"

하지만 말을 내뱉고 나서야 자신의 생각이 잘못되었음을 깨달았다. '샹아마 아이들을 찾는 건 사실 그렇게 어렵지 않을지도 몰라. 깡르썬거가 있으니까. 시제구 사람들을 막는 일도 희망이 아예 없는 건 아니야. 나하고 깡르썬거가 목숨을 건다면 설마 시제구 사람들도 마음을 돌이키지 않겠어?'

여기까지 생각이 미치자 아버지는 갑자기 벌떡 일어났다.

아버지는 이런 사람이었다. 그는 참으로 대담한 생각을 가진 사람이었으며, 옳은 생각은 바로 행동에 옮기는 성격이었다. 또 아무리 위험한 행동이라도 앞뒤를 재며 질질 끌지 않는 성격이었다.

아버지는 항상 앞으로 전진했다. 마치 깡르썬거처럼 말이다. 깡르 썬거도 선봉으로 적진을 공격할 때면 '위기 때 포기할 줄 알아야 한다.' '위험을 만나면 자기를 보호하라.' '단단한 활일수록 먼저 부러진다.' '무쇠 칼날은 쉽게 상한다.' 등등의 대단한 인생철학 따위는 절대 염두에 두지 않았다.

아버지는 훗날 말씀하셨다. "나는 전생에 분명 짱아오였을 거야. 아니라면 내가 어떻게 그리 개를 좋아했겠어. 특히 짱아오를 무척이나 좋아했지. 개가 하는 짓은 나도 다 하고 싶었으니까. 나하고 개는 서로 좋아하고 존경하는 사이야. 나는 개한테서 인간성을 느끼고, 개는 나한테서 개의 천성을 느끼거든. 개의 천성이 더 위대할까 아니면 인간성이 더 위대할까? 나는 똑같이 위대하다고 봐."

아버지와 깡르썬거는 길을 나섰다. 급히 달려온 티베트 의원 가위튀와 ㄴ 라마승 둔까에게 나르를 맡겨둔 채.

깡르썬거의 상처가 낫지 않았기 때문에 천천히 걸어가야만 했다. 아버지가 깡르썬거를 따라 10여 개나 되는 좁다란 골목길을 꼬불꼬불 돌아 시제구사에서 제일 높은 곳에 있는 밀종密宗 찰창명왕전札倉明王殿에 들어섰을 때는 이미 훤하게 동이 터온 후였다.

하늘은 먼 곳에서부터 밝아왔다. 그 먼 곳은 바로 설산이었다. 태양의 첫 서광을 받은 설산은 눈빛을 반사해 온 대지에 여명을 밝혀주었다. 아버지와 깡르썬거는 자기도 모르게 멈춰섰다. 고개를 들고 점점 더 찬란해지는 설산을 바라보며 여름 초원 설산의 시원한 공기를 깊이 들이마셨다. 다시 길을 떠난 깡르썬거는 아버지를 데리고 명왕전 뒤쪽의 언덕 중 쟝옌모우降閻魔 동굴이 가장 잘 보이는 곳까지 갔다.

동굴 앞 절벽 바위에 10여 명이 서 있었다. 아버지와 깡르썬거는 그 중 철봉라마 쨩짜시 한 사람밖에 알아볼 수 없었다. 쨩짜시는 동굴 입구를 막아선 채 사람들과 무언가를 열심히 이야기하고 있었다.

분위기가 불길했다. 깡르썬거는 느낄 수 있었다. 작은 소리였지만 온 힘을 쥐어짜내 짖어댔다. 아버지는 깡르썬거보다 먼저 튀어나가 한달음에 그곳으로 달려갔다.

쨩짜시는 아버지를 보더니 곧 한어로 크게 물었다. "한짜시, 뭘 하려고 여기 온 거냐?"

"물어볼 필요 없어요. 내 뒤에 있는 설산사자 깡르썬거를 보면 우리가 여기 뭘 하러 왔는지 알 수 있잖아요?"

깡르썬거는 멈춰섰다. 갈림길이었다. 그는 영민한 후각으로 자신의 주인인 썅아마의 일곱 아이들이 비록 이곳에 오기는 했지만 지금은 여기 없다는 사실을 알아냈다.

그렇지만 아버지는 이 사실을 몰랐기에 바위 앞으로 나서며 물었다. "아이들을 다 어떻게 했죠?"

아버지는 곧바로 쟝옌모우 동굴의 문을 밀고 들어가려 했다.

쨩짜시는 철봉으로 가로막으며 말했다. "쟝옌모우 동굴 안에는 쟝옌모우 존降閻魔尊(즉, 염라적閻羅敵)하고 십팔존十八尊 호법신 지옥주地獄主, 또 오색 만다라45)와 동굴지기 라마승밖에는 없어. 당신이

---

45) Mandala. 힌두교와 탄트라에서 종교의례를 거행할 때나 명상할 때 사용하는 상징

찾는 사람은 이곳에 없다."

이때 높은 털모자에 노루가죽으로 만든 티베트 두루마기를 걸치고, 소코장화牛鼻靴[46]에 목에는 붉은색 큰 마노 목걸이를 두른 중년 남자가 나서 한어로 이야기를 시작했다. "당신이 한짜시요? 듣자니 당신이 설산사자의 목숨을 구했다고 하던데. 초원 사람들은 당신이 멀리서 온 한인 보살이기 때문에 시제구 초원에 행복을 가져다줄 거라고 믿고 있더군요."

아버지는 그 중년 남자를 자세히 살펴보며 말했다. "죄송하지만, 어르신은 누구십니까?"

"나는 예루허 부락의 두령 쒀랑왕뛔이 어르신 댁의 청지기 치메이齊美요. 우리 두령 어르신께서 말씀하셨소. 샹아마의 원수들로부터 가장 많은 인명 피해를 입은 부락이 바로 우리 예루허 부락이라고. 원수들의 손목을 잘라야 한다면 마땅히 우리가 잘라야지요. 나는 방금 전에 이미 호법신전에서 길상천모吉祥天母께 윤허 여부를 여쭤보았소. 길상천모는 하늘 위에 이미 윤허의 증거를 남겨놓으셨오. 하늘에 울려퍼진 맑고 아름다운 금강령 소리가 그 윤허의 증거가 아니고 뭔가요? 그런데 이 철봉라마가 내 말을 못 믿겠다는 거요. 하늘에 울려퍼지는 금강령 소리는 길상천모가 모든 사람에게 베푸는 축복이라면서 샹아마의 일곱 원수들을 데리고 가지 못하게 나를 끝까지 막아서고 있네요."

적인 그림.

[46] 티베트 유목민들이 평상시에 착용하는 티베트 장화. 장화 코가 야크의 코처럼 생겼다 하여 소코장화라고 한다.

"그건 나중에 이야기하기로 하고요, 샹아마의 아이들부터 찾읍시다. 그 아이들은 어디 있죠?"

아버지의 물음에 치메이가 말했다. "철봉라마가 어딘가에 숨겼네."

철봉라마 짱짜시가 말했다. "날도 이미 밝았습니다. 태양은 사원을 비추고, 광명한 산 위에는 죄악의 그늘이 생기지 않는 법입니다. 일곱 아이들이 개미 새끼도 아닌데 제가 어디에다 아이들을 숨기겠습니까? 샹아마의 원수들은 필시 다른 부락 사람들이 데리고 간 듯합니다. 어쩌면 지금쯤 벌써 손목이 잘린 채 샹아마 초원으로 돌아가는 길인지도 모르죠."

청지기 치메이는 다급해져서 말했다. "나는 안 믿어요. 철봉라마의 손에서 아이들을 뺏어갈 사람이 누가 있소? 철봉라마, 길을 비키시오. 쟝옌모우 동굴에 들어가서 내 눈으로 똑똑히 봐야겠소."

짱짜시는 장탄식을 하며 철봉을 품에 집어넣은 후 길을 비켜섰다. 치메이는 몸을 굽혀 동굴 문을 향해 공손히 오체투지五體投地[47]를 하고 일어나 문을 열고 들어갔다. 아버지는 치메이가 한 대로 얼른 오체투지를 하고 따라 들어가려 했지만 짱짜시의 손에 덥석 붙들렸다.

짱짜시가 소곤거렸다. "시제구 공위의 바이 주임 바이마우진은 왜 안 왔어? 지금 두령한테는 공작위원회의 말밖에 안 통할 텐데."

---

47) 불교에서 절하는 법의 한 가지. 두 무릎을 꿇은 다음 두 팔을 땅에 대고 머리가 땅에 닿도록 절함.

아버지는 말했다. "바이 주임 대신 내가 왔어요. 함부로 애들 손목을 자르지 못하게 하려고요."

짱짜시는 고개를 흔들었다. 장옌모우 동굴 아래쪽을 바라보던 그는 초원으로 통하는 오솔길에서 가다쉬다를 반복하는 깡르썬거를 발견했다.

그는 복잡한 표정으로 말했다. "가라. 설산사자를 따라가. 샹아마의 아이들을 찾을 수 있을 거야."

아버지가 물었다. "애들이 정말 도망갔어요?"

짱짜시는 아무 말도 하지 않았다.

샹아마의 일곱 아이들은 처음에는 철봉라마 짱짜시와 유목민 몇 명에게 붙들려 장옌모우 동굴에 갇혀 있었다. 이 유목민들은 여러 부락 출신이었는데 저마다 자신의 부락이 이 '손목 자르기' 형벌을 집행하기를 희망했다. 시제구 초원의 거의 모든 부락에 샹아마 사람들의 손에 죽은 희생자가 있었기 때문이었다.

철봉라마 짱짜시가 말했다. "이 아이들은 사원 안에서 붙잡았습니다. 규정에 의하면 어느 부락에 이놈들을 넘겨줄 것인지 결정권은 내게 있지만 내가 결정한다고 해도 부락 간 언쟁만 일어날 게 뻔하니 이 결정권을 위엄 넘치는 초원의 호법신에게 넘기겠습니다. 지금은 빨리 돌아가서 부락의 두령이나 청지기에게 청해 호법신의 신전에 가서 길상천모께 향을 피우고 기도를 드리게 하십시오. 복수의 선봉에 설 수 있도록 길상천모께서 윤허하신 부락만 아이들을 데리고 갈 수 있습니다."

유목민들은 바람처럼 흩어졌다.

몇 분 후, 철봉라마 짱짜시는 장옌모우 동굴의 문을 열고 다급한 음성으로 외쳤다. "빨리 나와라! 빨리 나와서 도망가! 그놈의 샹아마 초원으로 빨리 돌아가! 다시는 시제구 초원에 와서 소동을 피워서는 안 된다!"

샹아마의 일곱 아이들은 우르르 뛰쳐나갔다.

그러나 지금, 짱짜시는 조금씩 후회가 되기 시작했다. 괜히 아이들을 놓아준 것 같았다. 시제구 초원의 부락 두령들은 자신의 배신행위를 결코 용서하지 않을 것이다. 초원의 확고부동한 규율 중 하나는 바로 '원수와 배신자를 처단한다'는 것이다.

초원 법률의 집행자로서 원수들을 놓아준 것은 법 집행상 범법행위에 다름 아니었다. 공작위원회가 그의 죄를 벗겨주지 않는 이상 배신자가 받는 형벌을 감수해야만 했다. 가볍게는 시제구사에서 쫓겨나 영세토록 라마승의 자격을 잃게 되는 것이고 무겁게는 손목이 잘려야 했다. 그것도 두 손목 모두. 이것은 남은 평생 동안 생활할 수 있는 능력을 상실하게 된다는 뜻이었다.

초원은 꿈속의 물결처럼 부드럽게 파도쳤다. 끝없는 파도였다. 깡르썬거는 아버지를 데리고 설산처럼 청량한 새벽의 햇살 속을 걷고 있었다. 햇살은 눈가루처럼 투명한 결정체가 되어 푸르른 공기 사이에서 춤추었다. 모든 생명체가 기쁨의 춤을 추게 만들 만큼 신선한 공기였다.

하지만 아버지와 깡르썬거는 전혀 기쁘지 않았다. 지난 밤 내내 일어난 소란으로 심신이 피폐해져 있었다. 게다가 깡르썬거는 조금만 걸어도 피곤해져서 쉬어야 했다.

그는 매우 피곤했고, 매우 괴로웠다. 아직 아물지 않은 상처의 고통에다 주인을 찾지 못한 마음의 고통까지 더해져 길을 걷는 내내 "우, 우, 우." 울음을 토했다. 아버지까지 눈물을 참을 수 없게 만드는 구슬픈 울음이었다.

하지만 아무리 피곤하고 괴로워도 주인을 찾아야 한다는 깡르썬거의 생각은 변함이 없었다. 그는 결연하게 걸어갔다. 처음에는 동쪽의 설산을 향해, 다음에는 남쪽의 설산, 나중에는 다시 방향을 바꿔 서쪽의 설산으로 향했다.

아버지는 이상했다. '한 바퀴를 빙 둘러서 왜 또 돌아온 거지? 혹시 깡르썬거가 냄새를 잘못 맡은 건가? 오래 전의 흔적을 오늘 걸어간 흔적으로 착각한 건 아닐까?'

아버지가 의심에 가득 차 있을 때, 갑자기 깡르썬거가 불안해하며 어쩔 줄 몰라했다. 짖고 싶은데 큰 소리로 짖을 수가 없자 이빨이 다 드러나도록 위협을 하고 또 했다.

그는 목을 쭉 빼고 앞으로 전진했다. 마음은 있는 힘을 다해 최대한 빨리 전진했지만 실은 걸으면 걸을수록 발걸음이 더 느려지고 있었다. 제자리걸음을 하는 것 같았다.

보다 못한 아버지가 "좀 쉬어라. 제대로 걷지도 못하잖아."라고 말씀하시며 자리에 앉아 깡르썬거의 등을 두드려 앉을 것을 권했다.

그러나 깡르썬거는 앉지 않았다. 대신 앞을 향해 나지막하게 짖었다. 그와 동시에 멀리서 울리는 말발굽 소리가 아버지의 귀에 전해졌다. 고개를 들어보니 뜨거운 태양이 작열하는 지평선 위에 기마대의 그림자가 질주하고 있었다.

그 그림자는 오른쪽 전방의 큰 풀구덩이에서 나타나 왼쪽 전방의 큰 언덕을 향해 달려가고 있었다. 평평한 언덕 위에 쭈르르 늘어선 기마대의 그림자는 대자연의 칼로 잘라낸 듯했다. 일곱 마리 말과 사람 열네 명의 그림자가 잘려 있었다. 말 한 마리당 두 사람, 즉 어른 하나와 아이 하나씩이었다.

깡르썬거는 코로 냄새를 맡았다. 눈으로도 확인할 수 있었다. 아버지보다 먼저 그 그림자의 의미를 알아챘다. 그의 주인인 샹아마의 아이들이 기마사냥꾼들에게 붙잡힌 것이다.

4장

한짜시,
초원의 격랑 속으로
뛰어들다

10

무마허牧馬鶴 부락의 군사대장이자 강도인 자마취嘉瑪措는 기마사 냥꾼을 동원해 샹아마의 원수들을 잡아들였다.

무마허 부락의 두령 따거리에大格列는 철봉라마 쨍짜시가 각 부락의 두령이나 청지기가 반드시 호법신전에서 가서 길상천모에게 빈 후, 윤허를 받은 부락에 한해서만 아이들을 데리고 가도록 했다는 이야기를 듣자 그가 아이들을 풀어주리라는 것을 알아차렸다.

추측의 근거는 간단했다. '만일 쨍짜시가 정말로 시제구 사람들의 복수를 도와주려고 했다면 일곱 아이들을 나눠 각 부락 모두 공평하게 형을 집행토록 하면 끝이다. 길상천모까지 귀찮게 할 필요가 없는 것이다.' 대호법大護法 길상천모는 인자하며 사랑이 풍성한 신이다. 그 아이들이 샹아마의 원수들이 보낸 마귀라는 걸 증명하지 못한다면 길상천모가 아이들의 손목을 자르라고 윤허를 하겠는가? 아무리 원수의 손목이라 하더라도 말이다.

물론 길상천모의 분명한 계시를 받지 못할 경우 각 부락은 수호

산신이나 전쟁신과 상의해 손목 자르기에 합당한 명분을 찾을 수도 있었다. 그러나 지금 시급하게 필요한 것은 명분이 아니라 손목을 잘라도 좋다는 신령의 윤허였다. 시간은 점점 흘러가고 있는데 때를 놓치면 샹아마의 원수들은 시제구 초원에서 완전히 도망쳐버릴 것이기 때문이었다.

무마허 부락의 총명한 두령 따거리에는 사람을 보내 롱바오^{聾寶} 설산에서는 검은목 두루미 산신에게, 롱바오 습지초원에서는 검은목 두루미 전쟁신에게 제사를 드리게 했다. 동시에 강도 자마춰와 기마대를 보내 샹아마의 원수들을 앞질러 잡아오도록 했다.

소문은 금세 초원에 퍼졌다. "철봉라마 짱짜시가 샹아마의 일곱 원수들을 풀어줬다!"

소문은 다시 한 번 초원에 퍼졌다. "롱바오 설산 산신과 롱바오 습지초원 전쟁신의 도움으로 무마허 부락의 강도 자마춰가 샹아마의 원수들을 한 놈도 빠짐없이 잡아들였다!"

또 다른 소문이 더욱 빠른 속도로 퍼져나갔다. "손목 자르기 형벌은 띠아오팡산 아래 예루허 강변에서 집행된다!"

올 수 있는 유목민들이 전부 다 모였다. 특히 무마허 부락 사람들은.

무마허 부락의 목축지는 롱바오 설산 아래 롱바오 습지초원이었다. 띠아오팡산 아래서 형벌을 집행하기 위해 유목민들이 득시글 왁시글 몰려온 까닭은 띠아오팡산이야말로 모든 부락의 산이었기 때문이었다.

약 100여 년 전의 일이다. 시제구 부락 두령들은 샹아마 초원의 기마대와 침입자들을 막기 위해, 신성한 시제구사 및 더욱 신성한 불법승 삼보(佛法僧 三寶[48])를 지키기 위해, 또 부락 두령 및 가족들의 안전을 위해, 부락의 이름으로 이곳에 돌집(띠아오팡碉房)을 지었다. 돌집을 세운 후에는 관례가 생겨났다. 외침外侵에 대항하는 모든 활동 즉 상벌과 제사, 출정 등 부락의 모든 활동은 띠아오팡산 아래서 거행되었다.

띠아오팡산 산자락 형장刑場 앞은 시끌벅적해졌다. 사람도 많고 개도 많고, 강아지들까지 신나게 장난을 쳤다. 연인인 개들은 서로 코를 비비며 털을 핥아주고 아는 개들은 서로 안부를 물었으며 모르는 개들끼리는 공손히 인사를 했다.

다른 지방의 개들과 달리 이 지방의 개들은 낯익고 낯설고를 떠나 눈꼬리를 치켜뜨고 냉담한 표정을 짓거나 다투는 일이 없었다. 냄새가 모든 것을 말해주었기 때문이다. 그 냄새에는 '우리는 다 시제구 초원의 개다.'라는 일체감이 스며 있었다. 티베트 개들, 특별히 짱아오에게 시제구 초원은 독특한 냄새를 풍겼다. 다른 초원과는 확연히 달랐다. 이 점만은 아버지도 명확히 느낄 수 있었다.

훗날 아버지는 이렇게 말씀하셨다. "그곳은 짱아오의 고원이기 때문에 공기에서마저 짱아오의 노린내가 느껴진단다. 너도 익숙해지면 그 짭조름한 노린내가 기분 좋게 느껴질 걸. 바닷물고기나

---

48) 불보佛寶 · 법보法寶 · 승보僧寶의 삼보三寶를 아울러 '불법승 삼보' 라 한다. 곧, 부처와 부처의 가르침인 불법과 불법을 받드는 중.

새우들한테서 나는 짭짤하고 비릿한 냄새가 유쾌하게 느껴지는 것처럼 말이야."

아버지와 깡르썬거는 띠아오팡산 아래로 힘겨운 발걸음을 재촉했다. 형장이 멀리 바라보이는 곳까지 왔을 무렵 손목 자르기 형벌은 막 시작되려는 찰나였다.

돌무더기를 쌓아올려 만든 형장 위에는 통나무로 된 지지대가 여럿 서 있고, 지지대 위쪽에는 쇠고리와 밧줄들이 매달려 있었다. 한눈에 사람을 목매달아 죽이는 교수대라는 걸 알 수 있었다. 지지대의 앞뒤에는 모두 두꺼운 나무탁자가 있어서 사람을 눕히거나 앉히거나 특정부위를 잘라내는 일을 할 수 있었다.

샹아마 일곱 아이들은 이미 우람한 체격의 일곱 사나이들에게 이끌려 형장에 올라가 있었다. 짱아오 머리 모양의 가면을 쓴 칼잡이 두 명이 위풍당당하게 서 있었다. 가슴에 고이 품은 해골검은 정오의 햇살처럼 눈부신 은빛 광채를 뿜어냈다. 붉은 모자를 쓴 무마허 부락의 일곱 주술사는 각각 손에 금빛 찬란한 창을 잡았다. 반역자를 처단하는 미늘창을 든 그들은 높은 목소리로 뭔가를 읊고 있었다. 그 외에도 검은 모자를 쓴 일곱 남무男巫들은 사람의 해골로 만든 북을 천천히, 세찬 팔놀림으로 두드려댔다. 또 노란 모자를 쓴 일곱 여무女巫들은 마귀를 쫓는 주석 지팡이를 휘두르며 형장을 빙빙 돌면서 노래를 부르고 있었다.

아버지가 멈춰섰다. 깡르썬거도 멈춰섰다.

멀리서 상황을 살펴보니 이렇게 막무가내로 가서는 안 될 것 같았다. 사람들은 뚫고 갈 수 있다 쳐도, 개들은 어떻게 하지? 시제구 초원의 개들, 특히 쌍아오는 샹아마 초원에서 온 사자머리 깡르썬거를 갈기갈기 찢어버릴 게 분명했다. 깡르썬거는 솔개와 독수리의 밥이 되어 한 조각도 남김없이 먹어치워질 것이었다.

사람과 개 둘 다, 눈만 크게 뜬 채 아연해 있었다.

'어떻게 해야 좋지?' 비참한 표정으로 힘겹게 고개를 든 깡르썬거는 형장에 끌려온 일곱 아이들을 조용히 바라보았다. 자신이 할 수 있는 건 이미 아무것도 할 수 없다는 사실을 깨달은 그는 사지에 맥이 풀린 듯 '쿵' 소리를 내며 옆으로 쓰러져버렸다.

아버지는 몸을 굽혀 깡르썬거를 안았다. 눈물이 가득 고인 그의 눈을 바라보며 아버지가 말했다. "너 괜찮겠니? 지금 여기서 이러면 안 돼. 자, 우리 다시 한 번 생각을 짜내보자."

그리고 도움을 구하듯 사방을 둘러보았다. 근처에 천막집 하나가 보였다. 천막집 앞 풀밭에는 햇빛에 반 정도 마른 소가죽 몇 장이 널려 있고 종달새 몇 마리가 그 위에서 짹짹거리며 모이를 쪼고 있었다.

아버지는 지혜를 짜냈다. 그리고 갑자기 기쁨에 넘쳐 그러나 또 매우 걱정스러운 듯 말했다.

"지금부터는 너만 믿는다. 깡르썬거. 너만 움직일 수 있으면 우리가 형장까지 갈 방법이 있을 것 같아."

깡르썬거의 탁월한 이해능력은 아버지를 또 한 번 놀라게 했다. 아버지가 소가죽 한 장을 끌고 와 시범을 보이듯 자기 몸에 감아보이자 깡르썬거가 휘청거리는 몸을 금세 일으킨 것이었다. 아버지는 덮고 있던 소가죽으로 깡르썬거를 꽁꽁 싸매주었다. 깡르썬거는 눈만 겨우 보였다.

아버지가 물었다. "괜찮겠니?"

깡르썬거는 행동으로 대답했다. '괜찮아요.'

그들은 걷기 시작했다. 아버지는 앞에서, 깡르썬거는 뒤에서. 깡르썬거는 아버지의 뒤꿈치만 보며 걸어갔다. 천천히.

얼핏 보기에 특히 개들이 보기에, 그 검은색 물소 털가죽은 누가 뭐라 해도 한 마리 소였다. 하지만 이상했다. '왜 이 소한테서 다른 지방 개 냄새가 나지? 다른 지방의 개한테 물려서 다쳤나? 아니! 물려서 다친 게 아닌데? 물려서 머리가 아예 없어졌잖아. 그런데 머리 없는 소가 어떻게 걸을 수 있지?'

천지신명께 감사할 일은 깡르썬거가 계속해서 걷고 있었다는 사실이다. 그는 쓰러지지 않았다. 본래는 쓰러져야만 할 상태였다. 몸이 너무 쇠약해져서 자신을 감싸고 있는 농밀한 황금빛 털들마저 거추장스러운 짐처럼 여겨졌다. 그런데 어떻게 그리 무거운 소가죽을 뒤집어쓰고 걸을 수 있었을까?

그는 끝까지 견뎠다. 쓰러지지 않으려고 기를 썼다. 그의 앞에서 구조를 기다리는 주인님들, 샹아마의 아이들 때문에 그는 기적적으로 일어섰고 쓰러지지 않고 걸을 수 있었다. 아버지를 따라 수많은 총명한 짱아오들이 버티고 있는 개의 무리를 안전하게 통과했다. 사람들의 무리도 안전하게 통과했다.

사람들은 그 이상한 동물이 소가 아니라 개라는 사실을 알았다. 하지만 왜 개가 소가죽을 걸치고 걷는지에 대해서는 자세히 알지 못했다. 원수들의 손목을 자르는 이 축제에 이런 분장과 공연이 필요한 것일까 생각하기까지 했다.

형장에 가까워질수록 위험한 순간도 다가오고 있었다. 이유는 모르지만 영지견 무리에서 떨어져 나온 커다란 짱아오 몇 마리가 그들의 길을 막고 있었던 것이다. 그 중에는 온몸의 하얀 털을 휘날리는 짱아오 대왕도 있었다.

짱아오 대왕을 발견한 아버지는 흠칫 떨었다. 깡르썬거도 마찬가지였다. 앞서거니 뒤서거니 하던 속도가 눈에 띄게 느려졌다. 깡르썬거는 충격을 받았지만 다행히 쓰러지지는 않았다. 어디서 솟아났는지 자신도 모를 놀라운 의지력으로 천천히 의연하게 걷고 있었다. 꼭 모든 개들의 보호를 받는 소가 된 것처럼 길을 막아선 짱아오들도 전혀 두려워하지 않고 지나쳤다.

짱아오 대왕은 아버지를 알아보았다. 어젯밤 깡르썬거를 승방으로 데리고 들어간 외지이이었다. 참으로 혐오스런 인물이라고 생각했지만 한편으로는 감탄스러웠다. 검은 짱아오 나르의 태도 변화를 지켜보며, 이 사람은 자신조차 공격할 수 없는 비범한 인물임을 깨닫고 있었다. 이 사람은 자신의 말을 물어죽이고 자신을 상처 입힌 나르에게 보복하지 않았을 뿐 아니라 오히려 나르의 마음을 얻어냈다. 이런 사실로 미루어보아, 그는 태어날 때부터 짱아오의 이상적인 주인감으로 손색이 없는 사람이었다.

그런데 이 남자가 갑자기 대왕을 향해 웃기 시작했다. 노래를 부르고 춤을 추고 손을 흔들고 발장단도 맞추었다. 대왕은 호기심어린 눈빛으로 그를 쳐다보았다. 곁에 있는 검은 짱아오 궈르와 회색 늙은 짱아오, 그 외 몇 마리의 다른 짱아오들은 자신보다 더 호기심에 가득 찬 눈길로 그를 바라보았다. 아버지는 더 신명나게 노래를 흥얼거렸다. 더 흥겹게 팔다리를 들썩였다.

길을 막아선 무서운 짱아오들도 아버지의 공연을 넋을 놓은 채 관전하고 있었다. 그렇게 깡르썬거는 그들 가까이로 다가갈 수 있었다. 소가죽을 뒤집어쓰고 천천히, 긴장을 늦추지 않고 가까이 갔다. 하지만 대왕과 짱아오들은 그에 대해 신경 쓰지 않았다. 소는 주위에서 늘상 볼 수 있는 동물이라 구미가 당기지 않았던 것이다. 소라면 한 번 보는 것만으로 충분했다.

그들의 시선은 위를 향했다. 위쪽에서 아버지가, 손을 높이 쳐들고 이리저리 휘둘러가며 덩실덩실 춤을 추고 있었다. 나중에는 옷까지 '펄럭펄럭' '휙휙' 흔들며 춤을 추는 광경을 짱아오들은 눈을 떼지 못한 채 바라보았다.

그 사람, 그 사람이 손장단을 멈추었을 때 깡르썬거는 이미 개들의 곁을 지나쳐 있었다. 길은 신속하게 열렸고, 위협요인은 사라졌다. 대왕과 그의 동료들은 이미 그것이 움직이는 소의 가죽인지 아니면 진짜 소인지 구분을 할 수도 없을 지경이었다.

아버지와 깡르썬거는 마침내 형장 아래까지 갈 수 있었다. 이곳에는 개는 없고 사람만 있었다. 이곳 사람들은 손목 자르기라는 장엄한 의식에 몰입한 나머지 얼굴 표정마저 사라진 상태였다. 경악의 빛조차 발견할 수 없었다.

아버지는 깡르썬거의 소가죽을 들어내고 두 손으로 배를 받친 후 있는 힘껏 그를 형장 위로 올려보냈다.

짱아오 대왕은 멀리서 그 광경을 지켜보았다. 온몸이 얼어붙었다. 방금 전 스쳐지나간 그 소를 다시 발견한 모든 짱아오와 티베트 개들도 얼어붙었다. 현장은 개들의 함성으로 인해 순식간에 아수라장으로 변했다.

그러나 짱아오 대왕만은 소리치지 않았다. 조금 전 아버지와 깡르썬거가 자신들을 통과해간 기억을 떠올리자니, 감춰져 있던 한가지 근심이 허기처럼 온몸과 사지에 스멀스멀 피어올랐기 때문이었다. 그들이 이 길을 통과할 수 있었던 건 저 사람의 말도 안 되는 계략 때문만은 아니었다. 깡르썬거가 대왕의 눈을 감쪽같이 속일 수 있었던 건, 짱아오의 비범한 능력과 품성이 아니라면 결코 불가능한 일이다.

그렇다면 상대는 빼어난 기지와 담력을 가지고 있는 개다! 대왕은 평소 이런 짱아오를 좋아했다. 또 한편으로는 이런 상대에 대한 경계를 늦출 수 없었다. 이런 짱아오가 자신이 평생 지켜야 하는 이 초원의 일원이라면, 그는 분명 야수를 토벌하고 인류와 재산을 보호하는 사명에 충실한 재목이 되었을 것이다.

그러나 그가 적대적인 초원 출신이라면 이야기는 달라진다. 분명 시제구 초원의 평화와 안정을 훼손할 강력한 위험요소이다. 이런 존재는 일말의 주저함도 없이 쫓아버려야 한다. 아니, 내쫓는 것만으로는 부족하다. 물어죽여야 한다. 반드시.

짱아오 대왕은 분노로 가득 차 생각했다. 마음의 불안과 초조는 육중하고 답답한 한숨이 되어 목구멍으로 터져나왔다.

깡르썬거는 형장에 올라서자마자 곧장 샹아마의 아이들을 향해 걸어갔다. 정확하게 말하면 얼굴에 칼자국이 난 아이에게로 걸어갔다.

"깡르썬거?" 아이들은 이구동성으로 외쳤다.

깡르썬거는 아이들을 향해 꼬리를 흔들면서 눈을 크게 떠 주인님들을 붙잡고 있는 기골이 장대한 사나이들을 쳐다보았다. 그러나 아무 소리도 내지 않았다. 심지어 송곳니를 드러내 상대를 위협하려고 하지도 않았다. 지금은 대항을 할 때가 아니라는 것을 알고 있었다.

바야흐로 장엄하고 엄숙한 의식이 거행되려는 찰나였다. 개로서는 대항할 수 없는 (비록 자신이 용감하고 호기로운 짱아오라 할지라도) 사람의 온전한 의지가 막 실현되려는 찰나였다. 게다가 자신의 상태를 누구보다 잘 알았다. 자신은 지금 상처를 입었다. 이미 어떤 적수에도 대항할 능력을 상실했다. 자신이 할 수 있는 유일한 일이란 주인님을 찾아 그들과 함께 형벌을 받는 운명을 받아들이는 것뿐이었다.

짱르썬거는 칼자국 아이 옆에 누웠다. 주인들처럼 손목을 자르는 나무형틀과 짱아오 가면을 쓴 두 명의 칼잡이를 앞에 둔 채로.

아버지는 깡르썬거의 뒤를 따랐다.

샹아마의 아이들을 향해 다가가면서 얼굴에 환한 웃음을 띠고 물었다. "너희들이 이 녀석을 깡르썬거라고 부르니까 나도 깡르썬거라고 부르기는 했는데, 깡르썬거가 대체 무슨 뜻이니?"

이마가 훤한 아이가 자신의 어깨를 움켜잡은 사나이의 억센 손을 턱으로 열심히 밀치고는 있는 힘껏 고개를 기울여 칼자국 쪽을 바라보며 말했다. "설산사자雪山獅子!"

아버지가 다시 물었다. "깡르썬거가 설산사자라는 뜻이라고? 너희들은 그 뜻을 어떻게 알았니?"

이마가 훤한 아이는 순간 의아했다. '왜 저렇게 묻는 거지?'

아버지는 큰 소리로 말했다. "내가 한 가지 알려줄까? 시제구사의 단쪙활불께서 말씀하시길, 깡르썬거는 아니마칭 설산사자의 환생이라신다. 이 녀석은 전생에 설산에서 수도하는 모든 수도승들을 보호했었대. 이놈은 정도 많고 의리도 많은 신견神犬이야. 아무도 이놈을 못살게 굴 수 없지. 애들아! 너희들 지금 내가 한 말을 다시 한 번 말해줄래? 티베트 말로 다시 한 번 말해! 큰 소리로! 여기 있는 사람들이 다 들을 수 있게!"

칼자국은 넓은 이마를 보며 물었다. "저 아저씨가 뭐라고 하는 거야?"

넓은 이마가 아버지의 말을 ㄱ에게 일러주었다. 깡르썬거처럼 영리한 칼자국은 아버지의 뜻을 즉각 알아차리고 거의 고함을 치듯 티베트 말로 외치기 시작했다.

그때 아버지는 아무 일도 없었다는 듯 쨍아오 가면을 쓴 칼잡이 한 명에게 다가가 엄지손가락을 치켜세우며 빙긋 웃었다. "당신 칼 참 멋있네요. 내 평생 장식이 이렇게 화려한 칼은 처음입니다."

칼잡이는 아버지의 한족식 옷차림을 보고는 금방 시제구 공작위원회 소속 사람이라고 생각했다. 가면 뒤의 얼굴도 빙긋 웃었다. 아버지는 그가 상냥한 사람이라는 것을 눈치챘다.

그가 자신의 말을 알아듣든 못 알아듣든 상관없이 아버지는 손을 내밀며 말했다. "칼 좀 봐도 될까요?"

영문을 모르는 칼잡이는 어찌할 바를 몰라 고개를 절레절레 흔들었다. 그러자 이번엔 아예 손을 칼잡이 가까이로 쭉 뻗어 해골검의 칼자루를 붙들었다. 칼잡이가 잠시 망설이더니 슬며시 손을 놓아버리는 게 아닌가? 아버지는 손에 칼을 쥔 채 정오의 햇살 아래서 칼자루부터 칼날까지 마음껏 감상할 수 있었다.

형장 아래에서 웅성거리는 소리가 들려왔다. 개들이 짖어댔다. 아버지가 고개를 들어보니 빨간 모자를 쓴 일곱 주술사들은 금빛 찬란한 미늘창을, 검은 모자를 쓴 일곱 남무들은 반질반질 오색이 감도는 해골을, 노란 모자를 쓴 일곱 여무들은 장신구들이 딸랑거리는 주석 지팡이를, 21명의 본교 부락 주술사들은 각각의 법기法器를 높이 들고 한 줄로 걸어오는 일단의 무리를 위해 길을 열어주고 있었다.

열린 길로 걸어오는 사람들은 화려하고 고상한 옷차림이었다. 길 양쪽에 도열한 유목민들은 하나같이 조용히 허리를 굽혀 그들에게 공경을 표시했다. 심지어 개들마저 엄숙해져서 입도 뻥긋하지 않았다. 기뻐서 짖어대는 놈조차 없었다.

아버지는 아침에 만난 청지기 치메이가 그 속에 섞여 있는 걸 발견하고는 이 무리가 어떤 신분의 모임인지를 짐작했다. 그렇지만 시제구 초원 모든 부락의 두령과 청지기들이 다 올 줄은 꿈에도 상상하지 못했다. 그 중에는 앞서 말했던 예루허 부락의 두령 쒀랑왕뛔이와 무마허 부락의 두령 따거리에도 있었다.

두령과 청지기들은 빠른 걸음으로 걸어와 형장 아래 그들을 위해 남겨둔 자리에 멈춰섰다. 이는 의식을 주최하는 따거리에와 초청을 받은 각 부락 귀빈들이 모두 착석했다는 뜻이요, 이제 형 집행을 시작해도 된다는 뜻이었다.

그러자 칼잡이는 아버지를 향해 허리 굽혀 예의바르게 절했다. '이제 제 칼을 돌려주시죠.'라는 뜻이었다.

아버지는 차갑게 씩 웃으며 갑자기 뒤를 돌아 뛰어갔다. 그리고 깡르썬거의 기다란 갈기털을 한 손으로 잡아챘다. 깡르썬거는 가슴이 철렁 내려앉는 듯 고개를 돌려 불안한 눈빛으로 아버지를 바라보았다. 아버지는 고래고래 고함을 질렀다.

"자, 들어보세요! 아래에 계신 분들, 다들 들어보세요! 오늘 왕림하신 여러분, 여기서 뭘 하시려는 겁니까? 손목 자르기를 한다고 구경하러 오셨습니까? 아니면 저하고 깡르썬거를 보러 오셨습니까? 저는 오늘 죽을 작정입니다. 깡르썬거도 저와 함께 죽어야 합니다. 우리 둘은 오늘 이 세상을 하직하려고 합니다."

형장 아래에서 난리법석이 일어났다. 개 짖는 소리가 다시 한 번 초원을 울렸다. 사람들 대부분은 아버지의 말뜻을 알아듣지 못했다. 다만 아버지의 모습이 너무나 섬뜩하다고만 여겼을 뿐이다. 한 손에는 번쩍번쩍 빛나는 해골검을 들고, 다른 한 손에는 아무런 저항도 못하는 깡르썬거를 붙잡고 잔인무도한 얼굴에 찢어질 듯한 목소리로 외치고 있는 아버지는 그야말로 악귀를 진압하는 금강신상 같았다. 아버지는 개 짖는 소리가 조용해지기를 기다렸다가 다시 외쳤다.

"깡르썬거가 어떤 개입니까? 아마 제가 말을 안 해도 더 잘 알고 계시겠죠? 설산의 사자입니다. 아니마칭 설산에서 온 신, 그는 전세에 설산에서 수도하는 모든 수도승을 보호했었고 이제는 시제구 초원을 보호하러 왔습니다. 그런데 그 설산사자가 살든 죽든 나 몰라라 하지는 않으시겠죠? 저는…, 제가 어떤 사람인지 아십니까? 모르시죠, 그렇죠? 시제구사의 단쩡활불께서 말씀하시기를 저는 상서로운 한인이라고 했습니다. 또 모든 라마승들은 자기자신을 대하듯 저를 대해야 한다고 하셨습니다. 왜냐고요? 저는 설산사자의 화신을 시제구 초원에 데리고 온 사람이기 때문입니다. 저는 말입니다, 개의 친구요, 개의 은인입니다. 저는 깡르썬거의 목숨을 구했고, 검은 짱아오 나르의 생명도 구했습니다. 그래서 초원 모든 분들이 저를 멀리서 온 한보살漢菩薩(한인보살)이라고, 시제구 초원에 행복을 가져다주러 온 사람이라고 했습니다. 지금 제가 드리는 말씀을 똑똑히 들으세요. 여러분 중 누구든지 이 아이들의 손목을 베려는 사람이 있다면 저는 먼저 깡르썬거의 목을 베어버리겠습니다. 그리고 시제구사로 가서 검은 짱아오 나르를 죽이고, 마지막으로 한보살 저도 목 베어 죽고 말겠습니다.”

아버지는 이렇게 고함을 치며 깡르썬거를 끌고 갔다. 커다란 머리가 나무형틀 위에 얹혔다. 깡르썬거는 아버지가 몇 차례나 자기 이름을 거명하는 것을 듣고는 이해했다. 순순히 아버지의 손에 끌려온 그는 조용히 눈동자를 껌뻑이며 아버지에게 물을 뿐이었다. ‘정말로 절 죽이려고요?’

형틀 아래에서 개들은 고함을 치며 앞으로 몰려갔다. 아버지가 칼을 들고 깡르썬거의 머리를 누르고 있는 모양을 보자 아버지가 정말 깡르썬거를 해치려는 줄 알고 응원을 하듯 짖기 시작했다.

오직 짱아오 대왕만이 경거망동하지 않았다. 그는 귀를 기울여 아버지의 말을 듣고, 아버지의 표정을 관찰했다. 알아들을 수는 없지만, 이 남자의 표정을 다 읽어낼 수는 없지만, 한 가지 결론만은 확실했다. '지금까지 짱아오의 보호자를 자처해오던 이 한인은 결코 깡르썬거를 해칠 수 없다. 모든 사람, 시제구 초원의 사람들까지 외지에서 온 깡르썬거를 해칠 수 없다. 저 녀석을 해치울 수 있는 건 오직 시제구 초원의 우리 짱아오들뿐이다.' 좀더 정확하게 말하자면 짱아오들이 아니라 시제구 초원 짱아오의 대왕, 그 자신이었다.

대왕은 개들을 따라 앞으로 뛰어가 형장 바로 앞에서 멈춰섰다. 그는 목소리와 눈빛으로 영지견들의 물결을 제지했다. 그리고 형장 위에서 벌어지는 모든 상황을 조용히 주시했다. 그는 기회가 생기기만을 기다렸다. 그러나 기회는 생기지 않았다. 아무리 기다려도 자기에게 기회는 오지 않았다.

한스러웠다. 사람들의 시끄러운 목소리와 개들의 부산한 움직임이 뒤섞인 이곳에서 깡르썬거를 죽이려는 계획을 실행하기란 매우 어려웠다. 심지어 한 입 물어뜯어볼 기회나 으르렁거려볼 기회조차 없었다. 우울한 마음으로 몇 발짝 뒤로 물러났지만 마음은 오히려 불만으로 가득 차올랐다.

미칠 것만 같았다. '깡르썬거는 침입자다. 그의 주인은 샹아마의 원수들이고. 왜 시제구 사람들은 형장으로 뛰어들어 원한을 갚지 않는가? 설마 그들도 검은 짱아오 나르처럼 깡르썬거가 너무 멋있고 잘생겨서 반해버린 건 아니겠지? 안 돼, 이건 안 될 일이지. 하늘도 허락하지 않을 일이지. 조상도 허락하지 않을 일이고. 우리 짱아오들도 결코 허락할 수 없어! 물어죽여야 해. 물어죽여야 한다고. 한시라도 빨리!'

생각하면 생각할수록 자신이 직접 그를 물어죽여야만 한다는 집착에 사로잡힐 뿐이었다.

한편 티베트 사람들 중에서 한어를 아는 청지기 치메이가 아버지의 말을 한 마디 한 마디 통역하며 두령들과 청지기들에게 들려주었다.

예루허 부락의 두령인 쒀랑왕뛔이가 말했다. "나도 단쩡활불이 그렇게 말하는 걸 들었네. 단쩡활불이 사람을 잘못 볼 리는 없잖은가?"

무마허 부락의 두령 따거리에가 나섰다. "죽음마저 두려워 않는 저 한인이 정말 존경스럽소. 목숨 걸고 짱아오의 생명을 구할 수 있다는 점도 존경스럽기는 하고. 하지만 샹아마의 원수들을 싸고 돌아서는 안 되지. 그놈들을 싸고돈다면 그건 우리 시제구 초원의 한보살이 아니라 샹아마 초원의 한보살인 거야."

아버지는 해골검을 휘두르며 계속 고함을 쳤다. "누가 책임자야! 빨리 나와! 아이들을 놔줘! 그렇지 않으면 목을 벤다! 진짜 베어버린다고!"

아버지의 이 같은 행동은 그곳 사람들의 눈에 분명 '얼간이 짓'으로 보였다. 그러나 그 행동이 손목 자르는 시간을 지연시켰고, 그곳에 모인 사람들을 진지하게 생각하도록 이끌었다는 사실만은 부인할 수 없었다. 이번 손목 자르기 의식을 주도한 무마허 부락의 강도 자마춰는 예루허 부락의 청지기 치메이를 이끌고 형틀 위로 올라갔다.

치메이가 소리쳤다. "한보살, 한보살! 이러지 마시오. 당신은 우리의 과거를 모를 거요. 샹아마 초원 사람들은 우리에게 피와 생명을 빚졌소."

한어를 거의 하지 못하는 강도 자마춰는 한 단어 한 단어 손을 휘저어가며 말했다. "아주, 오랜, 과거. 많이, 많이, 빚졌다."

청지기 치메이가 덧붙였다. "그렇소. 그들은 수많은 우리 동족의 목숨과 짱아오들의 목숨을 앗아갔소. 이놈들의 목을 다 벤다 해도 그 원한을 갚을 수 없단 말이오."

아버지는 반박했다. "당신 생명을 뺏은 원수가 있다면 그 원수한테 복수하세요. 이 아이들이 뺏은 것은 아니잖아요!"

청지기 치메이는 아버지의 말을 자마춰에게 전달했다. 무마허 부락의 군사대장인 강도 자마춰는 성이 난 나머지 얼굴이 홍당무처럼 빨개져서 무슨 말인가를 퍼부었다. 청지기 치메이가 통역을 했다. "부락이 뺏긴 목숨은 부락민 모두가 받아야 할 빚이다. 샹아마가 빚진 목숨은 샹아마의 부락민 모두가 목숨으로 갚아야 한다. 이것이 초원의 규칙이다."

"그런 말은 하지 마세요. 뭐라 해도 제 귀에는 안 들립니다. 한보살은 한보살의 규칙대로 합니다. 그 애들을 놔줘요. 빨리요! 놔주지 않으면 정말 베겠습니다." 아버지가 재촉했다.

강도 자마춰는 더 말해봐야 아무 소용이 없다는 걸 깨닫고는 칼을 빼앗긴 칼잡이에게 한바탕 욕지거리를 퍼부었다. 아버지는 제대로 알아들을 수는 없었지만 아마도 이런 말일 것이라고 추측할 수 있었다. '이 멍청한 놈! 도대체 어떻게 한 거야? 자기 칼 하나 제대로 간수도 못하고. 우리 부락에서 너 같은 칼잡이를 키워서 어디다 쓰겠어? 얼른 가서 못 뺏어와?'

칼잡이가 아버지 손에 들린 해골검을 향해 달려왔지만 아버지는 칼을 높이 들고 호령했다. "가까이 오지 마. 가까이 오면 죽여버린다. 먼저 깡르썬거를 죽이고 그 다음엔 나도 죽을 거야!"

칼잡이는 아찔한 정신을 수습하면서 계속 앞으로 다가왔다.

그 순간 아버지가 "아이고! 나는 이 개하고 같이 죽으련다!"라는 말과 동시에 칼을 내리쳤다.

형장은 아수라장이 되었다. 다른 사람이 볼 때 칼은 분명 깡르썬거의 머리로 날아들었다. 그러나 진실은 아버지와 깡르썬거만이 알고 있었다. 칼은 깡르썬거를 누르고 있던 아버지의 왼손을 겨누어 날아왔다.

깡르썬거는 순간 심장이 멎는 것 같았다. 마음이 너무나 아팠다. 인류의 마음을 이심전심으로 느낄 수 있는 우수한 짱아오로서, 그는 온몸으로 고통을 느꼈다. 아버지의 몸이 마치 자신의 몸인 것처럼, 아버지의 신경이 자신의 신경인 것처럼. 아버지가 손의 상처로 인해 고통을 호소할 때, 그보다 더 크게 고통을 받은 쪽은 깡르썬거 자신이었다.

깡르썬거는 "우우우!!" 짖었다. 분명 우는 소리였다. 인류로부터 체득한, 가슴으로부터 우러나오는 울음소리였다.

이 광경에 잔뜩 겁에 질린 칼잡이는 강도 자마춰 쪽을 흘끔거리며 슬슬 뒷걸음질을 쳤다. 강도 자마춰는 칼잡이에게 손을 흔들며 신경 쓰지 말라는 표시를 보냈다. 그러고는 자세를 가다듬어 자신이 직접 칼을 빼앗을 준비를 했다.

바로 그때 청지기 치메이가 그를 만류했다. "자네, 저 한인을 막다른 골목으로 몰아넣지 말게. 그랬다가 저 사람이나 짱아오가 목숨을 잃기라도 한다면 누가 책임을 진단 말인가?"

피가 흘렀다. 아버지는 피가 흐르는 손을 들어 사람들에게 흔들어 보였다. "보세요. 여러분, 주목하세요. 피가 흐르고 있습니다. 이건 한보살의 피입니다. 한보살의 피가 결국 시제구 초원에 흐르게 됐습니다."

핏방울이 사방으로 튀었다. 전부 다 어디로 튀었는지 모르지만 그 중 한 방울의 거취만은 정확히 알 수 있었다. 피 한 방울이 형장 아래에 있던 한 아가씨의 얼굴 위로 떨어졌다. 손으로 얼굴을 쓱 닦다가 손등에 묻은 붉은 핏방울을 발견한 이 아가씨의 가슴 속에 갑자기 알 수 없는 감정이 북받쳐올랐다.

아가씨는 회오리바람처럼 가볍게 형장으로 올라오더니 소리치기 시작했다. "저도 동참하겠어요. 누구든지 이 아이들의 손목을 자르려는 사람은 먼저 제 손목을 자르세요."

아버지는 그 처녀가 메이둬라무라는 것을 알아보고는 나지막이 말했다. "지금 뭐가 재밌다고 끼어들려는 거요? 누가 당신 손목을 신경이라도 쓸 줄 알아요?" 그러더니 결연하게 덧붙였다. "원하신다면 그것도 좋지요. 손을 얹어요. 내가 잘라줄 테니."

메이둬라무는 깊은 숨을 들이마셨다. 그리고 정말 손을 형틀 위에 얹어놓았다.

아버지가 다시 한 번 물었다. "정말 잘라요?"

그녀가 이를 악물며 대답했다. "자르세요." 그리고 질끈 눈을 감았다.

아버지는 휙 하니 해골검을 들었다. 하지만 이번엔 마음뿐이었다. 사람 목숨을 파리목숨으로 아는 살인마인 척 시늉만 냈을 뿐이다. 해골검은 공중에 매달려 내려오지 않았다. 아름다운 메이뒈라무와 그녀의 곱고 하얀 손이 안타까웠기 때문이었다. 아버지가 만일 무엇인가를 베어야만 한다면 그는 분명 자신의 살을 난도질할 것이고, 자신의 손과 머리를 베었을 것이다.

아버지는 비통한 음성으로 메이뒈라무에게 물었다. "바이 주임은 왜 안 오는 거죠? 무슨 일이 일어났는지 알고 있기는 한 거예요? 아니면, 알고 있기 때문에 일부러 숨은 건가요?"

이때 아버지가 학수고대하며 기다리던 첫 번째 인물은 바로 시제구 공작위원회의 바이 주임이었고, 두 번째는 시제구사의 주지 단쩡활불이었다. 둘 중 한 사람만이라도 와준다면 이 잔혹한 손목 자르기 의식을 제지할 수 있을 것 같았다. 그러나 지금껏 그 둘 중 어느 누구도 현장에 나타나지 않았다. 그들은 정말 이 세상과는 아예 담을 쌓은, 너무나 태평한 사람들이었다.

아버지는 절망스러웠다. 오늘은 재수가 없는 날인 것 같았다. 오늘 분명 자신은 여기서 죽게 될 거라고 생각했다. 해골검으로 자기 목을 겨눌 때의 두려움 따위는 걱정되지 않았다. 다만 걱정스러운 건 자기 목숨을 버린대도 아이들을 보호할 수 있다는 보장이 없는 거였다.

눈앞이 캄캄했다. 이 순간 형 집행을 기다리는 사형수는 아버지 자신이었다. 이미 뽑아든 칼을 그냥 칼집에 꽂을 수는 없었다. 아무리 생각해봐도 자살 외에는 다른 방법이 없었다.

사람들과 개들은 비록 장바닥 상인들처럼 소란스럽기 그지없었지만 의식은 여전히 거행되고 있었다. 잠시 동안의 침묵이 지나자 반역자 처단용 금빛 미늘창을 든 붉은 모자의 주술사 일곱은 또다시 높은 목소리로 무엇인가를 읊기 시작했다. 사람의 두개골로 만든 북을 든 검은 모자의 남무 일곱 명도 느리지만 강한 리듬으로 북을 두들기기 시작했다. 마귀를 제거하는 주석 지팡이를 휘두르는 노란 모자의 여무 일곱은 형장을 돌며 노래를 했다. 마치 형장에서 벌어지는 일은 자신들과 전혀 관계가 없다는 듯했다.

'이 사람들은 어쩌면 이렇게 연민의 감정이 마비되었을까? 나는 이런 사람들 사이에서 죽는구나.' 아버지는 해골 검을 팽개쳤다. 갑자기 뜨거운 눈물이 흘러내렸다.

아버지는 그때를 이렇게 회고하셨다. "내가 왜 그때 눈물을 흘렸을까? 나는 강인하고 사나운 짱아오인 줄 알았는데……. 나는 왜 그렇게 나약했을까? 나약하다 못해 부끄러울 정도였어. 전혀 사내대장부답지 않았거든. 내가 만일 밀종의 법사法師나 본교의 주술사였다면 그렇게 나약한 모습을 보이지 않았을 텐데. 그렇다면 난 가장 위대한 주문을 사용해서 짱아오들의 피아彼我 개념을 혼란스럽게 했을 거야. 그리고는 샹아마 일곱 아이를 구하도록 그놈들을 조종하는 거지. 하지만 유감스럽게도, 난 마장魔障을 돌파할 수

단도 없고 망나니들을 배후조종하거나 무서운 저주를 퍼부을 만한 법력도 없었다는 거야. 난 정말 속수무책이었어."

아버지가 눈물 흘리는 모습을 본 샹아마의 아이들은 이젠 꼼짝없이 형벌을 받아야 한다는 사실을 깨닫고 엉엉 울기 시작했다. 메이둬라무도 소리 높여 슬피 울었다. 깡르썬거의 눈물은 나무형틀 위로 소리 없이 흘러내렸다. 나무형틀 위에 눈물이 흥건했다.

멀지 않은 곳에 있던 개들 중 짱아오 대왕 호랑이머리는 정신이 번쩍 났다. '기회? 어쩌면 지금이 바로 기회다. 번개같이 형장 위로 달려가 깡르썬거와 상심에 빠져 허우적거리는 사람이 아직 정신을 차리기 전, 한 입에 물어죽이는 거다. 더도 덜도 말고, 딱 한 입이면 돼. 한 입에 물어죽이지 못한다면, 대왕 자리를 내어놓겠다.'

짱아오 대왕은 자신도 모르게 낮은 소리로 포효했다. 순백의 체모를 불어오는 바람에 일렁이며 시위를 하듯 왔다갔다 걸었다. 네 다리가 용수철 튕기듯 튀기더니 순식간에 뛰어올랐다.

깡르썬거의 온몸에 전율이 일었다. 냄새가 풍겨왔다. 귀를 쫑긋거리며 고개를 들고 먼 곳을 자세히 살펴보았다. 그리고 더 이상 울지 않았다.

나무형틀 위에 흘린 자신의 눈물을 핥아먹은 후, 형장의 가장자리에 다가가 아래를 향해 쉰 목소리로 짖어댔다. 자신의 생사여탈권을 쥔 두령들과 청지기들을 위협하는 것이었을까? 아니면 구경에 열을 올리고 있는 티베트 개들과 총알처럼 달려오는 순백의 짱아오를 위협하는 것이었을까?

아니, 아니었다. 아버지가 눈물을 닦고 살펴보니, 깡르썬거는 위협이 아니라 기대에 차서 무언가를 환영하고 있었다. 자신이 잘 아는 사람의 등장을 환영하고 있었다. 그 사람은 바로 시제구사의 철봉라마 짱짜시였다.

짱짜시는 철봉라마 10여 명과 사원견 한 무리를 이끌고 띠아오 팡산에서부터 뛰어오는 중이었다. 사원견들의 오만방자한 외침은 단번에 그곳 사람과 개들의 주의를 돌려놓았다.

짱아오 대왕도 급히 발걸음을 멈춰야 했다. 철봉라마는 초원의 법률과 사원 의지의 집행자이며, 칭궈아마 서부 초원에서 짱아오와 대왕을 포함한 모든 생령을 임의대로 처벌할 재량권을 가진 자였다. 대왕은 상황을 살피며 멈춰섰다. 형장에서 겨우 두세 걸음 떨어진 위치였다. 깡르썬거와도 일곱여덟 걸음밖에 떨어지지 않았다.

단 몇 초라는 가발의 차로 깡르썬거는 여전히 살아 있었다. 고통 속에서 살아 있었다.

반면 짱아오 대왕에게는 깡르썬거의 생존 자체가 고통이었다.

11

 사실 아버지가 기다리던 두 인물, 단쩡활불과 바이 주임 바이마 우진은 아버지가 형장을 휘저으며 죽느니 사느니 소란을 피우는 동안 결코 한가한 형편이 아니었다. 그들은 각자의 경로를 통해 시제구 초원에서 현재 어떤 일이 벌어지고 있는지 정보를 입수하고, 지금 말로 하자면 긴급협상에 돌입해 있었다. 장소는 시제구 사의 호법 신전이었다.

 바이 주임이 말했다. "초원에서 일어난 문제들은 모두 우리 한 짜시 때문입니다. 지금은 주지께서 나서주셔야만 해결이 가능하겠습니다."

 "사실 이런 때는 당신들도 피하기만 해서는 안 되오. 마귀의 함정에 용감히 맞서 싸워야 하오."

 "저희는 안 됩니다. 우리가 나서면 두령들과 유목민들은 저희 뜻을 오해할 게 분명합니다. 시제구 공위가 샹아마 초원 편만 든다고 오해를 받으면 앞으로 공작을 전개하기가 매우 어렵습니다."

단쩡활불도 이해가 간다는 듯 고개를 끄덕이며 말했다. "하지만, 하지만 우리도 직접 나서기는 난처한 상황이오."

"주지께서 정 힘드시다면 제가 나설 수밖에 없군요. 하지만 두령들이 제 말을 듣지 않으면 사람을 구하려는 목적도 이루지 못하고, 헛걸음만 하게 될까 걱정입니다."

그들 협상의 통역은 안경잡이 리니마였다. 바이 주임과 리니마 두 사람은 자신들이 생각해낼 수 있는 모든 방법을 동원해 단쩡활불을 설득했다. 본디 매우 진지하던 단쩡활불의 표정은 더욱 진지해졌다. 그는 이 협상이 분초를 다투는 일임을 잘 알았다. 설왕설래만 계속하다가는 온전하던 일곱 생명은 이지러지고, 아이들의 손목은 피가 뚝뚝 떨어지는 늑대의 먹잇감이 되고 말 것이다.

그는 사람을 보내 철봉라마 짱짜시를 불러오게 했다. 당장 수하를 이끌고 가서 띠아오팡사 아래 무마허 부락에서 거행되고 있는 손목 자르기 의식을 제지하라는 명이 떨어졌다.

짱짜시는 철봉으로 땅바닥을 쿵쿵 찧더니 바로 자리를 떴다.

단쩡활불은 떠나는 그의 뒷모습에다 대고 다시 물었다. "철봉라마, 자네 정말 가려나?"

짱짜시는 뒤를 돌며 말했다. "그럼요, 저는 주지 스님의 분부를 따라, 가야만 합니다."

단쩡활불은 고개를 저으며 일렀다. "이건 내 분부가 아니라 자네의 생각일세."

알 듯 모를 듯한 말이었다. 자리를 떠나지 못하는 그에게 단쩡활불이 다시 상세히 설명했다. "내 말은, 샹아마의 원수들은 자네가 구한 거지, 사원이 구한 게 아니란 뜻일세. 원수를 구하게 되면 각 부락에게서 미움을 사게 될 테지. 하지만 그건 자네가 미움을 사는 게지 결코 사원이 아니라는 말이야."

짱짜시는 잠시 생각에 잠기더니 대답했다. "예, 알겠습니다."

단쩡활불이 몇 마디를 덧붙였다. "자네, 알아둬야 할 게 한 가지 더 있네. 부락의 미움을 사게 되면 대가를 치러야 하네. 자네는 초원 법률의 집행자로서 어제저녁 원수들을 전부 놓아주었네. 이건 의심할 데 없는 반역행위지. 시제구사에서 쫓겨나 영세토록 라마승 자격을 박탈당하는 게 마땅하네. 지금 자네가 수하를 이끌고 가서 손목 자르기 형벌을 받고 있는 원수들을 또다시 구출해온다면, 예부터 내려오는 관습에 의해 죄에 죄를 더하는 꼴일세. 자네는 붙잡히기만 하면 분명 양손이 다 잘릴 게야." 짱짜시는 가슴이 철렁 내려앉았지만 단쩡활불의 이야기는 계속되었다. "우리 초원에서는 관습이 곧 법이지. 그건 나도 거스를 수가 없네. 조금 더 멀리 내다본다면, 원수들을 구해주고 자네가 잃는 건 두 손목만이 아니네. 자네의 부락, 친구들, 넉넉한 생활이 보장될 가축들, 이모든 걸 잃어야 하네. 자네는 어쩌면 거지나 부랑자가 될 수도 있고, 구천을 외롭게 떠도는 원혼이 될 수도 있어."

짱짜시는 자신도 모르게 몸서리가 쳐졌다. 철봉을 떨어뜨린 그는 바닥에 털썩 꿇어 엎드렸다. 그리고 호법 신전 앞쪽에 자리잡은, 노기 충천한 길상천모의 상 앞에 고두敲頭(이마로 땅을 부딪쳐 소리가 날 정도로 절하는 예법)를 했다. 이어 단쩡활불에게도 고두하며 말했다. "부처님과 호법신의 도움으로 모든 고난을 이겨내고 마귀의 방해에 맞서 승리하기를 기원합니다. 저는 갈 수밖에 없습니다. 라마승은 자신만을 위해 살지 않습니다. 짱아오가 자신만을 위해 싸우지 않듯 말입니다."

단쩡활불이 용기를 주었다. "그렇네. 자네 역시 시제구사를 위해 어쩔 수 없이 이리 하는 것뿐. 신성한 길상천모와 모든 불승과 법승이 자네를 보호할 걸세. 어서 가게. 더 지체했다가는 일을 그르치겠네."

짱짜시는 일어났다. 철봉을 손에 꽉 붙잡고 성큼성큼 떠나갔다.

아버지는 이 모든 일을 나중에야 알았다. 그리고 시제구사는 시제구 초원 각 부락의 윗세대 두령들이 바친 땅과 자금으로 지어졌으며, 아주 오래 전부터 지금까지 사원 스님들의 모든 생활비는 신도들이 보시아 부락익 지원을 받아왔다는 것두 알았다. 그렇다면 사원이 부락의 뜻에 따라 활동하는 것은 자명한 일이었다.

사원의 활동은 반드시 복수를 포함한 부락의 모든 의지를 반영해야만 하며, 신앙과 관습을 명분 삼은 부락의 각종 요구를 만족시켜야 했다.

사원이 초원의 관습과 부락의 의지를 어길 경우, 각 부락은 연맹회의를 열어 사원 징벌을 결정한다. 즉, 경제적 지원을 중단하거나 말을 듣지 않는 활불과 라마승을 쫓아내고 다른 지방에서 말을 잘 듣는 활불과 라마를 초빙해 시제구사익 불법을 주관할 새로운 승보僧寶로 삼는 것이다.

단쩡활불은 그렇게까지는 되고 싶지 않은 게 분명했다. 하지만 무고한 샹아마의 아이들을 구하지 않는 것 역시 부처의 뜻을 어기는 것임을 깨달았다. 그래서 진퇴양난 속에서 고육책을 내놓은 것이다. '철봉라마 짱짜시가 개인 명의로 아이들을 구하고 사원의 모든 책임을 떠맡는다.'

철봉라마 짱짜시는 시제구사의 철봉라마들과 사원견들을 데리고 급히 형장으로 달려갔다. 그들은 우람한 체구의 일곱 호한들에게서 일곱 아이들을 빼앗아왔다. 또 한짜시와 깡르썬거 및 메이뒤라무를 몸으로 둘러막은 뒤 짱짜시는 큰 소리로 '샤리샨 천모의 주문利利善天母咒'을 외웠다. 이것은 철봉라마 짱짜시는 호법신 길상천모의 밀명을 받들어 샹아마의 아이들을 빼앗아가는 것이며 아이들을 원수로 여겨야 하는가 아닌가에 대해서는 공손히 길상천모의 판결을 기다려야 한다는 뜻이었다.

그를 막는 사람은 아무도 없었다. 그가 외운 '샤리샨 천모의 주문'은 부처의 뜻을 가장한 거짓 교시였다는 게 금방 들통나겠지만 적어도 지금, 모든 사람들은 그의 행동에 털끝만큼의 거짓도 없다고 굳게 믿었다.

그 현장에 질풍같이 세찬 기세로 찾아든 것은 짱짜시가 이끄는 철봉라마와 사원견들뿐만이 아니었다. 중생의 마음을 감동시켜 지존자에게 복종케 하는 거룩한 경외심이 그들 마음에 찾아왔다고, 그 자리에 선 모두는 믿었다.

형장 위의 해골검은 더 이상 은빛 광선을 반짝이지 않았다. 짱아오 가면을 쓴 두 칼잡이와 우람한 체구의 호한들은 입정入定에 든 것마냥 서 있었다. 무마허 부락의 군사대장인 강도 자마춰는 짱짜시를 향해 몇 마디 고함을 지르다가 예루허 부락의 청지기 치메이에게 제지를 당했다.

형장 아래서 높은 목소리로 무언가를 읊어대던 빨간 모자의 일곱 주술사들은 침묵했다. 사람 두개골 북을 두들기던 검은 모자의 일곱 남무들은 조용해졌다. 형장을 돌며 노래하던 노란 모자의 일곱 여무들도 망연히 서 있을 뿐이었다.

그들은 신성한 직무를 수행하는 신관들이었지만 시제구사에서 몰려온 10여 명의 철봉라마들에게는 속수무책이었다. 그들은 무마허 부락에 속했기 때문이다. 그에 비하면 철봉라마는 무마허 부락보다 훨씬 더 큰 시제구 초원 전체에 속해 있었다. 게다가 그들은 고대 본교의 수행자들이지만, 당시 시제구 초원에서 본교는 이미 독립성을 잃어버리고 일찌감치 시제구사의 불교에 귀속된 상태였다

시간이 지나면서 아버지는 조금씩 알게 되었다. 불교가 초원에서 모든 종교를 다스리는 위치로 올라간 데에는 근본적인 이유가 있었다. 불교는 역대 왕조 및 중앙정부의 공인과 책봉을 받아온 종교지만 본교는 그렇지 못했다. 본교는 중앙정부로부터 존귀한 대접을 받은 적이 단 한 번도 없었다. 종교 본래의 기능으로 따져 봐도 본교는 사악한 기운을 내쫓는 데 머문 반면, 불교는 광명을 추구하는 데로 나아갔다. 불교는 지혜롭고 대범했다.

초원에 유입된 후에도 불교는 원시 본교의 사악한 신들을 내쫓은 것이 아니라 오히려 자기 교리 속으로 흡수하고 귀속시켰다. 이로써 불교에는 사악한 기운을 몰아내는 능력이 더해졌고, 나아가

본교를 자신의 일부분으로 바꿔버렸다. 각 부락의 종교의식과 준수하는 규칙들, 오래된 습관은 과거 본교의 그것과 전혀 다르지 않았지만 마음 귀속과 영혼 의탁이라는 면에서는 큰 변화가 생겼다.

이러한 변화는 주민들이 더 빨리 인식했다. 그들은 이제 원시적인 본교가 아니라 현대적인 불교를 믿었다. 주민들은 시제구사에 올 때마다 변화를 확인했다. 자신들이 숭배하던 조상들과 경외하던 본교의 신령들은 시제구사의 휘황한 불전佛殿에서 이미 자기 자리를 잡고 있었다. 게다가 그들 모두 불도를 따르는 구도자요, 불법의 전파자, 호법신으로 어엿한 역할을 담당했다.

질풍처럼 몰려왔던 인간과 개 무리는 썰물처럼 그곳을 빠져나갔다. 철봉라마 짱짜시가 일찌감치 형장을 요절내고 떠나갈 때, 깡르썬거와 샹아마 일곱 아이들과 아버지와 메이둬라무가 그의 뒤를 따랐다. 좌우와 뒤편에서는 10여 명의 철봉라마와 한 떼의 사원견들이 호위하고 있었다.

사원견들도 깡르썬거가 마땅히 죽어야만 할 침입자라는 사실을 알고 있었다. 그러나 그들은 철봉라마 짱짜시의 뜻을 잘 알았기에, 그 개를 물어뜯는 대신 보호할 수밖에 없었다. 주위의 영지견들이 달려들어 공격을 가해온다면 그들은 반드시 그들에게 반격을 해야만 했다. 설령 제 고향 형제자매들 간에 의가 상한다 할지라도.

시제구 초원의 영지견과 티베트 개들, 사원견들 모두 결코 어리석지 않았다. 속세의 유목민이 사원의 라마승을 존경하듯, 개들 역시 사원견들을 존경했다. 그러하기에 사원견들이 깡르썬거를 호위하는 광경을 보며 나머지 개들은 조용히 숨을 죽였다. 아무리

화가 나도 참아야 했다. 아무리 포악한 성질이라도 죽여야 했다.

그들 중 가장 분노한 개는 짱아오 대왕 호랑이머리였다. 그러나 가장 잘 참아내는 개 역시 그였다. 그는 사원견들을 향해 다정하게 인사했다. 그들을 지나쳐 깡르썬거에 다가가 있는 힘껏 숨을 들이마셔 냄새를 맡았다. 깡르썬거의 냄새를 기억 속에 영원히 각인시키기 위해서었다.

'일평생 잊지 않으리라. 어떤 일이 있어도 절대 잊지 않으리라.' 대왕은 속으로 뇌까렸다. '교활한 자식, 앞으로는 네가 소가죽을 쓰든 양가죽을 쓰든, 아니 표범이나 곰가죽을 쓴다 해도 절대로 속지 않을 거다.' 그렇게 다짐하면서도 짱아오 대왕으로서의 품위를 끝까지 유지하며 사원견들을 향해 한 번 웃어주고는 대범한 걸음걸이로 자리를 떴다. 대왕의 곁을 지키던 회색 늙은 짱아오와 검은 짱아오 궈르도 급히 발길을 돌렸다.

철봉라마 짱짜시 일행은 빨리 걸을 수가 없었다. 제대로 걷지 못하는 깡르썬거와 보조를 맞춰야 했기 때문이다.

얼마나 걸었을까. 일행은 멈춰섰다. 깡르썬거가 더 이상 움직일 수 없다는 건 누가 봐도 한눈에 알 수 있었다. 상처가 아직 낫지 않았고 체력은 이미 오래 전에 고갈된 상태였다. 게다가 극도로 긴장했던 정신은 더 이상 지탱할 수 없을 지경이었다. 그는 정신을 잃었다. 지친 몸이 채 땅에 닿기도 전에 혼절한 것이다.

아버지는 깡르썬거를 메고 갈 힘이 없다는 걸 알면서도 몸을 숙여 메어보려 애를 썼다. 짱짜시가 아버지를 밀쳐내고는 다른 철봉라마 두 명을 불러 자신의 등 위에 깡르썬거를 올려놓도록 했다.

행군 속도는 눈의 띄게 빨라졌다. 점점 빨라지는 그들의 걸음걸이에서 '쉭쉭' 바람소리가 났다.

사람들과 개들을 뒤로 한 채 그들은 순식간에 사라져버렸다.

화려하고 고상한 옷차림을 한 두령과 청지기들은 한동안 침묵했다. 다른 모든 인간과 개들도 침묵하고 있었다.

정적을 깨고 갑자기 울려퍼지는 초원의 북소리처럼 무마허 부락의 두령 따거리에가 큰 소리로 말했다. "사원이 어떻게 이런 식으로 행동할 수 있소? 이는 단쩡활불이 완전히 잘못 생각한 거요. 어떻게 샹아마의 원수들을 이리 처리한단 말이오? 게다가 개들의 목숨을 구했다는 자칭 한보살이 이렇게 제멋대로 굴게 놔두다니? 그리고 그 사자머리 짱아오가 정말로 전생에 아니마칭의 설산사자였는지 누가 증명할 수 있겠소? 두령 여러분, 한번 이야기해보시오. 부락연맹회의를 열어야만 하지 않겠소? 우리 무마허 부락의 체면이 구겨진 건 부차적인 문제요. 초원의 규칙이 어지러워지는 것이야말로 정말 큰 문제외다."

예루허 부락의 두령 쒀랑왕뛔이는 고개를 설레설레 저었지만 그것이 어떤 의미인지는 끝끝내 이야기하지 않았다.

개들이 짖었다. 그들은 사람보다 더 빨리 깨달았다. 엄숙한 의식은 끝났다. 강아지들은 이리저리 뛰어다니며 장난을 쳤고, 연인인 개들은 코를 마주대고 털을 핥았으며, 아는 개들은 서로 안부를 물었고, 모르는 개들은 서로 공손히 인사했다. 시끄럽고 어수선했다.

부락의 두령과 청지기들은 서둘러 그곳을 떠났다. 사람들이 떠나고 개들도 떠났다. 형장 앞에는 낯선 적막만이 찾아들었다. 형장 위를 맴돌던 독수리들이 점점 더 낮게 내려왔다. 독수리들이 막 형틀 위에 발을 디뎠을 때 설랑雪狼떼와 마주쳤다. 독수리와 설랑들은 모두 실망했다. 형장에서 아무것도 찾을 수 없었다.

실망감에 아쉬워하던 독수리와 설랑은 자욱한 풀빛 안개를 뚫고 걸어오는 한 사람을 발견했다. 그는 변발 머리를 묶은 독 묻은 비단 끈에다 커다란 호박 구슬을 매달고 있었다. 호박에는 개구리 머리에 핏발선 눈을 한 나찰羅刹여신49)의 반신상이 새겨져 있었다. 몸에는 진자주 푸루를 걸치고 소뼈로 만든 귀졸鬼卒의 해골들이 달린 곰가죽 염라 머리띠를 동였는데, 묘장주墓葬主가 새겨진 거울이 가슴에 매달린 채 번쩍번쩍 햇빛을 반사하고 있었다.

그 모습을 본 독수리와 설랑떼는 살아 있는 염라대왕을 본 것은 아닌지 눈이 의심스러울 지경이었다. 그들은 할 수 있는 한 가장 빠르게 멀리, 그 자리에서 도망쳤다.

띠아오팡산의 구불구불한 산길 위에서 아버지와 메이둬라무는 리니마에게 잡혔다.

리니마가 말했다. "바이 주임이 당신들을 좀 보자고 하세요."

아버지는 부탁했다. "조금 있다가 찾아갈게요. 먼저 가위뭐한테

---

49) 라크사사raksasa. 힌두 신화에 나오는 악마나 악귀의 전형. 한국 불교에서는 나찰羅刹이라고 한다. 마음대로 모습을 바꾸는 능력이 있어 동물, 괴물로도 변하며 여자 악마의 경우는 아름다운 여자로 변한다. 해가 진 후, 특히 초승달이 뜬 캄캄한 밤에 가장 힘이 세지만 해가 떠오르면 쫓겨간다.

가서 손을 좀 싸매려고요."

리니마는 메이뒤라무를 가리켰다. "그럼 메이뒤라무에게 싸매달라고 그래요. 나 혼자 무슨 면목으로 바이 주임한테 돌아가요? 바이 주임은 홧병이 나서 드러누웠다구요." 이렇게 말하며 그는 원망스럽다는 듯 메이뒤라무에게 눈을 부라렸다.

메이뒤라무는 상관도 하지 않고 니마 할아버지 댁을 향해 걷기 시작했다. 그런데 멀지 않은 돌집 뒤에서 몰래 이쪽을 기웃거리고 있는 웃통 벗은 빠어추쭈를 발견했다. 그녀는 고함을 쳤다. 약상자를 가져다달라고 부탁하고 싶었다. 하지만 그녀에게 뛰어오던 빠어추쭈는 아직도 장화를 신지 못한 맨발이 생각나자 방향을 돌려 순식간에 사라졌다.

메이뒤라무는 생각했다. '정말 희한한 아이야, 쟤는. 도대체 무슨 생각을 하는지 모르겠다니까.'

아버지는 리니마를 따라 공작위원회가 있는 소통 돌집으로 돌아왔다.

바이 주임 바이마우진은 침대에 누워 크게 심호흡을 하고 있다가 아버지를 보자 벌떡 일어나 서슬 퍼런 얼굴로 소리쳤다. "자네, 이곳을 떠나! 오늘 당장 가버리라고! 여길 떠나지 않겠다면 초원 사람들한테 해명이라도 좀 해주든지! 당신은 한인도 아니고, 시제구 공작위원회 사람은 더더욱 아니라고. 이러다 괜히 죄 없는 생사람 잡게 하지 말고!"

아버지는 피식 웃음이 나왔다. 득의양양한 모습이 꼭 놀이에서 한판 이기고 돌아온 아이같았다.

아버지는 시원스럽게 대답했다. "알았습니다. 내일 바로 가서 말할게요. 저는 티베트 사람이라고요. 난 샹아마 초원의 티베트인이고, 일곱 아이들하고 깡르썬거를 데리고 여기, 이 아름다운 시제구 초원에 왔다고 말할게요."

화가 치밀은 바이 주임이 몸을 들썩이다가 다시 누우려 했다. 하지만 채 눕기도 전에 강시처럼 발딱 허리를 들고 일어나더니 리니마에게 고함을 쳤다. "짱똥메이는 또 어디로 갔어?"

리니마는 딴청을 부렸다. 짱똥메이가 누군지 전혀 모르는 사람처럼 말이다.

바이 주임의 고함은 계속되었다. "메이둬라무 말이야!"

리니마는 긴장이 되었던지 입은 벌렸지만 한참 동안 말을 제대로 하지 못했다.

아버지가 조용히 리니마를 거들어주었다. "약상자를 가지러 갔어요. 바이 주임님 치료를 해드린다고요. 리니마가 전하기를 주임님이 홧병으로 쓰러지셨다고 했거든요."

이때 메이둬라무가 들어왔다. 너무 무서워서 바이 주임과 눈을 맞추기도 힘들다는 듯 고개를 숙이고 약상자를 열었다.

하지만 아버지의 벤 왼손을 싸매주던 그녀가 갑자기 생글거리며 말했다. "야! 칼질 한번 잘 했네요. 피를 그렇게 많이 흘렸는데도 상처는 별로 깊지 않은걸요."

아비지도 웃었다. "내 손인데 겁나서 힘껏 벨 수가 있어야지."

메이둬라무가 맞장구를 쳤다. "아, 맞다. 근데 한 가지 물어볼게 있어요. 그때 왜 제 손은 안 뱄어요?"

아버지가 대답했다. "애처로워서. 리니마 손이었다면 분명 단칼에 베어버렸을 거야." 그러고는 크게 웃어댔다.

상처를 다 치료한 뒤 아버지는 곧 떠나려 했다.

바이 주임 바이마우진이 숨을 크게 한 번 몰아쉬더니 입을 열었다. "자네들 때문에 내가 죽을 뻔했네. 여기 좀 앉아보게. 자네들한테 할 말이 있어."

아버지가 대꾸했다. "하지만 전 배가 고파 죽겠는데요."

시제구사에 들어선 열댓 명의 철봉라마와 사원견들은 흩어졌다. 짱짜시는 아버지가 머물고 있는 승방으로 깡르썬거를 메고 와 검은 짱아오 나르 곁에 눕혔다. 그리고 단쩡활불을 찾아 결과를 보고했다.

그는 단쩡활불 앞에 꿇어앉아 서글프게 말했다. "신성한 부처시여, 사명은 완수했습니다. 이제 제가 가야 할 때가 되었습니다."

단쩡활불은 물었다. "지금 당장 사원을 떠나겠다는 말인가? 그렇게 조급해할 필요 없네. 먼저 자네 거처로 돌아가 있게. 때가 되면 내 다시 부르겠네."

짱짜시는 다시 티베트 의원 가위톼를 찾아 슬픔과 다급함이 가득한 목소리로 애원했다. "인자한 의원님, 빨리 가서 좀 구해주십쇼. 설산사자가 위험합니다."

가위톼가 대답했다. "자네 일은 이미 들어 알고 있네. 사람들이 정말 자네 손목을 자르겠나? 대의왕불大醫王佛의 법호法號인 동방약사 유리광여래東方藥師琉璃光如來를 자주 외게. 자네 심령과 육체의 고통을 덜어주실 걸세."

짱짜시는 두터운 신심으로 응낙한 후 고두를 하고 자리를 떴다.

티베트 의원 가위튀가 아버지가 머물고 있는 승방에 도착했을 무렵, 단쩡활불은 이미 다음과 같은 과감한 결정을 내린 터였다. '사람을 보내 샹아마의 일곱 아이들과 의식을 잃은 깡르썬거, 간신히 숨만 붙은 나르를 르짜오빠日朝巴(설산의 수행자)들이 수행하는 앙라昻拉 설산의 밀령동密靈洞에 숨겨둔다.'

그가 이런 결정을 한 데에는 두 가지 이유가 있었다.

첫째, 샹아마 아이들과 깡르썬거는 반드시 보호해야 하기 때문이었다. 절대 부락 사람들의 손에 넘겨줄 수 없었다.

둘째, 검은 짱아오 나르와 깡르썬거는 둘 다 위중한 중상을 입었기 때문에 가위튀가 아니면 치료가 불가능하다는 결론이었다. 두 개가 한 장소에 머물지 않는다면 가위튀는 시제구사와 밀령동 사이를 왔다갔다 해야 했다. 그랬다가는 가위터의 수고도 수고려니와 사람들의 눈에 띨 위험이 컸다. 샹아마 아이들과 깡르썬거가 앙라 설산의 밀령동에 숨겨져 있다는 사실이 부락민에게 들통나는 날에는 자객들에게 손목이 잘리는 것은 물론, 암살당할 가능성까지 있었다.

그래서 단쩡활불은 가위튀를 밀령동으로 보내고, 상처 입은 짱아오 두 마리와 샹아마 아이들을 그곳에 함께 숨겨두었다가 상처가 거의 다 나으면 다시 내려오도록 지시했다.

가위튀는 고개를 끄덕여 승낙의 의사를 표했다. 그런 후 황망히 깡르썬거를 진찰해보고, 표범가죽 약부대에서 붉은색 환약을 꺼내 아직 정신을 못 차리고 있는 깡르썬거의 입 안에 집어넣었다. 또 목을 힘껏 잡아당겨 환약을 삼키도록 도와주었다.

그가 일어서며 말했다. "주지 스님, 저는 먼저 떠나겠습니다. 제 걸음이 느려서요."

반 시진 후, 한 무리의 사람과 말이 시제구사를 떠났다. 샹아마 아이들은 소의 위장으로 만든 주머니에 싸인 채 한 사람이 한 명씩 둘러멨다. 그 안에는 쑤여우와 볶은 칭커가루가 들어 있었다. 젊고 힘센 철봉라마 둘이 깡르썬거와 나르를 등에 짊어졌다. 다른 철봉라마 둘은 각각 육중한 소가죽 부대를 짊어졌다. 그 안에는 말린 고기와 말린 우유피乾奶皮[50], 푸차伏茶[51], 말린 소 폐와 양뼈 조각들이 들어 있었다. 소가죽 부대에는 나이차를 끓이는 데 사용하는 동銅제 찻주전자가 대롱거리며, 햇살보다 더 눈부신 빛을 반사하고 있었다.

그들을 보낸 후 자신의 승방으로 돌아온 단쩡활불은 종자를 시켜 쌍짜시를 속히 불러오게 했다. 자신과 사원에 이토록 충성스러운 철봉라마 쌍짜시도 앙라 설산의 밀령동에 숨겨둘 묘안이 떠올랐기 때문이다. 부락민에게는 철봉라마가 샹아마 아이들을 데리고 도망쳐서 행방이 묘연하다고 잡아뗄 수 있으리라.

이렇게만 되면 시제구사로 돌아와 라마승 생활을 계속할 수는

---

50) 우유를 끓여 윗부분에 뜨는 유지방만 응고시켜 걷어낸 것. 빵 사이에 끼워 먹거나 차 속에 넣어 먹는다.

51) 칭짱고원青藏高原, 몽고고원蒙古高原, 실크로드 주변의 한족, 몽고족, 장족(티베트족), 위구르족, 회족, 카자흐족 등 10여 개 민족들이 고래로부터 음용하던 차.

없어도 두 손목은 안전할 수 있다. 앞으로 초원에 무슨 변화가 생길지 모르는 판국에, 이 시기만 잘 피한다면 일평생 무사히 보낼 수 있을지 누가 알겠는가?

하지만 갑자기 떠오른 이 대담한 구상을 짱짜시에게 알리기도 전에 종자가 돌아와 고했다. "짱짜시는 이미 이곳을 떠났습니다."

짱짜시는 자신의 지위를 상징하는 붉은 푸루를 벗어버리고, 초원의 법률과 사원의 의지를 대표하는 철봉을 내려놓고, 아주 오래 전 철봉라마로 선발된 뒤 단쩡활불이 그에게 하사한 금강저金剛杵 하나만을 들고 조용히 자취를 감췄다.

한편 앙라 설산으로 가는 산길에서 웃통 벗은 빠어추쭈는 샹아마의 일곱 아이들과 철봉라마들의 시선을 교묘하게 피하며 멀찌감치 그들을 추격하고 있었다.

앙라 설산으로 가는 또 다른 산길에는 설산 저 너머에서 유랑객의 삶을 살기 위해 떠나는 짱짜시가 있었다. 그는 샹아마의 일곱 아이들과 철봉라마 일행을 발견했다. 동시에 멀리서 그들을 뒤쫓는 빠어추쭈도 보았다. 가슴이 철렁했다. 그는 잰걸음으로 빠어추쭈에게 다가갔다.

반 시진 후, 짱짜시는 설선雪線(높은 산등에서 일년 내내 눈이 녹지 않는 부분과 녹은 부분의 경계선)에 서 있는 빠어추쭈의 앞을 가로막았다.

짱짜시는 매섭게 물었다. "뭣 때문에 앙라 설산에 가려는 거냐? 너는 속세의 사람인데다 아직 어린 아이다. 앙라 설산 산신의 못돼먹은 아들이 사악한 올빼미로 변해 네 눈동자를 파먹을 게 무섭지도 않으냐?"

이 말을 들은 빠어추쭈는 멈칫했다. 그리고 마치 겁에 질린 백순록처럼 눈 덮인 언덕을 따라 순식간에 골짜기 아래로 미끄러져 내달렸다. 눈가루가 분분히 흩날렸다.

짱짜시는 아이를 따라 눈 덮인 언덕 아래 골짜기로 미끄러져 내려가려고 했다. 그 순간 그의 눈에 골짜기 아래 서 있는 한 사람이 들어왔다. 매우 독특한 복장이었다. 굵은 변발, 독이 묻은 머리띠, 호박 구슬, 푸른 두루마기, 염라대왕의 허리띠, 해골, 그리고 몸에는 개구리 머리에 핏발 선 눈을 한 나찰여신의 반신상과 삼세三世(과거와 현재, 미래)의 모든 일을 비춰주는 거울, 피가 가득한 두 개골을 손에 받쳐들고 마시는 묘장주의 전신상이 달려 있었다.

짱짜시는 온몸에 소름이 끼쳐 "악!" 소리를 지르며 도망쳤다.

아버지와 메이둬라무는 바이 주임의 침대 맞은편에 있는 리니마의 침대 위에 걸터앉았다. 리니마는 진흙 화덕 위에 놓인 동주전자를 들어 각자에게 나이차를 한 잔씩 따라주었다. 또 볶은 칭커가루가 담긴 나무상자를 아버지 곁에 놓아두고, 자신은 바이 주임의 침대 아래 양탄자에 쭈그리고 앉았다. 그는 말 잘 듣는 착한 강아지가 주인을 쳐다보듯 바이 주임을 열심히 바라보았다.

바이 주임이 말했다. "자네들도 알고 있나? 내 케케묵은 과거는 들추지 않겠네. 최근 20년 세월 동안 샹아마 사람들이 시제구 초원 부락민을 얼마나 많이 죽였는지 아는가 말일세." 그가 잠시 뜸을 들이다가 말을 이었다. "그러니까 족히 몇백은 될 걸세."

아버지가 대꾸했다. "그건 쌍방의 피해자를 말하는 거죠? 양쪽 다 사람이 죽었을 거잖아요."

바이 주임이 설명했다. "아니, 20년 전은 쌍방이었지. 그땐 경계를 명확히 말하기도 어려운 풀숲 하나를 점령하기 위해 서로 옥신각신하느라 전쟁이 그치는 해가 없었어. 매년 죽는 사람들이 생겨났고. 그때야말로 쌍방이었지. 차이가 있다면 나는 아홉이 죽었는데 너는 여덟이 죽었다느니, 뭐 그 정도였네. 그런데 그 후, 그러니까 민국 27(1938년) 때부터 사정이 달라졌어. 마뿌팡馬步芳의 한인 병사대대가 시제구 초원에 진주하면서부터 각 부락에게 소고기와 양고기, 개고기를 공출했거든. 소고기랑 양고기는 문제가 없었지. 살아 있는 놈을 달라면 산 놈을 주고, 죽은 놈을 달라면 죽은 놈을 줬어. 그렇지만 티베트 사람들에게 개만은 절대로 안 될 말이었이. 티베트 사람들은 이렇게 말했지. '개는 먹는 게 아니오. 개를 먹는 건 사람을 먹는 거나 마찬가지요. 당신들은 자기 형제자매도 잡아먹습니까? 우리 개를 잡아먹으려면 먼저 우리를 잡아 잡수쇼.' 별명이 개고기 대왕이었던 한인 병사대대의 대대장은 이렇게 말했지. '너희들, 총은 뭣에 쓰는 건지 아느냐? 우선은 티베트 개를 잡는 데 쓰고, 그 다음에는 티베트 개들을 못 먹게 막는 티베트 사람을 잡는 데 쓴다.' 하지만 개고기 대왕 대대장이 예상치 못한 게 한 가지 있었지. 총은 시제구 사람들도 가지고 있었거든. 개를 잡기 시작하면서 티베트 사람들의 반항이 시작된 걸세. 티베트 사람뿐만 아니라 티베트 개들, 특히 짱아오들이 100배는 더 사납게 반항하기 시작했어. 이게 바로 칭궈아마 초원에서 일어난 저 유명한 '짱아오의 전쟁'이지. 자네들 알고 있긴 하나?"

아버지는 입을 커다랗게 벌려 자기가 비벼놓은 참파를 먹으며 말했다. "사람이 몇 명 죽었는지는 아까 이야기하셨는데 짱아오가 몇 마리 죽었는지는 이야기 안 하셨는데요."

바이 주임은 손을 내저으며 아버지가 제기한 문제를 당장은 말하지 않겠다는 표시를 한 후, 이야기를 계속했다. "두 달 후, 한인 병사대대도 더는 견딜 수 없어 전쟁 중에 퇴각을 했는데, 그때 랑도협까지 물러나게 된 거야. 근데 나중에 칭하이성의 주석 마뿌팡이 칭궈아마 초원에 기병대를 보내 반란을 진압할 때 연대 본부하고 대대 본부가 주둔했던 곳이 바로 샹아마 초원이었거든. 샹아마 초원 각 부락에서는 금이며 은이며 온갖 귀한 것들을 갖다바치고, 그것도 모자라 아마허阿媽河 부락의 두령 자빠뚸甲巴多는 자기 여동생을 연대장의 첩으로 들이게까지 했지. 더 심각한 건 마뿌팡 기병대가 3차에 걸쳐 시제구 초원을 학살할 때 샹아마의 기마사냥꾼들도 거기에 동참했다는 거야. 그 기마사냥꾼들도 마뿌팡의 기병들마냥 사람이건 개건 가리지 않고 사냥을 했기 때문에 이제는 온전히 초원 사람 취급을 받지 못하게 되었지. 그래서 시제구 초원 사람들은 마뿌팡보다도 샹아마 사람들을 더 미워하는 거야. 이런 역사적인 배경을 알고 있었냐는 말일세?"

아버지는 마지막 남은 참파를 한 입에 털어넣은 후, 리니마의 이불에 누워 하품을 하며 대답했다. "여기에 오자마자 말씀해주신 것 같긴 한데 이렇게 자세히는 아니었어요."

바이 주임이 말했다. "오늘 내가 이렇게 긴 이야기를 주절댄 건,

자네들이 문제의 심각성을 알아주었으면 해서네. 샹아마 초원에 대해 고립정책을 실시하는 건, 우리의 입장을 확고히 하기 위해 절대적으로 필요한 일이네. 이건 실터럭만큼이라도 의심이 있어선 안 되지. 하지만 샹아마 일곱 아이를 구하지 않을 수는 없었고 그 아이들을 구한 이상, 우리도 대가를 지불해야만 하네. 그건 바로 한짜시 동지가 반드시 내일 시제구 초원을 떠나야 한다는 거야. 그렇게 하면 이곳 사람들의 오해로 인한 원한이나 불의의 사고를 막을 수 있을 걸세. 알겠나?" 바이 주임은 아버지가 눈을 감은 채 대답이 없자 다시 덧붙였다. "자네 행동 때문에 원한이 생겼든 아니든 간에, 자네의 안전을 위해 사람을 불러 자네를 칭궈아마 초원 공작위원회의 따미多巖 총부로 호송해주겠네."

갑자기 코고는 소리가 울려왔다. 아버지는 잠이 들었다. 어젯밤 내내 제대로 자지 못한데다 오늘은 하루 종일 너무나 피곤했기 때문에 쏟아지는 잠을 배겨낼 재간이 없었던 것이다.

손목 자르기 형벌 집행의식에 초대받아온 부락 두령과 청지기들의 흥을 깨지 않기 위해, 무마허 부락의 두령 따거리에는 귀빈 모두를 예루허 강변의 큰 오색 천막으로 청했다. 또 시제구사까지 직접 말을 타고 가 단쩡활불을 모셔왔다.

차를 마시고 고기를 뜯으며 시제구 초원의 부락연맹회의는 시작되었다.

단쩡활불이 고했다. "송구스럽게도 사원에 불초불충한 라마승이 났소이다. 그놈이 형장을 제멋대로 침범해 샹아마의 원수들과 깡르썬거를 납치하고 사라져버렸소. 소승은 존경하는 나리들을 대할 면목이 없소이다. 여러분에게 사죄를 청하기 위해 소승은 이미 사원의 법을 어긴 철봉라마를 사원에서 파문시켰고, 영세토록 라마승을 할 수 없도록 처벌했음을 알려드리오."

오색 장막 오른쪽 양탄자 위에 양반다리로 앉아 있던 두령들은 서로를 쳐다보았다.

예루허 부락의 두령 쒸랑왕뛔이가 먼저 말했다. "그러고 보니 그 망나니 라마승은 사원에서 보낸 게 아니었군요? 그럼 우리도 마음을 놓겠습니다. 부처의 결정은 정말 탁월하십니다. 그런 라마승은 더 이상 사원에 있게 해서는 안 됩니다."

무마허 부락의 두령 따거리에도 발언을 했다. "그러게 사원에서 어떻게 그리 할 수 있냐고 제가 말하지 않았습니까? 알고 봤더니 단쩡활불님과는 전혀 관계가 없었던 일이군요. 그럼 일하기가 훨씬 편하게 됐습니다. 침입자는 초원의 규칙에 따라서 반드시 대가를 치러야 합니다. 샹아마의 원수놈들이 씨름에서 진 이상 그놈들의 손목을 자르는 게 당연합니다. 샹아마 사람들은 전부 마뿌팡의 졸개들입니다. 마뿌팡은 스린후주戶林枯主(혹칭 스뤼린주, 즉 묘장주)고, 스린후주를 따르는 놈들은 전부 그 졸개 귀신들이니까 그놈들의 손목을 잘라버리면 다시는 우리 시제구 사람들을 괴롭히지 못할 겁니다. 그리고 깡르썬거라고 불리는 그 사자머리 짱아오가 정말로 설산사자의 화신이라면 먼저 짱아오들의 인정을 받아야만 합니다. 하지만 우리 시제구 초원의 짱아오들이 그 개를 인정했습니까? 자칭 두 마리 개의 생명을 구했다는 한보살에 대해서, 저는 공개질의 시간을 갖자고 제안을 하고 싶습니다. 혹시 샹아마 초원에서 보낸 첩자가 아닐까요? 아니라면 왜 형장 위에 올라와서 우리 시제구 초원 부락의 일에 간섭을 하겠다는 겁니까?"

모두들 고개를 끄덕였다. 쒜랑왕뛔이 두령과 따거리에 두령의 말이 틀리지 않다는 의미였다.

단쩡활불이 해명을 했다. "아니마칭 산신은 꿈을 통해서 노 라마승 둔까에게 말하셨소. 깡르썬거의 생명이 위험하니 그의 생명을 구하라고 말이오. 그건 그가 전세에 아니마칭 설산의 사자로서 설산에서 수행하는 모든 수도승들을 보호했던 연고외다. 이 사실은 일점일획도 틀림이 없소. 둔까는 소승에게 한 번도 거짓을 고한 적이 없는 사람이오. 이렇게 부처와 인연이 있는 귀한 개가 그 한인을 따라 시제구 초원에 왔는데 설마 이 한인이 마귀의 화신이요, 샹아마익 첩자이겠소? 아닐 거요. 그는 상서로운 사람이외다. 그는 자기 목숨을 돌보지 않으면서까지 깡르썬거를 보호했고, 또 신기한 힘으로 우리 시제구 초원의 영지견 하나를 죽음에서 소생시켰소. 그가 살린 영지견은 바로 그 사람을 물어 하마터면 죽게 할 뻔했던 검은 짱아오 나르요. 우리의 위대한 성인 미라르빠※拉日巴[52])께서도 말씀하셨소. '초원에 대한 태도를 보면 생축에 대한 태도를 알 수 있고, 개에 대한 태도를 보면 사람에 대한 태도를 알 수 있다'고요. 이 지혜로운 법언法言을 통해서 소승도 생각할 수 있

---

52) 티베트 불교에서 가장 유명한 라마승이며, 가장 사랑받는 음유시인. 티베트 불교 카규파Kagyupa, 噶擧派의 시조이다.

없소. 티베트 개들에 대한 그 한인의 태도가 바로 우리 티베트인을 대하는 태도라고 말이오. 우리의 친구를 원수처럼 대해야 한다고 생각하시오? 어르신들께선 소승의 말을 믿어주시구려. 보살은 선행을 근본으로 하시며 자비를 가슴에 품으셨소. 이 한인의 방법은 보살의 방법과 같소이다. 시제구 초원의 장래를 위해 우리는 반드시 그를 받아들여야 할 것이오."

모두들 고개를 끄덕였다. 단쩡활불의 말도 틀리지 않는다는 동의였다.

각 참가자들의 의견 발표 후, 부락연맹회의는 마지막으로 세 가지 결의안을 채택했다.

첫째, 샹아마의 원수들은 절대로 놓아줄 수 없다. 반드시 손목 자르기 형벌을 집행한 후 시제구 초원에서 몰아낸다.

둘째, 사원에서 파문당한 짱짜시를 발견하는 즉시 두 손목을 자를 것이며, 어떤 부락에서도 받아주지 않는 유랑 천민으로 신분을 강등시킨다.

셋째, 깡르썬거는 상처가 다 나은 후, 반드시 자신의 용맹과 지혜로써 스스로 위대한 설산사자임을 증명해야 한다. 그렇지 않다면 시제구 초원에서 살아남을 수 없다.

그 한인에 대해서는 단쩡활불의 의견을 수용하여 그를 한보살로 인정한다. 다만 다시는 초원과 부락의 일에 간섭하지 않는 것이 좋겠다.

이렇게 결정을 내놓고 나니 손목만 자르는 게 아니라 이제는 싸움까지 해야 할 판이었다. 즉 깡르썬거와 시제구 초원에서 가장 우수한 짱아오 대왕 간의 왕위결정전 말이다. 대부분의 두령들은 깡르썬거가 설산의 사자라면 당연히 천하무적이어야 한다고 생각했다. 초원에서는 사람이나 짱아오를 막론하고 육체와 정신의 정복 없이는 영광과 존숭한 지위를 누릴 수 없다.

부락연맹회의에서 시제구사로 돌아왔을 때 날은 이미 어두웠다. 단쩡활불은 사원 가장 높은 곳에 위치한 밀종 찰창명전에서 좌선과 염불을 했다. 그는 '팔면흑적염마덕가조복제마경八面黑敵閻摩德迦調伏諸魔經'을 계속 읽다. 설산사자를 위해, 깡르썬거의 상처가 속히 치유되어 이후의 전투에서 승리하기를 기도했다.

초원의 규율은 본래 이렇기 때문이다. 오직 승리자만이 사람에게, 짱아오에게 받아들여질 수 있었다.

12

잠에서 깬 아버지는 자신이 리니마의 침대에서 잠들었다는 걸 깨달았다. 돌집 안에는 자신만 있었다. 문과 창문은 모두 열렸고, 다가오는 여명은 좁다란 창문 밖에서 신선한 풍경을 뽐내고 있었다. 커다란 초원과 광대하게 펼쳐진 설산이 백옥 같은 청량함 속에 녹아들어 변화무쌍한 모습을 드러내었다. 아버지는 풀비린내 가득한 공기를 깊은 숨으로 들이마셨다. 그리고 바닥에 주저앉아 신을 신은 뒤 상기된 마음으로 문밖을 나섰다.

돌집 문밖의 돌계단 아래에서 바이 주임 바이마우진과 리니마가 이야기를 하고 있었다. 그들과 멀지 않은 마구간 앞에 말 세 마리를 끌고 대기하는 군인 두 명이 보였다.

아버지가 인사를 했다. "제가 왜 여기서 자고 있죠? 저는 이만 가볼게요. 사원에 가서 샹아마의 일곱 아이들하고 깡르선거 좀 보고 올게요. 그리고 검은 짱아오 나르도."

바이 주임이 아버지를 힘껏 끌어당겼다. "자네는 이제 사원에

못 간다고. 오늘 중으로 반드시 시제구 초원을 떠나야 해.”

충격이었다. 어제 바이 주임이 했던 말들이 서서히 기억났다. 마구간 앞에 총을 멘 군인 둘을 보면서 아버지가 물었다. “제가 안 떠나겠다면요?”

바이 주임이 대답했다. “그럼 자네를 꽁꽁 묶어서 따미 총부까지 압송하는 수밖에.”

아버지는 한숨을 푹 내쉬며 타협조로 부탁했다. “그래도 작별인사는 해야 하지 않을까요? 사원에서 제 상처를 이렇게 오랫동안 치료해주셨는데 온다간다 말 한 마디 없이 떠나면 우리 한인은 정도 의리도 없는 사람이라고 서운해할 텐데요.”

“자네가 떠난 다음 내가 사원에 직접 찾아가서 시제구 공위를 대표해 단쩡활불께 감사의 말을 전함세.”

이제 아버지는 떼를 쓰는 어투로 변했다, “시제구를 떠난다 쳐도, 아침밥은 먹고 가야 할 거 아니에요.”

바이 주임이 즉시 대답했다. “가면서 먹으면 돼. 군인들이 아주 많이 챙겼어. 참파, 쑤여우, 우유피까지, 배터지게 먹을 수 있어.”

아버지는 포기하지 않고 큰 소리로 외쳤다. “제 생각에는 바이 주임님이 잘못 하시는 것 같은데요.”

바이 주임도 물러서지 않았다. “자네한테 말해주지. 내가 이 일의 당사자라면 나 역시 절대 가지 않을 걸세. 하지만 다른 사람이 이 일에 연루된 이상 나는 그 사람을 돌려보내지 않으면 안 돼. 나는 이곳에 온 모든 사람의 안전을 책임져야 하고, 절대 사고가 일어나지 않는다는 걸 보장해야 한다고.”

아버지의 말투가 농담조로 변했다. "우리는 다 같은 한보살인데 설마 사고가 일어나겠어요?"

바이 주임은 여전히 진지했다. "그러다 설마가 사람 잡으면 어쩔 텐가? 자네는 이미 부락의 갈등 속으로 뛰어들었어. 누군가 자네에게 원한을 품지 않을 거라고 보장할 수 있겠나?" 말을 마친 그는 총을 멘 채 마구간 앞에 서 있는 두 군인에게 손짓을 하며 일렀다. "빨리들 출발하지. 길 조심하고. 따미에 도착하면 반드시 이 친구를 총부의 책임자에게 인계해야 해."

태양이 떠올랐다. 동편의 설산은 금빛으로 변하고, 서편의 설산은 더욱 눈부신 흰빛을 비추었다. 초원은 금빛과 은빛으로 반반씩 채워져, 금빛 풀과 은빛 풀이 앉았다 일어났다 내기를 하는 듯 일렁거렸다. 바람에 나부끼는 비단자락처럼, 풀들은 하염없이 흔들리고 있었다.

아버지는 진회색 말에 올라탔다. 그 뒤로 두 군인이 호위를 했다. 그들이 탄 말은 모두 대추색이었다. 대추색 말은 군마로, 공작위원회가 시제구 초원에 진입할 때 데려온 놈들이었다. 진회색 말은 초원의 말로 아버지를 돌려보내기 위해 부락에서 빌려온 놈이었다.

예루허 부락의 두령 쒀랑왕뛔이는 아버지 즉, 한짜시가 탈 말이 필요하다는 이야기를 듣자 자기 말 중에서 가장 튼실해 보이는 놈을 골라 말을 빌리러온 리니마의 손에 넘겨주었다. 그리고 거듭거듭 이렇게 말했다. "뭐 빌리고 자시고 할 게 있나? 시제구의 영지견 나르가 한짜시의 말을 물어죽였으니 도리대로 하자면 시제구 초원에서 물어주는 게 당연하지. 이 말은 한짜시한테 그냥 줄 테니 돌려주지 말게. 절대 돌려줄 필요 없네."

리니마는 이 얘기를 아버지에게 전하지 않았다. 그래서 아버지는 그가 타는 말이 쒀랑왕뛔이 두령의 애기愛騎라는 건 알지 못했다. 다만 조금 이상한 기색을 느끼기는 했다. '길에서 만나는 영지견들이 왜 이 말한테 경의를 표하는 거지?'

영지견들은 이 진회색 말을 멀리서 알아보고는 바람처럼 달려와 열 걸음 정도 떨어진 곳에서 공손히 꼬리를 흔들어댔다. 진회색 말이 멀어지는 걸 바라보면서 영지견 무리 중 일곱여덟 마리가 갈라져 나왔다. 그들은 호랑이머리 순백색 짱아오의 인도 아래 경호원처럼 후방을 호위했다. 개들이 사람들을 호송하고 있었다. 개들은 초원의 위험을 말이나 사람보다 더 잘 탐지했다. 적막한 초원의 어느 풀숲 뒤에서 맹수나 늑대, 혹은 곰이나 표범이 매복해 있다가 사람을 습격할지 알 수 없는 노릇이었다.

당시 아버지는 그들을 호송하는 호랑이머리 순백색 짱아오가 시제구 초원의 짱아오 대왕이라는 걸 알지 못했다. 짱아오 대왕이 직접 그들을 호송해주는 이유는 다른 영지견들에게 정례행사를 양보할 수 없어서가 아니었다. 두령을 공경하듯 두령의 애기인 진회색 말을 공경한다는 이유 외에도 깡르썬거의 행방을 알고 싶었기 때문이었다.

대왕은 어젯밤 회색 늙은 짱아오와 검은 짱아오 궈르를 대동하고 시제구사를 찾아갔었다. 하지만 놀랍게도 사원 어느 구석에서도 깡르썬거의 냄새를 맡을 수가 없었다. 그들이 수색 범위를 넓혀보

앉지만 띠아오팡산 어디에서도 깡르썬거의 냄새는 찾을 수 없었다.

짱아오 대왕은 이상한 생각이 들었다. 더 이상한 일은 오늘 아침 아버지가 쒀랑왕뛔이 두령의 진회색 말을 타고 있는 것이었다. '쒀랑왕뛔이 두령의 진회색 말을 타고 뭘 하려는 거지? 저 사람은 깡르썬거의 주인이나 마찬가지인데, 그도 깡르썬거를 잃어버린 건가? 그래서 찾아나서는 건가?'

짱아오 대왕은 본능적으로 생각했다. '이 사람을 따라가면 깡르썬거를 찾을 수 있을지도 모른다.' 그는 결연한 발걸음으로 동료들에게 당부했다. '이 사람을 잘 보호하라. 이 사람은 우리가 깡르썬거를 찾아낼 수 있는 유일한 실마리를 갖고 있다.'

하지만 아버지의 눈에는 짱아오들이 진회색 말을 공경하기 때문에 그 말에 탄 사람까지 공경하는 것으로만 보였다. 짱아오들이 아버지를 정성스레 호위하는 건 영지견의 직무 수행일 따름이라고만 여겼다.

그들은 예루허를 따라 계속 앞으로 걸었다. 진회색 말은 물을 첨벙첨벙 밟으며, 걸어서 뜨거워진 말발굽을 차가운 물에 담가 시원하게 식혔다.

한참을 걷는데 짱아오 대왕이 갑자기 사납게 포효했다. 진회색 말에게 빨리 강변으로 올라오라고 보내는 신호였다. 탁월한 그의 후각이 물 속에 도사린 음모를 즉각 알아차렸다.

하지만 교만한 말은 그의 경고를 무시하고 계속 앞으로 나갔다. 몇 걸음 가지 못해 말의 한 쪽 발이 수달의 동굴에 빠져버렸다. 순간 균형을 잃은 몸이 굽어지며 아버지를 강물 속으로 떨어뜨렸다.

짱아오 대왕은 놀라 짖으며 제일 먼저 달려갔다. 이어서 다른 짱아오들도 강물을 향해 뛰어와 아버지의 옷을 물었다.

수달의 동굴은 원래 강변 기슭에 있어야 했다. 하지만 여름에 물이 불어나면서 동굴이 강물이 잠겨버린 것이다. 초원에 사는 말에게 이건 최악의 함정이었다. 다행히 동굴이 깊지 않았기에 말의 다리가 부러지지는 않았다.

진회색 말은 다리를 끄집어내 다시 똑바로 섰다. 그리고 짱아오들과 협력해 아버지의 옷을 이빨로 물어 강변으로 끌어왔다.

아버지는 감동했다. 비록 강물은 그리 깊지 않았고, 아버지는 수영을 할 수 있어서 물에 빠져 죽을 리는 없었겠지만 어쨌든 이놈들 덕에 생명을 구한 셈이었다.

하지만 개들과 말은 이렇게 생각했다. ‘물이 깊지는 않았지만 아주 위험한 상황이었어. 사람은 물에 빠지면 돌덩이처럼 가라앉기만 한다고.’ 초원에서는 수영을 할 줄 아는 사람을 보지 못했기 때문이다. 일곱여덟 마리 짱아오와 말은 다행스럽다는 듯 숨을 헐떡이며 다시 찾은 그의 생명에 축하의 미소를 보냈다.

아버지 뒤쪽에서 강을 건너던 군인 둘이 이 광경을 보며 신기해했다. 그중 한 명이 아버지에게 물었다. “이 개들을 아십니까?”

“모르는데요.”

다른 한 명이 물었다. “그럼 말은요? 이 말을 타본 적이 있으십니까?”

아버지가 반문했다. “이건 당신들이 준 말이잖아요. 제가 언제 타봤겠어요?”

"이건 우리 말이 아닙니다. 우리 말은 군마인데, 군마는 다 대춧빛이거든요. 이건 부락의 두령에게서 빌려온 말입니다."

아버지는 그제야 깨달았다. '진회색 말은 영성이 있고, 끈기도 있고, 빠르다. 달리기만 하면 밖에서 온 군마들은 절대 따라잡을 수 없을 거란 말이지.' 진회색 말의 긴 울음소리와 함께 한 가지 꾀가 아버지 머릿속에서 떠올랐다. '말을 빨리 달려 도망치면 어떨까? 시제구사로 도망가면? 어쨌든 샹아마의 아이들과 깡르썬거, 나르가 지금 어떻게 됐는지 알아야 할 거 아닌가?'

아버지의 대담한 도발이 또 시작되었다. 생각을 바로 행동에 옮기는 습관은 여전했다. 아버지는 그야말로 한 마리의 짱아오였다. 좌우를 살피며 눈치를 보는 것은 그에게 맞지 않았다. 그는 항상 앞을 향해 나아갔다. 꼭 그때 유행하던 유행가 가사처럼. '앞으로, 앞으로, 앞으로, 우리의 대오는 태양을 향해 돌격!'

아버지는 태양을 향해 돌격했다. 약 15분쯤 달리자 두 군인과 경호원처럼 뒤따르던 짱아오들은 저 멀리 보이지 않게 되었다. 아버지는 방향을 꺾어 수풀이 무성한 언덕자락에 몸을 숨긴 뒤 왔던 길로 다시 질주해나갔다. 그리고 금세 조금 전 물에 빠졌던 곳으로 돌아올 수 있었다.

그곳에서 아버지는 놀라운 광경을 목격했다. 짱아오 대왕과 그의 동료들이 그곳에서 기다리고 있었다. 그놈들은 아버지 뱃속의 회충까지도 알고 있는 듯했다.

사실 그건 바람 덕이었다. 초원의 바람은 종종 동풍과 서풍이

뒤섞여 불어온다. 풀더미에서 불어오던 서풍은 물웅덩이까지 와서는 동풍으로 바뀌었다. 동남풍과 서북풍은 모두 같은 시간에 방향이 바뀌었다. 하지만 바람은 사람을 좇는다. 내가 어느 곳으로 향하든 바람도 그곳을 향해 불어오게 마련이다.

아버지를 쫓던 짱아오들은 일순 걸음을 멈추었다. 바람을 타고 온 냄새가 그의 행방을 알려주었기 때문이다. 아버지는 이미 돌아오는 길이었다. 두 군인만 아직도 아버지를 찾고 있을 뿐. 그들은 아버지가 실종되었다고 생각될 때까지 따라갔다.

아버지는 진회색 말을 타고 짱아오 대왕과 그 동료들에게 둘러싸여 왔던 길을 되짚어갔다.

한 시진을 채 못 갔을 때, 남쪽에서부터 저 멀리 설산을 향해 내달리는 건장한 사람들과 말들이 보였다. 그는 속으로 생각했다. '이 사람들은 어느 부락 소속일까? 뭘 하러 가는 거지?'

이 무리가 사라지고 얼마 지나지 않아 수풀의 물결 사이로 한 사람의 그림자가 성큼성큼 걸어오는 게 보였다. 그는 곰곰이 생각했다. '저 사람은 뭐하는 사람이지? 왜 내 눈에는 철봉라마 짱짜시의 모습과 똑같이 보일까?'

아버지는 그 사람을 맞아 앞으로 나갔다. 가까이 다가가서야 그가 바로 짱짜시라는 것을 확인할 수 있었다. 그러나 그의 손에는 이미 초원의 법률과 사원의 의지를 대표하는 철봉이 아니라 방랑자의 나무지팡이가 들려 있었다.

놀란 아버지가 말 등에서 뛰어내렸다. 짱짜시는 비통함을 감추지 못한 채 아버지의 팔을 잡아당기며 말했다. "드디어 자네를 다시 만났네. 꼭 다시 만나게 될 줄 알았지, 그래서 계속 자네를 찾고 있었네."

그는 유창한 한어로 샹아마의 아이들과 깡르썬거, 검은 짱아오 나르의 행방을 일러주었다. 그리고 덧붙였다. "한족 아가씨 메이둬라무가 빠어추쭈라고 부르는 그 아이는 이미 샹아마의 원수들이 앙라 설산에 숨겨져 있다는 정보를 무마허 부락의 강도 자마취에게 알려줬을 거야. 이제 곧 샹아마의 아이들은 무마허 부락의 손에 다시 넘겨질 걸세. 그 애들은 자네가 시제구 초원에 데리고 온 아이들이니 자네는 결코 수수방관해서는 안 돼."

짱아오 대왕은 짱짜시의 말을 들으며 나지막이 짖어댔다.

아버지가 발끈했다. "이 빠어추쭈란 놈은 정말 작은 악마로군. 항상 이놈이 다 된 밥에 재를 뿌린다니까."

짱짜시는 조용히 말했다. "빠어추쭈는 초원의 규칙대로 자기 가족의 복수를 하고 있는 거야. 하지만 초원에는 또 다른 규칙도 있지. '사람의 목숨은 값이 있고, 복수에도 끝이 있다.'는 거야. 유목민 한 명의 목숨은 20위안바오元寶라네. 한 집에 두 사람이 맞아죽었다면 그 목숨 값은 총 40위안바오가 되는 거지. 1위안바오를 70인위안銀元으로 환산하면 40위안바오는 2,400인위안이 되는 셈이야. 집에 이만한 인위안이 있으면 아주아주 좋은 세월을 보낼 수 있어. 그런데 아버지와 숙부를 잃고도 빠어추쭈는 여전히 가난뱅이인데 이런 삶이 뭐가 좋겠나? 복수심과 증오감만 쌓여갈 뿐. 게다가 샹아마 아이들의 손목을 자르는 건 복수라고 할 수도 없어. 이 아이들의 아버지가 빠어추쭈의 아버지와 숙부를 죽인 게 아니니까. 선한 사람이 성을 내면 아귀를 몰아낼 수 있지만, 사악한 사람이 성을 내면 오히려 아귀를 불러들인다네. 빠어추쭈는 지금 아귀를 불러들이고 있어. 아귀는 손이 없는 귀신이야. 밥을 구걸하다가 사람들한테 손이 잘렸거든. 그래서 그놈은 자기가 빌붙을 인간을 찾은 다음, 다른 사람의 손목을 자르려고 혈안이야. 자네도 방금 봤지? 기마사냥꾼들이 서쪽으로 날 듯이 달려가는 걸. 그 중에는 분명 아귀 붙은 사람이 있다고. 그놈들은 따거리에 두령하고 강도 자마춰의 명을 받들어 앙라 설산에서 샹아마의 일곱 아이들을 찾아내겠지. 그리고 무마허 부락의 목축지인 롱바오 습지초원에서 부락 산신의 이름으로 자기들 맘대로 형을 집행할 테고. 분명 길한 일보다는 흉한 일이 더 많을 거야. 손을 잘린 아이들은 가위튀한테 치료받지 못하면 모두 다 죽을 뻔해. 다행히도 그 기마사냥꾼들이 나를 알아보지 못하니까 나힌데 앙라 설산으로 가는 지름길을 물어보기까지 했지만, 만일 날 알아봤다면 내 손은 진작이 팔을 떠났을 걸세."

아버지는 미간을 찌푸리며 물었다. "초원의 왕법은 어디에 있죠? 설마 자기들이 법이란 건 아니겠죠?"

짱짜시가 말을 이었다. "그리고 깡르썬거 말인데, 깡르썬거가 앙라 설산에서 건강을 회복할 수 있을까? 건강을 회복한 후에 과연 자신의 용맹과 지혜로 명실상부한 설산사자임을 증명할 수 있을까? 나는 확신이 안 서네. 그놈이 죽을지 살지도 모르겠어. 깡르썬거 앞에 닥친, 말도 안 되게 불리한 이 싸움들을 피하게 해주고 싶은 게 내 마음이라고. 하지만 나한테는 방도가 없어. 내 몸뚱어리 하나도 제대로 보호할 수가 없는 처지인걸. 정말 내 속이야기를 하자면, 한짜시, 나는 내 손을 잃고 싶지 않네. 초원에서 손이 없는 사람이란 곧 죄인이야. 인사를 해도 받아주는 사람이 없어. 한짜시, 내 말 좀 들어보게. 자네는 이렇게 그냥 가버려서는 안 돼. 자네에게는 우릴 구할 방법이 있어. 공작위원회의 바이 주임 바이 마우진을 설득해서 샹아마의 아이들하고, 깡르썬거, 그리고 날 위해 당당하게 몇 마디 두둔하게 해주면 우리 운명은 지금처럼 이렇게 비참하지는 않을 걸세."

짱아오 대왕은 아닌밤중의 홍두깨처럼 짖어댔다.

아버지는 대답했다. "알겠습니다. 짱짜시. 다시 말씀하실 필요 없어요. 전 가야겠습니다. 원래 시제구사로 돌아가서 샹아마의 아이들하고 깡르썬거와 나르를 만나보려고 했는데, 지금은 안 가겠어요. 따미 초원으로 가야겠습니다. 될 수 있는 한 빨리요. 그럼 나중에 다시 만나요, 짱짜시. 몸조심하셔야 합니다. 아주 멀리 도망가세요. 숨어버리는 게 상책이에요. 절대로 부락 사람들에게 잡혀서는 안 됩니다."

짱짜시가 말했다. "자네, 너무 서두르지 말게. 자네한테 말해줄 이야기가 또 하나 있어. 송귀인 다츠를 봤네. 이 자는 당샹 대설산에서 숨어지낸 지 아주 오래 되었네. 거기서 피맺힌 복수를 준비를 하고 있지. 이 복수의 맹세가 어떤 것이 될지는 아무도 몰라. 하지만 그 자가 피맺힌 맹세를 실행에 옮길 것이라는 점은 확실해. 나는 두렵네. 그 자가 시제구 초원에 불쑥 나타난 것은 좋은 일이 아니야. 그 자를 경계하게."

아버지는 몸을 일으켜 말을 탔다. 두 눈이 기대에 가득 찬 방랑객 짱짜시를 뒤로 하고 따미 초원으로 분연히 말을 달려갔다. 여전히 그를 호송하던 짱아오 무리를 금세 뒤쪽으로 따돌렸다.

짱아오 대왕은 동료들을 데리고 아버지의 냄새를 따라 추격을 계속했다. 랑도협을 가로질러, 너른 바다 같은 따미 초원의 풀빛 물결이 일렁일렁 다가오는 게 보인 후에야 비로소 추격을 멈췄다. 따미 초원의 영지견들이 남긴 소변 냄새를 맡으며, 그들은 이미 낯선 초원의 변경에 도달했다는 걸 간파했다. 더 이상 전진한다는 것은 그들의 행동 습관에 어긋나는 일이었다.

기억 속에 잠재하는 상고의 규칙들이 또다시 짱아오들을 막아섰다. 그들은 영지견으로서 자신의 직책을 한시도 잊을 수 없었다. '자신의 영지를 지키며, 다른 사람의 영지를 침범하지 않는다.' 샹아마의 아이들이 깡르썬거를 네리고 시제구 초원으로 들어온 것처럼 주인이 데리고 들어가지 않는 이상 절대 타인의 영지를 침범할 수 없었다.

아버지는 그들의 주인이 아니었다. 시제구 초원에서 주인과 친근한 사람, 또 주인에게 친근하게 대접받은 손님에 불과했다. 이 점에 대해서는 영지견인 짱아오들과 대왕도 아주 잘 알고 있었다.

5장

흰 강아지 까까를
잃어버린 뒤

13

돌아오는 길 내내, 짱아오 대왕 호랑이머리는 한 마디도 하지 않았다. 그는 이미 방랑객으로 전락해버린 짱짜시가 아버지에게 한 말을 곱씹고 있었다.

물론 그의 말을 다 알아들을 수는 없었다. 하지만 민감한 몇 개의 단어들은 알아들었다. 예를 들어 앙라 설산, 샹아마의 아이들, 깡르썬거 등 말이다. 과거 사람들에게 들어보았던 그런 단어들은 이미 그의 머릿속에서 일정한 이미지를 형성하고 있었다. 그는 이 이미지를 연결해서 다음과 같은 논리를 만들어내려 했다. 즉, 앙라 설산—샹아마의 일곱 아이들—깡르썬거.

그는 때때로 고개를 들어 앙라 설산을 바라보았다. 가없이 높이 치솟은 산, 드넓은 바다 같은 하얀 물결이 보였다. 고즈넉이 이어진 봉우리들과 오묘하게 먼 땅, 비밀이 숨겨진 곳. 이 모든 것들이 전부 적의에 찬 유혹으로 변해버렸다.

깡르썬거, 자신이 한 입에 물어죽이겠다고 장담한 깡르썬거는 얼어붙은 산과 눈 덮인 봉우리의 한 구석에 숨어 매우 침착하게 그를 기다리고 있으리라. 대왕의 발걸음이 빨라졌다. 뒤를 바짝 따르는 회색 늙은 짱아오와 검은 짱아오 궈르는 대왕의 생각을 알 아차린 듯 몇 차례나 흥분한 목소리로 짖어댔다. 앙라 설산 앞에 다다르자 마치 깡르썬거를 앞에 둔 듯했다.

황혼이 물들었다. 멀리 띠아오팡산이 보였다. 하루 종일 아무것도 먹지 않은 짱아오 대왕은 멈춰서서 펑퍼짐한 코를 치켜들고 사방의 냄새를 맡기 시작했다. 뒤따라오던 동료들도 다가와 그의 곁에 둘러서서 똑같이 냄새 맡기에 정신을 집중했다. 그리고 의견을 주고받았다.

그들은 티베트 마모트Marmota Bobac와 새앙토끼(쥐토끼, 일명 우는 토끼)의 냄새를 맡았다. 또 스라소니와 티베트 불곰의 냄새도 맡았다. 그들은 지금 무엇을 먹는 게 가장 좋을지 의논중이었다. 의사 교환은 소리 없이, 오직 얼굴 표정과 몸동작으로 진행됐다.

회색 늙은 짱아오가 지금 가장 먹고 싶은 동물은 티베트 마모트였다. 티베트 마모트는 살도 통통하고 부드러운데다 잡기도 쉬웠다. 하루 종일 달린 탓에 이미 몸도 지쳤고, 한 끼를 위해 더 이상 힘을 빼고 싶지 않았다.

검은 짱아오 궈르가 지금 가장 먹고 싶은 것은 스라소니였다. 스라소니 고기는 가장 영양가 있고 피는 달콤했다. 암짱아오인 궈르는 꿀이 들어간 듯 달콤한 피 맛이 좋았다.

다른 짱아오들도 의견이 분분했다. 어떤 놈은 새앙토끼를, 어떤 놈은 티베트 마모트를 먹자고 했다. 의견이 너무 분분했기 때문에 그들은 대왕을 쳐다보며 결정을 기다렸다.

가장 편안한 자세로 땅에 엎드려 있던 대왕은 혀를 날름거리며 송곳니를 핥아댔다. 그 뜻은 '너희들 중에서 곰 고기를 먹고 싶은 놈은 없느냐? 나는 곰 고기가 먹고 싶구나.'라는 것이었다. 사실 왕의 결정이야말로 최후의 결론이었다.

이제 각자의 의견은 접었다. '고기라면 역시 곰 고기지! 곰 한 마리면 고기랑 피가 얼마나 많겠어? 배 두드려가면서 맘 놓고 먹을 수 있겠네! 잡는 데 좀 힘이 들어서 그렇지.'

곰은 확실히 곰이다. 곰은 야생 들소를 제외하고 초원에서 가장 힘이 센 야수다.

짱아오 대왕은 갑자기 일어섰다. 이미 감지해둔 티베트 불곰의 피신처 방향으로 신속히 달렸다. 그 외 짱아오 몇 마리도 황급히 뒤를 따랐다. 이런 때는 누구도 뒤처지길 원치 않는다. 이제부터 대격돌이 벌어질 테니까.

짱아오에게 식사는 본능이고, 싸움은 본능 중의 으뜸이다. 본능 중의 본능에 충실할 때 그들은 식사도 염두에 두지 않았다. 지금은 오로지 싸움만 생각하는 거다. 여름의 초원에서 손쉽게 얻을 수 있는 포획물들을 그들은 거들떠보지도 않았다.

짱아오 대왕과 백사자 까바오썬거는 둘 다 여기서 상대방을 만나리라고는 생각지 못했다.

네 개의 눈동자가 서로 부딪히는 순간 까바오썬거는 그만 분통이 터져 한바탕 짖어댈 뻔했다. '무슨 권리로 내 사냥에 끼어드는 거야! 이 티베트 불곰은 우리 주인집의 양떼에게 여러 번 접근한 놈이라 내가 오래 전부터 눈독을 들이고 있었어. 그러니까 내 거라고. 내가 물어죽여야 해!'

하지만 까바오썬거는 바로 노기를 억눌렀다. 어찌되었든 그의 눈앞에 서 있는 건 시제구 초원의 현재 대왕이었다. 화가 난다고 마음대로 화를 낼 수는 없었다. 대왕의 추종자들 앞에서 그 존엄을 함부로 짓밟을 수는 없었다. 날이 갈수록 커지는 야심을 억누르기 힘들었지만 시간은 아직 자기편이 아니었다. 아직은 어떤 의심의 흔적도 남기지 말아야 했다.

백사자 까바오썬거는 대왕을 향해 공손하게 꼬리를 들어올렸다. 대왕은 만족스러운 듯 꼬리로 답한 후 멀지 않은 곳에서 이미 짱아오들을 발견한 티베트 불곰을 쏘아보았다.

까바오썬거는 탄력 넘치는 네 다리로 정성을 다해 달려와 짱아오 대왕과 어깨를 나란히 하고 섰다. 고개를 돌려 슬쩍 쳐다보던 대왕은 상대의 어깨가 자신의 어깨와 전혀 차이가 나지 않는 동일 선상에 위치해 있다는 걸 확인한 순간 몹시 불쾌해졌다. 어떤 짱아오도 이런 식으로 행동하지 않았다. 특히 강력한 적수를 만났을 경우, 대왕이 허락하지 않는 한 모든 짱아오들은 그의 엉덩이를 넘어설 수 없다.

대왕은 코를 찡긋거리며 그에게 경고했다. '이 위치는 매우 위험하니 너는 조금 뒤로 물러나야 한다.'

백사자 까바오썬거도 순간 당황했다. '내가 서지 말아야 할 위치에 서 있었구나.'

그는 부주의했다. 자기도 모르는 사이에 대왕과 동등해지려는 야심을 드러내버린 것이다. 불안했다. 하지만 곧바로 물러나지는 않았다. 기왕 잘못해버린 거 군이 정정할 필요가 없다고 생각하는 듯했다. 그는 화를 내며 앞쪽의 티베트 불곰을 노려보았다. 그러면서도 곁눈질로 짱아오 대왕을 훔쳐보았다.

대왕은 군이 자신이 나서지 않더라도 다른 짱아오가 나타나 이렇듯 무지하고 건방진 놈을 훈계하리라는 걸 알고 잘 있었기에 까바오썬거와 더 이상 다투지 않았다. 다만 눈꼬리에 냉소의 빛을 띠며 아무렇지 않은 척 커다란 두개골을 씰룩일 따름이었다.

과연 뒤쪽에서 한 짱아오가 튀어나와 백사자 까바오껀거를 어깨로 사납게 밀어붙였다. 회색 늙은 짱아오였다. 그로서는 상상할 수도 없는 일이었다. '시제구 초원의 짱아오 대왕에게 이렇게 불경스럽게 구는 짱아오가 있다니!' 그의 분노는 대왕의 분노보다도 더 강렬했다.

한 번에 백사자 까바오썬거를 제자리로 밀어내지 못하자 회색 짱아오는 또다시 달려들었다. 그는 어금니까지 번뜩이며 이 예의 바르지 못한 청년을 위협했다. 이런 건방진 행동의 죄과는 유혈뿐임을 각인시키고 싶었다. 그러나 그가 징벌하려는 대상은 감히 대왕과 어깨를 나란히 하려는 예사롭지 않은 상대요, 오히려 자신을 한껏 경멸하고 있다는 사실을 미처 몰랐다.

회색 늙은 짱아오가 뒤에서 튀어나와 자신을 사납게 밀어붙인 후, 백사자 까바오썬거는 그가 결코 자신의 적수가 될 수 없음을 알아차렸다. 늙은 짱아오는 까바오썬거를 밀어붙일 때 마치 바위를 미는 느낌이었다. 상처를 입은 쪽은 오히려 자신이었다.

회색 늙은 짱아오가 두 번째 달려들 때 백사자 까바오썬거는 짱아오 무리는 물론 대왕까지도 깜짝 놀랄 행동을 하고 말았다. 제자리에서 펄쩍 뛰어, 달려드는 그의 머리 위를 가뿐히 넘은 것이다. 그의 몸 뒤로 착지를 하는 동시에 몸을 돌려 꼬리를 덥석 물어 힘껏 잡아당겼다.

회색 늙은 짱아오의 몸이 휘청거렸다. 미친 듯이 짖어대며 허리를 굽혀 물려고도 해봤다. 하지만 백사자 까바오썬거는 회오리바람처럼 몸을 다시 뱅글 돌리더니 다시 한 번 제자리 도움닫기를 했다. 이번에는 앞으로 뛰어들었다. 앞은 그들 공동의 적인 티베트 불곰이 버티는 곳이었다.

이 모든 동작은 매우 세련되어서 물 흐르듯 부드러우며 기지가 넘치고 흉악하기까지 했다. 조금의 군더더기도 없었다. 각 동작들은 톱니가 맞물리듯 정확히 맞아떨어졌다. 특히 두 번의 도약과 두 번의 회전은 최고의 경지에 이른 사냥기술 그 자체였다.

짱아오 대왕도 이 모습을 바라보며 경탄했다. 인정하지 않을 수 없었다. '백사자 까바오썬거가 자신을 자랑할 만하군. 정말 비범한 기량을 가진 놈이야.'

그는 까바오썬거를 향해 찬탄을 보내고 싶었다. 하지만 알 수 없는 힘이 그 충동을 억눌렀다. 그것이 무엇인지는 자신도 알 수 없었다. 어쩌면 그때는 미처 알지 못했다고 이야기하는 것이 더 정확하리라. 대왕은 백사자 까바오썬거가 이미 티베트 불곰 앞으로 뛰어든 것을 보고는 응원을 하듯 포효를 하며 달려갔다.

갈색의 거대한 수놈 티베트 불곰이었다. 티베트 불곰은 짱아오를 보자 본능적으로 꽁무니를 뺐다. 초원에서 곰처럼 거대한 네 발 동물에게 덤비거나 심지어 죽일 수도 있는 유일한 동물이 짱아오이기 때문이다. 그러나 지금 불곰은 달릴 수가 없었다. 백사자처럼 생긴 짱아오가 이미 눈앞에 떡 버티고 그의 앞길을 가로막은 것이다. 몇 마리 다른 짱아오들도 사방에서 포위망을 좁히며 압박해오고 있었다.

분노의 포효가 터져나왔다. 사람처럼 두 발로 선 티베트 불곰은 백사자 까바오썬거에게 앞발을 힘껏 휘둘렀다. 까바오썬거는 얼른 피했다. 그는 이 앞발의 위력을 잘 알고 있었다. 한 대만 맞아도 이곳을 걸어서 떠날 생각일랑 하지 말아야 한다. 날카로운 손톱은 가죽과 살을 찢고, 맹렬한 힘은 근육을 끊고 뼈를 부러뜨릴 수 있었다.

상대를 적중시키지 못한 티베트 불곰은 산이 무너지듯 분노에 찬 소리를 지르며 덮쳐왔다. 백사자 까바오썬거는 뒤로 뛰어올라 다시 한 번 성공적으로 피신했다.

그러나 백사자 까바오썬거는 계속 피하기만 할 뿐 곰에게 달려들지 못했다. 짱아오 대왕 호랑이머리와 그의 동료들에게 자신의 기량을 보여주어야 마땅했다. 그러려면 공격은 필수였다. 그것도 일격에 성공해야만 했다. 하지만 기회가 없었다.

거대한 수놈 티베트 불곰은 자신의 최대 약점인 부드러운 배를 보호하며 무거운 앞발을 번쩍 치켜들었다. 왼발! 오른발! 두 발을 연달아 휘두르자 까바오썬거의 공격범위는 불곰의 반경 1미터 밖으로 제한되었다.

평소처럼 혼자서 불곰을 공격하거나 동료인 신사자 사제썬거, 독수리사자 총바오썬거와 함께였다면 상대에게 빨리 접근하지 못한다고 해서 지금처럼 초조하지는 않을 것이다. 티베트 불곰과의 싸움은 속도전이 아니라 지구전이기 때문이다. 끝까지 포기하지 않고 공격하기만 하면 티베트 불곰은 계속 무위로 돌아가는 자신의 앞발 공격에 짜증을 낼 것이고, 그로 인해 마구잡이 공격에 돌입할 터였다. 그때 약점은 드러나게 되어 있다. 그런 순간에는 그야말로 명실상부한 치명상을 입힐 수 있다.

하지만 지금은 그런 때가 아니었다. 지구전이 아니라 속도전이 필요했다. 까바오썬거가 지금 여기서 싸우는 대상은 티베트 불곰이 아니라 자신의 동족, 속으로 인정할 수 없었던 짱아오 대왕과 그의 수하들이었다.

백사자 까바오썬거는 다급한 마음에 좌우로 뛰어다니며 커다란 불곰이 이리저리 앞발을 뻗어 초조한 공격을 하도록 유인했다. 쌍방 모두에게 힘과 시간을 빼앗아가는 소모전이었다. 까바오썬거가 송곳니를 이용해 티베트 불곰의 배를 찢고 창자를 끄집어낼 기회는 여전히 오지 않았다.

티베트 불곰도 상대방의 몸에 손을 댈 기회를 잡을 수가 없었다. 까바오썬거의 백설 같은 체모 한 움큼도 만질 수 없었다. 한참을 싸운 뒤 싸움은 교착 상태로 굳어졌다. 더 이상 격렬한 싸움이 있을 것 같지 않았다.

거대한 티베트 불곰의 뒤쪽을 기웃거리던 짱아오 대왕과 그의 동료들은 서로 눈빛을 교환했다. 회색 늙은 짱아오와 검은 짱아오 귀르는 좀이 쑤시는 눈치였다. 뒤편에서 공격해 들어가면 안 되느냐고 물었다.

대왕은 으르렁거리며 그들을 제지한 후 큰 꼬리를 바닥에 깔고 여유롭게 땅에 주저앉았다. 백사자 까바오썬거의 기량을 좀 보고 싶었다. 조급하게 자신의 위세를 보여줄 필요가 없었다. 대왕은 혼자 티베트 불곰을 물어죽이는 방법으로 능력을 증명해 보일 필요가 없었기 때문이다. 그에게는 이미 여러 차례 혼자서 티베트 불곰을 물어죽인 경험이 있었다.

백사자 까바오썬거의 기량은 거대한 체구의 티베트 불곰 앞에서 거의 발휘되지 않았다. 공격은 지극히 단조로워 평범한 짱아오와 다른 점이 없었다. 심지어 짱아오로서 가져서는 안 될 겁먹은 모습까지 보였다. 공격을 피할 때는 이를 이용해 또 다른 공격 기회를 얻어야 하는데, 피하는 것 자체가 목적이 되어버린 것이다. 이런 상황에서는 낭패와 무능, 조급함, 허둥지둥하는 모습밖에 보여줄 수 없다.

여전히 싸움은 교착상태였다. 영원히 이 상태를 벗어나지 못할 것 같았다. 짱아오 대왕이 일어섰다. 그는 자신의 역할에 대해 심사숙고했다. 티베트 불곰의 뒤꽁무니에 있는 건 그놈이 뒤로 도망치지 못하도록 지키기 위해서가 아니었다. '까바오썬거가 성공하지 못한다면 내가 나서야 하지 않을까?'

대왕은 크게 으르렁거렸다. 위엄과 권세를 갖춘 힘차고 당당한 발걸음으로 나아갔다. 이런 걸음걸이를 선택한 것은 백사자 까바오썬거에게 해주고 싶은 말이 있었기 때문이다. '너는 비켜라. 나와 불곰의 일대일 싸움을 지켜보라. 15분, 절대 15분을 넘기지 않을 것이다. 티베트 불곰의 끓는 피가 내 차디찬 송곳니를 적시게될 것이다. 그때 너도 피 한 모금을 마실 수 있도록 윤허하노라.'

하지만 짱아오 대왕은 몹시 실망할 수밖에 없었다. 그의 상상이 실현되지 않았기 때문이다. 그가 채 가까이 다가가기도 전, 형세가 급작스럽게 바뀌었다.

백사자 까바오썬거가 재차 달려들었을 때 난폭한 티베트 불곰은 다시 두 발로 서서 두껍고 힘센 발바닥으로 앞발 공격을 감행했다. 까바오썬거는 빠른 속도로 물러섰다가 쏜살같이 달려들었다. 앞선 공격들처럼 곰이 네 발로 땅을 디딜 때까지 기다리지 않았다. 곰이 두 번째, 세 번째 앞발 공격을 시도하도록 보고 있지만도 않았다.

까바오썬거는 네 다리로 힘 있게 뛰어올라 잽싸게 덤벼들었다. 자신의 힘을 충분히 이용한 공격이었다. 마치 팽팽한 활시위를 떠난 화살처럼, 서늘한 빛이 번쩍하더니 '슝' 소리와 함께 적중했다. 한 입에 티베트 불곰의 배를 물어뜯은 것이다.

이빨이 박힌 깊이로 보건대 뱃속 가장 깊은 창자까지 너끈히 끊을 정도였다. 티베트 불곰은 커다란 앞발을 힘껏 내리쳤다. 갑자기 '휙' 하는 바람이 불어왔다. 바람이 점점 세게 느껴질수록 곰 발바닥도 가까워졌다. 곰의 앞발이 까바오썬거의 허리를 내리치는 순간이었다.

그 순간, 까바오썬거가 '휙' 하니 바람을 일으키며 허리의 방향을 돌렸다. 까바오썬거는 흐르는 물처럼 유연하게 몸을 굽혀 티베트 불곰의 몸과 평행을 이루었다. 괴력을 가진 곰의 발바닥은 까바오썬거의 새하얀 꼬리에 닿았다. 백설의 꼬리는 그야말로 눈이 되었다. 포근하고 부드러운 눈. 그 눈은 살포시 날려 곰 발바닥의 비수 같은 날카로움과 강력한 힘을 녹여버렸다. 이어서 백사자 까바오썬거는 몸을 그대로 빼내어 뛰어내렸다.

티베트 불곰의 몸을 떠나는 까바오썬거의 송곳니는 곰의 창자를 배 밖으로 끌어내 땅바닥에 쏟아버렸다. 배 속에서 흘러나온 피와 물이 땅을 적셨다.

티베트 불곰은 포효하며 반항했다. 산그림자처럼 높다란 몸이 벌떡 치솟았다 무너지기를 수차례 반복했다. 백사자 까바오썬거는 멀리 떨어져 그를 지켜보았다. 모든 짱아오들도 멀리서 그를 피해 기다렸다. 그들은 알고 있었다. 이제 더 이상 힘을 낭비하면서 불곰과 대치할 필요가 없다는 것을. 그들은 가만히 지켜보고 있었다. 곰이 완전히 쓰러질 때까지, 헐떡이는 울부짖음으로 다시는 일어나지 못할 때까지.

백사자 까바오썬거는 득의양양한 모습으로 짱아오 대왕과 그의 동료들 앞에서 이리저리 배회했다. 그리고 고개를 뻣뻣이 치켜들고 여유로운 발걸음으로 죽어가는 티베트 불곰에게 다가갔다.

짱아오 대왕은 그의 성공에 아무런 기색도 하지 않았다. 과거였다면 다른 짱아오가 비범한 기량을 보일 때 높이 환호하며 감탄의 인사를 전했을 것이다. 특히 친근한 사이였다면 다가가 코를 부비며 축하해 주었을 것이다.

짱아오 대왕의 침묵은 그의 동료들에게도 전염되었다. 회색 늙은 짱아오와 검은색 짱아오 귀르 및 다른 몇몇 짱아오들도 냉랭한 시선으로 까바오썬거를 쳐다볼 뿐이었다. 그들은 육체적으로도, 정신적으로도 백사자 까바오썬거와 거리를 두기 위해 조심했다.

분위기가 너무 가라앉은 듯하자 대왕이 콧구멍을 넓히고 혓바닥을 날름거리는 표정으로 동료들에게 말했다. '백사자 까바오썬거의 실력이 대단하군. 하지만 최고의 실력은 아니야. 적과 대치하는 시간이 너무 길었어. 최고의 짱아오는 어떤 적수를 만나더라도 20분 안에 모든 전투를 끝마칠 수 있거든.'

회색 늙은 짱아오가 대왕의 엉덩이를 핥는 동작으로 거들었다. '우리 대왕처럼 말이죠.'

검은 짱아오 귀르는 이마의 털을 움직이는 표정으로 모두에게 전했다. '까바오썬거의 실력은 우리 대왕에 비하면 한참 아래야.'

짱아오의 대왕 호랑이머리를 우두머리로 하는 일곱여덟 마리의 짱아오와 백사자 까바오썬거는 물려죽은 티베트 불곰을 빙 둘러싸고 배터지게 포식을 했다.

관례대로라면, 짱아오 대왕이 함께 있을 때 포획물의 심장은 반드시 대왕에게 바쳐야 한다. 피로 가득 찬 심장은 포획물의 신체 장기 중 가장 따뜻하고 맛 좋은 부위이기 때문이다. 그런데 이번은 예외였다. 대왕의 식사가 시작되기도 전, 백사자 까바오썬거가 먼저 티베트 불곰의 심장을 삼켜버린 것이었다. 다른 짱아오들은 고개를 처박고 열심히 자기 식사만 하느라 심장이 어디로 갔는지는 신경도 쓰지 않았다.

짱아오 대왕은 까바오썬거의 행동에 경악을 금치 못했다. 겉으로는 도량이 넓은 대왕처럼, 배불리 먹을 수 있는 즐거움에 푹 빠진 것처럼 보이려 최대한 애썼지만, 마음의 평정을 유지할 수 없었다. 폭발할 것 같은 분노로 인해 불곰 고기를 씹듯 까바오썬거를 씹어주고 싶었다. 오늘의 불경에 비한다면 과거 까바오썬거의 건방진 행동들은 모두 웃어넘겨 줄 수 있었다. 하지만 이번만은 도저히 묵과할 수가 없었다.

심장을 먹어치우기 전, 백사자 까바오썬거는 뭔가 의미심장한 눈초리로 짱아오 대왕을 주시했었다. 이건 그의 행동이 고의적이었다는 의미이며, 예절과 법도를 몰라서가 아니라 대왕의 권위에 도발하겠다는 뜻이었다.

그렇다면 먹힌 것은 심장만이 아니었다. 까바오썬거는 짱아오 대왕의 존엄과 존재를 먹어치운 것이다.

감히 대왕의 존엄을 멸시하며 그 존재를 무시하는 짱아오들의 마음 상태야 다 같았다. 자신이 대왕보다 더 능력 있고, 용맹과 지혜에서도 이미 대왕을 뛰어넘었거나 곧 뛰어넘을 수 있다는 교만이었다. 이렇듯 오만방자한 짱아오를 대하는 대왕의 유일한 선택은 그가 지닌 교만의 불길을 잠재우고, 왕위를 넘보는 야심을 철저히 밟아주는 것뿐이다. 짱아오 대왕이 늙지 않은 이상, 너무 늙어 이제는 존엄이나 권력조차 부질없다고 여기지 않는 이상, 그렇게 해야만 한다.

짱아오 대왕은 아직 늙지 않았다. 오히려 짱아오의 일생 중 가장 힘세고 건강하며 의지와 기개가 넘치는 황금기를 보내고 있었다. 절대 다른 짱아오가 권력과 지위를 넘보게 놔둘 수 없었다. 백사자 까바오썬거가 하룻강아지 범 무서운 줄 모르듯 포획물의 심장을 차지하는 방법으로 대왕의 특권을 무시했다면 엄중한 징벌을 받아 마땅하다.

그렇다. 징벌이 있을 것이다. 백사자 까바오썬거는 언젠가 반드시 징벌을 받을 것이다. 하지만 지금은 아니다. 짱아오 대왕 호랑이머리는 생각했다. '지금 무엇보다 중요한 것은 설산사자 깡르썬거의 문제이다. 배를 든든히 채워놓아야 한다. 그리고 방랑객 짱짜시에게서 얻은 정보대로 앙라 설산에 가서 깡르썬거와 샹아마의 일곱 아이들을 찾자.'

반드시 한 입에 물어죽이리라고 다짐했던 자신의 동족이자 원수 깡르썬거는 분명 얼어붙은 산과 눈 덮인 골짜기의 한구석에 숨어 침착하게 대왕을 기다리고 있으리라.

짱아오 대왕은 동료들을 데리고 만찬 장소를 총총히 떠났다. 백사자 까바오썬거는 장난기 어린 목소리로 그들을 송별했다. 하지만 대왕은 가슴을 쫙 펴고 고개를 뻣뻣이 세운 채 그를 거들떠보지도 않았다. 대왕의 몇몇 동료들 역시 마찬가지였다.

이미 그는, 대왕에게 단단히 노여움을 산 것이다.

14

    니마 할아버지 댁은 곧 천막을 옮겨야 했다. 두령 쒀랑왕뛔이가 지시한 일이었다.

    쒀랑왕뛔이는 말했다. "올봄에는 비가 많이 와서 여름에 풀이 많이 자랐네. 설선雪線 아래 땅까지 모두 파릇파릇하게 되었어. 자네는 더 먼 산 위로 올라가 방목을 해야 될 걸세. 예루허 강변 양쪽 초원의 풀들도 아주 높이까지 자랐어. 겨울이 지나고 또 내년이 오면, 풀들이 올해처럼 많이 자라지 않을 거야. 단쩡활불도 이르지 않았나? 초원의 풀들은 한 해가 무성하면 자연히 다음해에는 잘 자라지 않는다고 말이야."

    메이둬라무는 그들과 같이 갈 수 없었다. 다른 유목민의 집에 묵어야만 했다. 헤어지기가 서운했다. 그녀는 니마 할아버지께 작별인사를 하고 빤주에와 라쩐 부부에게도 작별을 고했다. 일곱 살 뤄뿌를 안고 얼굴이 새빨개지도록 뽀뽀를 해주었다. 그리고 짱아오들과도 헤어져야 했다.

강아지들은 세상 물정 모르고 이리저리 뛰어다니며 장난을 치고 있었다. 어른들의 감정에는 아무 영향도 받지 않는 듯했다. 다 자란 양치기 개 세 마리와 집지기 개 두 마리는 천막을 옮기는 것이 무슨 의미인지를 잘 알고 있었다.

그것은 이별이었다. 정들었던 초원과 예루허와의 이별, 떠나고 싶지 않은 사람과 개들과의 이별이었다. 무엇보다도 오늘 아침 가장 중요한 이별 대상은 발치에 짐을 챙겨놓은 한족 아가씨 메이둬라무였다. 어른 짱아오 다섯 마리는 가슴 아프게 메이둬라무를 바라보며 무겁기만 한 꼬리를 천천히 흔들었다.

메이둬라무는 이 녀석의 털을 쓸어주는가 하면, 저 녀석에게 묻은 흙을 털어주었다. 그녀의 아름다운 눈동자는 반짝거리며 그들에게 말했다. '이번이 마지막이야. 적어도 여름하고 가을 동안은, 너희들 털도 쓸어줄 수도 없고 흙도 털어주지 못할 거야.'

그녀가 가장 좋아했던 개는 물론 백사자 까바오썬거였다. 목부터 꼬리까지 까바오썬거의 털을 쓸어주던 그녀는 갑자기 슬픔이 치밀었다. 울음이 나왔다. 눈물이 뚝뚝 떨어졌다. 까바오썬거는 그녀의 품안에 조용히 안겨 그녀의 손과 발을 핥아주었다. 그의 눈빛도 물기에 젖었다.

마지막으로 강아지 세 놈과의 이별이었다. "까까, 거쌍, 푸무, 이리 온! 마지막으로 한 번만 더 안아보자. 너희들이 다시 돌아오면 그때는 너무 무거워서 못 안아줄 거야. 너희들도 어른이 되는 거야. 그때에도 날 알아볼 수 있겠니?"

메이둬라무의 작별인사를 들은 거쌍과 푸무는 다가왔지만 하얀 강아지 까까는 올 생각이 없는 듯했다. 까까의 절름발이 엄마와 아빠인 백사자 까바오썬거는 돌아가며 코로 놈을 톡톡 쳐 데려왔다. 메이둬라무는 땅에 쪼그리고 앉아 강아지 세 마리를 품에 안고 한 마리씩 돌아가며 자기 손가락을 물렸다. 놈들은 힘껏 무는 척했지만, 늘 그랬던 것처럼 아프지 않게 살짝만 물었다.

천막을 등에 짊어진 야크는 이미 출발했다. 앞에서 길을 인도하는 빠주에는 이미 말을 타고 떠났고 양떼와 소떼도 막 길을 떠나고 있었다. 자신의 직무에 충직한 목양견들, 백사자 까바오썬거와 신사자 사제썬거, 독수리사자 총바오썬거는 꼬리를 흔들어 마지막 인사를 대신한 후, 의연히 몸을 돌려 가축들을 따라갔다.

메이둬라무도 알고 있었다. 이제는 손을 놓아 강아지들을 보내줘야 할 시간이라는 걸. 하지만 망설여졌다. 도저히 손을 놓을 수가 없었다. 손을 놓으면 모두 사라져버리고 말 것 같았다. 사람들과의 정도, 개들과의 정도 모두 사라져버릴 것만 같았다.

이때 그녀의 앞에 있던 니마 할아버지가 무언가를 이야기했다. 이어 라쩐도 똑같은 말을 했다. 한족 아가씨인 메이둬라무는 그들의 말을 알아들을 수 없었다.

라쩐은 자기 곁에 서 있는 절름발이 엄마 개와 쓰마오라고 불리는 집지기 개에게 손을 흔들며 말했다. "빨리 가렴, 빨리 가. 더 지체하면 따라갈 수 없어."

개들이 떠나자 라쩐은 메이둬라무의 품에서 검은 강아지를 안아 니마 할아버지에게 주었다. 또 다른 검은색 강아지 한 마리도 자신의 품으로 데려와 안으며 말했다. "잘 가요, 아가씨."

이 말은 알아들을 수 있었다. 메이둬라무는 일어나서 자신의 품 안에 있는 흰 강아지 까까도 라쩐에게 돌려주려 했다. 그러나 라 쩐은 손을 저으며 자기 몸에 걸쳤던 양가죽 손수건을 풀어 얼른 까까의 눈을 가려버렸다. 메이둬라무는 그제야 니마 할아버지와 라쩐의 의중을 읽을 수 있었다. '우리 집 개를 그렇게 좋아하니 한 마리 데리고 가세요.'

예상치 못한 상황에 놀라서 정신이 멍했다. '이 선물을 받아야 하나? 말아야 하나?'

니마 할아버지는 선량하게 웃으며 떠나갔다. 라쩐 역시 선량하 게 웃으며 발길을 재촉했다.

그녀는 뒤늦게 정신을 차리고 감격한 목소리로 "고맙습니다!"를 외치며 덧붙였다. "하지만, 저는 이 선물을 받을 수 없어요."

그러나 그들은 이미 그녀의 음성이 들리지 않는 곳으로 갔다.

왜 받을 수 없다고 했을까? 다른 사람의 선물을 거절하는 것은 실례인데 말이다. 게다가 이토록 귀엽고 사랑스러운 선물을.

사실 메이둬라무는 강아지 까까가 자신의 형과 여동생, 엄마와 아빠를 잃어버린 후 어떻게 될지 전혀 알지 못했다. 양가죽 손수 건에 눈이 가려진 하얀 강아지 까까 역시 뭐가 잘못되었는지 몰랐 다. 눈앞은 보이지 않았지만 그녀의 따뜻한 품속이 좋아 그 품을 파고들며, 핥고 물고 뜯어댈 뿐이었다.

안경잡이 리니마가 왔다. 메이둬라무의 이사를 도와주려고 온 것이다. 그녀의 새 집은 바로 니마 할아버지의 이웃 꽁뿌工布의 천막이었다.

꽁뿌 일가 역시 본디 두령 쒀랑왕뛔이의 분부에 따라 멀리 산 위로 올라가 방목을 해야 했다. 하지만 그 집에서 가장 사나운 양치기 짱아오가 그제 눈표범 다섯 마리에게 물려죽었다. 또 다른 양치기 짱아오 한 마리는 눈표범에게 배를 찢겨 사경을 헤매었다. 멀리 산 위로 올라가면 훨씬 더 많은 맹수들이 도사리고 있을 텐데, 그들 집에 있는 집지기 짱아오 두 마리로는 어림도 없었다.

쒀랑왕뛔이 두령으로서도 어쩔 수 없었다. "그럼 안 되겠군. 지금 꽁뿌네 집에서 무엇보다 시급한 일은 영지견 중 괜찮은 강아지 몇 놈을 골라 가장 좋은 소고기와 양고기를 먹여 빨리 키우는 것이네. 안 그랬다가는 가축들이 겁이 나서 예루허 맞은편 초원에도 가지 못할 게야."

메이뒤라무와 리니마는 꽁뿌네 집 문앞에 도착했다. 집지기 개 두 마리가 낯선 사람을 경계하며 짖기 시작했다. 꽁뿌와 그의 아내, 두 딸이 얼른 나와 손님들을 천막집 안으로 맞아들였다. 니마 할아버지 댁에 자주 놀러왔던 꽁뿌의 두 딸은 이미 메이뒤라무와 친한 사이였다. 그녀들은 '하하, 호호.' 웃으며 리니마의 손에서 짐을 받아 천막 부리에 놓아둔 채, 한 명은 메이뒤라무를 이끌어 왼편의 양탄자에 앉힌 뒤 손짓으로 뭔가를 열심히 이야기했고, 또 한 명은 어머니를 도와 우선 리니마에게 그리고 조금 후 메이뒤라무에게 차를 대접했다.

흰 강아지 까까는 눈을 가렸던 양가죽 손수건을 풀어버린 후 메이뒤라무의 품에서 폴짝 뛰어내렸다. 사방을 둘러본 그는 아무런 주저 없이 천막집 바깥으로 뛰어나갔다. 형과 여동생을 찾아 놀고 싶었다. 밖에 나가보니 형과 여동생이 안 보였다. 엄마 아빠도 없었다.

밖에는 평소 아저씨, 아줌마라고 부르던 꽁뿌네 집지기 개 두 마리만 있었다. 까까를 본 아저씨와 아줌마가 다가와 코로 다정하게 냄새를 맡았다. 하지만 까까는 어른 개들이 하듯, 짜증스럽게 고개를 가로저으며 그들을 떠났다. 그들과는 상대하고 싶지 않았다. 까까의 기억 속 아저씨와 아줌마는 매사에 엄격한 아주 재미없는 어른이었기 때문이다.

까까는 어리고 연한 목청으로 "멍멍" 짖어댔다. 형과 여동생, 엄마와 아빠가 대답해주길 기다렸다. 하지만 대답이 없었다. '획획' 불어오는 순풍과 더욱 거세게 '휘익, 휘익' 불어오는 역풍 사이에서는 아무 소리도 들리지 않았다.

뛰어보았다. 먼저 꽁뿌네 천막집을 빙 둘러 두 바퀴를 뛰었다. 가족들은 여기서 숨바꼭질 놀이를 하고 있는 게 아니었다. 다시 니마 할아버지네 집 쪽으로 뛰었다.

없었다. 아무것도 없었다. 땅에 있던 천막집이 없어진 것은 까까도 알고 있는 사실이었다. '천막집은 야크의 등 위로 올라가 앉았었지. 근데 야크는? 야크는 어디로 갔지? 주인님하고 양떼는 어디로 갔지? 형이랑 여동생, 엄마 아빠, 그리고 어른들은 다 어디로 간 거야?'

그들의 이름을 불러보았다. 이제 냉기만이 감도는 부뚜막에 올라가 고개를 쳐들고 먼 곳을 응시했다. 먼 곳이란 새파란 미지의 세계였다. 그가 전혀 가보지 못한 땅이었다.

한 가지 기억이 떠올랐다. 하루는 그와 형, 여동생이 저 멀리 미지의 땅에 과연 무엇이 숨겨져 있는지 탐험을 해보기로 했었다. 하지만 강물이 흐르는 곳까지 채 가기도 전에 절름발이 엄마개의 호된 호통을 들어야 했다. '이 녀석들, 썩 돌아오지 못해! 어서 돌아와!' 그때 엄마의 말을 듣지 않았다. 그러자 엄마는 친한 자매, 쓰마오 이모를 시켜 말썽꾸러기들을 소탕하도록 했다.

이모는 바람처럼 달려와 발차기로 단번에 형을 넘어뜨리고, 코로 여동생을 궁굴린 뒤, 한 입도 안 되는 까까를 물어올렸다. 쓰마오 이모는 천막집 문앞까지 한달음에 달려와 엄마에게 말썽꾸러기 조카들을 인계했다. 엄마는 입을 쫙 벌리고 천둥번개가 치듯 한참 동안 훈계를 하셨는데 하마터면 그 송곳니에 엉덩이가 찔릴 뻔했었다.

그 일 이후 한 가지 사실을 깨달았다. 강아지는 절대 먼 곳의 유혹을 받아 어른들과 주인의 천막집을 떠나서는 안 된다.

'하지만 지금은 사람도, 어른도 모두 먼 곳으로 가버렸는걸? 나 혼자만 남았어! 먼 곳엔 도대체 뭐가 있다는 거지? 왜 나만 버리고 간 거야?'

까까는 "앙앙앙~." 울었다. 눈물이 앞을 가려 아무것도 보이지 않았다. 자기가 부뚜막 위에 서 있다는 사실조차 잊어버렸다. 엉덩이를 뒤로 뺄어 앉는다는 것이 그만 '콰당' 하는 소리와 함께 굴러 떨어져버렸다. 한참을 굴렀다. "낑낑, 깽깽." 무슨 애교를 떨고 있는 것 같았다.

갑자기 어디선가 낯선 냄새가 강하게 풍겨왔다. 땅을 구르던 몸은 털이 숭숭 난 발톱에 부딪혔다. 얼른 일어났다. 눈물을 털어내고 보니 눈앞에는 개를 닮긴 했지만 절대 개가 아닌 짐승들이 서 있었다. 심장이 떨려왔다. 두려움은 비명으로 이어졌다. 온몸에 난 흰 털들이 꼿꼿하게 치솟는 것 같았다.

'늑대?' 흰 강아지 까까는 이 동물이 늑대라는 걸 알았다. 늑대를 본 건 지금이 처음이지만, 조상대대로 유전되어온 그의 기억은 태어날 때부터 무엇이 늑대의 냄새인지 알려주었다.

까까는 아직 어린 티가 가득한 목소리로 짖어댔다. 네 다리는 있는 힘을 다해 뒤로 뻗으며, 곧바로 앞으로 달려들 준비를 했다. 아무리 작은 강아지이지만, 늑대 세 마리의 밥 한 끼로도 부족할 만큼 너무나 작을지라도, 마음은 두렵고 떨려서 꼬리마저 얼어붙은 것 같더라도, 그는 분명 짱아오였다.

그는 도망과 구걸이 뭔지 몰랐다. 그의 뼈는 비록 여리지만, 그 여린 뼛속에는 지금은 늑대에게 약한 모습을 보여도 된다는 유전자가 없었다. 늑대가 왔다는 건 그에게 있어 공격 본능과 살해 본능을 일깨우는 자극제였다.

늑대 세 마리는 까까의 태도가 가소로웠는지 입가에 군침을 질질 흘리면서도 천천히 여유롭게 움직였다. 하지만 그것도 잠시였다. 뒤쪽에 서 있던 어미늑대의 생각이 바뀐 것이다. 자기 남편이 발톱으로 강아지를 힘껏 눌러 한 입에 먹어치우려는 걸 본 어미늑대가 재빨리 뛰어들어 어깨로 그를 밀쳐냈다.

어미늑대는 흰 강아지 까까를 입으로 낚아챘다. 마치 자기 새끼를 물듯 적절히 힘을 조절한 덕에 강아지의 살과 가죽은 전혀 상하지 않았고, 늑대의 입에서 떨어지지도 않았다. 어미늑대는 앞으로 달려갔다. 그의 남편과 다른 수늑대가 뒤를 쫓으며 주둥이에서 먹이를 빼앗으려 했다. 그러나 어미는 가슴에서 울리는 나지막한 경고로 그들을 반경 1미터 밖으로 내쫓았다. 그 이후로도 어미늑대는 수늑대의 접근을 한사코 뿌리쳤다. 그녀는 경계 어린 눈빛으로 수늑대들을 바라보며 가장 빠른 지름길을 선택해 앙라 설산으로 내달렸다.

초원과 앙라 설산이 이어지는 관목림에서 웃통 벗은 빠어추쭈가 튀어나왔다. 그는 주둥이에 흰 강아지를 물고 있는 늑대를 발견하고는 놀라 소리쳤다. "설랑이다."

설랑 세 마리는 일순간 달리는 속도를 높였다. 설랑은 황원 늑대의 일종으로 털이 두디워 더운 곳을 싫어한다. 그들의 거주지는 설산의 위쪽, 매우 추운 지방이었다. 설선 위에 사는 많은 동물들, 예를 들어 눈토끼, 눈쥐, 눈여우처럼 설랑의 몸은 천지를 뒤덮은 눈과 착시현상을 일으킬 하얀 털로 뒤덮여 있다. 털 색깔은 더욱 비밀스러운 행동을 보장해주므로 그들을 더 교활하게 보이도록 한다. 이런 그들을 해칠 수 있는 천적이라야 설선 이상 지역의 패왕霸王인 티베트 불곰과 눈표범 정도다.

설랑은 초원에서 교활하고 음모가 많기로 유명하다. 그래서 유목민들은 정직하시 못한 사람을 묘사할 때 '간사하기가 설랑 같다.'라고 했다. 설랑은 사냥과 싸움을 통해 먹이를 얻지 않는, 매우 보기 드문 늑대이다.

그들은 항상 가장 안전한 지역에서 가장 쉽게 배를 채울 수 있는 시기를 택해 초원에 출몰한다. 가령 지금처럼 유목민들이 막 이사를 한 뒤 초원에 아직도 많은 사람들의 흔적이 남아 있을 때에 나타나는 것이다. 그들은 심지어 까마귀보다도 더 재빨리 이곳에 달려왔다. 혹시나 사람들이 버리고 간 상한 고기나 뼈다귀, 혹은 가죽이나 가죽 끈이라도 없는지 보러온 것이다.

그런데 아직 철모르는 흰 강아지 한 마리가 난데없이 눈앞에 나타났으니, 그들은 기뻐 어쩔 줄 몰랐다. 이 얼마나 신선하고 부드럽기 그지없는 먹이인가? 군침이 절로 흘렀다.

하지만 어미설랑은 흐르던 군침을 한순간에 삼켜버렸다. 그 누구에게도 이유를 설명하지 않은 채 포식자에서 먹이의 보호자로 탈바꿈해버린 것이다.

앙라 설산에서 초원으로 이어지는 길에 있는 첫 번째 눈 덮인 삼각지가 눈앞에 펼쳐졌다. 어미설랑은 더욱 속도를 내 수놈 설랑 두 마리와의 거리를 벌려놓았다. 그리고 잠시 멈춰 한 발로 강아지를 밟고 거친 숨을 들이마셨다.

흰 강아지는 "멍멍멍." 짖으며 반항했다. 어미설랑의 발톱을 이리저리 물어뜯었다. 어미설랑은 돌기가 촘촘한 혓바닥으로 강아지를 힘껏 핥았다. 설랑의 입에 물린 채 꼼짝 못하던 강아지는 아파서 정신이 어질어질하고 눈에는 눈물이 핑 돌았다. 그 사이 수놈 설랑이 뒤를 바짝 쫓아왔다. 어미설랑은 흰 강아지를 다시 입에 물고 달렸다. 광활한 충적 삼각지를 건너 앙라 설산의 하얗게 얼어붙은 산골짜기까지 쉬지 않고 달렸다.

흰 눈 덮인 언덕의 뒤편에는 짱아오 대왕이 동료 몇을 데리고 이미 오래 전부터 매복을 하고 있었다. 그는 조용히 고개를 내밀어 흐릿한 시선으로 멀리서 달려오는 설랑 세 마리를 바라보고 있었다. 곁에 있는 회색 늙은 짱아오와 검은 짱아오 귀르는 기다리기가 좀이 쑤셨다. 지금이라도 튀어나가고 싶었다. 하지만 짱아오 대왕은 근엄한 눈빛으로 그들을 제지했다.

대왕은 흐릿한 시선으로 점점 더 근접해오는 설랑들을 놓치지 않고 바라보았다. 앞서 달리는 어미늑대 한 마리와 그 뒤를 좇는 수늑대 두 마리가 보였다. 어미늑대의 주둥이에는 하얀 강아지 한 마리가 물려 있었다.

짱아오 대왕만은 특유의 넓고 두터운 코를 사용해 힘껏 냄새를 들이마셨다. 흰 강아지의 몸에서 짱아오의 체취가 났다. 그 체취는 백사자 끼비오썬거외 것과 똑같았다. 짱아오 대왕 호랑이머리는 이 강아지가 니마 할아버지 댁의 강아지, 절름발이 엄마 짱아오와 아빠 백사자 까바오썬거 사이에서 태어난 개임을 알아차렸다.

'백사자 까바오썬거?' 이 이름을 생각만 해도 치가 떨렸다. '까바오썬거는 정말 대단하군. 자기 아이 하나 제대로 간수도 못하는 주제에 유목민의 양떼와 소떼를 보호하겠다고?'

대왕은 출격하지 않았다. 늑대를 발견하기만 하면 어김없이 출격하던 짱아오 대왕이었지만 이번만은 예외였다. 설랑 세 마리가 자신의 눈앞에서 흰 강아지를 물고 지나가는 걸 보면서도 짱아오로서의 사명을 이행하지 않았다. 그 사명은 스스로의 마음속 깊은 곳에서 울리는 경고를 들은 뒤 조용히 사라져버렸다. 지금 이 순간 대왕이 존중하는 유일한 음성이었다. '전체 시제구 초원에서 너의 권력에 감히 도전장을 내밀고, 너의 존재를 멸시하는 놈은 백사자 까바오썬거뿐이다. 너는 이미 그를 징벌하기로 결정했다. 징벌의 날은 이미 오지 않았느냐? 너의 날카로운 이빨로 그놈을 공격하는 것이나 아이를 잃어버린 고통을 안겨주는 것으로 그놈을 공격하는 것이나 실은 마찬가지다. 전자가 너의 용기를 보여주는 것이라면 후자는 너의 지혜를 드러내는 것이다. 용기와 지혜는 짱아오의 대왕이라면 반드시 갖춰야만 할 무기이다.'

짱아오 대왕이 이런 생각에 빠져 있는 동안 설랑 세 마리는 사라져버렸다. 끊임없이 이어지는 빙산설령氷山雪嶺의 굽이굽이 사이로 건장한 몸을 숨겨버렸다. 짱아오 대왕 호랑이머리는 분노에 가득 차 울부짖었다. '네 녀석들, 오늘 재수가 좋은 줄 알아라! 언젠가는 내 너희들을 부숴먹고 말 테다!'

대왕을 바라보던 동료 중 몇몇은 그의 말뜻을 곧바로 이해했다. 물론 몇몇은 여전히 이해할 수 없었지만 그들은 모두 대왕에 대해 절대적인 복종을 표시했다.

짱아오 대왕은 눈 덮인 언덕으로 펄쩍 뛰어올라 망망한 설산을 조망하더니 결연한 발걸음으로 전진해 나아갔다. 그는 행동으로 자신의 뜻을 동료들에게 전했다. '찾아야 한다. 찾아야 한다. 계속해서 찾아야 한다. 목표를 찾기 전에는 절대 이 산을 떠나지 않는다.'

이미 열흘 남짓 그들은 앙라 설산을 뒤지며 그 밉살스런 침입자를 찾고 있었다. '깡르썬거는 어디에 있을까? 샹아마의 일곱 아이들은 어디로 숨은 거야?'

처음에는 자신이 있었다. 공기 중에는 깡르썬거의 체취가 떠돌았고, 눈 덮인 땅에도 샹아마 아이들의 냄새가 머물고 있었다.

총명한 쨍아오 대왕은 알고 있었다. 땅에서 깡르썬거의 체취를 찾을 수 없는 이유는 깡르썬거가 사람에게 메인 채로 앙라 설산에 갔기 때문이었다. 아이들이 개와 함께 있다는 것까지 알고 있었다. 공기 속에서 깡르썬거의 체취를 찾기만 하면, 샹아마 아이들도 찾을 수 있다. 쌓인 눈 속에서 샹아마 아이들의 냄새를 찾기만 하면 깡르썬거도 찾을 수 있다.

하지만 시간이 흐르면서 바람은 깡르썬거의 체취를 다 날려버렸다. 휘날리는 눈가루는 아이들의 냄새를 덮어버렸다. 아무리 냄새를 맡아보려 해도 기미가 없자 그들은 사방으로 수색을 하기 시작했다. 산골짜기를 하나씩 하나씩 이 잡듯이 뒤졌다.

찾으려는 목표는 찾지 못하고, 이틀 연속 티베트 불곰만 두 마리나 만났다. 그들은 티베트 불곰을 저녁식사로 해치웠다. 또 두 번이나 눈표범을 만났다. 눈표범은 점심 끼니로 먹어치웠다. 한번은 건장한 야생 야크를 다 같이 에워싸 잡았다. 그런데 야생 야크가 '쿵' 하고 넘어지자 그 진동으로 근방의 설산에서 눈사태가 일어났다. 그들은 걸음아 날 살려라 도망을 쳤고, 눈 깜짝할 사이에 야생 야크는 무너져내린 얼음과 눈 더미에 파묻혀버렸다. 야생 야크를 못 먹으면 설랑을 먹으면 되지. 설랑의 고기는 노린내가 매캐했다. 쨍아오 대왕과 그 동료들이 가장 좋아하는 미식은 바로 이렇게 노린내 나는 설랑의 고기였다.

그런데 오늘, 그들이 그렇게 잡고 싶어하던 설랑 세 마리를 그냥 놓아보냈다.

그들은 주린 배를 움켜쥐고 평생 와본 적 없는 높고 커다란 설봉을 향했다. 얼음과 눈에 뒤덮인 이곳에서도 날카로운 눈과 영민한 귀와 민감한 코를 사용해가며 포기하지 않고 시제구 짱아오들의 원수인 깡르썬거와 시제구 사람들의 원수인 샹아마 아이들을 추적했다. 배를 든든히 채워줄 야수도 함께 찾았다.

그들은 육식동물 먹는 걸 좋아했다. 사나운 야수일수록 더 열심히 사냥했다. 연약하고 온순한 초식동물들은 절대 먹지 않았다. 양도, 판양(느얀)도, 티베트 푸른 양(느와)도, 티베트 영양도 먹지 않았다. 야생 당나귀와 야생 낙타도 먹지 않았고, 백순록, 꽃사슴, 알핀 사향노루, 사불상四不像[53]은 더더욱 사양했다. 배가 고프고 피곤해 죽을 지경이 되면 가장 잡기 쉬운 티베트 마모트와 야생 토끼를 사냥해 허기를 때웠다. 하지만 아주 가끔이었다. 배불리 포식을 하지도 않았다. 항상 굶주린 상태를 유지했다. 먹잇감을 찾을 때의 초과운동량을 통해 위장의 꿈틀거림을 자극했다. 위장의 꿈틀거림은 참기 어려운 굶주림을 만들어냈다.

참기 어려운 굶주림이야말로 야수에게 도전할 용기와 습관을 만들어주는 촉매제였다. 맹수를 포식하는 이런 습관이 그들을 초원의 진정한 맹수가 되게 했다. 다른 말로 하자면, 야수들은 하나같이 자기보다 힘이 약하고 속이기 쉬운 동물을 포식 대상으로 삼

---

53) 꼬리는 나귀와 비슷하고 발굽은 소와 비슷하며, 목은 낙타와 비슷하고, 뿔은 사슴과 비슷하여 전체적으로 어느 것도 닮지 않은 짐승.

지만 오직 짱아오만은 자기보다 더 흉악하고 잔인한 상대, 더 크고 악랄한 학살자들을 먹어치우는 것을 좋아했다. 그리하여 그들은 천하무적, 초원의 제일가는 사냥꾼이 된 것이다.

이날도 왕과 그의 동료들은 깡르썬거와 샹아마 일곱 아이들을 찾지 못했다. 대신 티베트 스라소니 한 쌍을 발견해 잡아서 물어죽이고 먹어치웠다. 또 설랑 한 마리를 잡아, 물어죽이고 먹어치웠다. 밤이 다가오는데도 그들은 여전히 수색을 멈추지 않았다.

사람들과 달리 그들은 절대 의기소침해하지도 절망하지도 않는다. 지나치게 명확한 시간개념 따위도 없었다. '벌써 몇 시간째 찾고 있는 거야? 아직 얼마나 더 찾아야 해?' 이런 문제제기 같은 것은 애당초 존재하지 않았다.

찾지 못했다면 찾아야 할 뿐이다. 목표를 찾아내는 그날, 비로소 임무는 종결된다.

15

  메이뒤라무와 리니마가 초원을 헤매며 흰 강아지 까까를 찾고 있을 동안, 웃통 벗은 빠어추쭈는 초원과 앙라 설산을 잇는 관목림에 계속 머물고 있었다.

  관목림 깊은 곳에 천막집 몇 개가 있었다. 팔보길상도八寶吉祥圖[54]가 그려진 오색 천막으로 예루허 부락의 두령 쒀랑왕뛔이 일가의 전용 피서지였다. 두령의 아들들과 시녀들은 이곳에서 자주 춤추고 노래했다. 그들은 노래하며 춤을 출 때는 장화를 신고, 노래 없이 춤만 출 때는 장화를 벗었다. 장화는 옷과 모자와 같이 땅에 아무렇게나 던져놓았기 때문에 살금살금 다가가 장화 한 켤레를 들고 와도 절대 들키지 않을 수 있었다.

---

54) 티베트어로는 짜시다제扎西達傑로 티베트 회화에서 가장 보편적이며 깊은 의미를 담고 있다. 금, 은, 동의 조각 형태나 목각 형식이 자주 보이며 보산寶傘, 금어金魚, 보병寶瓶, 연화蓮花, 하얀 바다고둥, 길상 매듭, 승리당勝利幢, 금륜金輪이 조합된 형태이다.

하지만 오늘 그들은 계속 노래를 부르고 있었다. 노래를 하다 지치면 먹고 마시고, 배가 부르면 다시 노래를 불렀다. 마치 빠어추쭈가 장화에 눈독 들인다는 사실을 알고 있기라도 한 듯, 아무리 기다려도 장화를 벗어던질 기미가 보이지 않았다.

초원을 헤매는 메이둬라무와 리니마의 모습을 보았지만, 그들이 까까의 이름을 애타게 부르는 소리를 들었지만, 그놈의 장화 때문에 자신이 목격한 광경을 그들에게 일러줄 수가 없었다. 어미 설랑 한 마리가 흰 강아지 까까를 입에 물고 수설랑 두 마리에게 쫓기며 앙라 설산으로 뛰어간 장면 말이다.

빠어추쭈는 생각했다. '선녀 메이둬라무가 꼭 장화를 신어야 한다고 했으니, 장화를 안 신은 채 어떻게 메이둬라무에게 간단 말이야? 그래, 조금만 참으면 돼. 나도 이제 곧 장화가 생길 거야.'

"까까! 싸싸!" 띠이오팡산에서 멀지 않은 초원, 꽁뿌의 천막집 주위를 돌며 메이둬라무와 리니마는 사방팔방으로 소리를 질렀다.

가까이로는 푸르른 예루허가 흐르고, 멀리로는 눈 덮인 산과 얼어붙은 골짜기가 끝없이 펼쳐졌다. 그 골짜기 아래 연푸른 산봉우리와 동산들이 시커먼 관목 수풀과 이어졌다. 산기슭 앞을 침엽수림이 막아서자 관목림은 흐르는 물처럼 침엽수림을 둘러 초원을 향해 뻗었다. 초원은 제멋대로 춤추었다.

"까까! 까까!" 두 사람의 외침은 단단한 돌덩이가 예루허를 찰그랑 찰그랑 깨뜨리는 소리처럼 허공으로 날아올랐다가 다시 떨어졌다.

강과 여울에 가득한 마자어麻子魚[55], 조기, 개머리고기狗頭魚[56]들은 더러 호기심이 나고 더러 놀랍기도 한지 "풍덩! 풍덩!" 소리를 내며 강물 위로 뛰어올랐다.

리니마는 자기도 모르는 사이에 메이뒤라무의 손을 붙잡았다. 아직 "까까! 까까!" 외치고는 있었지만 마음은 이미 까까에게서 떠난 상태였다. 달리 말하자면 흰 강아지 까까가 자기 목소리를 듣고 풀더미나 쥐구멍 속에서 뛰어나오지 않기를 간절히 바랐다.

이렇게 메이뒤라무와 함께 까까를 찾는 게 얼마나 좋은가? 손도 잡고, 고함도 치고, 걷기도 하고. 갑자기 늑대가 나타나면 메이뒤라무를 확 끌어안는다. 늑대가 가면 다시 놓아준다. 아니, 뭘 놓아준단 말인가? 까까를 찾는다는 구실도 생겼는데, 메이뒤라무와 단둘이 함께 하는 이 기회를 절대 놓쳐서는 안 된다.

그는 다시 그녀의 손을 잡아채 가까이 가까이 끌어당기다 결국 몸까지 끌어당겼다. 그리고 얼굴에, 입에 입맞춤을 했다. 있는 힘을 다해. 죽을힘을 다해. 게다가 그가 죽을힘을 다해 그녀에게 알리고 싶은 사실은 입맞춤만 원하는 게 아니라는 것이었다.

하지만 그녀는 이 현실을 끝내 외면하려고 했다. 그녀의 몸이 본능적으로 그를 피해버린 것이다. 그렇게 그를 피하는 그녀가 풀밭에 넘어져버리면 얼마나 좋을까, 그러면 드디어 배고픈 표범이

---

55) 황하 상류의 담수 호수에 사는 어종. 몸에 곰보 자국麻子이 가득하기 때문에 마자어라 한다.

56) 세계 희귀 어종이자 국가 보호동물. 몸의 절반이 머리 부분이며 개의 머리를 꼭 닮았다.

먹잇감에 달려들 좋은 기회가 생길 것이다. 그는 그야말로 한 마리 배고픈 표범이었다. 배고픈 욕심쟁이 아기 표범처럼 엄마의 가슴을 찾을 때, 그녀는 그의 허기를 달래주는 엄마 표범이 될 것이다. 그리고 엄마 표범의 풍만한 가슴은 젊음의 열정을 주체 못하는 이 수표범의 배고픔을 여한 없이 달래주겠지.

혼자만의 몽상에 빠진 리니마가 갑자기 두 팔을 활짝 벌려 끌어안자 메이뒤라무는 진작부터 마음의 준비를 단단히 했는지 있는 힘껏 그를 밀쳐내며 큰 소리로 외쳤다. "뭐 하는 짓이에요! 빨리 까까나 찾으라고요! 까까! 까까!"

그녀는 매서운 목소리로 고함을 치며 저만치 달아나버렸다. 김이 빠진 리니마는 어기적거리며 뒤를 따랐다. 시선은 메이뒤라무의 뒷모습에 고정한 채 맥없이 외쳤다. "까까! 까까!"

꿍뿌네 집을 둘러싼 이 초원은 이미 그들이 발바닥에 밟히지 않은 구석이 없었다. 까까는 더 멀리 간 것이 분명했다. 더 먼 곳이란 더 큰 위험이 도사린 곳이다.

메이뒤라무는 두려워서 갈 수가 없었다. 그곳에서 표범을 만났고, 황원 늑대와 마주쳤다. 마음은 이미 솥뚜껑 보고 놀란 가슴이었다. 짱아오가 함께 가지 않는다면 까까를 찾을 방도는 여기까지다. 먼 곳을 바라보던 그녀는 갑자기 훌쩍거리기 시작했다. 까까는 벌써. 표범이나 늑대한테 잡아먹힌 것 같았다.

리니마는 그녀에게 다가가 위로를 했다. 하지만 말이 아니라 손으로, 그녀의 눈물을 닦아주었다. 눈물을 닦아주다 보니 또 감정이 소용돌이쳤다. 이번에는 손이 그녀의 가슴으로 향했다.

메이둬라무는 그를 밀쳐내며 화를 냈다. "가버려! 나랑 같이 있지 말고 가버리라고요!"

아름다운 메이둬라무의 눈물이 리니마를 자극했는지도 모른다. 시제구 초원의 소고기와 양고기, 쑤여우와 참파가 그의 정욕에 불을 붙였는지도 모른다. 리니마는 자기가 누구인지, 상대방이 누구인지 생각할 겨를이 없었다. 그는 이성과 타협하지 않았다. 마치 타협을 거부하고 적을 향해 달려드는 짱아오처럼 자신의 적인 어미표범, 어미늑대에게 달려들었다.

메이둬라무는 그가 이렇게 변하리라고는 상상조차 못했다. 그에게 몸이 완전히 눌린데다가 목까지 물렸다. 더 끔찍한 것은 그의 두 손이었다. 두 손은 미친 듯이 그녀의 옷을 풀어헤치고 있었다. 여름날에는 옷을 많이 입지 않기 때문에 얼마 안 되어 다 풀어헤쳐졌다. 그의 이빨이 그녀의 가슴을 물어뜯었다. 이번에는 두 손이 그녀의 바지를 벗기기 시작했다.

그녀는 반항했다. 발로 차고, 주먹으로 때리고, 심지어 이빨로 어깨를 물기까지 했다. 하지만 소용이 없었다. 그는 지금 어떤 감각도 느끼지 못했다. 설령 목을 자른다 해도 그의 행동을 말리지 못했을 것이다. 바지가 벗겨졌다. 그녀의 바지를 벗기는 게 자기 바지를 벗는 것보다 더 쉬운 듯했다. 발가벗겨지다니! 정말 끔찍이도 원하지 않던 일이었다. 눈 깜짝할 사이에 순결은 지나간 역사가 되어버렸다. 순결한 붉은 꽃이 초원에 떨어질 때 야수에게 물린 듯한 처참한 비명이 울려퍼졌다.

빠어추쭈를 부른 것은 이 비명 소리가 아니었다. 그는 본래 메이둬라무를 만나려고 달려오던 길이었다.

드디어 장화를 얻은 그가 그녀에게 왔다. 양모 허쯔褐子(양모 털실로 짜는 티베트 전통 직물)와 붉은 나사羅紗(비교적 두껍고 조밀한 모직물)로 장화 목을 만든 소가죽 구두였다. 그는 장화를 신고 잽싸게 뛰어왔다. 하지만 습관이 들지 않아 하마터면 넘어질 뻔했다. 여전히 웃통을 벗어젖힌 채 허리에 묶은 가죽 두루마기에서는 달릴 때마다 펄럭펄럭 소리가 났다. 발에 신은 장화는 소가죽 일곱 겹으로 밑창을 대 키가 몇 촌은 더 자란 것 같았다.

그는 달렸다. 바람은 그의 소리이고 물은 그의 길이었다. 그가 급히 멈춰서자 예루허의 강물은 "철버덩! 철버덩!" 큰 소리를 울렸지만 바람은 사라지고 곧 조용해졌다.

그는 그 자리에 얼이 빠진 듯 우뚝 섰다 천막 주변에서 두령의 아들과 시녀들이 장화니 옷가지를 마구 집어던진 채 서로 얽혀 하던 그 짓을 보게 된 것이다. 그것도 이곳에서, 리니마와 메이둬라무가 그런 일을 하다니!

다른 게 있다면 두령의 아들과 함께 있던 시녀들은 즐거워했지만, 리니마와 함께 있는 메이둬라무는 그렇지 않다는 사실이었다. 이 점 하나만은 그도 분명히 알아볼 수 있었다. 메이둬라무의 비명 속에는 분노와 원한이 가득했다.

그는 잠시 서 있다가 다가갔다. 살금살금. 마치 두령 아들의 장화를 향해 가듯. 풀밭에서 리니마의 옷과 바지, 장화를 주워 뒤로 몇 걸음을 물러난 뒤 몸을 돌려 냅다 달렸다.

장화를 신고 뛰는 게 아직도 습관이 안 들어 하마터면 또 넘어질 뻔했다. 예루허 강에서 물살이 가장 빠르고 깊은 곳으로 가 품에 안고 온 물건들을 죄다 떠내려 보낼 작정이었다. 하지만 막 실행에 옮기려는 순간, 계획을 바꿨다. 큰 무리의 영지견들이 강변에 누워 한가하게 빈둥거리며 햇볕을 쬐는 모습을 보자 그는 손을 휘둘러 고함을 쳤다. "아오떠지! 아오떠지!"

영지견들은 퍼뜩 정신을 차리고 아이를 향해 뛰어왔다. 아이는 품안에 있는 옷이며 바지, 장화를 영지견들에게 던지며 물건을 놓고 싸우도록 부추겼다. 하지만 영지견들은 그게 자기랑 같이 놀자는 이야기인 줄로만 알았다. 곡마단의 잘 조련된 동물 연기자들처럼 이놈이 한 번 물고 저놈이 한 번 물고 사이좋게 반복하더니 아이의 총애를 구하듯 그 손에 고이 돌려주었다.

물건들은 하나도 상하지 않았다! 빠어추쭈는 화가 나서 옷과 바지와 신발을 돌려받자마자 땅에 패대기를 쳤다. 발로, 아니 방금 전부터 신은 장화발로 힘껏 밟고 또 밟았다.

아이가 장화 신은 모습을 한 번도 본 적 없는 영지견들은 두 눈이 휘둥그레졌다. 마치 이렇게 말하는 것 같았다. '와, 좋다! 그걸 신으니 참 보기 좋네!'

하지만 개들은 금방 알아차렸다. 빠어추쭈는 지금 장화 자랑을 하자는 게 아니었다. 이 물건들은 나쁜 물건이고 갈가리 물어뜯고 찢어버려야 할 외지의 것들이라는 사실을 알려주려는 것이었다. 영지견들은 앞으로 달려들어 기꺼이 옷가지를 물어뜯었다. 개들이 이렇게 달려드는 데야 물건이 어디 견뎌낼 수 있을까? 순식간에

산산조각이 나버렸다.

빠어추쭈에게는 단순히 이 물건들을 훼손하는 게 중요하지 않았다. 영지견들이 이 나쁜 물건들을 물어뜯은 후, 냄새를 통해 기억을 만들어내야 했다. 앞으로 같은 냄새를 맡기만 하면, 즉 리니마를 만나기만 하면 그를 물어뜯고 싶은 충동이 일어나도록 하는 것이야말로 가장 중요했다. 리니마가 홀딱 벗은 몸으로 초원을 달리는 모습과 영지견들이 리니마만 보면 달려들어 물어뜯는 광경을 상상해보았다. 자기 마음속의 선녀 메이둬라무를 위해 복수를 할 수 있다고 생각하니 기뻐서 입이 함지박만해졌다.

그는 연신 "아오떠지! 아오떠지!"라고 외치며 달려갔다.

영지견들도 우르르 쫓아갔다. 한가하게 빈둥거리고만 있던 그들에게도 드디어 할 일이 생겼다!

빠어추쭈는 달리며 생각했다. '얼른 가서 메이둬라무를 리니마의 폭행으로부터 구출해야 한다.' 게다가 메이둬라무에게 전해줘야 할 일도 있었다. 그녀가 온 초원을 헤매며 찾고 있는 흰 강아지 까까는 이미 이곳에 없다는 사실을 알려야 했다. 어미설랑과 수놈 설랑들이 까까를 물고 앙라 설산에 들어갔으니 분명 잡아먹혔을 것이라고 알려줘야 했다.

빠어추쭈가 영지견들을 이끌고 그곳에 도착했을 때 상황은 이미 종료된 후였다. 메이둬라무는 옷을 가지런히 입고 풀밭에 누워 어떻게 해야 좋을지 몰라 고민 중이었다. 리니마가 너무 미웠다. 정말 대성통곡이라도 한바탕 하고 싶었다.

하지만 어찌 보면 자업자득인 것도 같았다. 때로 남자의 욕망은 스스로도 제어할 수 없는 폭력으로 변한다는 걸 잘 알면서 사랑한 다는 이유로 남자와 단 둘이만 있었다니. 그러면서 왜 순결을 잃 었다고 울고불고 난리를 치는 거지? 이렇게 생각하니 더 이상 눈 물이 나오지 않았다. 그저 멍하니 누워 하늘을 바라보기만 했다.

그 시간, 자신의 갈망을 이룬 리니마는 혼비백산해서 외치고 있 었다. "내 바지 어디 있지? 내 바지 어디 간 거야?"

옷과 장화, 바지가 죄다 보이지 않자 그는 허둥지둥했다. 가까 이에서 찾지 못한 그는 멀리 가서 찾아보고, 멀리서도 찾지 못하자 다시 돌아와 주변 수풀을 뒤졌다. 강가에도 기웃거리고 초원에도 기웃거리고 벌거벗은 채 사방을 뛰어다니며 어쩔 줄 몰라하는 그 순간, 빠어추쭈와 그의 영지견들이 급작스럽게 들이닥쳤다.

사람과 개는 사전에 의논을 하고 온 듯했다. 거리가 가까워지자 빠어추쭈와 영지견들은 자연스럽게 두 갈래로 나뉘었다. 빠어추쭈 는 메이둬라무에게, 영지견들은 리니마에게로 다가왔다.

리니마는 처음에 별다른 위험을 느끼지 않았다. 영지견들과는 이미 몇 차례나 마주친 경험이 있었다. 충동질하는 사람이 없으면 영지견은 사람을 물지 않는다. 하지만 자기가 모르는 새에 이미 은밀한 부추김이 있었다는 사실은 알 턱이 없었다. 영지견들은 그 에게 시비를 걸기 위해 이곳에 온 것이다.

개들이 그를 향해 짖었다. 졸개 티베트 개들은 앞에 서고, 짱아 오는 뒤에 섰다. 하지만 짱아오들은 조금 달리다가 멈추었다. 눈 앞에 벌거벗고 있는 이 사람은 자신들이 직접 나설 필요조차 없이,

졸개들이 알아서 처리하면 그만이라고 생각하는 듯했다. 졸개인 티베트 개들은 서로 뒤질세라 너나없이 짖어대며 뛰어들었다.

그제야 위기감을 느낀 리니마가 다급하게 외쳤다. "큰일 났다!"

개들을 피해 도망쳤지만 얼마 달리지 못해 행동이 민첩한 티베트 개의 날카로운 이빨에 넓적다리를 물어뜯겼다.

목격자는 없었지만 한 아리따운 시녀는 빠어추쭈가 두령 아들의 장화를 훔쳐갔노라 단언했다. 예전에도 빠어추쭈가 관목수풀 뒤에서 호시탐탐 이쪽을 살펴보는 모습을 본 적이 있기 때문이었다.

송귀인 다츠에게 재가한 지 얼마 못 되어 세상을 뜬 아주머니가 남긴 꼬마 유랑객, 집도절도 없는 떠돌이. 그가 두령 아들의 장화를 훔친 것은 초원에서 결코 작은 일이 아니었다. 칭궈아마 초원의 풍속은 이러했다. 자기가 능력만 된다면 남의 것은 빼앗아도 무방하다. 산어귀나 길목에서 지키고 있다가 사람을 때리고 강도짓을 하고, 들판에서 무리를 모아 산도적의 왕이 되든 말든 문제 될 게 없었다. 강도질로 이름이 나면 신출귀몰하는 위대한 강도로도 추앙받고, 유목민과 두령들의 존경을 얻을 수도 있었다. 이런 식으로 부락의 군사대장으로 추대되는 일은 비일비재했다.

하지만 도둑질만은 절대 금지였다. 도둑질은 흉악한 범죄였다. 그러니까 유목민 사회에서 빼앗는 것은 짱아오의 행동이지만 도둑질은 늑대의 행동이었다. 유목민들은 짱아오는 자기 목숨처럼 사랑하지만 늑대는 골수에 사무치도록 미워한다. 짱아오와 늑대의 차이란 바로 빼앗는 것과 도둑질의 차이와 마찬가지다.

부락의 법 중에는 도둑질에 대한 징벌이 명시되어 있었다. 화인을 찍고, 죽창으로 찔러, 말꼬리에 매단다. 코를 베고, 눈알을 파며, 귀를 잘라내고, 두 손을 자른다. 캄캄한 방으로 압송하여 지하 감옥에 가두고, 발에는 족쇄를 손에는 수갑을 채우고, 장대에 매달아 채찍으로 때린다.

도둑질을 한 사람은 이런 악형을 받다가 죽든지, 반죽음 상태의 병신이 되었다. 특히 두령의 물건은 절대 훔쳐서는 안 되었다. 두령 집의 가죽 한 장은 유목민 집의 양떼 절반에 맞먹는다.

두령의 셋째 아들은 도둑질에 대한 형벌이 너무나 참혹하다는 걸 잘 알기에 시녀에게 소곤거렸다. "그렇게 큰 소리로 떠들지 말라고. 네가 빠어추쭈를 만나서 따귀 한 대 때려주고 조용히 장화를 가져오면 되잖아?"

시녀는 더 큰 목소리로 외쳤다. "셋째 도련님, 말도 안 돼요. 유랑객은 전생에 가증스러운 늑대였다고요. 늑대를 그렇게 관대하게 봐주겠다고요? 그리고 빠어추쭈는 송귀인 다츠의 아들이에요. 온몸에 사기邪氣가 칠갑을 둘렀어요. 그런 애가 도련님 장화를 신으면 도련님 장화에도 사기가 붙어요. 귀하신 도련님이 그런 장화를 신으시겠다는 거예요?"

두령의 셋째 아들은 대꾸했다. "빠어추쭈는 착한 애야. 내가 먹을 걸 주면 항상 자기는 반만 먹고 나머지 반은 영지견들한테 주는걸. 난 그런 애가 전생에 늑대였다는 이야기는 못 믿겠어. 오히려 전생에 짱아오였다면 모를까. 전생에 짱아오였던 사람이라면 좋은 보답을 받는 게 당연해."

시녀가 비아냥댔다. "셋째 도련님, 맘씨가 비단결 같기도 하셔라. 이런 일을 내 맘대로 처리할 수 없다니 속상해 죽겠네. 치메이 청지기님한테 찾아가 말해야겠어요. 이 일은 그분이 하라는 대로 처리해요."

청지기 치메이가 내린 결정은 자신이 직접 사람과 개를 끌고 가 빠어추쭈를 찾는 것이었다. 그가 데리고 간 개는 두령의 집을 지키는 상등上等 짱아오였다. 이런 개들이 초원에서 빠어추쭈를 찾거나 두령 아들의 장화를 찾는 건, 소맷부리에서 손을 찾고 어깻죽지에서 머리를 찾는 것만큼이나 쉬운 일이었다.

한 시진 후 두령의 짱아오는 예루허 강변의 적막한 풀밭에서 빠어추쭈를 찾아냈다. 개는 빠어추쭈를 향해 짖기는 했지만 달려들지는 않았다. 아이를 알고 있었기 때문이다. 청지기 치메이의 눈에서는 불똥이 튀고 표성이 어두워졌다. 얼른 하인 두 사람에게 명해 빠어추쭈를 결박케 했다.

하인 둘이 가죽끈을 들고 달려가 막 아이를 묶으려는 찰나, 빠어추쭈 곁의 풀숲에서 갑자기 일어서는 한 사람이 보였다. 꽃처럼 아름다운 선녀, 선녀처럼 아름다운 꽃 메이둬라무였다.

한족 아가씨 메이둬라무가 아름다운 눈썹을 치켜뜨고 매섭게 물었다. "뭘 하는 거예요?"

하인 둘은 그 자리에 못박혔다.

청지기 치메이는 메이둬라무를 발견히고는 곧 허리를 굽혀 인사하며 앞으로 다가와 빠어추쭈가 장화를 도둑질한 사실을 일렀다. 이야기를 듣고 난 메이둬라무는 먼저 빠어추쭈의 발에 신겨져 있는 장화부터 바라보았다. 아이의 눈을 보니 겁에 질려 있었다.

"너 어떻게 도둑질을 할 수가 있니?" 이렇게 조용히 물은 뒤 다시 청지기 치메이를 보며 말했다. "겨우 장화 한 켤레 아닌가요? 그 장화는 제가 훔치라고 한 거예요. 아니, 훔치라고 한 건 아니고 가져오라고 했어요. 아이가 얼마나 불쌍해요? 하루 종일 맨발로 초원을 뛰어다니면서 가시에 다리가 찔리고, 할퀴고, 피는 또 얼마나 많이 흘리는데. 이런 사실을 알고는 계시나요? 당신들은 명색이 두령이고 청지기시면서 설마 장화 한 켤레가 없진 않겠죠? 말로는 유목민의 지도자라고 하면서, 유목민 아이가 신을 장화 한 켤레도 없이 지내는데 왜 상관도 하지 않는 거죠? 도대체 당신들이 유목민들을 제대로 책임지기나 하는 거예요?"

쌓였던 울화가 한꺼번에 치밀었다. 리니마에 대한 원망과 분노를 전부 청지기 치메이에게 쏟아부었다.

치메이는 한어를 알아들을 수도 있고 말할 수도 있었다. 하지만 메이둬라무의 말은 살다살다 처음 들어보는 기담괴설처럼 들렸다. 장화를 훔치라는 게 그녀의 생각이었다니, 게다가 훔치는 게 아니라 가져오라고 했다고? 유목민들이 신을 장화가 없는 게 두령과 청지기들 책임이라고? 세상에 그런 도리가 어디 있단 말인가?

하지만 청지기 치메이는 시제구 공작위원회 사람에게 섣불리 잘못 보여서는 안 된다는 사실을 잘 알았다. 특히 이 땅에 내려온 선녀 메이둬라무에게 잘못 보여서는 안 되었다. 더 중요한 건, 방금 메이둬라무의 말이 꼭 초원의 미래를 예언하는 것만 같았다는 사실이다. 미래에 유목민은 두령의 물건도 마음대로 가질 수 있다.

두령은 유목민의 장화를 책임져야 한다. 세상에! 미래의 초원에는 도대체 무슨 일이 일어나는 거야?

청지기 치메이는 허리를 더욱 깊숙이 숙이며 말했다. "저희 셋째 도련님께서도 말씀하셨습니다. 빠어추쭈는 전생에 짱아오였을 거라고요. 또 전생에 짱아오였던 사람은 분명 좋은 보답을 받게 될 거라고 하셨습니다. 그런 뜻에서 이 장화는 상으로 드리죠."

"진작 그렇게 하셨어야죠. 빠어추쭈가 전생에 짱아오가 아니었다면 어떻게 이 많은 짱아오들을 여기 데리고 왔겠어요?"

청지기 치메이는 그제야 예루허 강변의 수많은 영지견들이 어떤 벌거벗은 남자를 뒤쫓고 있는 모습을 발견했다.

메이둬라무는 치메이를 떠밀며 말했다. "빨리 가보세요. 빨리 우리 사람을 개들한테서 구해주세요."

청지기 치메이와 그의 하인이 냅다 달려갔나. 가장 무서운 고함과 손짓으로 모든 영지견들을 쫓아내고 나서 자세히 보니 리니마의 두 다리에서 피가 철철 흐르고 있었다. 아직까지 쓰러지지 않고, 상반신에 아무런 상처도 입지 않은 게 다행이었다. 그가 젖 먹던 힘까지 다해 달렸기에 망정이지, 영지견들이 앞으로 달려들어 달랑거리는 그 부분을 한 입에 물어뜯었으면 어쩔 뻔했나?

청지기 치메이는 리니마를 아래위로 훑어보며 이상하다는 듯 물었다. "옷은 어디다 두셨어요? 영지견들이 왜 선생 옷을 짓밟고 있나요?" 순간 모든 조각그림들이 맞춰졌다. "옷을 다 벗고 목욕하고 계셨던 거군요? 어쩐지 영지견들이 미친 듯이 물려고 하더라니. 예루허는 설산의 신성한 강이요, 천신이 초원에 바친 물이랍니다. 천신의 허가도 없이 어찌 함부로 목욕을 하셨어요?"

이렇게 말하며 치메이는 자신의 노루가죽 두루마기를 벗어 그의 몸에 덮어주었다. 또 자신의 높은 털모자도 벗어 그의 머리에 씌워주고, 자신의 소코 장화도 벗어 그의 발에 신겨주었다. 자기 목에 있는 붉은색 큰 마노도 벗어 그의 몸에 걸쳐주며 간절하게 말했다. "외지에서 오신 한인 나리 리니마님께 사과드립니다. 시제구 초원의 영지견들이 큰 잘못을 저질렀습니다. 이건 제가 사죄의 뜻으로 드리는 겁니다. 티베트 향불에 씌었던 제 옷을 입고, 부처가 가지加持[57])했던 마노를 몸에 지니고 계시면 앞으로는 어떤 개도 감히 물지 못할 겁니다. 제가 보장하지요."

리니마는 이제 자신에게 짖지 않는 영지견들을 매섭게 쏘아보며 속으로 뇌까렸다. '내가 왜 총을 가지고 오지 않았지? 총만 있었으면 저놈들을 싹 다 쏴죽였을 텐데. 그래, 앞으로 외출할 때는 반드시 바이 주임의 권총을 가지고 오는 거야. 어떤 놈이든지 물려고 덤벼드는 놈은 총알 맛을 보여주지.'

지금, 웃통 벗은 빠어추쭈에게는 장화가 생겼다. 양모 허쯔와 붉은 나사로 장화 목을 만든 소가죽 구두는 두령 아들이나 갖춰 신을 수 있는 물건이었다.

지금, 메이둬라무는 순결을 잃었다. 무엇과도 바꿀 수 없는 아

---

57) 부처의 힘을 빌려서 병, 재난, 부정 따위를 면하기 위하여 기도를 올리는 일. 또는 그 기도

름다운 처녀성, 꿈처럼 사람을 매혹시키는 그 순결을 잃었다.

지금, 리니마는 시제구 초원의 영지견에게 물린 두 번째 한인이 되었다. 첫 번째로 물린 사람은 아버지였고 심한 부상을 당했다. 짱아오가 물었기 때문이다. 두 번째로 물린 리니마의 상처는 깊지 않았다. 졸개들인 티베트 개들이 물었기 때문이다.

지금, 청지기 치메이는 관목림 깊은 곳에 있는 오색 천막에서 예루허 부락의 두령 쒀랑왕뛔이에게 장화 이야기와 영지견들이 리니마를 공격한 일을 보고하고 있었다. 해골관을 쓴 보살상이 달린 금강궐金剛橛[58] 모양의 마니륜嘛呢輪[59]을 손에 들고 있던 쒀랑왕뛔이는 마니륜만 흔들며 한동안 아무 말도 없었다.

쒀랑왕뛔이가 갑자기 고개를 들어 산신께서 신통력을 드러내시던 실신을 바라보며 장탄식을 했다. "정말 초원이 변할 모양이구려. 이 모든 것이 그 징조요. 장화를 돌려받지 않은 것은 잘한 일이오. 자기 옷을 다른 사람에게 선물한 것도 잘한 일이오."

지금, 메이뒈라무는 울고 있었다. 자신이 아니라 니마 할아버지가 주신 선물 때문이었다. 빠어추쭈가 모든 사실을 알려주었다. "누나가 초원을 헤매며 찾던 흰 강아지 까까는 이미 죽었다. 설랑 세 마리가 강아지를 물고 앙라 설산으로 들어가 먹어버렸다."

---

58) 사방궐四方橛, 사궐四橛이라고도 하니 수법修法할 때에 단壇 위에 네 귀에 세우는 기둥. 한 끝은 날카로운 칼날 모양이며 손잡이에는 밀교의 여러 부저 모양이 새겨져 있다.

59) 안에는 불경과 만다라가 들어 있고 밖에는 6자진언이 새겨진 통으로, 한 번 돌릴 때마다 경전 만 번을 외우는 것과 마찬가지라고 한다.

지금, 시제구 공작위원회 본부인 소퉁 돌집 안에서 바이 주임 바이마우진은 큰 소리로 수하들을 야단치고 있었다. "개는 초원에서 가장 귀중한 존재야. 유목민이 가장 좋아하는 존재를 자네한테 선물했는데, 그걸 잃어버렸다고? 그것도 늑대에게 잡아먹히게 하다니? 지금 일을 어떻게 하고 있는 거야? 빨리 만회할 수 있는 방법을 찾아내. 이건 작은 일이 아니야! 그리고 자네. 자네는 영지견들한테 잘못한 일이 없다고 말하는데, 잘못한 일이 없는데 개들이 왜 자네를 이렇게 물어뜯겠나? 티베트 개들, 특히 짱아오의 태도는 바로 초원의 태도야. 티베트 개들이 자네를 싫어한다는 건 유목민들이 자네를 싫어한다는 신호라고. 시제구 초원에 온 지 그렇게 오래 됐으면서 이제껏 개하고 친해지는 기술 하나 못 배웠나? 그리고 이 노루가죽 두루마기하고 이 모자, 소코 장화, 붉은 마노 목걸이, 이렇게 귀중한 물건은 우리가 받을 수 없네. 그랬다간 사람들이 시제구 공위 사람들은 돈만 밝히는 부패한 놈들이라고 할 거 아닌가? 메이둬라무, 빨리 리니마한테 약을 발라줘. 상처가 다 나으면 제일 먼저 이 물건들을 주인에게 돌려줘야 해. 그 다음에, 개에 대한 공작을 다시 전개하도록. 개들에게 자네를 새롭게 알릴 수 있는 기회를 마련하라고. 그리고 자네 둘, 앞으로는 함께 붙어 다니지 말아. 무슨 좋은 말을 들으려고 그러나? 남녀가 단 둘이 온 들판을 헤매고 다니다니, 지금 도대체 뭘 하자는 거야!"

6장

앙라 설산으로 간
세 마리 설랑들

16

보름 동안의 평화와 안정, 티베트 의원 가위튀의 정성스런 치료, 끼니마다 말린 소 폐와 양 뼈 조각으로 몸보신을 하자 깡르썬거의 상처는 빠르게 회복되었다. 나날이 원기가 왕성해졌다.

어느 날 점심, 깡르썬거는 밀령동을 나가 눈 덮인 골짜기를 한 바퀴 둘러보더니 눈족제비 한 마리를 물고 돌아왔다. 그 다음날에는 새벽같이 나갔다가 눈족제비 한 마리를 물고 돌아왔다. 눈족제비는 설선 위에 서식하는 족제비의 일종으로, 아주 잘 달리고 어디든 잘 숨는 놈이었다.

깡르썬거는 이놈을 잡아오는 것으로 뭘 말하려던 걸까? 깡르썬거는 스스로 잘 알고 있었다. 그렇지 않고서야 증거를 제출하듯 이렇게 두 번씩이나 티베트 의원 가위튀와 샹아마의 일곱 아이들 앞에 눈족제비를 놓아둘 리가 없지 않은가?

가위튀는 "허허." 너털웃음을 웃으며 깡르썬거의 큰 머리를 쓰다듬어주었다. "오늘은 눈족제비를 잡았으니 내일은 늑대를 물어죽일 수 있겠구나!"

눈족제비는 아직 살아 있었다. 깡르썬거는 이놈을 두 발로 주거니받거니 가지고 놀다가 검은 짱아오 나르의 입에 넣어주었다. 땅에 누워 있는 나르는 눈족제비의 머리를 한 입에 물더니 어금니로 힘껏 몇 번 이빨질을 한 후에야 족제비의 목을 자를 수 있었다. 나르는 오돌뼈를 오드득오드득 맛있게 씹어먹었다.

옆에서 이 모습을 바라보는 깡르썬거는 입맛 한 번 다시지 않았다. 이게 바로 깡르썬거와 나르의 차이였다. 집지기 개와 영지견의 각기 다른 특성이었다. 깡르썬거는 원래 집지기 개였다. 초원의 집지기 개는 보통 집 밖에서 사냥한 짐승은 먹지 않는다. 그거라도 먹지 않으면 굶어죽을 상황이 아닌 이상, 절대 먹지 않는다.

검은 짱아오 나르는 먹는 속도가 아주 느렸다. 티베트 의원 가위튀는 그의 곁에 앉아 보석 가루와 사향노루 가루, 티베트 홍화를 섞어 만든 약가루를 눈족제비의 살에 뿌려주었다. 검은 짱아오 나르는 이것이 상처를 치료하는 약이며 금처럼 귀중한 것인 줄을 알아채고 하나도 낭비하지 않고 깨끗하게 핥아먹었다.

가위튀는 가볍게 그의 머리를 두드리며 말했다. "상처가 심하다. 조금 더 치료를 받아야만 밖에서 먹을 걸 찾을 수 있을 게야."

나르의 머리에 생긴 상처는 아무는 중이었다. 부러졌던 코는 가위튀가 잘 이어붙였다. 두 번이나 상처를 입은 왼쪽 눈은 더 이상 붓지 않았지만 가위튀의 근심은 사라지지 않았다. 왼쪽 눈이 예전처럼 회복될까? 아니라면 시력은 어느 정도까지 약해질까?

깡르썬거와 검은 짱아오 나르를 메고 밀령동에 온 철봉라마 넷

중 둘은 돌아가고 둘만 남았다. 남아 있는 두 철봉라마는 단쩡활불의 분부에 따라 밀령동에 있는 사람과 개들을 보호했다. 특히 샹아마의 아이들은 밀령동이 숨겨져 있는 밀령곡密靈谷을 한 발짝도 벗어나지 못하도록 엄명을 내렸다. 단쩡활불은 밀령곡 밖은 '독수리 둥지 절벽'이라고 했다. 눈독수리는 산에 올라 샹아마 아이들을 찾는 기마사냥꾼들에게 정보를 알려줄 수도 있었다. '여기 사람이 있어요! 여기 사람이 있어요!'

밀령곡은 앙라 설산에 있는 암곡暗谷이었다. 암곡이란 동서 방향으로 뻗은 거대한 산 정상에 위치한, 남북 방향의 깊은 골짜기를 말한다. 이런 골짜기는 멀리서는 전혀 알아볼 수 없다. 가까이 접근해서야 우뚝 솟은 산 정상 뒤쪽에 움푹 파인, 깊고 넓은 골짜기를 알아볼 수 있다.

'르짜오빠日朝巴'라고 불리는 산중의 수도승들이 언제 이 골짜기를 발견했는지는 알 수 없지만 그들에 의해 '밀령곡'이란 이름이 붙여졌다. '밀종이 영험한 신통력을 발휘하는 골짜기'란 뜻이다.

천혜의 밀령곡 안에는 더욱 놀라운 밀령동이 있었다. 절대 적막 속에서 힘겨운 수행을 해온 밀종의 수도승들은 눈표범을 대신하여 밀령동의 첫 번째 인류가 되었다. 수백 년 동안 수천 명의 밀종 수도승들은 이곳에서 극비리에 대원만법大圓滿法, 시륜금강법時輪金剛法, 대수인법大手印法, 염마덕가법閻魔德迦法 및 연화생이 널리 전파한 금강궐법金剛橛法을 수련하고, 미래를 예견하는 법, 북을 타고 나르는 법, 칼을 삼키고 불을 토하는 법, 주문으로 적을 제압하는 법, 분신술 및 탈사법奪捨法(다른 사람의 몸을 빌려 자신의 생명을 소생시키는 밀교의 수행법)의 도술을 익혔다.

　수행을 마친 수도승은 멀리멀리 떠나갔다. 고대로부터 비밀리에 전해져오는 가보를 간직한 사람마냥, 이곳을 떠난 밀법의 수행자는 제일 먼저 제자들을 불러모아 밀법을 전수했다. 그리고 여러 해가 지나면 자신의 수제자에게 밀령곡과 밀령동의 존재를 전해주었다. 이때 밀법의 전수자는 단 한 명밖에 허용되지 않는다. 밀법을 전수받은 수제자는 천리만리 머나먼 앙라 설산에 와, 먼저 밀령곡과 밀령동을 찾아야만 한다. 밀령동을 찾으면 자신은 밀법과 인연이 있다는 하늘의 뜻을 받아들여 스승이 가르쳐준 대로 수행을 하면 된다. 찾지 못하면 인연이 없다는 뜻으로 간주하고 스승에게 돌아가 다른 사람을 보내도록 청해야만 했다.

　시제구사의 주지 단쩡활불이 바로 스승에게 비법을 전수받은 뒤 밀령동을 찾아내 밀법을 수행한 행자였다.

　그가 밀령동을 나와 밀령곡을 떠날 때 깜짝 놀랐던 사실은 계곡 곳곳에 짱아오들이 득실거린다는 점이었다. 시제구 초원의 짱아오들이 다 이곳으로 온 것만 같았다. 후에야 바로 그해에 100년에 한 번 있을까 말까 한 개 전염병이 돌았다는 사실을 알았다. 그해에는 짱아오는 물론이려니와 영지견, 사원견, 목양견, 집지기 개를 불문하고 모두 전염병의 희생 대상이 되었다.

　짱아오들은 보통 전염병에 걸리면 주인과 초원을 떠나 아주 멀리, 설산으로 찾아와 고독하게 죽어갔다. 하지만 그해에 그들은 고독하지 않았다. 병에 걸린 수많은 짱아오가 다 같이 밀령곡을 찾았던 것이다. 짱아오들은 앙라 설산에 사람도 귀신도 모를 장소가 숨겨져 있다는 사실을 아주 오래 전부터 알고 있는 듯했다.

신비한 수행자 단쩡활불은 한동안 발을 내디딜 수가 없었다. 그동안 밀령곡 안에서는 아무 걱정도 근심도 없이 종횡무진하는 설랑과 눈표범만 보았을 뿐, 짱아오는 보지 못했기 때문이다. '짱아오가 어떻게 이곳을 찾은 걸까?'

조용히 자신의 죽음을 준비하기 위해 이곳을 찾았던 짱아오들 역시 사람을 보고 놀라기는 마찬가지였다. '사람이 어떻게 여기에 있지? 더구나 사람들 중에서 가장 크게 존경받는 스님이? 여기는 우리가 죽을 곳이 아닌가보다. 이곳은 정결하고 거룩한 곳이야.'

하지만 짱아오들에게는 이미 움직일 힘이 남아 있지 않았다. 밀령곡 안에서 죽음을 맞이하는 것만이 그들에게 주어진 운명이었다.

밀령동에서 수행을 마친 단쩡활불이 제일 번지 한 일은 제자들을 불러모으는 게 아니었다. 짱아오의 혼을 제사지내는 일이었다.

그는 사람들에게 알렸다. "전염병에 걸린 짱아오들이 왜 설산에 찾아온 줄 아십니까? 첫째, 그놈들은 자기 전염병을 다른 개나 사람에게 옮기고 싶지 않았던 것입니다. 둘째, 자기가 죽은 후 늑대의 먹이가 되도록 하기 위해서입니다. 늑대가 먹으면 늑대도 병에 걸려 죽게 됩니다. 그러면 초원에는 짱아오가 없어서 양이 늑대에게 삼아먹히는 일도 없어질 테지요. 그러니까 짱아오 한 마리가 병으로 죽으면 늑대 몇 마리쯤은 병으로 죽일 수 있다는 이야기입니다. 늑대는 아주 교활하지만, 병에 걸린 짱아오를 보면 판단능력을 상실해버리고 맙니다. 짱아오는 늑대를 잡은 천적이기 때문에,

늑대세계에서 유일무이한 원한의 대상은 짱아오뿐이거든요. 늑대들은 들끓는 원한과 복수심으로 이성을 잃어버린 채 병균을 지닌 짱아오의 시체를 미친 듯이 물어뜯고 탐욕스럽게 먹어치우게 됩니다." 단쩡활불은 이어 말했다. "이게 바로 짱아오의 장점입니다. 병으로 죽는 한이 있더라도 늑대에게 본때를 보여주고, 사람과 가축을 보호하는 책임을 다하는 것이지요."

단쩡활불은 짱아오의 원혼을 달래는 추도제를 지낸 후 3년째가 되어서야 제자들을 모았다. 그러나 그는 수제자에게 밀령곡과 밀령동을 신성하고도 비밀스러운 밀종의 수련장으로 알려주지는 않았다. 많은 짱아오가 거기서 죽었고, 그 시체를 먹은 많은 늑대들도 거기서 죽었기 때문이다.

짱아오와 늑대의 혼이 떠도는 곳에서는 밀종의 진정한 대법을 수련할 수 없다. 거기서 수련을 하려 한다면 필시 마장이 끼어들어 사기邪氣에 오염되고 오히려 정토세계의 불법, 밀종의 적수가 되기 십상이라고 믿었다.

그는 대일여래의 뜻을 깨달았다. '짱아오의 흔적은 곧 사람의 흔적이다. 밀령곡은 이미 밀령곡이 아니다. 너는 밀령동에서 득도한 마지막 수행자다.'

밀령동은 비록 더 이상 비밀스런 수련장이 아니었지만 이곳을 아는 사람도 많지 않았다. 그렇기에 샹아마의 일곱 아이들과 깡르썬거를 숨기기에는 절대적으로 안전했다.

무마허 부락의 기마사냥꾼들은 강도 자마춰의 지휘 아래 보름 동안 앙라 설산의 골짜기를 이 잡듯이 수색했다. 하지만 밀령곡만은 감쪽같이 감추어져 있었다. 그들은 동서로 뻗은 거대한 산 정상을 한두 번 바라본 게 아니었다. 하지만 높이 솟은 산세 중에서 뒤쪽으로 움푹 파인 깊은 골짜기만은 찾아낼 수 없었다.

수색은 실패하고 이제 돌아가야 할 때가 되었다. 수색을 종결하고 돌아가려는 그날은 샹아마의 아이들과 깡르썬거가 밀령동에서 지낸 지 16일째였다.

이날, 적막하기 그지없는 앙라 설산 능선에서 어미설랑은 흰 강아지 까까를 얼어붙은 언덕 위에 내려놓았다. 설랑은 순식간에 까까의 뒷다리 하나를 부러뜨린 다음 얼음 언덕 앞 눈 덮인 바위로 뛰어올라가 까까를 먹어치우려 기회를 노리는 수설랑 두 마리를 날카로운 소리의 이빨로, 계속 내쫓았다.

20여 분이 지났다. 수컷 두 마리는 어미가 두려워섰는지 아니면 설복을 당했는지, 얌전하게 어미설랑을 따라 더 높은 눈바위 위로 올라선 채 고통스럽게 몸부림치는 강아지를 지켜보았다.

흰 강아지 까까는 이미 짖을 수도 없었다. 목소리는 점점 쉬고 작아져 나중에는 흐느끼는 울음소리로 변했다. 자신도 통제할 수 없는 흐느낌이 계속되었다. 심장을 도려내는 고통은 짱아오에게 존재하지 않을 것만 같던 두려움을 마음 깊은 구석에서 끄집어내었다. 고통과 죽음을 두려워하는 본능은 단번에 그의 영혼을 사로잡았다. 그는 태어나서 처음으로 자신의 능력에 대해, 자연계 속에서 짱아오의 지위에 대해 절망감을 느꼈다.

까까는 부러진 뒷다리를 질질 끌며, 죽을힘을 다해 도망을 쳤다. 그렇게 울며 달리다 지쳐 쓰러질 무렵에야 자기가 같은 자리를 빙빙 맴돌고 있다는 것을 깨달았다. 붉은 핏자국이 새하얀 얼음 언덕 위에 컴퍼스로 그린 원마냥 한 바퀴 한 바퀴 그려졌다. 극도의 피로와 고통을 참아내며 마지막 한 바퀴를 돈 강아지는 넘어갈 듯한 숨을 몰아쉬었다. 더 이상은 움직일 수 없었다.

그는 죽지 않았다. 정신을 잃지도 않았다. 잠재의식 속의 지시에 따라 생명이 위험에 처했을 때에 취할 수 있는 가장 효과적인 방법을 취했다. 어금니를 악물고 조용히 참아내는 것이었다.

한 시진이 지나자 몸은 점점 얼어붙었다. 얼어붙은 언덕과 공기의 차가움마저 느낄 수 없는 지경이었다. 피는 더 이상 흐르지 않았다. 공기 중으로 흘러나온 피는 곧 붉은 결정체로 굳어버렸다. 그 모습을 가만히 바라보던 흰 강아지 까까는 문득 이 결정체와 자신의 생명이 연관되어 있음을 깨달았다. 흘러내리는 양이 많을수록 점점 더 죽음에 가까워지는 것이다.

죽음에 가까웠다는 표시는 바로 급격한 갈증이었다. 그는 꿈틀거리기 시작했다. 그 붉은 결정체에 고개를 대고 혀를 내밀어 핥기 시작했다. 고통이 조금 해소되는 것만 같았다. 별로 아프지 않은 것만 같았다. 죽음은 이제 서서히 자신을 떠나가는 것 같았다.

하지만 그는 짱아오의 우수한 유전인자가 능력을 발휘하고 있음을 알지 못했다. 또 다른 본능이 잔존하는 혈액 속에서 솟아오른 것이다. 이제 별로 두렵지도, 죽음이 무섭지도 않았다. 자신도 모르는 사이 마음은 돌처럼 강해졌다. 다시 "멍멍멍." 짖을 수도 있었다. 짖다보니 일어날 수도 있었다. 세 다리로 몸을 지탱하고 일어섰다. 그리고 천성적으로 영민한 후각으로 감지한 늑대 비린 내를 향해 원한과 분노가 가득한 소리로 짖어댔다.

어미설랑은 수컷 두 마리를 데리고 눈 덮인 바위 위에 엎드려 끈기 있게 흰 강아지 까까를 바라보고 있었다. 강아지 소리가 마음에 들었다. 야수조차 출몰하지 않는 이곳에서 이런 젖내 나는 울음소리는 절대 경고라고 할 수 없었다. 유혹이라면 모를까.

강아지는 그들을 유혹했다. 그들 세 마리뿐만 아니라 코가 반쪽인 또 한 마리의 어미설랑까지 유혹했다. 코가 반쪽인 어미설랑이 가까이 다가왔다. 흰 강아지가 먹힐 시간이 가까워졌다.

반쪽코는 정처 없이 떠돌아다니는 고독한 암늑대였다. 적어도 현재는 그러했다. 체격은 우람하고 성격은 포악했으며, 자주 이곳에 와 얼음 언덕의 주인인 어미설랑과 두 수컷을 조롱하며 덤벼들었다. 하지만 어미설랑에게 더 위협직으로 느껴진 것은, 도전받을 때마다 수컷들이 있는 힘을 다해 반쪽코 어미설랑에게 반격하지 않는다는 점이었다.

반쪽코의 도전은 종종 희롱으로 변했다. 그 희롱이 무엇을 의미하는지, 어미설랑은 잘 알았다. 두 수컷은 젊은 시절은 지나갔지만 암컷을 밝히는 발정기의 본성은 조금도 변하지 않았다. 수컷 한 마리만 그녀를 배반한다면 이 얼음 언덕의 주인은 그 즉시 자신이 아니라 반쪽코가 될 것이다.

고민하던 어미설랑이 구상해낸 빙법이 반쪽코가 흰 강아지를 잡아먹도록 유인하는 것이었다. 사람들의 말을 빌리자면 '뒤집어씌우기' 전략이었다. 이 구상을 실현하기 위해 그녀는 강철같은 의

지력으로 탐욕스런 본성을 억제했다. 눈과 얼음으로 뒤덮인 이곳에서 수컷들도 자신처럼 냉철한 판단을 하도록 설득해야만 했다.

짱아오의 가공할 살상능력은 후각에 기반한다는 사실을 설랑을 포함한 초원의 야수들은 잘 알았다. 짱아오의 주인이나 가족, 혹은 그들이 돌보는 가축을 해치거나 물어죽이게 되면, 제일 먼저 보복의 손길에서 벗어날 방법부터 궁리해야 한다.

짱아오들은 적의 발자취를 따라 본거지를 습격하고, 무리를 섬멸할 것이다. 더욱 무섭게도 짱아오의 보복은 곧바로 실행되지 않고 시간이 오래 지난 후에 찾아오기도 한다는 것이다. 반년 후, 혹은 일년 후. 과거를 다 잊어버린 채 아무런 단속도 하고 있지 않을 때, 불시에 적의 집 문앞에 나타나 복수를 하는 것이다.

공격받는 당사자는 그 짱아오가 어디서 나타난 건지 의아해할지 몰라도, 짱아오는 적을 정확히 꿰뚫고 있다. 짱아오의 후각과 기억이 분명하게 일러주기 때문이다. '네놈이 바로 우리 주인과 가족들을 해치고, 내 가축들을 물어죽인 나쁜 놈이로구나!'

그래서 짱아오에게 나쁜 짓을 한 설랑들이 제일 먼저 하는 일은 곧바로 고향을 떠나 아주 먼 지방으로 달아난 뒤 새로 보금자리를 꾸미는 것이었다.

이제 조금만 더 기다리면 어미설랑의 지혜로운 구상이 실현되리라. 어미설랑의 눈동자가 갑자기 번쩍였다. 움직이는 물체를 발견한 것이다. 바로 반쪽코 암설랑이었다. 반쪽코는 산자락에 있는 눈 쌓인 골짜기에서 종종걸음치며 다가오고 있었다.

어미설랑도 벌떡 일어나 위협하듯 짖어댔다. 위협은 필요했다.

성질이 포악한 반쪽코는 상대가 위협하면 할수록 더 뛰어오고 싶을 게 뻔했다. 반대로 아무 소리도 내지 않으면 분명 의심부터 할 것이다. '이거 혹시 함정 아니야? 독약이 든 미끼는 아닐까?'

계속되는 위협을 뚫고 반쪽코가 멀리서 어미설랑을 주시하면서 공기의 냄새를 맡아가며 다가왔다.

늑대 비린내가 점점 더 강하게 풍겨왔다. 흰 강아지 까까의 분노 가득한 울음소리도 점점 더 커졌다. 반쪽코가 눈 덮인 언덕 뒤쪽에서 갑자기 뛰어나오자, 놀랍게도 까까는 세 다리로 서서 용감하게 달려들었다.

반쪽코는 멈춰섰다. 어미설랑이 위협하는 모양으로 미루어보아 계략은 아닐 거라는 생각이 들었지만, 여전히 조심스레 주위를 둘러보았다. 눈 덮인 바위 위 어미설랑과 수컷 두 마리의 의중을 꿰뚫어보려는 심사였다. 아무래도 미심쩍었기에, 앞다리에 힘을 주고 다가가 '멍멍' 짖고 있는 흰 강아지를 발로 낚아챘다.

그는 송곳니를 드러냈지만 금방 물지는 않았다. 반쪽밖에 남지 않은 코를 흰 강아지의 털에 부비며 냄새를 맡아봤다. 독약 냄새는 없었다. 고개를 들고 얼굴을 돌려 위로 곧게 세운 귀를 다시 한번 흔들어보았다. 마지막으로 전후좌우로 살펴보고 소리도 들어보았다. 어떤 소리가 들려왔다. 아주 미세한 소리. 다른 설랑들은 들을 수 없는 소리였지만 그녀는 들을 수 있었다. 반쪽코였기 때문이다. 코 반쪽을 잃어버리고 나서 그녀는 위험에 대해 더욱 주의 깊고 민감해졌다. 이 소리가 반쪽코를 일깨웠다. 한 가지 교훈이 불현듯 떠올랐다.

'죽고 싶지 않은 이상 짱아오는 함부로 건드려서는 안 된다.'

반쪽코 어미설랑은 고개를 치켜들고 눈 덮인 바위 위 세 설랑을 표독스럽게 올려다보았다. 그녀는 섬뜩할 정도로 악랄한 눈길을 남겼다. '너희들이 감히 계략을 썼겠다? 그럼, 우리 두고보자고.'

그리고 펄쩍 뛰어오르더니 눈 깜짝할 사이에 사라져버렸다.

어떻게 된 일이지? 어미설랑과 수컷 두 마리는 이해가 되지 않았다. 그들은 눈 덮인 높은 바위 위에 서서, 반쪽코가 흰 강아지를 먹어치우기만을 고대하고 있었다. 하지만 기껏 기다린 결과, 반쪽코는 도망을 가버리고 말았다.

어미설랑은 목을 늘이고 경계의 눈초리로 사방을 살폈다. 수컷들은 이미 문제의 원인과 결과를 따져볼 인내심을 잃어버렸다. 어미설랑이 판단을 내리기도 전에 서로 뒤질세라 뛰어 내려갔다. 입에서는 침이 질질 흐르고, 배고픈 위장은 탐스러운 먹이를 보면서 벌써부터 꿈틀거리기 시작했다. 온몸의 세포들이 일제히 외치고 있었다. '흰 강아지를 잡아먹어! 흰 강아지를 잡아먹어!'

어미설랑은 여전히 눈 덮인 바위 위에서 멀리 밀령곡을 바라보다가 갑자기 온몸을 떨었다. 수늑대들을 향해 찢어질 듯한 비명으로 위험을 경고했다.

앙라 설산의 밀령곡 안 밀령동에서 티베트 의원 가위퇴는 철봉 라마 둘에게 일렀다. "말린 고기하고 볶은 칭커가루도 이제 거의 다 떨어졌네. 개가 먹을 말린 소 폐랑 양 뼈 조각도 거의 남지 않았어. 자네들이 다시 한 번 갔다 와야겠네. 오늘 가지 않으면 내일은 다 같이 굶어야 해. 사람은 며칠쯤 굶어도 되지만 짱아오 두 마리는 굶어서는 안 되네. 지금은 상처를 치료하고 건강을 회복하는 중이라서 먹는 게 없으면 내가 처방하는 약도 소용이 없어져."

철봉라마 한 명이 대답했다. "그 말이 맞습니다. 우리도 그렇게 생각했어요. 하지만 우리가 가버리면 샹아마 아이들이 말을 듣지 않을까봐 걱정이 되어서요. 아이들이 밀령곡 밖으로 나가기라도 했다가는 단쩡활불이 그렇게 고심하신 게 다 헛수고가 되지 않겠습니까?"

티베트 의원 가위뤄는 말했다. "이 아이들하고 깡르썬거는 한마음이네. 내가 깡르썬거만 잘 지키고 있으면 아이들을 지키는 거나 진배없으니 맘 놓고 다녀오게. 여기는 별일 없을 거야."

그리하여 정오의 직사광선과 사방의 눈이 강렬한 빛을 반사하는 그때, 철봉라마들은 신속히 밀령곡을 빠져나갔다.

밀령곡 밖은 독수리 둥지 절벽이었다. 이유는 모르겠지만 두꺼운 만년설이 우뚝 솟아 하얀 바다를 이룬 이곳에서 일년 내내 눈이 내리지 않는 낭떠러지가 생겨났다. 낭떠러지는 눈독수리 둥지로 빽빽했다. 수천 마리는 족히 될 눈독수리들이 집을 지을 만한 공간마다 죄다 집을 지어놓았다.

눈독수리는 사람을 보기만 하면 울어댔는데, 그건 기쁘고 감사하다는 표시였다. 눈독수리의 기억 속에 사람은 자신들을 해친 적이 없고, 설랑에게 물린 어린 눈독수리들을 집에 데려가 살 치료한 후 다시 날려준 은인들이기 때문이었다.

그러나 사람들이 눈독수리에게 이렇듯 잘해주는 데에는 따로 이유가 있었다. 높은 산에 사는 눈독수리는 평생 초원과 설산 사이를 날아다니며 두더지와 새앙토끼를 주식으로 삼는다. 두더지와 새앙토끼는 초원에서 풀을 가장 잘 먹는 먹는 설치동물로, 소떼나 양떼가 먹는 양의 열 배 이상을 먹어치운다. 만일 눈독수리가 두더지나 새앙토끼 개체수를 줄여주지 않으면, 초원 곳곳은 풀 한 포기 자라지 않는 검은흙 구덩이가 될 것이었다. 그래서 유목민들은 말하곤 한다. "좋은 목초는 땅에서 자라고 좋은 소와 양은 눈독수리가 가져다준다."

쥐들 때문에 엄청난 재해를 겪은 해마다 두령들과 사원의 라마승들은 가장 좋은 쑤여우와 측백나무 향, 참파를 가지고 독수리 둥지 절벽 아래로 와서 뽕나무를 태우고 독경기도를 드리며 산신에게 제사를 드렸다. 눈독수리의 신에게 부락의 전쟁신으로 화하여 천백만번 무량의 변화를 통해 모든 설치목樑齒目 동물의 업장을 먹어치워 달라고 청하는 것이다.

독수리 둥지 절벽 위에 있는 눈독수리들이 울기 시작했다. 역시 기쁨과 감사의 표시였다. 그들의 시야에서는 붉은 푸루를 걸치고 철봉을 든 라마 둘이 총총히 왔다가 사라지고 있었다.

그런데 눈독수리들이 떼지어 뱉어내는 우렁찬 울음소리가 거대한 손이 되어 멀리 앙라 설산 어귀에서 이제 막 산을 떠나려 하던 무리의 뒷덜미를 잡아챘다. 그들은 무마허 부락의 군사대장 강도자마춰가 이끄는 기마사냥꾼들로 샹아마의 아이들을 잡기 위해 그곳에 와있었다.

아이들을 찾아나선 지 이미 보름인데다 따거리에 두령의 명령까지 받은 터였다. "이제는 그만 찾아라. 우리 기마대는 해지기 전까지는 반드시 롱바오 습지초원으로 귀환해야 한다." 따거리에 두령은 또 말했다. "이렇게 밑도 끝도 없이 찾는 것보다 차라리 부락연맹회의를 열어서 단쩡활불에게 직접 물어보는 게 낫지 않을까? 샹아마 원수들과 원수의 개를 왜 숨겨두었냐고 말이야. 그때 단쩡활불한테 내 이렇게 말하지. '시제구 초원의 반역자가 되고 싶지 않으면 아이들과 개를 빨리 넘기시오. 불가는 선행을 근본으로 하고, 자비를 가슴에 품어야 한다는 말만 가지고 우리가 호락호락 당신 말을 들을 수도 없고 용서해줄 수도 없소. 우리도 활불께 묻겠소. 샹아마 초원 사람들은 언제 우리한테 선행을 베푼 적이 있었소? 우리가 활불을 공양하는 목적은 절대 역사를 망각하자는 게 아니오. 피맺힌 원한은 갚아야 한다는 것이 바로 우리 부락의 신앙이오. 활불을 포함한 시제구 초원의 모든 사람은 이 신성한 신앙을 위해 자신의 책임을 져야만 하오.'라고 말이지."

따거리에 두령이 기마사냥꾼들을 철수시키는 또 다른 이유는 사원에서 파문당한 짱짜시가 두 손목이 멀쩡한 채로 초원에서 유랑하는 것을 본 사람이 있다는 증언 때문이었다. 세상에 어떻게 이런 일이 가능하단 말인가?

따거리에는 각 부락의 두령들에게 전갈을 보냈다. '각 부락의 기마사냥꾼 여러분, 이제 시제구 초원을 이 잡듯 샅샅이 뒤져볼 땝니다. 반역자 짱짜시를 찾으면 손목을 베어버려야 합니다. 그렇지 않고서 부락연맹회의의 권위가 어떻게 세워지겠습니까? 또 한 입으로 두 말하지 않는 두령들의 위엄은 어떻게 세워지겠습니까? 짱짜시를 본 사람들의 말에 의하면 그놈의 손에는 긴 개막대기가 들렸다고 합니다. 이건 놈이 아주 먼 타향으로 내뺄 계획이라는 증거죠. 그놈을 빨리 잡아야 합니다. 잡아서 두 손목을 잘라내야 합니다. 손목을 자른 연후에야 시제구 초원에서 그놈을 놓아줄 수 있습니다. 각 부락의 기마사냥꾼 여러분, 이제 여러분이 출발할 때가 왔습니다.'

사명감과 폭력성으로 둘째가라면 서러울 따거리에 두령이 부락의 군사대장 강도 자마취와 기마사냥꾼들을 급히 귀환시킨 가장 큰 목적은 짱짜시 체포였다.

앙라 설산 입구에서 막 떠날 채비를 하던 무마허 부락의 기마사냥꾼들은 눈독수리의 합창을 들으며 소스라쳐 놀랐다. 이 울음은 분명 이런 의미였다. '여기 사람이 있어요! 여기 사람이 있어요!'

강도 자마취가 중얼거렸다. "정말 사람이 있단 말인가? 그런데 우리는 산속에서 그렇게 오랫동안 찾아헤매면서 왜 사람 그림자 하나 찾지 못했지?" 그는 잠시 망설였다. 하지만 곧 고함을 쳤다. "기마사냥꾼 여러분, 두령의 명령은 해가 지기 전에 롱바오 습지초원으로 귀환하라는 것이었습니다. 해가 지려면 아직 시간이 많이 남았습니다. 돌아가서 다시 확인해봅시다. 독수리 둥지 절벽에 어떤 사람이 있는지 살펴봅시다."

기마사냥꾼들은 "와! 와!" 소리치며 찬성했다. 그리하여 강도 자마취의 지시에 따라 무마허 부락의 10여 명 기마사냥꾼은 독수리 둥지 절벽을 향해 쏜살같이 달려갔다.

독수리 둥지 절벽에 다다랐을 무렵, 그들은 황급한 기색이 역력

한 두 철봉라마와 마주쳤다. 자마춰의 분부가 있기도 전에 모든 기마사냥꾼이 말에서 내려 허리를 굽히고 공손히 인사했다.

강도 자마춰는 고삐를 당겨 말에서 내리며 물었다. "태산과 같은 법을 집행하시는 두 철봉라마님, 어디에서 오시는 길입니까?"

한 철봉라마가 매우 엄숙한 목소리로 대답했다. "잘나신 강도 자마춰, 우리가 하늘에서부터 온 줄을 알아보지 못하겠느냐?"

자마춰는 하늘과 땅을 번갈아 살펴보며 다시 물었다. "하늘에서 오신 라마님들, 그런데 왜 땅에 발자국을 남기셨습니까?"

다른 철봉라마가 대답했다. "하늘에서 그림자였던 것이 땅에 와서는 발자국이 되었느니라. 우리가 멘 철봉 때문에 몸이 좀 무거워졌느니."

강도 자마춰는 실소를 했다. "몸이 무거우신 두 라마님들, 그러면 인간세상의 준마가 필요하진 않으십니까? 저희 기수들이 좀 데려다 드리죠."

"됐네, 됐어. 조금만 가면 시제구사에 도착하네." 두 철봉라마는 말을 마치기도 전에 얼른 자리를 떴다.

모든 기마사냥꾼들이 공손히 양손을 드리운 채 두 라마의 뒷모습을 전송했다. 오직 강도 자마춰만이 거침없이 말을 달려갔다. 예리한 눈동자는 먹이를 찾듯 눈밭 위에 새겨진 발자국 두 줄을 따라 점점 더 빨리 앞으로 나아갔다.

밀령동 안에서 샹아마의 일곱 아이들은 양의 뼈마디로 놀이를 하고 있었다. '8'자 모양인 양의 뼈마디 스물한 개에 각종 동물의 이름을 붙여놓고 빙 둘러선 후, 얼굴에 흉터가 있는 아이가 뼈마디를 높이 던지면 모두 달려들어 잡아야 했다. 뼈마디는 한 사람이 세 개까지 가질 수 있었다. 겉모습이 모두 똑같기 때문에 아이들은 자신이 어떤 동물을 갖게 될지 알 수 없었다. 뼈마디 뺏기가 끝나면 짱아오를 가진 사람이 우두머리가 된다. 놀이는 우두머리부터 시작해 자기 뼈마디로 상대의 뼈마디를 맞추는 것이다. 맞추면 그 짐승을 잡아먹은 후 다른 뼈를 맞출 기회를 다시 얻게 되지만, 맞추지 못하면 다른 사람에게 기회가 돌아간다. 대부분은 짱아오와 야생 야크와 말이 이기게 되는데, 놀이규칙상 짱아오, 야생 야크, 말은 아무 짐승이나 잡아먹을 수 있기 때문이다. 그 외 늑대, 곰, 표범, 양, 여우, 토끼, 마모트, 쥐는 공격에 제한을 받았다. 예를 들어 늑대가 짱아오를 맞출 경우, 맞춰도 잡아먹은 것으로 치지 않았다. 결국 이 놀이에서 중요한 건 제일 처음에 어떤 동물을 잡느냐 하는 것이었다. 그래서 뼈마디 뺏기는 자연스레 한바탕 소동을 불러일으키고 싸움으로 번졌다. 강아지 무리가 엉겨붙어 한바탕 싸우는 것처럼. 그들은 서로 뺏고 뺏기고 치고받으며 놀았다. 날마다 똑같은 놀이인데도 질리지 않는 기색이었다.

아이들이 노느라 정신이 팔린 사이에 깡르썬거는 조용히 밀령동을 나섰다. 나르도 따라나서고 싶어 일어나 몇 발짝을 떼었지만 티베트 의원 가위튀의 눈에 띄고 말았다. "나르, 너는 안 된다. 왼쪽 눈은 상처가 다 낫지 않아서 바람을 쐬면 안 돼. 눈이 반사하는 빛이 들어가면 더 큰 일이고. 잘못했다가는 아예 못 낫는다고."

깡르썬거는 동굴 밖으로 나가 천천히 걸어보다가 곧 달리기 시작했다. 달리기 시작하니 온몸이 시원해졌다. 그의 본성은 눈밭에서 몸을 녹이고 바람 속을 질주하는 것이다. 차갑게 얼어붙은 앙라 설산의 험산준령은 그의 본성에 꼭 맞았다.

그는 밀령동을 멀리 돌아 달렸다. 점점 더 속도를 붙여 달리면서 코로 찬바람을 힘껏 들이마셔 냄새를 맡았다.

무섭게 질주하던 그가 갑자기 멈춰섰다. 공기 중에 흐르는 다른 냄새가 그의 가슴을 철렁 내려앉게 했다.

이것은 이틀 연속으로 잡은 눈족제비의 냄새가 아니었다. 이상스러우리만치 자극적인 늑대의 노린내였다. 그뿐만이 아니었다. 개의 냄새도 있었다. '어떻게 개의 냄새와 늑대의 냄새가 같이 날 수 있지?'

그는 밀령동을 한 번 돌아다보았다. 지금 같은 긴급 상황에서는 주인의 동의를 구할 여유가 없다는 판단 아래 급히 달리기 시작했다. 이제 돌아가지 않고 직선 길을 찾아 달렸다. 밀령곡을 나와 완만한 경사의 산등성이를 달려 탁 트인 얼음 언덕을 올랐다.

지금 깡르썬거는 후각에만 의지하는 것이 아니라 시각과 청각을 통해 상황을 판단하고 행동할 수 있었다. 눈 덮인 바위 위에 어미설랑 한 마리가 보이고, 그녀가 자신의 동료들에게 보내는 찢어지는 경고의 음성이 들렸다. 이어서 어미설랑의 동료들, 먹잇감의 유혹에 정신이 팔린 수늑대 두 마리도 보였다. 그들이 입맛을 다시며 먹으려는 먹잇감은 바로 어린 짱아오였다.

깡르썬거는 미칠 것만 같았다. 3단뛰기 같은 자세로 달리고 짖으며, 상대를 위협했다. 시제구 초원에 온 후로 이렇게 미친 듯이 달려온 것은 처음이었다. 위협적인 그의 소리는 늑대 둘이 막 입을 벌려 흰 강아지를 물어죽이려는 시각을 뒤로 돌렸다. 그들은 놀라 고개를 들며 본능적으로 뒤로 물러섰다.

흰 강아지 까까는 땅에 엎드린 채 찍 소리도 못하고 있었다. 털이 보슬보슬한 동물들이 죽음을 맞이할 때 대개 그렇듯이, 머리는 구부린 앞발 사이에 파묻고 눈을 감은 채 날카로운 이빨이 주는 학살의 고통을 느끼지 않기 위해 임계사망 상태로 진입했다.

따뜻한 피, 신선한 고기, 기름진 옆구리, 아삭아삭한 뼈. 살아 있는 어린 먹잇감만이 가져다주는 특유의 식감이다. 아마도 눈앞의 먹잇감이 지닌 이런 매력에 대한 미련 때문이었으리라.

어미설랑의 경고와 외침에도 불구하고 수설랑 둘은 여전히 자리를 떠나지 못했다. 그들은 잠시 망설였다. 이 잠시의 망설임이 그들의 운명을 갈랐다.

그들은 죽었다. 한 마리는 그 자리에서, 또 한 마리는 그 다음날.

다음날 죽은 그 설랑은 도망가려 했지만 이미 늦은 때였다. 깡르썬거는 전광석화같이 그에게로 달려들었다. 정확하게 말하자면, 깡르썬거라고도 불리는 설산사자의 날카로운 이빨이 그의 뒷목에 꽂혔다. '퍽' 소리와 함께 송곳니가 살을 뚫고 들어갔다 나오더니 선혈이 솟구쳤다.

수설랑은 허리를 굽혀 입을 벌리고 깡르썬거에게 달려들었다. 깡르썬거는 그를 머리로 받아 밀어냈다. 비록 늑대 이빨에 찢긴 상처가 남아 있었지만 깡르썬거의 머리는 수설랑을 2미터 밖으로 밀어낼 수 있었다. 설랑은 흔들리는 몸으로 몇 걸음 달려봤으나 애처로운 비명과 함께 땅에 쓰러졌다. 그렇게 다음날까지 그 자리에서 피를 흘리던 수설랑은 기력이 다해 다시는 일어나지 못했다.

현장에서 죽은 수설랑은 이때 이미 20여 미터 밖으로 도망가 있었다. 그는 펄쩍 뛰어 눈 덮인 바위에 올라 어미설랑과 함께 깡르썬거를 협공할 속셈이었다. 그러나 예상치 못하게도 아내였던 어미설랑은 그를 머리로 받아버렸다. 그가 바위 아래로 뒹굴 때 부드럽고 매끈한 배가 드러났다. 쫓아오던 깡르썬거는 곧바로 그에게 엉겨붙었다. 이것은 동물의 세계에서 볼 수 있는 '주먹 세 방에 진관서鎭關西 죽이기'[60]였다. 깡르썬거는 머리를 흔들며 한 입에 늑대의 창자를 끌어냈다. 두 입으로 늑대의 그곳을 물어뜯어 절반을 없애버렸다. 마지막 세 입으로 수설랑의 뒷목을 물어뜯어 몸을 떠나가는 늑대 혼의 통로를 막아버렸다.

깡르썬거는 몸을 돌려 눈 덮인 언덕을 올랐다. 이참에 어미설랑도 함께 처치해버릴 셈이었다. 그러나 어미설랑은 이미 줄행랑을 친 뒤였다. 머리로 자기 남편을 받아 떨어뜨림으로 멀리멀리 도망칠 시간을 번 것이다. 참으로 비열하고 지혜로웠다.

비열하든 지혜롭든 이것이 설랑의 천성적인 모습이요, 생존을 위한 필수요소였다. 경력이 많고 경험이 풍부한 어미설랑이란 언제 어디서든 교활하고 음험한 극단적 이기주의자가 된다. 초원에서 '늑대의 도道'란 바로 이런 것이니까. 개의 도나 사람의 도에 대

---

60) 수호지水滸誌의 노지심魯智深이 악당 진관서鎭關西를 주먹질 세 번에 죽인 이야기에서 유래.

해 늑대의 도가 가하는 비판 역시 이런 방식이다.

아주 오래 전 아버지가 말씀하셨듯이, 늑대는 약한 자는 속이지만 강한 자는 두려워한다. 약한 놈을 보면 올라타지만 강한 놈을 보면 양보를 한다. 그래서 힘이 대등하거나 센 상대와는 싸움을 벌이지 않는다.

하지만 짱아오는 다르다. 자신의 주인과 집을 지키기 위해, 아무리 대단한 적수라 하더라도 용감하게 맞서 싸운다. 설령 죽는 한이 있더라도.

늑대는 이유가 정당하든 아니든 일평생 타인을 해치며 살아간다. 짱아오는 다른 생명을 돕는 천성으로 인해 때로 무시당하고 모욕당하지만 일평생 타인을 도우며 살아간다. 늑대의 일관된 행동원칙은 이해에 밝고, 자신을 잘 보전하며, 죽어가는 동료를 보고도 냉정함을 지키는 것이다. 짱아오의 일관된 행동원칙은 정의를 위해 용감하게 뛰어들며 위험한 순간에도 선뜻 나서는 것이다. 늑대는 이기적이며 자기만을 위하고, 짱아오는 공평무사하며 사적인 감정에 얽매이지 않는다. 늑대는 시종일관 자기자신을 위해 싸운다. 기껏 다른 생명을 보호해봐야 자기 새끼 정도이다. 그러나 짱아오는 시종 다른 이를 위해 싸운다. 친구, 주인, 혹은 주인의 재산. 늑대는 자기 배를 신으로 삼고, 평생 배불리 먹기 위해 산다. 그러나 짱아오는 도를 하늘로 삼는다. 그들의 전투는 이미 식욕이라는 저급한 차원을 벗어났으며 '충성과 신성한 정의, 직책을 위해서'라는 정신력을 구현한다. 늑대의 생존 목적은 먼저 자신을 보전하는 것이고, 짱아오의 생존 목적은 먼저 다른 생명을 보전하는 것이다. 늑대가 있는 곳에 사고가 터지고 사람들은 위협감을 느낀다. 그러나 짱아오가 있는 곳에 평화와 안정이 있고, 사람들은 안심하게 된다. 늑대는 툭하면 태도를 바꿔 공동체와 친구를 배반한다. 짱아오는 정반대다. 그에게 친절히 대했던 모든 대상을 후덕하게 대한다.

깡르썬거는 눈 덮인 바위 위에 선 채 고개를 들고 거친 숨을 헐떡이며 코를 찡긋거려 사방의 냄새를 맡았다. 어미설랑이 북서쪽의 눈 덮인 골짜기로 도망쳤다는 걸 냄새로 확인할 수 있었다.

본성대로 하자면 당연히 그 뒤를 쫓아야 했다. 그러나 더 위대한 천성이 그를 멈춰세웠다. 그는 눈 덮인 바위에서 뛰어내려 흰 강아지 까까의 곁으로 조심스레 다가갔다. 그 하얀 솜털 냄새를 맡아보고 피에 흠뻑 젖은 잘린 다리도 핥아주었다.

강아지가 여전히 두 눈을 꼭 삼은 채 꿈쩌도 하지 않는 걸 보고는 한 입에 물어 들었다. 깡르썬거는 드넓은 얼음 언덕을 달리고 완만한 산등성이를 지나 밀령곡으로 접어들었다.

그런데 이곳도 더 이상 조용하지 않았다. 사고가 터진 것이다.

강도 자마춰는 독수리 둥지 절벽 아래까지 온 후, 위를 올려다보았다. 눈독수리의 즐거운 울음소리는 뜨거운 여름날의 소나기처럼 그의 머리 위로 쏟아졌다. 그는 수많은 눈독수리들이 울어대며 날갯죽지를 퍼덕일 때 눈처럼 날리는 깃털을 보았다. 검은 깃털들은 근처의 설산을 향해 날아갔고 ㄱ 위에는 두 철봉라마의 발자국이 또렷하게 찍혀 있었다.

참으로 기이하다는 생각이 들었다. '라마들이 왜 설산 정상에서

내려온 거지?'

그는 말을 끌고 동서로 뻗은 이 거대한 산봉우리로 향했다. 한참을 걸어가다 보니 산봉우리 뒤편이 갑자기 푹 꺼져 들어갔다. 숨겨져 있던 암곡이 눈앞에 펼쳐졌다. 암곡은 남북으로 뻗어 있었다. 깊고 넓은 골짜기는 백년설의 빙하를 국자로 퍼낸 듯했다.

강도 자마춰는 몸을 돌려 기쁨과 놀라움이 가득한 목소리로 기마사냥꾼들을 외쳐 불렀다. "자, 빨리. 어서 와보라고!"

큰 소리로 외치던 그가 불현듯 입을 굳게 닫았다. 이곳은 샹아마의 일곱 아이들과 깡르썬거가 숨어 있는 곳이었다. 조심조심, 아주 조심조심 행동해야 한다. 어떤 기척도 내서는 안 된다.

눈앞에는 여전히 두 철봉라마의 발자국이 찍혀 있었다. 강도 자마춰는 기마사냥꾼들을 이끌고 아무런 소리도 없이 발자국을 따라 들어갔다.

기마사냥꾼들의 도착을 가장 먼저 눈치챈 것은 검은 짱아오 나르였다. 냄새가 풍겨오고 소리도 들려왔다. 강도 자마춰가 뒤따르던 기마사냥꾼들을 향해 "어서 와라!" 하고 부르는 목소리도 들을 수 있었다. 이런 능력에서 그녀는 깡르썬거보다 더 민감했다.

이것은 분명 부락민의 음성과 호흡이었다. 기뻐 "멍멍." 짖으며 밖에 나가지 못하게 만류하는 가위춰의 곁에 서서 꼬리를 흔들었다.

그런데 꼬리를 흔들던 그녀는 조금 이상한 느낌을 받았다. 마음속에서 긴장감과 적의가 일렁이는 것이 아닌가? 설마 시제구 초원 부락민들이 적의를 가지고 왔단 말인가?

그녀는 요 며칠 자신과 아침저녁 함께 하게 된 샹아마의 일곱 아이들을 둘러보았다. 지금 바람을 뚫고 눈을 밟으며 힘차게 뛰어 올 깡르썬거를 생각해보았다.

이제야 알 것 같았다. 더 이상 꼬리가 흔들리지 않았다. 나르는 무엇인가를 통보하듯 밀렁동 밖을 향해 "멍! 멍!" 짖어댔다. 또 가 위튀를 향해 "멍, 멍." 짖으며 조그만 소리로 그를 불렀다.

가부좌를 틀고 참선을 하던 티베트 의원 가위튀는 정확하게 손을 뻗어 검은 짱아오 나르의 귀를 잡아당겼다. 나르는 잡힌 귀를 이용해 그를 끌어낸 뒤 밖으로 향했다.

가위튀는 일어서면서 말했다. "나르, 뭐 하려는 게냐? 넌 밖에 나가면 안 된다. 왼쪽서 눈은 상처가 다 낫지 않아서 바람을 쐬면 안 돼. 눈이 반사하는 빛이 들어가면……."

검은 짱아오 나르는 한바탕 짖는 소리로 가위튀의 말을 끊어버리더니 그를 놔두고 동굴 밖으로 달려나갔다. 가위튀는 얼른 쫓아갔다. 하지만 검은 짱아오 나르가 밀렁동 입구에 서서 광활한 산골짜기를 향해 짖어대는 소리만 들렸다.

짖는 소리는 크지 않았지만 매우 절절했다. 그것은 분노도 아니고 기쁨도 아닌 조급함이었다.

가위튀는 마음속으로 물었다. '나르가 뭘 발견한 거지? 적이 왔다면 뛰쳐나갈 것이고, 친구가 왔다고 해도 뛰쳐나갈 터인데, 짖기만 하고 전혀 나가지 않으니 도대체 뭐가 온 거야?'

그는 가까이 다가가 눈 덮인 언덕 위에 올라서서 멀리까지 주위를 살핀 후 고개를 돌려 나르에게 말했다. "아무것도 없지 않니?"

나르의 짖는 소리가 더 조급하고 불안해졌다. 가위튀는 앞으로 나가 더 높은 언덕 위에 올랐다. 따가운 눈의 반사광 속에서 눈을 가늘게 뜨고 주위를 살폈다. 밀령곡의 백설처럼 흰 골짜기에 한 줄로 움직이는 검은 점들이 보였다. 처음에는 야수인 줄 알았으나, 다시 한 번 자세히 살펴보고 나서야 그것이 사람임을 확인할 수 있었다. 사람이 말을 탄 형상이었다.

그는 얼른 뛰어내려 나르를 향해 말했다. "돌아가자. 돌아가. 네 왼쪽 눈은 바람만 맞으면 눈물이 흘러내린단다. 이렇게 눈물을 많이 흘려서야 상처가 어떻게 낫겠니?"

나르는 티베트 의원 가위튀의 얼굴에서 긴장된 표정을 읽을 수 없었다. 그래서 이제는 짖지 않고 꼬리를 흔들며 그와 함께 동굴 속으로 돌아갔다. 하지만 가위튀의 마음은 지금 폭풍우치는 바다처럼 사납게 요동치고 있었다. 그래서 그는 약왕라마로서 자신의 본분을 넘어서는 결정을 하고 말았다.

그는 샹아마의 아이들에게 말했다. "조용해라. 조용히 해. 이제 그만 놀아라. 너희들 모두 이리 와서 내 말을 들어야 한다." 아이들은 얼른 그의 주위로 몰려왔다. "너희들 빨리 도망쳐라. 빨리. 얼른 이곳을 떠나. 시제구 초원을 떠나서 너희들이 사는 샹아마 초원으로 가. 너희들을 잡으러 사람들이 들이닥쳤다."

샹아마 일곱 아이들은 거의 동시에 도리질을 쳤다.

칼자국이 더듬더듬 말했다. "떠나라면 떠난다요. 안 그럼 시제구 초원 사람들한테 잡혀서 손목이 잘릴 거다요. 그래도 샹아마 초원으로는 안 간다요. 한 평생, 두 평생, 세 평생 안 간다요."

가위튀는 물었다. "어인 연고냐? 샹아마 초원은 너희들의 고향이야. 왜 가지 않겠다는 거냐?"

"샹아마 초원에는 귀신이 많이많이 있다요. 심장을 먹는 마귀가 많이많이 있다요. 혼을 뺏는 처녀 귀신도 많이많이 있다요. 우리는 안 돌아간다요. 우리는 깡진춰지로 갈 거다요."

가위튀는 '깡진춰지'가 '아미타 설산'이라는 것을 알고 있었다. 한인이 말하는 '하이셩 대설산海生 大雪山' 혹은 '무량산'이었다.

그는 다시 물었다. "깡진춰지가 어디에 있는데?"

이때 큰 이마가 끼어들었다. "깡진춰지는 바다에 있어요."

칼자국이 말했다. "맞아요, 바다에 있다요."

가위튀는 또다시 물었다. "바다는 어디에 있는데?"

칼자국은 큰 이마를 바라보며 대답했다. "설산 너머에 있다요."

가위튀는 다급하게 타일렀다. "설산 너머는 다시 설산이란다. 내가 알려주마. 바다는 산이 아니라 지세가 낮은 곳에 있어. 빨리 떠나거라. 너희들을 잡으려는 사람들이 들이닥치고 있어."

티베트 의원 가위튀는 샹아마 일곱 아이들을 밀고끌며 밀령동 밖으로 데리고 나왔다. 칼자국은 주위를 둘러보며 큰 소리로 외쳤다. "깡르썬거! 깡르썬거!"

그 순간 검은 짱아오 나르가 나직이 짖기 시작했다. 사람과 개는 거의 동시에 계곡 아래 개미떼처럼 몰려오는 기마사냥꾼들을 발견했다. 점점 가까이 다가오고 있었지만 아직 그들을 발견하지는 못한 것 같았다. 샹아마의 아이들은 안절부절 못했다.

가위튀는 조바심을 쳤다. "깡르썬거는 또 어디로 간 게야? 너희들 먼저 떠나거라. 기다렸다가 큰일 나겠어. 자, 빨리!"

말을 마치자마자 그는 밀령동 뒤쪽을 가리켰다. 밀령동 뒤쪽은 얼음 언덕이었다. 약간 가파르기는 했지만 오르는 데는 전혀 문제가 없었다. 샹아마의 일곱 아이들은 얼음 언덕을 기어서 올라갔다. 단단한 얼음 언덕 위에는 아이들의 발걸음이 남지 않았다.

티베트 의원 가위튀는 아직도 고개를 돌려 깡르썬거를 찾고 있는 칼자국과 큰 이마에게 손을 휘저었다. "빨리 도망가라! 아주 멀리 가야 해. 멀면 멀수록 좋아. 다시는 이곳으로 돌아오지 말아라!"

검은 짱아오 나르는 그들을 향해 꼬리를 흔들었다. 상처 입은 눈과 성한 눈, 두 눈 가득 눈물이 그렁그렁했다. 샹아마 아이들이 얼음 언덕 저편으로 완전히 사라질 때까지 그녀는 여전히 꼬리를 흔들며 서 있었다.

가위튀는 허리를 굽혀 나르의 등을 톡톡 두들기며 말했다. "빨리! 우리도 숨어야 한다."

사람 한 명과 개 한 마리, 그들은 동굴 안으로 걸어 들어갔다. 이때 밀령곡의 적막을 깨고 시끄러운 고함 소리가 울려퍼졌다. 기마사냥꾼들이 그들을 발견한 것이다. 그 소리는 마치 목양견이 늑대를 발견한 듯한 외침이었다.

(2권에서 계속)

옮긴이 **이성희**

이화여대 중문과를 졸업하고, 남경사범대 한어과를 졸업하였다. 남경 금릉언어교육원의 한국어 강사로 재직하였다. 현재 SBS 번역대상 최종 심사기관으로 위촉된 (주)엔터스코리아 중국어 번역가로 활동 중이다.

역서로 《짱아오의 생존법칙》 《뉘슈렌 전기》 《인경학문의 활동》 《관계의 기술》 등 다수가 있다.

짱아오 1

첫판 1쇄 펴낸날 2015년 7월 30일

지은이 | 양쯔쥔
옮긴이 | 이성희
펴낸이 | 지평님
본문 조판 | 성인기획 (010)2569-9616
종이 공급 | 화인페이퍼 (02)338-2074
인쇄 | 중앙P&L (031)904-3600
제본 | 서정바인텍 (031)942-6006

펴낸곳 | 황소자리 출판사
출판등록 | 2003년 7월 4일 제2003-123호
주소 | 서울시 영등포구 양평로 21길 26 선유도역 1차 IS비즈타워 706호 (150-105)
대표전화 | (02)720-7542 팩시밀리 | (02)723-5467
E-mail | candide1968@hanmail.net

ⓒ 황소자리, 2015

ISBN 979-11-85093-14-7 04820
ISBN 979-11-85093-16-1 (전 2권)

* 잘못된 책은 구입처에서 바꾸어드립니다.